MIRA®

Der Preis dieses Bandes versteht sich einschließlich der gesetzlichen Mehrwertsteuer.

Umwelthinweis:
Dieses Buch wurde auf chlor- und säurefreiem Papier gedruckt.

Stephanie Chong arbeitete als Anwältin, bevor sie in Oxford Kreatives Schreiben studiert und ihren Traumjob entdeckt hat: Schriftstellerin. Wenn sie nicht schreibt, macht sie Yoga, reist oder ist in der Natur unterwegs. Sie lebt in Vancouver, zusammen mit ihrem Ehemann und ihrem Mops Dexter.

Stephanie Chong

Die Sehnsucht des Dämons

Roman

Aus dem Amerikanischen von
Gisela Schmitt

MIRA®

MIRA® TASCHENBUCH
Band 65063
1. Auflage: Oktober 2012

MIRA® TASCHENBÜCHER
erscheinen in der Harlequin Enterprises GmbH,
Valentinskamp 24, 20354 Hamburg
Geschäftsführer: Thomas Beckmann

Titel der nordamerikanischen Originalausgabe:
Where Demons Fear To Tread

erschienen bei: MIRA Books, Toronto

Published by arrangement with
HARLEQUIN ENTERPRISES II B.V./S.àr.l.

Konzeption/Reihengestaltung: fredebold&partner gmbh, Köln
Umschlaggestaltung: pecher und soiron, Köln
Redaktion: Mareike Müller
Titelabbildung: Harlequin Enterprises S.A., Schweiz
Autorenfoto: © by Harlequin Enterprises S.A., Schweiz;
Kevin Frederick Clark
Satz: GGP Media GmbH, Pößneck
Druck und Bindearbeiten: CPI – Ebner & Spiegel, Ulm
Printed in Germany
Dieses Buch wurde auf FSC®-zertifiziertem Papier gedruckt.
ISBN 978-3-86278-466-0

www.mira-taschenbuch.de

Für Ed, meinen geliebten Ehemann,
meinen persönlichen dämonenhaften
Geliebten, der mir zum Schutzengel wurde.

PROLOG

Hotel Lussuria, Las Vegas, Gegenwart

Niemand verstand sich auf die Kunst des Giftmischens so gut wie Luciana Rossetti.

Seit nunmehr zweihundert Jahren beschäftigte sie sich mit den Geheimnissen von hochgiftigen Pflanzenwirkstoffen, Tierextrakten und tödlichen Bakterien.

Natterngift, Milzbranderreger, Schwarze Tollkirsche und Botulinum – das war ihre Welt. Sie liebte die einzigartigen Eigenschaften eines jeden Giftstoffes. Als sie das Glasfläschchen in ihrer Hand betrachtete, funkelten ihre grünen Augen. Die Flüssigkeit darin schimmerte trügerisch im Licht der Kristalllüster, die von der Gewölbedecke hingen.

Ein kleines Glasfläschchen, dessen Inhalt so unschuldig aussah wie Weihwasser.

Farblos. Geruchlos. Ohne Geschmack.

Perfekt.

Aber der Inhalt des Fläschchens war nicht Segen, sondern Fluch. Ein Fluch von der Art, wie ihn sich nur ein Dämon ausdenken konnte. Ein Fluch, der andere ihrer Art auf direktem Weg zurück in die Hölle schicken konnte.

„Was hast du da Schönes zusammengemixt, meine Liebe?"

Die Stimme ihres Geliebten riss sie aus ihrer Entrücktheit. Mit seinen Fingern glitt er durch ihre schwarzen Locken und küsste ihren Nacken. Nicht Lust war es, die sie dabei empfand und die sie erschauern ließ, vielmehr die Vorahnung von etwas Bedeutenderem.

„Eine prachtvolle Kreation, *mio caro*", erwiderte sie sanft.

Luciana hatte nicht vor, die genauen Inhaltsstoffe des Tranks preiszugeben – nicht einmal Corbin. Vor allem nicht Corbin. In den drei Monaten, in denen sie jetzt zusammen waren, hatte sie gelernt, dass man besser keine Spielchen mit ihm spielte. Und dass man ihm nicht vertrauen konnte. Sein nordisch-männliches Äußeres war wie geschaffen, um einer Werbekampagne für Segeln oder Polo zum Erfolg zu verhelfen. Doch in seinen bernsteinfarbenen Augen flammte Grausamkeit auf, so machtvoll und unerwartet wie ein Blitz.

Alle Dämonen, die für ihn arbeiteten – in diesem Hotel und in den anderen, die ihm gehörten – respektierten und fürchteten ihn. Denn einem Erzdämon war man grundsätzlich Respekt und Furcht schuldig.

Für Luciana überwogen in ihrer Verbindung zu Corbin die Vorteile allerdings die Nachteile und Risiken. Mit ihm konnte sie am schnellsten ihr Ziel erreichen.

Rache.

Jetzt zog er sie aufs Sofa, und während sie mit ihm auf den weichen Samt sank, hielt sie das kostbare Fläschchen fest umschlossen. Er sah sie an wie ein Löwe seine Beute, und sie erwiderte unerschrocken seinen Blick. *Entweder ihm ebenbürtig sein oder bei lebendigem Leib gefressen werden.*

Schon zeigte ihre selbstsichere Haltung Wirkung. Er ließ sie los. „Lass sie uns ausprobieren."

„Haben wir denn einen Hund im Hotel?", fragte sie.

„Natürlich nicht. Aber vielleicht könnte uns der Page behilflich sein." Corbin griff zum Telefon, das auf dem eleganten Beistelltischchen stand. „Schicken Sie den Jungen hoch, der die Vase zerbrochen hat."

Als der Page vor ihnen stand, tat er Luciana fast leid. Es war ein schmächtiger kleiner Dämon, der bei Corbins kräftigem Händedruck schmerzhaft das Gesicht verzog.

So schmächtig, dass er fast ein Mensch sein könnte, dachte sie.

„Weißt du eigentlich, dass die Vase, die du zerbrochen hast, aus der Mingdynastie stammte?" Corbin betrachtete den Jungen in aller Ruhe.

„Nein, Sir. Das war mir nicht bewusst. Ich entschuldige mich in aller Form."

„Setz dich. Lass uns gemeinsam überlegen, wie wir damit umgehen sollen. Trink ein Glas mit uns, ich habe gerade einen vorzüglichen Merlot dekantiert, der uns allen ganz sicher munden wird.“ Corbin nickte Luciana zu. „Wenn du so freundlich wärst, Liebes?“

Während der junge Mann auf einem Ledersessel Platz nahm, schenkte Luciana drei Gläser Wein ein. Corbin lenkte ihn mit inhaltsleerem Geplapper ab, damit Luciana indessen unbemerkt ein paar Tropfen ihrer neuesten Kreation in das Getränk des Jungen füllen konnte. Fasziniert sah sie zu, wie die Flüssigkeit sich im blutroten Wein auflöste. Unsichtbar. Tödlich. Sie reichte das Glas dem Pagen.

„Bitte, trink doch“, forderte der Erzdämon den Pagen auf. Luciana stellte nun auch ein Glas vor Corbin, der es erhob und den Wein im Glas herumschwenkte, mit Kennerblick die Farbe und das Aroma prüfte. Er trank einen Schluck, und ein Ausdruck größter Zufriedenheit machte sich auf seinem Gesicht breit.

Luciana kostete ebenfalls. Als das schwere Aroma von Eiche und Pflaume ihre Kehle hinunterrann, fiel die Anspannung von ihr ab.

Schließlich nahm auch der Junge seinen ersten Schluck, wobei sein Adamsapfel merkwürdig auf und ab hüpfte. „Ich weiß, dass die Vase sehr kostbar war, Sir. Ich bin untröstlich. Ich will versuchen, den Verlust zu ersetzen.“

„Das könntest du nicht. Sie war unbezahlbar. Ein Vielfaches mehr wert, als das, was du im Jahr verdienst. Es würde ein ganzes Jahrhundert dauern, bis du die Vase abbezahlt hättest. Solange will ich nicht warten. Man könnte sogar so weit gehen und sagen, die Vase war viel mehr wert als du selbst. Und damit hat sich die Frage des Ersetzens erledigt.“

„Aber irgendwas muss doch gehen“, protestierte der Junge zaghaft. Plötzlich veränderte sich sein Gesichtsausdruck. Er schluckte und griff sich an den Hals. Dann räusperte er sich. Noch mal. Selbst in Lucianas Ohren klang sein Würgen schrecklich. Es war der Klang des Todes, des Erstickens, der aus seiner Luftröhre drang.

Von Krämpfen geschüttelt, fiel der Page zu Boden. Luciana zwang sich dazu, keinerlei Reaktion zu zeigen. Wenn Corbin auch nur das kleinste Anzeichen von Schwäche an ihr entdeckte, würde er auch sie zerstören. Aber sie war nicht schwach. Schon vor zweihundert Jahren hatte sie diese Eigenschaft hinter sich gelassen. Zusammen mit ihrem menschlichen Leben.

Das Zucken des Jungen erstarb. Jetzt lag er so still da, dass die plötzliche Ruhe ein regelrechtes Vakuum im Raum entstehen ließ, ein schwarzes Loch der Stille. Luciana sah nicht hin. Leichen hatte sie schon viele gesehen, wenn auch meist menschliche. Denn ein Dämon besaß zwar die physischen Eigenschaften eines Menschen, war jedoch nahezu unverwundbar. Allerdings nicht unsterblich, wie sie gerade unter Beweis gestellt hatte. Nur die *Seele* eines Dämons konnte man nicht zerstören. Die Seele des Jungen würde dorthin zurückkehren, wo Corbin sie gefunden hatte.

Zurück in die Hölle.

Corbin schwenkte wieder den Wein in seinem Glas herum. „War er also doch noch zu etwas nützlich. Gift ist zwar ein sehr antiquiertes Tötungsmittel, führt aber immer wieder zu interessanten Resultaten."

Sie neigte den Kopf und lächelte – eine angemessene Reaktion auf sein Kompliment.

„Der Wein hat ein wunderbares Bouquet. Komplex und dennoch subtil." Corbin erwiderte ihr Lächeln. „Ich liebe Frauen, die die feinen Dinge des Lebens zu schätzen wissen."

Das Glasfläschchen kam in ein mit Seide ausgeschlagenes Kästchen, das sie in ihre Handtasche steckte. An einem Dämon von niederem Rang hatte das Gift also gewirkt. Nur war das von ihr auserkorene Opfer hundert Mal stärker.

Corbin bemerkte ihren Blick. Vielleicht fragte er sich, ob *er* das auserkorene Opfer war. Wie viel er wohl ahnt, überlegte sie. Kannte er ihre Absichten? Aber anscheinend hatte er ganz andere Dinge im Sinn. „Wenn das Gift einen Dämon umbringen kann, kann es auch nützlich sein im Kampf gegen die Kompanie der Engel. Sie machen mir in letzter Zeit Ärger. Lästig wie Kanalratten sind sie."

Luciana widerstand dem Bedürfnis, die Augen zu verdrehen.

Corbin war besessen von der Kompanie, einer Vereinigung von Schutzengeln, die in einem weltweiten Netzwerk organisiert waren. Sie arbeiteten jeweils in Gruppen von mehreren Dutzend und waren um Längen besser organisiert als die Dämonen. Das lag daran, dass Dämonen aufgrund ihres Charakters grundsätzlich streitsüchtig und rechthaberisch und daher als Teamplayer eher wenig geeignet waren. Falls sie nicht von einem Diktator dazu angehalten wurden. Einem Diktator wie Corbin.

„Warum löschst du die Kompanie nicht einfach ein für alle Mal aus?“, heuchelte sie Interesse. Luciana waren die Engel vollkommen egal. Sie wollte einen Dämon töten. Einen ganz bestimmten Dämon.

„Für den Kampf zwischen Engeln und Dämonen gelten Regeln“, erklärte er ihr stirnrunzelnd. „Regeln, an die man sich hält und gegen die man nicht verstößt.“

„Man kann Regeln aber auch umgehen.“

Sein Stirnrunzeln verschwand. „Du verschwendest dein Talent als böse Dämonin, meine Liebe. Du hast zwar deine Unabhängigkeit, jedoch nicht die Unterstützung der großen Masse hinter dir. Denk mal darüber nach, ob du einen Posten in meiner Organisation übernehmen möchtest.“

„Eines Tages vielleicht, *mio caro*.“

An dem Tag, an dem die Hölle gefriert. Eher würde sie selbst Gift schlucken und in die Hölle zurückkehren, als sich Corbins mafiöser Organisation anzuschließen und eine seiner Befehlsempfängerinnen zu werden. Sobald sie erledigt hatte, weshalb sie hier war, würde sie nach Hause zurückkehren. Zurück nach Venedig.

Und es gab keinen Grund, Corbin danach noch einmal wiederzusehen.

Jetzt umschlang er ihre Hüfte und küsste sie innig. Er flüsterte ihr die perversen Dinge zu, die er gern mit ihr tun würde. Er hatte eine seltsame Art, eine Frau zu befriedigen, er quälte und erregte sie gleichzeitig. Im Stillen musste sie zugeben, dass sie nicht gerne Sex mit ihm hatte. Unter anderen Umständen hätte sie es vielleicht genießen können. Aber nicht so. Trotzdem erwiderte Luciana seinen Kuss und ließ ihre Hände über seinen muskulösen Körper wandern, damit seine Lust ihn sein Misstrauen vergessen ließ.

Für Luciana war Corbin das geringere Übel. Größere Probleme bereitete ihr sein Freund und Geschäftspartner, Julian Ascher. Der Mann, der ihr Leben zerstört hatte. Der ihr die Unschuld geraubt, sie verführt und dann betrogen hatte. Der ihr keine andere Wahl gelassen hatte, als es um ihr Überleben ging: Sie musste sich auf das Einzige besinnen, was sie beherrschte – sich die Dunkelheit in ihr selbst zunutze zu machen.

Und jetzt nahte die Zeit der Rache.

Rache ist ein Gericht, das man am besten kalt serviert. Mehr als zweihundert Jahre hatte Luciana Zeit gehabt, ihr Herz zu stählen und einen eisigen, unbändigen Hass auf ihn zu entwickeln. Bald würde sie mit dem größten Vergnügen Julian ihr ganz spezielles Rache-Menü servieren.

1. KAPITEL

West Hollywood, Los Angeles

D*evil's Paradise* war samstagabends die angesagteste Partylocation in der Stadt der Engel. Der perfekte Ort der Versuchung. Die ideale Kulisse zum Sündigen. Und sie gehörte ihm.

Julian Ascher begutachtete das Treiben in seinem Nachtklub aus einem gläsernen Kontrollraum zwei Stockwerke über der Tanzfläche. Unter ihm erbebte die Masse attraktiver Körper zum lauten Rhythmus der Musik. Schweiß und Pheromone erfüllten die Luft. Eine ganze Legion von Barkeepern war hinter dem Tresen aus weißem Terrazzostein damit beschäftigt, Unmengen von Cocktails, Bier und Shots auszuschenken.

An den meisten Abenden reichte es Julian, hier oben zu stehen und dem Treiben zuzusehen. Doch an diesem Abend war er unruhig. Er verspürte eine unangenehme Anspannung, die er irgendwie loswerden musste.

Am besten mithilfe von etwas Weichem und Weiblichem.

Er öffnete die Tür des Kontrollraums. Das Dröhnen der Musik und die Hitze der Menschen unter ihm schlugen ihm sofort entgegen und drangen in seine Poren, als er die Metalltreppe zur Tanzfläche hinunterstieg. Die Masse teilte sich, seiner Macht gewahr werdend, während er durch den Klub ging, von bewundernden Blicken verfolgt. Stammgäste versuchten, ihm die Hand zu schütteln – ein betrunkener Footballstar, ein minderjähriges Starlet.

Mehrere Frauen wollten ihn in ein Gespräch verwickeln, aber er ließ sie charmant abblitzen und setzte unbeirrt seinen Weg fort. Es war eine Art Hobby von ihm, schöne Frauen zu zerstören. Es erfüllte ihn mit tiefer Befriedigung, dem Schönen alles zu nehmen. Doch er hatte einen ganz speziellen Geschmack, und keine der Frauen, die an diesem Abend im Klub waren, erfüllten seine Kriterien. Enttäuscht ging er weiter.

„Julian, hier drüben!", rief ihm der Geschäftsführer des Klubs zu und wollte ihn zu sich winken.

„Nicht jetzt", entgegnete Julian, ohne stehen zu bleiben. Er schob sich durch die Masse schöner Menschen, die auf der Tanzfläche versammelt waren wie Schmetterlinge um eine Nektarquelle. Als Erzdämon hatte Julian bereits Tausende von Seelen ins Verderben gestürzt. Im ganzen Land besaß er Nachtklubs. Nach zweihundert Jahren des Studiums der menschlichen Schwächen und Verzweiflung, ihrer Fantasien und Begierden trug sein Bemühen nun Früchte. Und als Herrscher über dieses Reich des Frevels war er zu einem wahren Kenner der Lust und des Vergnügens geworden.

Am Anfang war es nicht so einfach gewesen. Als frischgebackener Dämon hatte er häufig Schlachten um Seelen verloren. Doch jetzt, nach eben diesen zweihundert Jahren, war alles schon fast zu einfach. Wenn Julian heutzutage um eine Seele kämpfte, gewann er sie immer.

Sein neuer Klub, *Devil's Ecstasy*, würde Ende des Monats in Las Vegas eröffnen. Er befand sich im spektakulären Hotel Lussuria, dessen Inhaber sein Gefährte, der Erzdämon Corbin Ranulfson, war. Dieser neue Nachtklub würde Julians Glanzstück werden. Der Erfolg war garantiert.

Und trotzdem war er unzufrieden. Wieso?

Er schob sich weiter durch die Menge und betrat die VIP-Lounge. Auf den weißen Ledersofas knutschten Pärchen und vergnügten sich Dreiergrüppchen ganz offen. In einer Ecke zog sich ein berühmter junger Hollywoodstar eine Line Koks vom entblößten Hintern eines Mädchens. Die Klubbesucher schauten zu.

„Seht zu, dass er Spaß hat", wies Julian einen Kellner an. „Und dass ihm der Stoff nicht ausgeht."

Mit stumpfem Blick begutachtete Julian die Szene, vollkommen gleichgültig für das laszive Geschehen um ihn herum. Dieselben lüsternen Bilder boten sich ihm jeden Abend dar, wenn der Klub geöffnet war. Nichts von dem, was er hier sah, machte ihn auch nur im Entferntesten an.

Beinahe schon apathisch drehte Julian sich um, um sich wieder in den Überwachungsraum zurückzuziehen.

Und dann erblickte er sie.

In seinem Augenwinkel bemerkte er ihr Schimmern. Es glich einem Goldbarren, der an einem schlammigen Flussufer lag. Er blinzelte, unsicher, ob es nicht doch nur ein Lichtreflex gewesen war. Doch als er sich umwandte und genau hinsah, stand sie da.

Sie war gekleidet wie für einen Strandtag und nicht für einen Abend im Tempel der Sünde. Ihr schlichtes, sonnengelbes Kleid betonte ihre gebräunten Arme und geschmeidigen Kurven. Das blonde Haar fiel ihr in Wellen auf den Rücken. Ihr Gesicht war von klassischer Schönheit, so perfekt, dass es selbst aus der Ferne auffiel. Auch die anderen Männer starrten sie an. Wie Haie, die Blut im Wasser rochen, umkreisten sie die Frau. Wen suchte sie? Hatte sie ihre Freundin aus den Augen verloren? Ihren Geliebten?

Er fixierte sie, und sie hob den Kopf – als könnte sie durch den Lärm und das Gewühl in der VIP-Lounge seine Gedanken lesen. Sie schaute ihm direkt in die Augen. Aus zehn Metern Entfernung eine offene Herausforderung. Dann drehte sie sich um und verschwand.

Sein Jagdinstinkt war geweckt.

Julian folgte ihr durch die Menge, erhaschte mal einen Blick auf ihr blondes Haar, mal auf ihre bloßen Schultern, während sie immer tiefer in die tanzende Masse eintauchte. Der Puls der Musik erbebte in seinen Adern und trieb ihn voran. Er bahnte sich seinen Weg zu ihr ohne Rücksicht auf Verluste.

Als er ihr nahe genug war, schloss er seine Finger um ihren Arm. Ihre Haut fühlte sich an wie die eines Neugeborenen, so zart und weich. Ihr Bizeps spannte sich unter seinem fester werdenden Griff an. Die Lust strömte von seinen Fingerspitzen direkt in seinen Unterleib. Sie erstarrte und drehte sich um. Von Weitem war sie schön. Von Nahem göttlich.

Mit einem Blick erfasste er ihre hohen Wangenknochen, ihre vollen Lippen, ihre großen, vertrauensvollen Augen. Die Unschuld, die er in ihnen las, hatte nichts mit Arglosigkeit zu tun, sondern mit Glauben. Er wollte sie verschlingen. Sich in sie versenken, Teil von ihr werden und sie nie mehr gehen lassen.

Die Zeit schien stehen geblieben zu sein. Kein Ton war mehr zu hören. Aber mit einem Mal platzte in die Stille das Rascheln von Federn hinein, das Ausbreiten von Flügeln. Kaum war ihm klar geworden, was da geschah, wurde er von einer neuen Energie erfasst: Sie war ein Engel. Ein Schutzengel, der niedrigste Rang der Himmelswesen, verantwortlich für den Schutz der Menschheit auf Erden.

Warum ihn diese Tatsache so überraschte, wusste er nicht zu sagen. Er hatte schon viele Engel getroffen, oft mit ihnen gekämpft. Aber keiner war je so dumm gewesen, einen Fuß in einen seiner Klubs zu setzen. Was hatte sie hier zu suchen? In seinem Hoheitsgebiet?

Um ihn herum kam das Leben wieder in Gang; der hämmernde Bass der Musik ergriff wieder von ihm Besitz. Sie wand sich, um sich ihm endlich zu entziehen. Er verstärkte seinen Griff, wollte sie nicht gehen lassen.

Aus welchem Grund auch immer – sie war ins *Devil's Paradise* gekommen, mit ihrem unschuldigen Sommerkleidchen und ihrem lachhaften Glauben an das Gute im Menschen.

Jetzt war sie auf *seinem* Territorium.

Was Serena St. Clair stoppte, war die Berührung von Fingerspitzen auf ihrem nackten Oberarm. Die Berührung eines Geliebten. So zart, so respektvoll und doch so sinnlich, dass augenblicklich die Begierde von ihr Besitz ergriff. Selbst im heißen Gewühl des Nachtklubs war dieses Gefühl so intensiv, dass sie fröstelte.

Als sie sich umdrehte, schaute sie in das Gesicht eines Gottes. So fein gemeißelte Gesichtszüge, so perfekt symmetrisch, dass Gottes Hand im Spiel gewesen sein musste. Aber in den Augen des Mannes las sie die reine Sünde. In seinem Blick war nichts Gutes, nur die nackte Begierde. Er stand vor ihr in seinem maßgeschnittenen Anzug, der seinen athletischen Körperbau hervorragend zur Geltung brachte, den obersten Knopf des

Hemds hatte er geöffnet. Armani, tippte sie. Sein dunkles Haar war kunstvoll zerzaust, ein drastischer Gegensatz zu seinem ganz und gar nicht lässigen Blick.

„Willkommen im *Devil's Paradise.* Ich bin Julian Ascher."

Seine Stimme, leise und dunkel, ging ihr durch und durch. Ihr Körper schien zu vibrieren.

Einen Moment lang stand sie wie verzaubert da. Dann endlich kam sie wieder zu Atem. Sie schloss die Augen und schickte einen Energieschub in seine Gedanken, ein helles Licht, das seine Willenskraft brechen und die Erinnerung an sie auslöschen würde. Sie wartete darauf, dass er sie freigab und gehen ließ, damit sie ihre Aufgabe wahrnehmen konnte.

Ein Mensch befand sich hier, dessen Schutzengel sie war. Sie musste ihn finden und mit ihm so schnell wie möglich dieses Etablissement verlassen.

Nur leider ließ Julian Ascher sie nicht los. Für einen kurzen Moment blitzte Ärger in seiner ansonsten so lässigen Fassade auf. Doch schnell gewann er seine Souveränität zurück. In ihrem Kopf begann ein einziges Wort Gestalt anzunehmen.

Dämon.

Und tief in ihrem Innern raunte eine Stimme ihr zu: *Lauf.*

Arielle, ihre Ausbilderin, hatte jedem Trainee in der Kompanie der Engel eine elementare Weisheit eingehämmert: *Wenn du einen Dämon triffst, der mächtiger ist als du, dann verschwinde augenblicklich.*

Serena hatte ihre Ausbildung mit Auszeichnung abgeschlossen. Doch jetzt stand sie wie angewurzelt da, unfähig, sich zu bewegen. Julians Finger umschlossen immer noch ihren Oberarm. Allerdings war es nicht der Körperkontakt, der sie lähmte. Panik breitete sich in ihr aus, wie eine chemische Reaktion, die sie paralysierte.

„Versuch das nicht noch mal", sagte er freundlich. „Kann sein, dass das bei Menschen funktioniert, aber bei mir ganz sicher nicht. Komm mit, dann können wir uns unter vier Augen unterhalten."

„Tut mir leid, ich bin verabredet."

Nick Ramirez. Den sollte sie beschützen. Er musste ganz in der Nähe sein, das spürte sie. Serena musste ihn finden und ihn auf seinem selbstzerstörerischen Trip Einhalt gebieten.

Die Kompanie zählte auf sie. Eigentlich war die Aufgabe selbst für sie, einem jungen Schutzengel, nicht allzu schwer. Wenn nur dieser Dämon sie gehen lassen würde. Der gefährlich gut aussehende Dämon, dessen funkelnde Augen ihr pure Lust versprachen.

„Das war keine Frage", stellte Julian fest.

„Ich sagte, ich möchte nicht."

Engel sollen nicht lügen, das wusste sie. In Wahrheit wollte sie ihn, wie sie noch nie einen Mann gewollt hatte. Mit einem Verlangen, das offensichtlich tief in ihr geschlummert hatte und erst jetzt entfacht worden war. Sie wollte seine Finger auf ihrem Körper spüren, wollte seinen süßen Worten lauschen und dahinschmelzen.

Da sie von menschlicher Gestalt war, erlebte sie auch alle Empfindungen und Emotionen, die mit dem Dasein auf Erden einhergingen. In diesem Moment empfand sie diese Gefühle als so überwältigend, dass sie sich ihnen fast ergeben hätte. Sie erbebte unter seiner Berührung, und instinktiv war ihr klar, dass dieser Mann sie zerstören würde, wenn sie ihn ließe.

Als sie sich losmachen wollte, verstärkte sich sein Griff.

„Wenn du dich weiter wehrst, werde ich ärgerlich, und das könnte nicht gut ausgehen", warnte er sie. „Indem du die Schwelle dieses Klubs übertreten hast, hast du dich auf mein Territorium begeben. Und hier gelten meine Regeln."

Sein Ton war so beiläufig, als hätte er sie gerade zum Tee eingeladen. Doch seine Finger umklammerten ihren Arm so fest und besitzergreifend, dass sie weder an seiner Macht noch an dem, was er sagte, zweifelte.

Julian schob sie durch die Menge. Einen Versuch, sich von ihm zu befreien, unternahm sie noch. Sie ließ sich nach hinten fallen und klammerte sich an ein Geländer. Aber mit den dünnen Sandalen hatte sie nicht genug Halt auf dem Holzboden, mit einem einzigen Ruck zog Julian sie weiter.

Durch mehrere Türen drangen sie ins Innere des Klubs vor, wo es schlagartig leiser wurde. Er führte sie einen Flur entlang in sein Büro. Es war ein schicker, moderner Raum mit klaren Linien. Dunkelrotes Leder und glänzendes Holz, wie in einer vornehmen Werbeagentur. So hatte sie sich eine Dämonenhöhle nicht vorgestellt. Er schloss die Tür und verriegelte sie, erst dann ließ er Serenas Arm los.

„Champagner?“ Er deutete auf eine Flasche, die in einem fein gearbeiteten, silbernen Kühler stand. Dann zeigte er auf eine Sammlung von Weinflaschen, die die Hälfte der Wandfläche einnahm. „Oder lieber etwas anderes?“

„Ich bin nicht zu meinem Vergnügen hier.“

Jetzt konnte sie seine Augenfarbe erkennen. Dunkelblau, mit grünen und goldenen Sprenkeln. Glänzend, schön. Und so intensiv, dass ihr Puls schneller ging. Sie zwang sich, ihre Atmung zu kontrollieren und ihren pochenden Herzschlag zu drosseln.

„Spielverderberin. Dann vielleicht einen Apfel?“, fragte er und nahm einen aus der Schüssel, die auf seinem Schreibtisch stand. Er hielt die glänzende Frucht wenige Zentimeter vor ihren Mund. „Beiß rein.“

Sie drehte den Kopf zur Seite. Ihr Herz schlug so sehr, dass sie fürchtete, er könnte es hören. Oder sehen, wie es ihren ganzen Körper erzittern ließ. „Nein danke.“

„Du bist doch nicht etwa abergläubisch und glaubst an diese alte Geschichte? Von Eva und diesem Quatsch mit dem Baum? Das ist alles nur das Ergebnis von überschäumender Fantasie. Was kann unschuldiger sein als ein Stück Obst?“

Genussvoll biss er in den Apfel. Es krachte, als seine Zähne das Fruchtfleisch zerteilten. Er schloss die Augen, und als er schluckte, huschte ein Ausdruck höchster Zufriedenheit über sein Gesicht. Dann legte er den Apfel auf den Tisch.

„Und jetzt verrate mir, was ein Mädchen wie du an einem Ort wie diesem zu suchen hat.“

„Das habe ich Ihnen bereits erzählt“, erwiderte sie eigensinnig. „Ich bin hier verabredet.“

„Schön, wenn du Spielchen spielen willst … Muss ein guter

Freund sein, dieser Mann, nach dem du suchst. Wie hieß er noch mal?"

„Seinen Namen habe ich noch nicht erwähnt."

„Wie schade. Denn wenn ich wüsste, wie er heißt, könnte ich dir vielleicht helfen, ihn zu finden. Ansonsten müssen wir wohl die ganze Nacht hier verbringen. Dann wird sich dein Freund sicher fragen, was dir zugestoßen ist."

Erneut griff er nach dem Apfel und biss hinein. Sie beobachtete, wie er sich den Saft von den Lippen leckte. „Aber wir beide werden schon etwas finden, wie wir uns amüsieren können." Julian beugte sich zu ihr vor.

Irritiert machte sie einen kleinen Schritt zurück. Zögerte.

Ich könnte dich für immer hierbehalten, verrieten seine Augen ihr. Liefere mir nur einen Vorwand.

Nach einer langen Pause und einem verstohlenen Blick zur Tür hatte sie einen Entschluss gefasst. „Er heißt Nick Ramirez."

Offensichtlich sagte ihm der Name etwas. „Ach ja, Nick. Hollywoods Liebling der Woche. Ich habe ihn eben erst gesehen, allerdings glaube ich nicht, dass er deine Hilfe braucht. Er scheint hier neue Freunde gefunden zu haben. Damen, wenn du verstehst, was ich meine."

Julian zog einen Mundwinkel nach oben.

Fasziniert und erschreckt zugleich presste Serena die Lippen zusammen. Sein Mund war so schön.

Es war klar, was er meinte. Nicks Vorliebe für weibliche Begleitung – *bezahlte* weibliche Begleitung – war kein Geheimnis. Doch seit Serena ihn als sein Schutzengel und als seine Yogalehrerin begleitete, zeigte er bereits Anzeichen von Besserung. Obwohl sie sich erst seit drei Wochen um ihn kümmerte, hatte er sein wildes Partyleben und seinen Konsum illegaler Substanzen schon erheblich eingeschränkt. Einen Rückfall wie diesen hatte sie eigentlich nicht erwartet.

„Ist da vielleicht jemand eifersüchtig? Ist er dein Liebhaber?", erkundigte sich Julian.

Eine leichte Röte überzog ihr Gesicht. „Ich denke nicht, dass Sie das etwas angeht."

„Also nicht. Ich wette, du hast gar keinen Liebhaber. Dann ist es wohl ein Auftrag. Wie dringend sollst du ihn denn hier rausholen?"

„Was meinen Sie damit?"

„Vielleicht können wir uns auf einen Handel einigen. Was hättest du mir anzubieten?" Ungeniert musterte Julian ihren Körper.

Mit zitternden Händen suchte sie in ihrer Handtasche nach dem Portemonnaie. „Ich habe fünfzig Dollar. Ich weiß, das ist nicht viel, aber ..."

„Erfrischend. Wirklich sehr amüsant." Er lachte und trat näher an sie heran. „Süße, ich hatte dabei nicht an Geld gedacht."

„Etwas anderes habe ich Ihnen nicht anzubieten. Ich bin eine einfache Yogalehrerin." Während Julian sie mit bedächtigen Schritten umkreiste, blieb sie einfach regungslos stehen.

„Du meinst, du gibst dich als solche aus. Dabei wissen wir beide es doch besser. Aber besprechen wir das gleich. Da du darauf bestehst, nur eine Yogalehrerin zu sein ..." Sie spürte seinen brennenden Blick auf ihr. Jetzt blieb er unmittelbar vor ihr stehen. „Würdest du sagen, dein Körper ist dein Tempel?"

Beinahe unmerklich – aus Angst, sich zu bewegen – nickte sie.

„Dann lass mich ein und dich anbeten."

Noch ehe er geendet hatte, umfing er mit einer Hand ihre Taille, die andere legte er in ihren Nacken. Serena wollte sich ihm entziehen, aber sein Griff war wie aus Stahl. Er zog sie näher an sich heran. Als sein Mund ihren berührte, schloss sie die Augen. Sie hatte einen brutalen Kuss erwartet, doch die Berührung war sanft wie die einer Feder. Mit seiner Zunge glitt er zwischen ihre Lippen und erforschte ihren Mund mit einer Zärtlichkeit, die ihr völlig fremd war. Er schmeckte nach ungekannter Süße und verhieß absolute Befriedigung. Er vergrub die Finger in ihrem Haar, zog sie eng an sich, sodass ihre Brüste gegen seinen muskulösen Oberkörper gepresst wurden.

Wann hatte sie das letzte Mal die Hände eines Mannes auf ihrem Körper gespürt, einen Körper so eng an ihrem?

Vor einer Ewigkeit. Aber … Sie protestierte leise und hob die Hände, um ihn wegzuschieben. Schnell hielt er sie fest. Jetzt begann er, an ihrem Ohrläppchen zu knabbern. Sie keuchte – widerwillig und dennoch voller Lust.

Eine leise Stimme in ihrem Inneren rief ihr zu: *Ja.*

Eine einzige Handbewegung, und er hatte seinen Schreibtisch frei gefegt. Die Schale mit den Äpfeln landete scheppernd auf dem Fußboden, die Früchte rollten in alle Richtungen davon. Bevor ihr bewusst wurde, was geschah, hatte er Serena hochgehoben und auf die Schreibtischplatte gelegt. Und zu ihrem eigenen Erstaunen hätte sie fast nachgegeben.

Doch plötzlich regte sich trotz aller Begierde ihr Gewissen. Sie machte sich los und stützte sich auf die Ellbogen. „Warten Sie. Lassen Sie mich gehen. Ich gehöre nicht hierher."

„Und was ist mit Nick?"

An Nick hatte sie überhaupt nicht mehr gedacht, ihr Geist war nur noch von Begierde erfüllt. Ihre Haut fühlte sich an, als stünde sie in Flammen, ihr Atem ging keuchend und stoßweise. Die Lust hatte sie überwältigt, und ihr einziger Gedanke war Julian. Sie war geweiht worden, ein göttliches Wesen – aber dem Fliegen war sie nie näher gewesen als jetzt.

Er beugte sich über sie und küsste sie noch einmal. Dann murmelte er, während er sie mit seinen Blicken förmlich verschlang: „Mein Engel."

Zweifelsohne hatte er erwartet, sie mit seinen Worten noch mehr zu erregen. Doch das Gegenteil war der Fall. Sie fühlte sich, als wäre sie in eine Badewanne voller Eis gestoßen worden und kehrte im selben Moment wieder auf den Boden der Tatsachen zurück. Zurück zu ihren Pflichten. In diesem Augenblick war ihr Schutzbefohlener irgendwo in der Nähe und vergnügte sich mit einem Haufen Prostituierter. Und sie … sie war keinen Deut besser. Sie hatte sich von ihrer Lust hinreißen lassen.

„Sie haben bekommen, was Sie wollten. Und jetzt geben Sie mir Nick."

„Wir haben nicht einmal angefangen, das zu erforschen, was ich von dir haben will.“ Er umfasste mit seinen Händen ihre Taille und streichelte sie aufreizend. „Seine Seele oder deine, Süße? Welche soll es sein?“

„Ich weiß nicht, wovon Sie reden“, erwiderte sie atemlos.

Wieder beugte er sich über sie, küsste eine Stelle neben ihrem Ohr und flüsterte: „Du weißt genau, wovon ich rede.“

Vor ihrem geistigen Auge tauchte ein Bild auf – ein Bild von ihr und Julian, die Körper ineinander verschlungen, schwarze Seidenlaken, der Schweiß glitzernd auf ihren nackten Körpern. Sie senkte die Lider und verbannte die Szene aus ihren Gedanken. Sie durfte ihren Körper nicht dem Dämon opfern zum Heil einer einzigen menschlichen Seele. Das war verboten.

„Ich will das nicht.“

„Süße, was du willst, spielt keine Rolle. Ich könnte mir auch einfach nehmen, was ich haben will.“ Er konnte die Anspannung in seinem Körper kaum verbergen. Sein Atem ging stoßweise. Nicht eine Sekunde zweifelte sie daran, dass seine Worte wahr waren.

„Bitte nicht“, hauchte sie.

Diesmal eroberte er ihren Mund so stürmisch, dass sie sich ihm unwillkürlich entgegenreckte. Sie spürte ihre Brüste an seinem Oberkörper und sein Gewicht auf ihrem. Sie stöhnte, ob vor Verlangen oder aus Protest, wusste sie selbst nicht. Als Julian den Kopf hob, um sie anzuschauen, funkelten seine Augen vor Lust.

Wieder stemmte sie sich gegen ihn. Ohne Erfolg. Eine Ewigkeit lang durchbohrte Julian sie mit seinem Blick, als wollte er sie dort festnageln. Seine leidenschaftliche Glut ergriff auch von ihr Besitz, seine starken Muskeln schienen ihn kaum noch halten zu können.

Serena konnte kaum glauben, mit welcher Verzweiflung sie sich selbst plötzlich flehen hörte: „Bitte lassen Sie mich gehen.“

Es war, als hätten ihre Worte ihm einen Schlag versetzt. Ganz plötzlich bemerkte sie eine Weichheit und Verletzlichkeit an ihm. Er erhob sich, ließ sie los und ballte die Hände zu Fäusten.

„Wenn du vorhast, zu gehen, dann verschwinde sofort!"

Die Schärfe in seiner Stimme verursachte ihr eine Gänsehaut. Es war eine klare Warnung. Warum er sie warnte, verstand sie nicht. Aber sie floh, ohne sich noch einmal umzudrehen.

Julian beobachtete, wie sie davoneilte, und zwang sich, ihr nicht zu folgen. Ein paar Sandkörnchen lagen noch auf der polierten Schreibtischplatte. Sie hatte nach Strand gerochen und nach frischer Meeresluft. *Nach Glück.* Ein Gefühl, das er schon fast nicht mehr kannte. Er wischte den Sand weg.

In seinem Magen brodelte es. Warum hatte er sie gehen lassen? Weil sie ihn darum gebeten hatte? Weil sie ihn angefleht hatte? Wie eine Frau, die um ihre Seele bettelte. Wie zahllose Frauen vor ihr es getan hatten. Nicht ein einziges Mal hatte er nachgegeben.

Wieso also bei ihr?

Ohne Frage, sie war wunderschön. Aber er kannte so viele schöne Frauen, darunter auch einige, die unsterblich waren. Doch diese Frau war anders. Sie war so vital und so lebendig – und so nah am Menschsein. Einen Augenblick lang sehnte er sich nach dieser fragilen Sterblichkeit, die er nur so kurz kennengelernt hatte. In ihren Augen hatte er das gefunden, was er schon so lange vermisste – das Strahlen eines Lebens voller Hoffnung. In ihrer Gegenwart fühlte er etwas, das er seit Jahrhunderten nicht mehr empfunden hatte. Etwas, das sich beinahe so anfühlte wie Frieden.

Kopfschüttelnd wischte er das Gefühl aus seinem Innern wie die Spuren von Sand. Frieden. Glück. Diese belanglosen Emotionen hatte er hinter sich gelassen. Jetzt hatte er wichtigere Sorgen, und auf diese Aufgaben musste er sich konzentrieren.

Nein. Er hatte sie nicht wegen irgendeiner Schwäche gehen lassen. Es war nichts als Berechnung gewesen. Nick frei zu lassen, kam gar nicht infrage. Hätte er sich genommen, was er wollte, hätte sie im Gegenzug darauf bestanden, dass er Nick freigab. Allerdings musste er nur ein bisschen warten, dann konnte er sie beide haben. Zu seinen Bedingungen.

Abgesehen davon war schnelles Töten niemals so interessant wie eine lange Hetzjagd. Dieser Engel entpuppte sich als eine Herausforderung. Nicht wie diese Sterblichen, die der Versuchung so leicht erlagen, so leicht zu durchschauen waren. Sie dagegen besaß Kampfgeist und Glauben, so viel stand fest. Letztendlich war natürlich auch sie kein ebenbürtiger Gegner für ihn. Selbstverständlich würde er am Ende auch ihren Willen und ihren Glauben brechen, sie würde ihren göttlichen Auftrag vergessen und sich den Begierden hingeben, die er in ihr geweckt hatte. Und dann wäre sie bis in alle Ewigkeit eine Kreatur der Hölle. Und für ihn wäre dieses kleine Zwischenspiel nur allzu schnell Vergangenheit.

Er wusste, dass es so kommen würde. Das passierte mit jeder Frau, die er als Opfer auserkoren hatte. Und genau das war auch ihm widerfahren.

Heute undenkbar, war auch er früher einmal so unschuldig gewesen wie dieser kleine Engel heute. Ihr Duft hatte Erinnerungen in ihm geweckt, die lange tief in seinem Gedächtnis vergraben gewesen waren. Er versuchte, sie wegzuschieben, aber sie kehrten in sein Bewusstsein zurück. Erinnerungsbrocken ... Ein sonniger Nachmittag, an dem er mit seiner Mutter, die seine kleine Schwester auf der Hüfte trug, über eine Sommerwiese lief ... Seine Mutter, die sich zu ihm herunterbeugte und lächelnd sagte: „Eines Tages, Julian, wird all das dir gehören."

Er war in England geboren, in der idyllischen Grafschaft Berkshire, im Jahr 1752, als Erbe eines Herzogs, gesegnet mit Reichtum und Privilegien. An seine frühe Kindheit erinnerte er sich kaum, nur Bruchstücke von nachmittäglichen Spaziergängen, dem Lavendelduft seiner Mutter oder die Berührung ihrer behandschuhten Hand in seinem Haar kamen ihm in den Sinn. Sie hatte ihn sehr geliebt, und es hatte ihm an nichts gefehlt.

Eines Morgens jedoch, kurz nach Julians fünftem Geburtstag, holte ihn seine Mutter nicht bei seinem Kindermädchen ab, wie sie es sonst jeden Morgen tat. Seine Mutter wäre krank, erklärte ihm das Kindermädchen, aber er solle sich keine Sorgen machen. Doch Julian war ein sensibles Kind und hörte dem Tonfall in der Stimme des Kindermädchens deutlich an, dass etwas nicht stimmte.

Ohne an seine guten Manieren und die anerzogene Disziplin zu denken, rannte er dem Kindermädchen davon, den langen Gang entlang, der sich in dem Trakt des Gebäudes erstreckte, in dem sich die Wohnung seiner Mutter befand. Er platzte in ihr Schlafzimmer und blieb im selben Moment wie gebannt in der Tür stehen; plötzlich wagte er es nicht, sich der Herzogin zu nähern, die unter einem Berg von Decken in ihrem Bett lag. Der süßliche Geruch in dem Zimmer war anders als der frische Duft, den er mit seiner Mutter in Verbindung brachte.

Vorsichtig ging er ein paar Schritte auf sie zu. „Mama?"

Die Herzogin hob den Kopf, ihr bleiches Gesicht war von Fieber gezeichnet. „Mein Täubchen. Komm mir nicht zu nahe. Mama ist sehr krank." Mit rauer Stimme rief sie nach dem Kindermädchen, das inzwischen keuchend hinter ihm aufgetaucht war. „Bringen Sie ihn raus."

Er wurde aus dem Zimmer geführt, drehte sich aber noch einmal um und sah, wie seine Mutter sich mühsam aufsetzte. In ihren Augen erkannte er eine unendliche Traurigkeit, als sie ihm sagte: „Ich hab dich lieb, Julian."

Noch am selben Tag kam Julian zu seiner Tante, einer alten Jungfer, die am Rande des Anwesens in einer kleinen Hütte lebte. Tante Etheline ließ ihn auf dem harten, kalten Holzboden niederknien und beten. So verbrachten sie die Nacht, eine mittelalte Frau und ein kleiner Junge, die fieberhaft um die Rettung eines geliebten Menschen beteten. Doch ihre Gebete wurden nicht erhört. Ein paar Tage später trug der Tod über die Herzogin und Julians kleine Schwester den Sieg davon. Der Typhus hatte Julians Leben mit einem Schlag verändert.

Von da an lebte er bei seiner Tante, und seine Tage waren geprägt von strenger Religiosität. Die Gutenachtgeschichten, die sie ihm erzählte, handelten immer von der Hölle, von den Feuergruben, in die die Sünder geworfen wurden, und von den Dämonen, die sich an den Eingeweiden der Toten labten. Natürlich hatte er als Kind deshalb regelmäßig Albträume. Seine

Tante behauptete, Julian würde in das Fegefeuer gestoßen und müsste für alle Zeit brennen, wenn er sich nicht wie ein guter Christ benahm. Er dachte viel an seine Mutter und fragte sich, warum Gott ausgerechnet sie zu sich geholt hatte. Als er seiner Tante die Frage stellte, gab sie ihm eine schallende Ohrfeige und schickte ihn ohne Abendessen ins Bett.

Der Herzog glich nach dem Tod seiner Frau einem wandelnden Leichnam. Sein Vater erschien Julian genauso tot und unerreichbar wie seine Mutter. Er besuchte das Herrenhaus nur an den Feiertagen und fand dann seinen Vater meistens betrunken vor, im Brandyrausch, und immer häufiger roch er auch nach dem aufdringlichen Parfüm von Huren.

Julian war sich sicher, dass Gott ihn verlassen hatte. Für die nächsten zwölf Jahre lebte er in einer Art Hölle auf Erden. Er hatte keine Spielkameraden oder Freunde in seinem Alter, da er keine Schule besuchte, sondern von strengen Privatlehrern unterrichtet wurde. Als Kind war er immer brav gewesen, doch je älter er wurde, desto mehr rebellierte er. Er brauchte ein Ventil, um seine so lange unterdrückten Emotionen herauszulassen. Also begann er damit, seinen Lehrern Streiche zu spielen, seine Bücher zu zerstören und sich stundenlang vor seiner Tante im Wald zu verstecken. Er gehorchte seinem Reitlehrer nicht mehr und galoppierte einfach mit dem Pferd davon, um an den Außengrenzen des Anwesens allein sein zu können. Mit fünfzehn wollte er am liebsten dieses Leben hinter sich lassen und gehen, aber ein seltsames Pflichtgefühl seiner Familie und seiner Herkunft gegenüber hinderte ihn daran. Für jede seiner Ungehorsamkeiten wurde er mit einer Woche Stubenarrest bei Wasser und Brot bestraft. „Julian, du verhöhnst unseren Herrgott", pflegte seine Tante immer zu sagen. „Mit jedem Tag kommst du der Hölle einen Schritt näher."

Da begann er, zu Satan zu beten. Eine Verbesserung seiner Verhältnisse ergab sich aber nicht. Doch dann geschah ein Wunder: Wenige Monate nach seinem siebzehnten Geburtstag starb seine Tante.

Und kurze Zeit später schickte man ihn zum Studieren nach

Oxford. Zum ersten Mal seit seiner Kindheit kam er wieder mit Gleichaltrigen in Kontakt. Während seiner Zeit an der Universität lernte Julian sehr viel – und nicht nur im Hörsaal. Er betrat eine Welt, die er nie zuvor gekannt und von der er gar nicht gewusst hatte, dass sie überhaupt existierte. Er erlebte trotz seiner eingeschränkten finanziellen Möglichkeiten ein Hochgefühl, denn er war frei. Seine Kommilitonen waren zwar eindeutig welterfahrener als er, aber er war ein stattlicher junger Mann von siebzehn Jahren und noch dazu ein Adeliger, der eines Tages ein Herzogtum erben würde. Schon bald fand er sich in den höheren Rängen des universitären Lebens wieder.

Er verbrachte eine herrliche Zeit in Oxford. Sein Tag bestand aus Ruderpartien auf der Isis, wie die Themse dort genannt wurde, Fuchsjagden und Reitausflügen in die weiten Ebenen von Port Meadow. Er genoss das Ritual, sich für das Abendessen in der gotischen Halle des Christ Church College fein zu machen. Fast jeden Abend zogen sich Julian und seine Freunde danach in die Gemeinschaftsräume zurück, um zu trinken. Manchmal wagten sie auch einen Ausflug in die Wirtshäuser der Stadt, in denen Studenten eigentlich der Zutritt verboten war. Die Vorlesungen spielten eine eher untergeordnete Rolle, obwohl Julian großen Respekt für seine Lehrer empfand. Von ihnen erbte er die Begeisterung für die großen Philosophen der Aufklärung – Rousseau, Voltaire, Kant.

Nach seinem Universitätsabschluss begab sich Julian auf die *Grand Tour*, die damals übliche Reise für die Söhne des europäischen Adels durch Mitteleuropa. Paris, Südfrankreich, Barcelona, Madrid, Rom, Florenz ... Er wirbelte wie ein Tornado durch die kulturellen, kulinarischen und sinnlichen Höhepunkte dieser Orte und sog alles in sich auf.

Schließlich kam er in Venedig an. *La Serenissima*, „die durchlauchtigste Republik", Perle der Adria. Venedig bildete den Gegenentwurf zu seiner engen, verklemmten Kindheit. Es war ein Ort der Ausschweifungen und Kurtisanen, ein ganzes Universum entfernt von seinem Vater, der mittlerweile auf seinem herzoglichen Landsitz in Berkshire verrottete.

In den Spielsalons meinten es die Götter gut mit ihm, und er konnte sein Reisebudget auf eine stattliche Summe, ein kleines Vermögen, erhöhen. Seine Vormittage verbrachte er in den Kaffeehäusern, abends dinierte er in den feinsten Restaurants. Er freundete sich mit italienischen Aristokraten an, mit Händlern, Künstlern und Intellektuellen, ließ sich von den berühmtesten Kurtisanen der Stadt beglücken, besuchte die Oper und fand Trost in den herzzerreißend schönen Arien der Sopranistinnen. Sein Charme und sein gutes Aussehen ermöglichten es ihm, auch sie zu erfreuen.

Oxford war für ihn eine angenehme Abwechslung und eine gute Lehrzeit gewesen. Doch Venedig zeigte ihm, wo sein Platz in der Welt war. Hier blühte er auf und genoss die Vorzüge des Lebens eines reichen jungen Mannes. Er ließ seine Vergangenheit hinter sich und wurde ein neuer Mensch. Zum ersten Mal in seinem Leben fühlte er sich wirklich lebendig. Erfüllt. Stark.

Und zum ersten Mal in seinem Leben stellte er fest, dass es in der *Serenissima* auch arme Menschen gab. Die Bettler, die unter den Torbögen der Stadt saßen. Die Straßenhändler, die ihre Waren auf der Piazza San Marco feilboten. Die Dienerschaft, die sein Quartier sauber machte und ihm das Essen brachte. Sein neu entdecktes Selbstbewusstsein verlieh ihm Nachgiebigkeit, machte ihn milder und freigebiger. Es wurde ihm zur Angewohnheit, in jede ausgestreckte Hand eine Münze zu legen und Lob auszusprechen, wann immer es angebracht war. Außerdem dachte er viel über die Pächter auf dem Anwesen seines Vaters nach, wie er ihr Leben erleichtern und welche Verbesserungen er nach dem Tod seines Vaters einführen könnte. Wenn er der Herzog war.

Kurz gesagt: Er hatte sich zu einem guten Menschen entwickelt.

Doch als er an einem schwülen Nachmittag an einem der Kanäle entlangspazierte, begegnete er der Frau, die all das zunichtemachte. Sie sah ihn einfach an mit ihren grünen Augen. Er war nur kurz stehen geblieben auf dem engen Kopfsteinpflasterweg, aber lange genug, um ihre Schönheit und scheinbare

Unschuld wahrzunehmen. Damals wusste er nicht, dass sie gefährlich war. Ahnte nichts von ihrem Verrat.

Eine ganze Dekade dauerte es, bis sie ihn zu einer willenlosen Schachfigur in ihrem hasserfüllten Spiel gemacht hatte. Schließlich hatte sie ihr Ziel erreicht. Für sie focht er ein Duell aus, in dem er sein menschliches Leben verlor. Diesen Fehler bezahlte er mit seiner Seele. Er verlor alles.

Als sein Dasein als Mensch endete, war er zweiunddreißig Jahre alt. Ein Mann in den besten Jahren, der kurz davor stand, die notwendigen Veränderungen auf dem Anwesen seines Vaters durchzusetzen. Ein Mann voller Wut. Nicht nur weil diese Frau ihn verraten, sondern weil auch Gott sich von ihm abgewendet hatte.

Nach seinem Tod durchwanderte er das Reich der Hölle, erlitt Qualen in der erbarmungslosen Hitze und ewigen Seelenpein. Es ging ihm so schlecht, dass er begann, zu seiner eigenen Erleichterung andere Seelen zu quälen – ohne dass die Dämonen ihn extra dazu aufforderten. Einmal, während er sein grausames Tun verrichtete, kam der Herrscher der Hölle vorbei und wurde Zeuge von Julians Taten. Er befreite Julian aus der Verdammnis und ernannte ihn zum Türhüter. Man schickte ihn auf die Erde zurück, um dort das Werk Satans voranzutreiben.

Von nun an konnte er spektakuläre Erfolge feiern. So spektakulär, dass er binnen kürzester Zeit in den Rang eines Dämons aufstieg. Je mehr Seelen er gewann, desto mächtiger wurde er. Nach nur knapp zweihundert Jahren hatte er sich den Rang eines Erzdämons erarbeitet – und zweihundert Jahre waren im Leben eines Dämons ein Nichts. Julian würde nicht aufhören, bis er die höchste Position erreicht hatte – bis er niemandem mehr Rechenschaft schuldig war als Satan persönlich.

Und nachdem sein menschliches Leben auf so desaströse Weise geendet hatte, schwor er sich, dass ihn nie wieder eine Frau zum Narren halten würde. Bisher war ihm das auch gelungen.

Und bei dieser Frau, diesem Engel … würde es auch nicht anders sein.

2. *KAPITEL*

Serena rannte los. Sie floh aus Julians Büro, über den Flur und zurück in den überfüllten Klub. Sie schob sich durch die Menge und bahnte sich ihren Weg zur VIP-Lounge, wo sie Nick schon nach ihrem Eintreffen im Klub hatte suchen wollen. Diesmal hatte sie keine Schwierigkeiten, ihn zu finden.

Die Leute riefen seinen Namen. Hunderte von Stimmen feuerten ihn an: „*Nick! Nick! Nick! Nick!*"

Allein seine Größe und sein gutes Aussehen ließen ihn aus jeder Menschenmenge hervorstechen. Und hier im *Devil's Paradise* galt ihm gerade die ungeteilte Aufmerksamkeit. Sein Hemd hatte er ausgezogen, und sein braun gebrannter, muskulöser Oberkörper glänzte im Licht der Scheinwerfer. Er tanzte mit zwei Mädchen auf dem Tisch. In dem Gewirr von Armen gelang es ihm dennoch, eine Flasche Bier in der Hand zu halten. Die um ihn herum versammelte Menge sonnte sich im Glanz seiner Berühmtheit.

Nick warf den Kopf nach hinten und fing an, wie ein Wolf zu heulen. Sein Gebrüll elektrisierte die Menschen.

Die Jungs heulten zurück, die Mädels kreischten und quietschten. Mit seiner freien Hand wischte sich Nick Spuren des weißen Pulvers von der Nase. Serena erbebte, als sie ihn so sah. Tief in ihrem Innern wusste sie, dass heute Nacht nichts und niemand Nick vor sich selbst retten konnte.

Und wenn sie selbst noch länger hierblieb, würde Julian sie sich holen. Und dann ließe er ihr keine Wahl. Also tat sie das Einzige, was sie noch tun konnte: Sie floh.

Als sie sich in Richtung Ausgang drängelte, stellte sich ihr ein Mann in den Weg. Sein Atem roch nach Whisky und raubte ihr fast die Luft. „Hey Süße. Gut siehst du aus."

Sie versuchte, links an ihm vorbeizukommen. Dabei ergoss sich ein kalter Schwall Bier auf ihren Arm und ihr Kleid. Erschrocken schob sie sich weiter.

„Pass doch auf!", rief ihr jemand hinterher.

Zum ersten Mal in ihrem Leben legte sie keinen Wert auf Höflichkeit. Sie wollte nur noch raus aus diesem Höllenloch. Sie schob sich weiter Richtung Ausgang, Richtung Freiheit. Wie ein Lichtpunkt in der Dunkelheit tanzte sie zur Tür. Sie öffnete die Tür und wollte rasch den Türsteher passieren. Als ihr Blick ihn streifte, kam ihr sofort ein Wort in den Sinn: *Türhüter.* Wie Schutzengel gab es auch Dämonen in menschlicher Gestalt, die als sogenannte Türhüter auf der Erde unterwegs waren. Doch im Gegensatz zu den Engeln bedeuteten sie immer Ärger.

Und dieser versperrte ihr prompt den Weg und fragte grinsend: „Wohin so eilig, Schätzchen?"

Sie schob sich wortlos an ihm vorbei und rannte davon.

Julian griff sich eine Flasche Champagner und zwei Champagnerflöten und machte sich auf den Weg in die VIP-Lounge zu Nick.

Hollywoods neuester Skandalpromi war noch da – sehr gut. Und er machte sich selbst zum Affen. Wie erbärmlich. Jeder, selbst Julian, der sich für Klatschgeschichten nicht interessierte, wusste, was mit Nick los war. Der Sohn eines brasilianischen Finanziers und einer berühmten amerikanischen Ballerina stand schon seit seiner Geburt vor sechsundzwanzig Jahren im Licht der Öffentlichkeit. Die unschöne Scheidung seiner Eltern hatte dazu geführt, dass Nick als Kind zwischen São Paulo und New York hin- und herpendelte und mehr oder weniger von Kindermädchen aufgezogen wurde, bis er schließlich in Connecticut auf einem Internat landete. Seine Eltern waren sicher stolz darauf, dass sie ihm alles gegeben hatten, was ein Kind sich nur wünschen konnte.

Nur ihre Aufmerksamkeit schenkten sie ihm nicht. Und genau das war es, wonach Nick sich zu sehnen schien. Ironischerweise entfremdete er sich durch seinen wachsenden Erfolg immer mehr von seinen Eltern. Sie betrachteten ihn mit unverhohlener Abneigung, taten seine Filmrollen als „kommerziell" und „billig" ab. Mithilfe von Alkohol versuchte Nick, ihre Zurückweisung zu vergessen. Das Interesse der Medien galt inzwischen weniger seiner Schauspielkarriere als seinem wilden Partyleben.

Julian beobachtete den jungen Mann bei seinem heulenden Spektakel.

Ja, Nick tanzte am Rand des Abgrunds. Und wenn er fallen sollte, war es ein tiefer Absturz.

Bis in die Hölle, hoffte Julian.

Doch jetzt benötigte er erst einmal Informationen. Vor allem wollte er den Namen des Engels wissen, der gerade das *Devil's Paradise* verlassen hatte. Innerhalb von drei Sekunden setzte Julian Nicks Tanz auf dem Tisch ein Ende, drückte ihm sein Hemd in die Hand und setzte sich mit ihm in eine Nische. Wie leicht die Menschen doch zu manipulieren sind, dachte Julian wieder einmal. Vor allem wenn sie bis obenhin vollgekokst waren. Nicks Pupillen waren riesig, knallten aus dem blutunterlaufenen Weiß seiner Augen heraus. Sein Blick flackerte wild, und es war ihm nicht möglich, einen Punkt länger als ein paar Sekunden zu fixieren.

Nicks Tanzpartnerinnen setzten sich mit in die Nische. Julian bedeutete einer von ihr, ein Stück zu rutschen. Sie folgte seiner Aufforderung, aber ihr Augenaufschlag verriet, dass sie noch lieber auf ihm als neben ihm sitzen würde.

„Julian Ascher", stellte er sich vor. „Ich bin der Inhaber dieses Klubs." Als er den Champagnerkorken knallen ließ, jauchzten die beiden Frauen.

Eine der beiden beugte sich zu ihm und eröffnete ihm so einen Blick auf ihr freizügiges Dekolleté. Sie sagte: „Ich habe Bilder von Ihnen in der Presse gesehen. Sie waren mit Brooke Bentley zusammen, bevor sie ihren Zusammenbruch hatte."

Julian nickte und lehnte sich auf dem scharlachroten Ledersofa zurück. Er hatte Brooke schon längst vergessen, ein hübsches junges Pop-Sternchen, die mit ihren Hits Dreifach-Platin geschafft hatte. Die bemitleidenswerte, sittlich verkommene Brooke war nach ihrer Affäre mit ihm mittlerweile in einer Nervenheilanstalt untergebracht. Sie zählte zu Julians Erfolgen. Er wandte sich an Nick und fragte ihn: „Heute Abend war eine Freundin von dir hier. Eine kleine Blondine, unschuldig wie ein neugeborenes Täubchen. Irgendeine Ahnung, wer das sein könnte?“

Wie eine Rakete schoss Nick aus seinem Sessel. „Serena St. Clair? Wo ist sie?“ Nervös ließ er seinen Blick über die Menge schweifen, auf der Suche nach ihr.

Serena. So hieß sie also. Wie ironisch. Eine kleine Erinnerung an seine Lieblingsstadt, *La Serenissima.*

„Sie ist weg“, antwortete Julian und heuchelte Desinteresse. „Schien sich nicht ganz wohlzufühlen. Aber ich soll dich von ihr grüßen.“

Nick ließ sich wieder in seinen Sessel fallen und machte ein Gesicht wie ein kleiner Junge, der sein Lieblingsspielzeug verloren hatte. „Hast du mit ihr geredet?“

„Ja. Sie bedauerte es sehr, gehen zu müssen, ohne dich gesehen zu haben.“ Julian lächelte.

„Das ist furchtbar. Ich bin so verliebt in sie“, jammerte Nick. Das Mädchen neben ihm zog eine Schnute, aber das kümmerte ihn nicht.

Nick und Serena sind also verliebt … Das gefiel Julian gar nicht. Am liebsten hätte er Nick Ramirez auf der Stelle getötet, seinen Körper in eine Million Teile zerschnitten und ihn ohne das übliche Brimborium direkt in die Hölle verfrachtet. Aber er zwang sich zu einem zivilen Ton. „Muss ich mehr wissen?“

„Was gibt’s da zu wissen? Du hast sie ja gesehen. Sie ist heiß. Noch heißer als Brooke Bentley. Ich sag’s dir, Mann: Das war Liebe auf den ersten Blick.“

„Ist sie auch verliebt in dich?“, hakte Julian ganz beiläufig nach. Die beiden Frauen machten enttäuschte Gesichter, also goss er ihnen noch etwas Champagner ein.

Julian lehnte sich zurück und runzelte die Stirn. Zu gern wüsste er, wie es wirklich hinter Nicks hübscher Fassade aussah. Der Junge mit dem perfekten Hollywoodlächeln hatte eine Vorliebe für Nutten und Koks. Je teurer, desto besser – in beiden Fällen. Das musste Serena als sein Schutzengel doch wissen! Trotzdem konnte er sich nicht dagegen wehren, sich die beiden Hand in Hand vorzustellen, wie sie einander naiv und mit großen Augen ansahen, in der arglosen Frische ihrer Jugend. Das Bild erzeugte bei Julian fast einen Würgereiz.

„Nicht im romantischen Sinn", erklärte Nick. „Also … noch nicht." Er ließ die Schultern hängen und fuhr sich mit den Fingern durch sein sorgfältig verwuscheltes Haar. „Serena ist meine Yogalehrerin. Sie ist wie eine Nonne oder so was."

In Julians Innerem jubelte es.

„Aber versteh mich nicht falsch", fuhr Nick fort. „Sie ist nicht prüde oder so was. Sie ist eben einfach besonders. Sie ist nicht wie andere schöne Frauen. Sie hat etwas. Etwas Erlesenes. So nah wie bei ihr war ich noch nie dran an bedingungsloser Liebe."

In Nicks berühmten braunen Augen flackerte durch den Drogenrausch ein Blitz von Nüchternheit auf, stellte Julian überrascht fest. Unter seiner oberflächlichen Hollywoodhülle hatte Nick Ramirez die wahre Natur von Serena erkannt. Julian war verwundert.

„Vergiss sie für heute Abend. Alles, was du brauchst, ist hier." Julian streichelte einer der beiden Frauen den Arm. Es war eine hübsche junge Blondine, aber trotzdem nur ein schlechter Ersatz für Serena. „Wenn du sonst noch Wünsche hast – mein Personal ist für dich da."

„Danke, Mann. Du bist der Beste."

Julian verließ Nick und die beiden Frauen und ging wieder hoch in den Überwachungsraum. Es war spät, und die ersten Raufereien auf der Tanzfläche begannen. Er sah zu, wie die Türsteher sich zurückhielten – so war es mit ihnen abgesprochen. Sie sollten immer erst dann eingreifen, wenn ein ernst zu nehmender Kampf daraus wurde, bei dem Schaden drohte.

Auch zwischen ihm und Serena würde es zu einem, wenn auch etwas andersgearteten, Kampf kommen. Engel, selbst junge Schutzengel wie sie, kamen ihm normalerweise nicht in die Quere. Die meisten waren entweder zu feige oder zu schlau, diesen Fehler zu begehen. Serena St. Clair war beides nicht.

Wenn sie Nick haben wollte, musste sie ihn Julian mit Gewalt entreißen. Und er würde sich daran ergötzen, sie zu zerbrechen, sobald sie es versuchte.

Julian würde diesen Kampf gewinnen – daran bestand kein Zweifel. Denn das tat er immer.

Keuchend blieb Serena vor ihrem alten Volkswagen stehen, den sie in irgendeiner Seitenstraße geparkt hatte. Mit zitternden Fingern öffnete sie die Fahrertür und ließ sich schwer in den Sitz fallen. Dann verriegelte sie die Tür und startete den Wagen. Die quietschenden Reifen nahm sie in Kauf, als sie sich in den Verkehr einordnete. Dennoch wanderte ihr Blick immer wieder in den Rückspiegel.

Die Dämonen waren ihr auf der Spur.

Noch bevor Serena sie sah, konnte sie die Gefahr spüren. Der Wagen war nur ein kleiner Fleck in ihrem Rückspiegel, weit hinter ihr. Doch schnell wurde er immer größer, wurde schneller und schlängelte sich mit hoher Geschwindigkeit durch den Verkehr.

Schon klebte er hinter ihr. Die Dämonen fuhren so dicht an ihre Stoßstange heran, dass sie sie im Rückspiegel lachen sehen konnte. Es waren der Türsteher des Klubs, an dem sie sich vorbeigedrängt hatte, und ein anderer Dämon. Sie verfolgten, verspotteten und bedrohten sie. Die Lichter von Straßenlaternen und Scheinwerfern huschten an ihr vorbei, als sie auf den Highway bog und beschleunigte. Achtzig Stundenkilometer. Neunzig. Hundert. Hundertzehn. Hundertzwanzig. Ihr kleines Auto bebte unter der ungewohnten Geschwindigkeit.

An ihrem Beifahrerfenster flog plötzlich ein geflügelter Kobold vorbei, wie eine riesige Fledermaus. Er flatterte vor ihrer Windschutzscheibe auf und ab und nahm ihr die Sicht. Das keckernde Lachen, das er von sich gab, verursachte Serena eine Gänsehaut. In seinen roten Augen las sie puren Hass. Zweifelsohne wollte der Kobold sie töten. Sie trat das Gaspedal durch, und der Wagen schoss nach vorn. Das Wesen knallte gegen die Windschutzscheibe und machte dabei ein hässliches Geräusch. Der Kobold stieß einen schrillen Schrei aus, wie ein Schwein, das geschlachtet wird. Seine Gedärme verschmierten die Scheibe.

Serena schaltete die Scheibenwischer ein, und der Koboldkadaver fiel auf die Straße. Die Blutspuren beeinträchtigten ihre Sicht, aber sie fuhr weiter, den Fuß aufs Gaspedal gedrückt.

Und die Dämonen hingen immer noch an ihrer Stoßstange. Serena umklammerte das Lenkrad und wartete auf den Blitz aus weißer Hitze, der den Tod ankündigte. Da war sie, die Angst, greifbar und real.

Es war nicht ihr ganzes Leben, das in Bildern an ihr vorbeizog, sondern nur ein paar Momente eines Abends, der sich vor knapp einem Jahr ereignet hatte. Sie sah den Unfall vor sich. *Das verbogene Metall, die Funken aus einer herabfallenden Hochspannungsleitung. Die Straße glitschig vom Regen. Niemand hatte angehalten, also fuhr Serena rechts ran und lief durch den peitschenden Regen zu den beiden Autowracks. Eine Frau und ihre kleinen Töchter konnte sie ohne Schwierigkeiten befreien. Sie hatten nur Schürfwunden davongetragen, waren aber total verängstigt. Serena brachte sie zuerst in Sicherheit, setzte sie in ihren eigenen Wagen. Danach lief sie zu der Frau in dem anderen Fahrzeug.*

Eine Vorahnung erfüllte sie, als sie vergeblich am Türgriff zerrte. Ihre Finger fanden keinen Halt auf dem feuchten Metall. Als die Tür schließlich aufging, sah die Fahrerin des Autos sie zugleich dankbar und entschuldigend an. In diesem Moment explodierte das Auto, und sie starben beide.

Seitdem wusste Serena, dass der Tod nichts war, vor dem man sich fürchten musste. Trotzdem wollte sie das alles nicht noch einmal erleben. Der Tod nervte.

Sie umklammerte das Steuer noch fester. Gleich würden die Dämonen sie von der Straße drängen. Das Auto würde explodieren. Doch nichts dergleichen geschah. Während sie die Straße entlangjagte, war ihr Blick stets auf den Rückspiegel gerichtet. Hoffentlich würde die Polizei sie nicht anhalten.

Plötzlich verschwanden die Dämonen so schnell, wie sie gekommen waren.

Serena bog vom Highway ab und fuhr so lange, bis sie ein Wohnviertel erreichte. Sie lenkte ihr Fahrzeug an den Straßenrand und hielt an. In den Häusern war es ruhig, die meisten Fenster waren dunkel. Die Menschen schliefen und träumten – in einer Welt, von der sie dachten, sie sei sicher. In einer Welt, deren wahre Natur sie niemals vermuten würden. Und das war auch besser so. Denn hätten die Menschen Kenntnis vom Ausmaß der unsichtbaren Schlachten zwischen Engeln und Dämonen, würden die meisten von ihnen vermutlich dem Wahnsinn anheimfallen.

Langsam normalisierte sich ihre Atmung wieder. Ihr Puls hörte auf zu rasen.

Doch ihre Brust schmerzte noch immer, als wollte sie implodieren. Eine einzelne Träne lief ihre Wange herunter, die sie mit dem Handrücken abwischte.

Nicht weinen. Nicht weinen.

Mit einem Kloß im Hals richtete sie den Blick auf den von Sternen gesprenkelten Nachthimmel. Ein Tumult aus Gefühlen strömte auf sie ein. Hoffnung für die junge Familie, die sie mit ihrem eigenen Tod gerettet hatte. Angst um Nicks Sicherheit. Verzweiflung über ihr Versagen ihm gegenüber.

Und noch etwas. Ein bisschen Sorge um sie selbst. Vielleicht sogar Wut. Eine innere Stimme flüsterte ihr zu, wie unfair es war, dass man sie ihrer eigenen Familie entrissen hatte, als sie selbst noch so jung war. Einer Familie, die schon unter dem Tod des Vaters gelitten hatte, der zehn Jahre zuvor einem Herzinfarkt erlegen war. Innerhalb von zehn Jahren war die Hälfte der Familie gestorben – jetzt waren nur ihre Mutter und ihr Bruder übrig und mussten mit ihrer Trauer leben lernen. In ihrer Brust schmerzte es, weil sie die beiden so sehr vermisste.

Das Leben, auch das als Engel, war manchmal einfach grausam. Und es gab Menschen – Dämonen – in dieser Welt, die alles noch schlimmer machen wollten. Serena schloss die Augen und wünschte, es hätte den heutigen Abend niemals gegeben. Sie wünschte, sie hätte Julian Ascher niemals kennengelernt. Und jemand Fähigeres wäre auserkoren worden, um Nick zu beschützen.

Wäre sie nur niemals gestorben, dachte Serena traurig.

Als sie die Augen wieder öffnete, hatte sich nichts geändert. Bedauern war ein unnützes Gefühl. Es ergab keinen Sinn, sich über Dinge zu beklagen, die man nicht ändern konnte.

Sie startete den Wagen und fuhr nach Hause.

Zwanzig Minuten später bog sie in Santa Monica in ihre Einfahrt. Sie schloss die Augen, lehnte sich einen Moment an die Kopfstütze und lauschte dem Rascheln des Windes in den Palmen über ihr.

Glück. Sie hatte unfassbares Glück gehabt, dass sie da heute Abend rausgekommen war. Er hätte sich tatsächlich einfach nehmen können, was er wollte. Warum Julian sie hatte gehen lassen, wusste sie nicht. Es verwirrte sie, denn er machte nicht den Eindruck von Nachgiebigkeit. Doch ganz egal was seine Gründe gewesen waren – jetzt war sie hier. In Sicherheit. Sie sprach ein kurzes Dankgebet, bevor sie ins Haus ging, und war froh, dass Meredith zu Hause war.

Die roten Haare ihrer Mitbewohnerin tauchten vor ihr auf wie ein Vorhang, kaum dass sie die Tür geöffnet hatte. „Gott sei Dank bist du zu Hause! Ich habe gespürt, dass du Probleme hast, aber ich wusste nicht, wo du warst.“ Meredith hatte schon übersinnliche Fähigkeiten besessen, als sie noch ein Mensch gewesen war, und auch als Himmelswesen war ihr diese Gabe geblieben. „Was ist passiert?“

Serena ließ sich in der Küche auf einen Stuhl fallen und legte den Kopf auf ihre Arme. Der eine war noch klebrig von dem verschütteten Bier, darum richtete sie sich schnell wieder auf. „Gott sei Dank haben wir uns. Niemand außer dir würde verstehen, was ich heute durchgemacht habe.“

Es gab viele Dutzend Engel in der Stadt, aber niemand kannte Serena so gut wie Meredith. Als Schutzengel teilten sie sich eine Wohnung im obersten Stockwerk des Hauses. Als Menschen hatten Meredith und Serena ihre letzten Momente miteinander verbracht. Denn es war der Wagen von Meredith gewesen, den die Mutter mit den zwei Töchtern gerammt hatte, als sie damals, vor einem Jahr, bei Aquaplaning mit ihrem Auto ins Schleudern kam. Es war Meredith' Wagentür gewesen, die Serena aufgerissen hatte, und ihr Gesicht hatte sie als Letztes in ihrem menschlichen Dasein gesehen.

Jetzt drückte ihre Mitbewohnerin ihr eine Tasse in die Hand mit einer Flüssigkeit, die in einem Topf auf dem Herd köchelte. „Trink."

„Muss das sein?" Serena verzog beim Anblick des trüben braunen Gebräus das Gesicht.

Meredith war Ernährungsberaterin und glaubte an die Heilkraft der Kräuter. Sie kochte dauernd mengenweise Kräuter. „Tut dir gut."

Serena rümpfte die Nase, trank aber alles aus. Die Mischung schmeckte noch schlimmer, als sie roch – nach alten Socken und getrockneten Pilzen, die man gemeinsam in einem Topf gekocht hatte –, und brannte ihr in der Speiseröhre. „Was ist das?", wollte sie wissen. „Ein Heiltrank?"

„Eigentlich heißer Apfelwein." Die Enttäuschung in Meredith' Stimme war unüberhörbar.

Es hätte auch ein Wahrheitsserum sein können, denn mit einem Mal sprudelte es aus Serena heraus: ihre Probleme mit Nick, der Besuch im *Devil's Paradise*, die Verfolgungsfahrt. Und Julian. Dunkel, schön, gefährlich. „Ich habe zugelassen, dass er mich küsst", gestand sie und fühlte sich elend. „Und ich habe vollkommen versagt, denn ich habe Nick nicht aus dem Klub geholt."

„Du hast diesen Dämon geküsst?", wiederholte Meredith, und dabei zog sie die Augenbrauen zusammen.

Serena errötete. „Ich dachte … Ich dachte, dann lässt er Nick gehen."

„Hast du dich nicht an Arielles Warnung erinnert?"

„Warnung?" Serena riss erschrocken die Augen auf. Sie konnte sich nicht daran erinnern, von ihrer Ausbilderin ausdrücklich vor Julian gewarnt worden zu sein.

„Mir hat sie eingetrichtert, mich von Dämonen fernzuhalten. Und ich bin mir ziemlich sicher, dass sie diesen Julian Ascher eigens erwähnte. Auf jeden Fall habe ich den Namen schon mal gehört. Warte, vielleicht finde ich meine Aufzeichnungen aus der Ausbildung noch."

Während Meredith in ihrem Schlafzimmer in ihren Unterlagen kramte, trank Serena ein Glas Wasser und hoffte, das alles wäre ein Irrtum. Warum um alles in der Welt sollte Arielle Meredith vor ihm warnen und sie nicht? Das ergab doch alles keinen Sinn.

Meredith tauchte mit einem Notizbuch wieder auf. Während sie es durchblätterte, murmelte sie vor sich hin. „Schutzzauber ... Engelssegen ... Namenspatrone ... Medaillons ... Hier! Dämonen. Julian Ascher, zweihundertfünfzig Jahre alt, Erzdämon. Vielleicht der mächtigste Dämonenherrscher im Großraum Los Angeles. Geschäftspartner von Corbin Ranulfson und Inhaber einer Kette von Klubs, die er zur Tarnung für andere Geschäfte benutzt. Um jeden Preis Kontakt vermeiden. Hier, das habe ich sogar zwei Mal unterstrichen." Sie hielt Serena zum Beweis ihr Notizbuch hin.

Ein Erzdämon. Verdammt.

Der Apfelwein und ein Anflug von Panik schienen Serenas Eingeweide mächtig durcheinanderzubringen. Sie ignorierte das Gefühl. Auch wenn sie Julians Namen noch nie gehört hatte, war ihr sofort klar gewesen, wie mächtig er war. Als Erzdämon gehörte er zu den ranghöchsten aller Dämonen. Weltweit gab es nur eine Handvoll Erzdämonen, die um die Gunst des Satans konkurrierten. Einer von ihnen, vielleicht der Mächtigste, war Corbin Ranulfson. Selbst altgediente Engel erschauderten vor Angst, wenn sie seinen Namen hörten. Als sein Geschäftspartner war Julian also ein mächtiger Dämon, den man unbedingt zu fürchten hatte.

Serena stöhnte. „Sag, dass das ein Scherz ist. Ich kann nicht glauben, dass Arielle versäumt hat, mir das zu sagen."

„Arielle vergisst niemals etwas."

Die beiden Frauen sahen sich an. Serena bekam eine Gänsehaut. *Bitte, lieber Gott. Mach, dass es eine Erklärung dafür gibt.* „Morgen auf der Kompanie-Versammlung frage ich Arielle."

Meredith wählte ihre Worte sorgfältig. „Manchmal ist es schwer zu durchschauen, welche Ziele Arielle verfolgt. Ich wäre an deiner Stelle vorsichtig. Mach dir am besten erst mal keine Sorgen. Es war nur ein Kuss, oder?" Meredith lächelte ein wenig zu fröhlich.

Serenas Magen rebellierte immer noch, aber sie zwang sich, ebenfalls zu lächeln, und erwiderte: „Genau. Es war nur ein Kuss."

Nur ein Kuss. Das versuchte sie sich vor Augen zu halten, als sie ausgiebig und heiß duschte. Doch leider gelang es ihr nicht, die Erinnerung an Julians Berührung abzuwaschen. Sie durfte nicht mehr daran denken, sollte viel eher überlegen, wieso diese Begegnung sie in Wirklichkeit so sehr verängstigt hatte. Woher kam diese Angst? War es Todesangst?

Nein. Sie kannte den Tod und fürchtete ihn nicht mehr so wie die meisten Menschen.

Sie ließ ihre Erinnerung schweifen und dachte an die große Versammlung, die ihr zu Ehren begangen worden war. Ihre Ordinationszeremonie, die göttliche Entsprechung einer Abschlussfeier an der Universität.

Im Moment ihres Todes war sie als die Seele eines Engels wiedergeboren worden. Sie glitt auf einer Welle aus Licht in ein großes Amphitheater, in dem sich Hunderte von himmlischen Wesen versammelt hatten. Sie waren gekommen, um der heiligen Berufung einer kleinen Gruppe von Seelen beizuwohnen – es waren Serena und Meredith. Im Chor der Engel hörte Serena melodische Stimmen und das Schlagen von Flügeln. Bunt schimmernde Flügel waren das, in Farben, die sie nie zuvor erblickt hatte. Und die Flügel prasselten so laut wie ein in die Tiefe stürzender Wasserfall.

Die Einzigartigkeit, sich im Zentrum dieser Energie zu befinden, war überwältigend gewesen. Doch sie wusste instinktiv, dass sie ein Teil dieser Energie war, so, wie die Engel um sie herum.

Hinter einem riesigen verzierten Pult stand der Erzengel Gabriel. Die Augen aller Anwesenden waren auf sein fließendes, silbernes Gewand und seine enormen Flügel gerichtet. Die Engel wurden ruhig und warteten.

Da begann er zu sprechen, und seine Stimme ertönte laut über der versammelten Engelschar. „Der Tod sollte keine Angst verursachen, denn der Tod ist einfach ein weiteres Ereignis im Prozess der Entwicklung der Seele. Er bedeutet nicht ihr Ende." Die meisten Menschen wurden auf die Erde zurückgeschickt in der Gestalt eines anderen Menschen. Die meisten von ihnen bekamen allerdings nichts von diesem Vorgang mit.

Alle Seelen seien unsterblich, alle Seelen lebten ewig, obwohl die Mehrzahl der Menschen dies zu Lebzeiten nicht nachvollziehen könnte, erklärte der Erzengel.

Am Ende wandte er sich an Serena und Meredith: „Wenn ihr euch dafür entscheidet, werdet auch ihr in menschlicher Gestalt zurück auf die Erde gesandt – aber nicht als wiedergeborene Menschen, sondern als Engel in menschlicher Gestalt. Falls ihr euch jedoch entscheidet, als Menschen zurückzukehren, könnt ihr euch ohne unsere Hilfe nicht wieder entmenschlichen. Mit der Zeit werdet ihr das Recht erwerben, zwischen himmlischen und irdischen Gefilden frei zu wandern. Eure spirituellen Fähigkeiten werden wachsen, je weiter ihr euch entwickelt. Eines Tages werdet ihr aus eigener Energie von der Erde zurückkehren und Flügel erhalten."

Als Schutzengel waren sie geschützt vor Verletzungen und immun gegen das Altern und den Tod, sagte Gabriel. Die einzige Bedrohung für sie bestand in dämonischer Energie.

Denn nur ein Dämon konnte einen Engel töten.

Gelang es einem Dämon, die körperliche Hülle eines Engels zu zerstören, würde diese neu entstehen und der Engel wieder zur Erde gesandt, um sein Werk weiterzuführen. *Recycling* nannte Gabriel diesen Vorgang. Die Engel im Amphitheater brachen in tosendes Gelächter aus. Serena fand das gar nicht so lustig, doch offensichtlich hatte man in den göttlichen Gefilden einen anderen Humor.

Sowohl für sie als auch für Meredith stand die Entscheidung fest. Es gab so viele Seelen auf der Erde, die beschützt und geleitet werden mussten. In dieser Zeit der Herausforderungen brauchten die Menschen Hilfe.

Also setzte Gabriel seinen Vortrag fort, indem er ihnen ihre Pflichten und ihre Verantwortung erläuterte. Am Ende erklärte er: „Jede Seele besitzt einen freien Willen. Jede Seele kann frei entscheiden. In der materiellen Welt, wie sie momentan existiert, haben diese Entscheidungen Folgen."

Und damit meinte er das Scheitern. Wenn ein Engel scheiterte, konnte er unter gewissen Umständen in die Hölle kommen. Wie jede andere Seele. Kein Wesen, auch Engel nicht, waren immun gegen die Folgen von freien Willensentscheidungen. Und viele von ihnen waren gescheitert. Jeder Einzelne von ihnen, ob exaltierter Seraphim oder frischgebackener Schutzengel, war selbst verantwortlich für das, was er tat. Gabriel betonte diesen letzten Punkt besonders deutlich, um die Ernsthaftigkeit seiner Botschaft klarzumachen. Die versammelten Engel wurden still, selbst das Flügelschlagen erstarb. Es war eine Warnung, verstand Serena, als sie und Meredith zitternd vor der überwältigenden Macht des Göttlichen standen.

Serena betrachtete die Schatten an ihrer Schlafzimmerdecke und verstand plötzlich, wieso sie heute Abend solche Angst gehabt hatte. Nicht, weil sie den Tod fürchtete. Nein. Sie fürchtete Julian, weil er für die Möglichkeit stand, in die Hölle zu kommen.

Nur ein Kuss. Mit diesem Gedanken versuchte sie, sich zu trösten, als sie dalag und sich an das wunderschöne Gefühl erinnerte. An Julians Brust gedrückt, hatte sie versucht, nicht ans Scheitern zu denken. Sie wollte kein gefallener Engel sein.

3. KAPITEL

Schande. Am nächsten Morgen spürte sie noch Julians Berührung auf ihrer Haut. Serena tat, was sie immer tat, wenn sie gegen solche Emotionen angehen wollte: Sie machte Yoga. *Nick wird nicht kommen*, dachte sie, als sie zu ihrem Studio fuhr. Nach der letzten Nacht schaffte er es sicherlich nicht, zu seiner privaten Yogastunde aufzutauchen.

Gott allein weiß, was dieser Mistkerl von Julian ihm angetan hat.

Doch Nick lehnte schon im Türrahmen, als sie eintraf, die zusammengerollte Yogamatte hatte er lässig unter einen Arm gesteckt. Sein Gesicht verbarg er hinter einer silbernen Piloten-Sonnenbrille und einer Baseball-Kappe. Er war unrasiert, aber er war da.

Als er die Sonnenbrille abnahm, bemerkte sie die dunklen Ringe unter seinen Augen. „Du warst gestern Abend im *Devil's Paradise*. Schade, dass wir uns verpasst haben." Seine Stimme wirkte angeschlagen.

Das klang nach ernsthaftem Bedauern. Doch da war noch etwas anderes, ein besonderer Schimmer in seinen gefühlvollen braunen Augen. Fast so etwas wie Zärtlichkeit, als würde er … Sie schüttelte den Kopf, diesen Gedanken wollte sie erst gar nicht zulassen.

„Schon okay. Ich bin froh, dass du jetzt hier bist. Schön, dich zu sehen", erwiderte sie fröhlich.

Serena schloss die Tür auf und ließ ihn hinein. Ein Seufzer der Erleichterung entfuhr ihr, als er unter den bunten indischen Schals hindurchging, die von der Decke hingen. Sie sog den sanften Duft des Weihrauchs ein, der noch in der Luft hing. Nick grinste, und das ließ sie beinahe vergessen, was gestern Abend geschehen war. Sein Lächeln war es, das ihn von all den anderen angesagten Jungschauspielern in Hollywood unterschied. Sein Lächeln ließ Mädchen hysterisch kreischen, wenn sie ihn erblickten. Sein Lächeln brachte erwachsene Frauen dazu, sich schamlose Dinge vorzustellen.

Sie entrollte ihre Yogamatte auf dem Holzfußboden. Wäre sie ein menschliches Wesen, wäre sie ihm sicher auch verfallen. Doch als sein Schutzengel empfand sie vielmehr eine überbordende platonische Liebe für ihn, eine nahezu mütterliche Liebe. Sie wollte Nick beschützen. Er war hier, wo sie auf ihn aufpassen konnte. Weit weg von den Fängen eines Julian Ascher. *In Sicherheit.* Und sie würde alles dafür tun, damit es so bliebe.

Sie gingen die einzelnen Yogapositionen durch, die sie ihm in den vergangenen Wochen beigebracht hatte. Nick war geschmeidig und hatte die Bewegungen schnell verinnerlicht. Er führte sie mit einer natürlichen Anmut aus. Erst machte sie ihm die Positionen vor, dann korrigierte sie seine Haltung, damit er die Übungen richtig ausführte.

„Sehr gut. Dein Üben macht sich bezahlt", lobte sie ihn. „Du hast den Bogen raus, Nick."

Er hielt inne und stellte sich ans Fußende seiner Matte. Durch die Anstrengung war er außer Atem geraten. Im Sonnenlicht, das durch die Fenster hereinströmte, erkannte sie wieder denselben Gesichtsausdruck, den sie eben schon einmal zu ignorieren versucht hatte. Doch jetzt war der Blick unmissverständlich und besagte: *Ich bin verliebt in dich.* Diesen Blick hatte sie schon bei vielen Männern gesehen, aber leider noch nie bei dem Richtigen.

Plötzlich musste sie an Julian denken. Schnell blinzelte sie und verbannte ihn aus ihren Gedanken, um sich wieder ihrem Schüler zu widmen.

Der sich in diesem Moment zu ihr beugte, um sie zu küssen.

Völlig überrascht fiel ihre Reaktion heftiger aus als gewollt. „Nick, lass das!"

„Wieso?" Irritiert fuhr er sich mit der Hand durch die Haare. „Du bist die Einzige, die mich versteht. Meinen Eltern ist es scheißegal, was ich durchmache. Ich habe keine wirklichen Freunde. Alle wollen sich nur mit mir schmücken. Ich dachte, bei dir wäre es anders. Dir würde ich etwas bedeuten."

Sie wich zurück, einen Moment lang unsicher, wie sie reagieren sollte. „Du bedeutest mir auch etwas, Nick. Aber als Freund."

Natürlich war ihr schon lange klar, dass er einfach nur geliebt werden wollte. Sie konnte die Leere nachvollziehen, die er empfand. Schon als kleiner Junge war Nick, sensibel und künstlerisch begabt, immer anders gewesen als die anderen. Sein strenger Vater machte sich nichts aus ihm, und seine divenhafte Mutter mochte ihn nicht, also suchte er noch immer nach seinem Platz in der Welt, um es ihnen recht zu machen. Für seine sogenannten Freunde war er bloß ein Füllhorn, das sie kostenlos mit Drogen und Alkohol versorgte. Die Frauen, mit denen er schlief, waren meistens von der Art, dass sie für ihre Dienste Geld verlangten.

Serena verstand ihn wirklich. Sie hatte selbst eine solche Leere in sich gespürt – nach dem Tod ihres Vaters. Da war etwas in ihr zerbrochen, das niemals mehr heil werden konnte. Doch sie war wohl mit ihrem Schmerz anders umgegangen. Jedenfalls konnte sie sich glücklich schätzen – auch für sie hätte es schlecht ausgehen können.

Es war eine feine Trennungslinie zwischen Engel- und Dämonendasein.

Ja, sie verstand Nick. Aber ihre Aufgabe war es, ihn zu beschützen und zu führen. Sie durfte sein Begehren nicht erwidern. Mit der Zeit würde er lernen, mit seinen Gefühlen umzugehen, und ihre Beziehung würde sich zu einer rein platonischen Freundschaft entwickeln. Das hoffte sie zumindest.

Sie konzentrierte sich, atmete tief ein und lächelte Nick aufmunternd an. „Komm, ich helfe dir beim Handstand."

„Wetten, dass ich es länger schaffe als du?", fragte er, um seine Verlegenheit zu überspielen. „Ich habe als Kind immer Handstand auf der Wiese gemacht. Es gibt also keinen Unterschied zwischen Yoga und Angeben", sagte er im Spaß.

„Yoga ist kein Wettbewerb", erklärte sie, ohne dabei oberlehrerhaft klingen zu wollen.

„Hast du Angst vor einem kleinen Wettkampf?"

Sie begannen gleichzeitig. Serena machte ihren Handstand mitten im Raum und konzentrierte sich dabei auf einen Punkt auf dem Boden. Sie spürte die Stärke ihrer Arme und der göttlichen Liebe, die sie stützte. Einen Moment lang war die Welt wieder in Ordnung. Freude durchdrang ihren Körper, und sie spürte auch die Freude ihres Schützlings. Schließlich hörte sie Nick laut japsen, während er lachend neben ihr zusammensackte, ohne dass sie ihre Position veränderte.

Aus dem Augenwinkel bemerkte sie plötzlich eine Bewegung. Jemand betrat den Raum und betrachtete sie. Die Person kam ihr bekannt vor.

„Hallo, Engel." Seine leise, samtige Stimme überflutete sie wie eine Welle, die auf den Strand rollte, und sie spürte, wie sie fiel. Und fiel.

Das *Deva Yoga Studio* war einer dieser Orte, die Julian hasste. Es war das drastische Gegenteil von *Devil's Paradise.* Hier bekam man an der Theke Tee statt Tequila. Außerdem herrschte eine grässliche Ruhe – er brauchte den Lärm und das Chaos eines Klubs. Das einzige Geräusch, das hier die Stille unterbrach, war das leise Plätschern eines Brunnens, was offensichtlich eine friedliche Atmosphäre heraufbeschwören sollte. Es zerrte so sehr an Julians Nerven wie eine chinesische Wasserfolter.

Aber Serena war ja auch das absolute Gegenteil von ihm. Vielleicht fand er sie genau deshalb so unglaublich attraktiv. Es war etwas Unwiderstehliches in dieser Liebe-Hass-Dynamik, der er nichts entgegensetzen konnte. Auf der Suche nach ihr war er einen stillen Flur entlanggegangen und hatte in leere Räume geschaut. In einem großen, sonnigen Zimmer am Ende des Korridors fand er sie, zusammen mit Nick.

Sie machte gerade einen Handstand. Ihr Körper war perfekt – sie war das Sinnbild eines himmlischen Wesens, das sich ein sehr sinnlicher Gott ausgedacht haben musste. Eine Hommage an die menschliche Daseinsform, geschaffen von der Hand Gottes und gemacht, um ihn zu quälen. Er brüstete sich damit, ein Meister der Verführung zu sein, doch irgendwie schien ihm seine Gewandtheit schlagartig abhandengekommen zu sein. Keine clevere Schmeichelei fiel ihm ein, sein animalischer Trieb war zu stark. Am Abend zuvor hatte er sie schon so sehr begehrt, dass er sogar ein unmissverständliches Angebot abgelehnt hatte.

Wie sollte er es jetzt besser machen, bei Tageslicht? Nun, er musste es zumindest versuchen.

Als er sie begrüßte, geriet sie ins Wanken und fiel um. Er beobachtete, wie sie wie in Zeitlupe umkippte, katzengleich auf den Füßen landete und ihn mit ihren unglaublichen Augen böse anfunkelte.

„Was machen Sie hier?", fuhr Serena ihn an, während sie aufstand.

„Ich wollte Nick abholen. Ich wusste ja nicht, dass Sie seine Yogalehrerin sind", log Julian. Die Lüge war durchsichtiger als das Top, das ihre verführerischen Kurven umhüllte, aber es war ihm eine Genugtuung, zu sehen, dass sie sich ärgerte.

Nick stand jetzt auch auf. „Schön, dich zu sehen."

„Er ist noch nicht fertig." Serena wollte den ahnungslosen Menschen auf keinen Fall in sein Verderben rennen lassen.

Er gehört mir, dachte Julian, als er ihr ein Lächeln schenkte. Du bist gestern Abend in mein Gebiet eingedrungen, und jetzt drehe ich den Spieß um.

„Er muss sich ausruhen, bevor er geht. Nick, bitte eine Viertelstunde Shavasana."

Shavasana. Was für eine bescheuerte Bezeichnung, um auf dem Boden zu liegen. Fast wäre Julian laut damit herausgeplatzt. Doch er beherrschte sich. Er wollte vor Nick keinen Streit vom Zaun brechen. Noch nicht. Gehorsam legte Nick sich hin, während der Engel durchs Zimmer huschte und dann mit fürsorglicher Geste eine Decke über ihn breitete.

„*Namaste*", sagte sie in einem Tonfall, in dem man kleinen Kindern eine gute Nacht wünscht.

„*Namaste*", murmelte Nick.

Wie süß. Julian hätte am liebsten gekotzt.

Was ihn jedoch am meisten störte, war die Tatsache, dass Nick mit Yoga offensichtlich etwas anfangen konnte. Hier im Studio sah der Schauspieler jünger und glücklicher aus als gestern Abend im Klub, sein von Drogen gezeichnetes Gesicht sah viel entspannter aus nach der Yogastunde. Wenn er nach einer solchen Nacht so entspannt sein konnte – Julian hatte ihn um fünf Uhr morgens in ein Taxi klettern sehen –, was stellte Yoga dann grundsätzlich mit ihm an? Das gefiel Julian ganz und gar nicht. Yoga symbolisierte das Gegenteil von allem, an das er glaubte. Er hatte es immer abgetan als neuen Fitnesswahn, überwiegend praktiziert von idiotischen Weibern, die auf die aus Asien importierte unverzichtbare Spiritualität hereinfielen und sie dadurch zur Trendsportart erhoben.

Es gab keinen Zweifel daran, dass er Serena zerstören musste. Und zwar sofort.

Es genügte schon, einen Riss in ihrer virtuosen Rüstung zu finden, dann würde er sich in ihr festsetzen und sie verführen – indem er sie zur Sklavin ihrer eigenen Lust machte. Aus seinem reichen Erfahrungsschatz wusste er, wie man mit einem geringen Einsatz den größtmöglichen Gewinn erzielen konnte. Bei Serena musste er sich nicht groß anstrengen. Es reichte, ihr einen kleinen Schubs zu versetzen, fallen würde sie dann von ganz alleine.

Sie saß im Lotussitz da und wachte über Nick, der still dalag. Julian wartete. Wenn es sein musste, auch den ganzen Tag. Binnen weniger Minuten war der junge Schauspieler eingeschlafen und fing an, laut zu schnarchen. Er lag in der Sonne, die durch die großen Fenster hereinschien.

Serena stand auf und bedeutete Julian, ihr zu folgen.

Auf dem Empfangstresen stand ein elektrischer Wasserkocher. Während sie einen Tee machte, tat er so, als würde er sich die Bücher und Yogakleidung ansehen, die sie zum Verkauf anbot. In Wirklichkeit beobachtete er sie, wie sie das kochende Wasser in eine Tasse goss. Selbst diese schlichte Geste hatte bei ihr eine vollkommene Anmut.

„Chai?“, bot sie ihm an.

„Hast du auch was Stärkeres da?“ In Wirklichkeit trank er fast gar keinen Alkohol. Sein Geschäft war es, andere in die Hölle zu schicken, und nicht, selbst dort zu landen. Schon vor langer Zeit hatte er erkannt, dass man einen klaren Kopf brauchte, um das organisierte Chaos zu kontrollieren, das sich Nacht für Nacht im *Devil's Paradise* abspielte, und um die Geschäfte in seinen anderen Klubs zu beaufsichtigen. Aber das brauchte sie nicht zu wissen.

„Trinken Sie einen Tee. Das wird Ihnen guttun."

„Nein, danke. Ich hatte schon genug Gutes für heute." Am liebsten hätte er ihre Gutmensch-Aura auf der Stelle ins Wanken gebracht. Sie strahlte Selbstgefälligkeit aus. Auf eine große Statue einer sechsarmigen Gottheit deutend, die auf dem Fensterbrett stand, sagte er: „Ist das nicht ein Sakrileg? Wird dich dein Gott nicht bestrafen, wenn du Götzen anbetest?"

„Zufälligerweise bin ich ein multireligiöser Engel", sagte sie und richtete sich auf. Ihre blauen Augen folgten ihm, als er durch den Raum ging. „Alle großen Religionen fußen auf denselben Grundprinzipien."

Während sie sprach, nahm er ein Buch zur Hand, auf dem ein Mann abgebildet war, der ein Bein hinter seinen Kopf geschlungen hatte, und blätterte es durch. Lächerlich, worauf die Menschen heutzutage hereinfielen. Glaubten sie etwa, sie würden die Erleuchtung erlangen, indem sie ihre Körper zu Brezeln verdrehten? Er stellte das Buch zurück ins Regal.

„Das ist wohl ein bisschen naiv. Es gibt große Unterschiede zwischen den verschiedenen Religionen."

„Wenn wir uns mehr auf die Gemeinsamkeiten als auf die Gegensätze konzentrierten, wäre die Welt ein besserer Ort."

„Wer will das schon?"

Trotzig reckte sie das Kinn nach oben und starrte ihn mit ihren fantastischen blauen Augen an. „Ich."

Ein bitteres Lachen drang aus seiner Kehle. „Wie kommst du darauf, dass deine Seite gewinnt?" Er ging einen Schritt auf sie zu. „Verfügt ihr etwa über irgendwelche Geheimwaffen, von denen wir nichts wissen?" Noch ein Schritt. „Glaubst du wirklich, du wärst eine ebenbürtige Gegnerin für mich?" Jetzt stand er genau vor ihr und sah ihr direkt in die Augen.

„Ich weiß es." Sie wich keinen Zentimeter zurück. Eigensinnig. Wunderschön.

„Woher willst du das wissen?“, forderte er sie heraus. „Wie kannst du dir sicher sein, dass eure mickrige Kompanie der Amateure am Ende siegen wird?“

Ihre Antwort bestand in einem protestierenden Keuchen, als er den Arm um ihre Taille schlang. Sie an sich zog. Sie küsste. Wie in der Nacht zuvor wand sie sich in seiner Umarmung. Doch er hielt sie fest und drückte seinen Mund hart auf ihren. Und dann passierte es. Sie erwiderte seinen Kuss, diesmal aus eigenem Antrieb und nicht, weil er sie dazu nötigte.

Irgendwann in den letzten zweihundert Jahren hatte er aufgehört zu zählen, wie viele Frauen er schon geküsst hatte. Er hatte Dienerinnen geküsst und Prinzessinnen, katholische Nonnen und Kurtisanen. Er hatte Frauen auf dem Eiffelturm geküsst, im Harem eines saudiarabischen Sultans, in den Bordellen von London, auf dem Sukh von Marrakesch und an den Stränden von Saint-Tropez. Kein einziger Kuss war es wert gewesen, sich daran zu erinnern. Dieser war es.

In dem Moment, als ihre Lippen die seinen berührten, hörte er wieder dieses Geräusch von raschelnden Flügeln, das er auch letzte Nacht bei ihrer Berührung vernommen hatte. Diesmal wusste er, dass es keine Einbildung war. Es verursachte ihm einen Moment lang eine Art schlechtes Gewissen – einen Engel zu küssen musste eine Sünde sein. Aber er hatte schon so viele Sünden begangen. Was machte da eine mehr? Doch dann wurde ihr Kuss fordernder, und jeder Gedanke an Sünde war wie weggeblasen.

Ihm kam es vor, als wäre das gesamte Universum zu diesem einzigen, perfekten Augenblick zusammengeschrumpft. Vergangenheit und Zukunft schienen in der Süße ihres Kusses zu verschwinden. Es gab nur noch das Jetzt, die Berührung ihrer Lippen und die Hitze ihres Körpers.

Er wollte sie fester an sich ziehen. Sein Schwanz pulsierte, groß und bereit für sie. Aber er hielt sich zurück. Er wusste, wenn er zu forsch war, würde er sie verlieren. Mit einer Sanftheit, die ihm große Selbstdisziplin abverlangte, fuhr er mit der Zungenspitze über ihre Unterlippe. Sie öffnete die Lippen und ließ zu, dass seine Zunge ihren Mund zu erforschen begann. Das tat er mit einer Zärtlichkeit, die er selbst nicht von sich kannte.

Es war der süßeste aller Küsse.

Wie lange sie so dort standen, wie lange er das Gefühl genoss, sie im Arm zu halten, ihren weiblich-weichen Körper an seinen männlich-harten gedrängt, das wusste er nicht. Vielleicht zwei Minuten? Die sich wie zwei Stunden anfühlten. Er wusste nicht, was sie nach seiner katastrophalen Intervention im Übungsraum hatte nachgiebig werden lassen. Er wusste nur, dass der Kuss abrupt endete, als Nicks Stimme plötzlich in sein Bewusstsein drang.

„Serena? Julian?", schallte es in den Empfangsbereich.

Julian ließ sie los. Sie sprangen auseinander wie zwei Teenager, die man hinter der Schultribüne beim Herumknutschen erwischt hatte.

„Wie lange habe ich geschlafen?" Nick kam aus dem Übungsraum, sich den Schlaf aus den Augen reibend.

Serena glühte noch von dem innigen Kuss. Ihr Lächeln war so hart und hölzern wie der Tresen, an dem sie sich festhielt. „Nicht lange. Dein Körper brauchte Erholung. Bald beginnst du zu entgiften. Falls du die harten Sachen weglässt."

Nick grinste. „Danke, Serena." Er betrachtete sie mit einer verliebten Unterwürfigkeit, die ihre Gesichtszüge weicher werden ließ. Es machte Julian krank. Wie die beiden sich ansahen! Er fragte sich, ob *er* sie wohl auch irgendwann so zum Lächeln bringen würde.

„Gehen wir, Nick." Sein Ton war barsch. „Es gibt etwas, das ich dir zeigen möchte im Klub."

„Sonntagsmorgens um elf Uhr?", fragte Nick und sah den Engel an.

Jetzt war es Julian, der lächelte. Scheiß auf Entgiftung. Seiner Meinung nach brauchte es nur ein paar Gläschen Tequila und ein paar Stripperinnen, um jeden Mann von seinen Sorgen zu befreien – ganz egal um welche Uhrzeit.

Da standen sie nun, in der klassischen Dreierkonstellation, die Julian so vertraut war: der Dämon auf der einen Seite, der

Engel auf der anderen und ein nichts ahnender Mensch in der Mitte. Und es brauchte nur eine kleine Geste, um das Gleichgewicht zu seinen Gunsten zu verändern. Er legte Nick seine Hand auf die Schulter.

„Bis zum nächsten Mal." Julian zwinkerte ihr zu.

Dann verließ er mit Nick das Studio und ließ Serena verlegen und fassungslos am Empfangstresen ihres Yogastudios stehen, wo sie sich an ihrer Teetasse festklammerte.

Serena kam zu spät zum monatlichen Treffen der Schutzengel. Im Hauptquartier ihrer Einheit angekommen, rannte sie durch die Lobby. An Werktagen befand sich hier eine Rechtsberatungsstelle. Sie hämmerte an die verschlossene Tür des Besprechungsraums und schlüpfte hinein, als Arielle ihr öffnete. Die dreißig Mitglieder der Einheit – Engel, die allen ethnischen Gruppierungen angehörten – sahen sie an, als sie den Raum durchquerte.

Ob sie das mit Julian wissen?

Serena setzte sich auf den leeren Stuhl neben Meredith. Wie ihre Mitbewohnerin hatten auch andere Engel übersinnliche Fähigkeiten. Einige der Älteren konnten Gedanken lesen und genaueste Details sehen, die in der Erinnerung eines Individuums bewahrt waren. Serena ließ rasch ihren Blick über die Runde schweifen und fragte sich, wer von ihnen etwas vermutete.

Vom Kopfende des Besprechungstischs sah Arielle sie lächelnd an. „Wir waren gerade mit den wöchentlichen Statusberichten beschäftigt", erklärte sie und warf einen Blick in ihren Ordner. „Ich sehe, du wurdest vor drei Wochen dem Fall Nick Ramirez zugeteilt. Möchtest du uns darüber informieren, was du bisher erreichen konntest, Serena?"

Ich habe einen Dämon geküsst. Zwei Mal.

Dreißig wie Juwelen helle Augenpaare waren auf Serena gerichtet. In einigen dieser Blicke erkannte sie ihre eigenen Gedanken wieder und ihr schlechtes Gewissen. Es war unmöglich, der Kompanie etwas zu verheimlichen. Serena öffnete den

Mund, doch es kam kein Ton heraus. Arielles Frage blieb im Raum stehen.

Die Kompanie wartete.

Trotz der brummenden Klimaanlage kam Serena ins Schwitzen. Schließlich sagte sie: „Ich bin Julian Ascher begegnet."

Ein kollektiver Laut des Schreckens erfüllte den Raum, und die Engel begannen miteinander zu tuscheln. Arielle wahrte die Fassung, doch auf ihren Lippen zeigte sich eine fast unmerkliche Missbilligung. „Macht bitte ohne uns weiter", sagte die Ausbilderin. „Serena, du kommst bitte mit in mein Büro. Allein."

„Jetzt?" Serenas Stimme war nicht viel mehr als ein Piepsen.

Es wurde still.

Nie zuvor hatte Arielle eine Sitzung unterbrochen.

„Viel Glück", flüsterte Meredith ihr mit einem mitleidigen Stirnrunzeln zu.

Als sie mit ihrer Ausbilderin allein im Büro war, begann Serena mit ihrer Erklärung. Sie hielt den Kopf gesenkt, und ihre Worte klangen schmutzig und trieben ihr die Schamröte ins Gesicht. Arielle würde sie niemals verstehen. Sie hatte ihr Leben der Kompanie und der Rechtsberatungsstelle gewidmet und leitete beides mit einer straffen Effizienz, die keinen Unfug duldete. Ihr perfekt frisiertes Haar schimmerte hell wie ein Heiligenschein im Licht der Nachmittagssonne, das durch die Fenster in das spärlich möblierte Büro hereinschien.

Doch als Serena schließlich aufblickte, las sie Mitleid in den Augen der Ausbilderin. Sie verurteilte sie nicht.

„Sei nicht so hart gegen dich, Serena." Arielle saß aufrecht und hatte ihre Hände über Serenas geschlossene Akte gefaltet. „Du hast dein Bestes gegeben in der Erfüllung deiner Pflicht. Nicks Fall erscheint mir nicht allzu schwierig, auch nicht für eine Novizin. Doch die Lage ist komplizierter, seit Julian Ascher auf der Bildfläche erschienen ist."

„Was soll ich denn jetzt machen?"

„Mach weiter deine Arbeit. Aber pass auf, dass du dich nicht wieder aufopferst. Ich würde meinen, der herannahende

Jahrestag müsste dich daran erinnern, wie tragisch dein Leben als Mensch endete."

Eigentlich sah Serena das aus einer anderen Perspektive. Es war ihr schließlich gelungen, die Familie aus ihrem Wagen zu befreien. Sie hatte drei Leben gerettet – im Tausch gegen ihres. Diese einfache Rechenübung ging für sie auf. Sie hatte das Richtige getan. Doch ein Blick in Arielles Miene verriet ihr, dass sie das Thema besser nicht aufgreifen sollte.

„Wir haben darüber schon oft gesprochen. Was auch immer während deines menschlichen Daseins geschehen ist, Selbstaufopferung ist nicht das, was deine derzeitige Aufgabe von dir verlangt. Du wärst der Kompanie und deinen zukünftigen Schutzbefohlenen nicht von Nutzen, wenn du dich für die Seele dieses Mannes zur Märtyrerin machst."

„Aber …"

„Einmal muss genügen." Arielle hatte ihre Entscheidung getroffen. „Nick Ramirez ist frei, zu entscheiden, was er tun möchte, und er selbst fügt sich Schaden zu. Du tust dein Bestes, wenn du ihm einfach den rechten Weg weist."

Serena senkte den Blick und wartete, bis die Belehrung zu Ende war.

„Du bist jetzt ein Schutzengel", fuhr ihre Ausbilderin fort. „Du hast klare Anweisungen und ein klares Ziel. Wenn es dir gelingt, deinem Schutzbefohlenen den richtigen Weg zu weisen, wirst du in den Reihen der Engel zu Höherem aufsteigen. Eines Tages wirst du deine Flügel erhalten – ganz unabhängig davon, welche Entscheidungen deine Schutzbefohlenen für sich treffen. Du darfst diesem Dämon nicht erliegen, selbst wenn das bedeutet, dass wir Nicks Seele verlieren."

„Und was ist damit, dass ich Julian geküsst habe? Habe ich keine … Konsequenzen zu befürchten?" Serenas Stimme bebte leicht.

Arielle zuckte die Achseln. „Es hat keinen Sinn, sich darüber zu ärgern. Du bist ein frischgebackener Engel. Manchmal macht man Fehler. Du bist nicht perfekt. Noch nicht." Sie lächelte. „Aber Vorsicht mit Julian Ascher. Er hat die Macht, dich zu vernichten. Er kann deine Seele in die ewige Verdammnis befördern, wenn es hart auf hart kommt."

„Wann wäre das?" Sie brachte es nicht übers Herz, zu fragen, was sie wirklich wissen wollte: *Komme ich automatisch in die Hölle, wenn ich mit einem Dämon schlafe?*

Eine Weile saß Arielle stumm da, bevor sie auf die Frage antwortete. „Es kommt auf die Umstände an. Die Liebe heilt alle Wunden. Wenn du in deinem Herzen die Liebe bewahrst, wirst du immer in Sicherheit sein." Die Ausbilderin kritzelte etwas in Serenas Akte, schloss sie wieder und legte sie beiseite.

Serena seufzte stumm. „Welche Umstände?"

„Darüber würde ich mir im Moment keine Gedanken machen." Arielle beendete die Diskussion mit einem Lächeln. „Wenn du dich in zweifelhaften Umständen wiederfindest, versuch einfach, ihm nichts zu versprechen. Denn wenn du das tust, musst du dein Versprechen halten, egal was passiert. Wie du weißt, ist das eine der obersten Regeln, die zwischen Engeln und Dämonen gelten. Ansonsten vertrau auf deine Intuition. Du wirst wissen, was zu tun sein wird."

Irgendetwas stimmte hier nicht. Arielle drückte sich normalerweise sehr klar aus, aber heute blieb sie seltsam vage. Serenas Akte verschwand in einer Schublade. Heute würde Serena keine Antworten mehr bekommen. Doch trotzdem wollte sie noch etwas wissen. „Warum haben Sie mich nicht vor ihm gewarnt?"

Überrascht starrte Arielle die Novizin an. „Wie bitte?"

„Warum haben Sie Meredith vor Julian gewarnt, aber mich nicht?"

Für den Bruchteil einer Sekunde schimmerte Erkenntnis in ihrem Blick, doch mit dem nächsten Wimpernschlag war sie verschwunden. „Wie gesagt, darüber musst du dir im Augenblick keine Gedanken machen, Serena. Du darfst jetzt gehen."

Arielle lächelte friedfertig, faltete die Hände auf dem Schreibtisch und signalisierte ihr damit, dass das Gespräch beendet war. Serena wusste, dass es keinen Zweck hatte, noch weiter zu fragen. Was verheimlichte Arielle vor ihr, fragte sich Serena, als sie aufstand. Und wieso.

Junge Engel waren immer so leicht zu beeindrucken. Serena war genauso wie sie selbst damals, dachte Arielle, als sie die Akte verstaute. Sie nahm eine andere Akte zur Hand – es war ihre eigene. Gleich unter ihrem Namen stand der Name ihres ersten Schutzbefohlenen.

Julian Ascher.

Vor zweihundert Jahren war Arielle, damals selbst gerade erst ein Engel geworden, als Julians Schutzengel eingeteilt worden. Zu der Zeit war er noch ein Mensch. Und seitdem kämpfte sie um seine Seele. Julian wusste davon nichts, er ahnte nicht einmal, dass er überhaupt einen Schutzengel besaß. Er weigerte sich, die Zeichen zu erkennen. Alle Versuche, sich bekehren zu lassen, hatte er abgewehrt. Jetzt wurden alle seine Aktionen genauestens von der Kompanie überwacht. Die letzten zweihundert Jahre hatte Julian damit verbracht, Chaos anzurichten und Macht anzuhäufen.

Arielles Auftrag lautete, ihn aufzuhalten. Und ihre Geheimwaffe gegen Julian war Serena.

Ich wusste, dass dieser Moment kommen würde. Julian hat den Köder geschnappt, dachte sie fasziniert. Ja, Serena war Nick zugeteilt worden, weil sie auf diese Weise unweigerlich in Kontakt mit Julian kommen musste.

Die Schwäche des Erzdämons waren Frauen – das sah ein Blinder im Dunkeln. Und Serena war wie gemacht für ihn: jung, schön, voller Lebensfreude. Genau danach sehnte sich Julian. Und schon hing er am Haken. Und wenn Julian erst einmal ein Mädchen in seinen Klauen hatte, gab er nicht auf, bis …

Arielle lehnte sich in ihrem Stuhl zurück und massierte sich die Schläfen. Sie zwang sich, nicht gleich vom Schlimmsten auszugehen. Einen jungen Engel so gefährlichen Mächten auszusetzen, stellte immer ein Risiko dar. Doch es stand auch viel auf dem Spiel. Julians neuer Klub, das *Devil's Ecstasy*, wurde in zwei Wochen eröffnet. Abend für Abend würde der Klub viele Tausende Partygänger anlocken, das war schon jetzt absehbar. Allabendlich wurden sie dort allen möglichen Versuchungen ausgesetzt und würden sich schließlich korrumpieren lassen. Julians Einfluss wuchs rasant.

Langsam wurde er unbesiegbar.

Serena musste mit ihrer Mission erfolgreich sein. *Um Julian die Liebe zu lehren.* Sie selbst durfte auf keinen Fall erfahren, worum es bei ihrer Mission wirklich ging. Damit Julian sich verlieben konnte, musste sein Objekt der Liebe wahrhaftig und rein sein.

Liebe. Ja, Liebe.

Das war das Einzige, womit man Julians zerstörerischem Tun Einhalt gebieten konnte. Man konnte einen Dämon retten – so wie man einen Engel zu Fall bringen konnte. Vor langer Zeit war Julian ein guter Mensch gewesen. Dieses Gute war immer noch in ihm vorhanden. Serena würde es erkennen, sobald sie genug Zeit mit ihm verbrachte. Und sie würde Julian dazu bringen, es selbst zu erkennen. Von allen Novizen-Engeln besaß Serena das reinste Herz. Sie war in ihrem menschlichen Leben noch nie verliebt gewesen, hatte noch keine Narben davongetragen.

Serenas Unschuld musste unberührt bleiben von dem Wissen, dass man sie gezielt auf Julian ansetzte. Sobald sie es erfuhr, wäre sie nicht mehr in der Lage zu handeln, da ihr Arglist und Betrug unbekannt waren. Und wenn Julian nur den kleinsten Verdacht hegte, wäre alles verloren.

Es war das Risiko und den Aufwand also durchaus wert, den Novizen-Engel auf diese gefährliche Mission zu schicken, auch wenn Serena selbst sich deren Gefährlichkeit nicht bewusst war. Das war nichts Außergewöhnliches. Jeden Tag wurden Menschen und Engel auf göttliche Missionen geschickt, ohne zu wissen, was oder wieso sie etwas taten.

Serena muss ihre Aufgabe erfolgreich zu Ende bringen. Sie muss erreichen, woran ich gescheitert bin, dachte die Ausbilderin und klappte ihre eigene Akte zu. Sie legte sie zurück in die Schublade und sprach ein Gebet, in dem sie um Sicherheit für Serena bat.

Arielles Aufgabe war es, den jungen Engel anzuleiten, während die Erzengel aus der Ferne über Serena wachten, auch wenn sie selbst davon nichts merkte.

Sollte Serena scheitern, gab es jedoch keine Rettung für sie.

In dieser Nacht sah Julian dem Engel beim Schlafen zu. Als Erzdämon war er nicht mehr an einen physischen Körper gebunden. Er konnte sich entmaterialisieren und auf diese Weise zwischen den Dimensionen wechseln. Er musste sich nur auf das Bild des jungen Engels konzentrieren, um ihren Aufenthaltsort ausfindig zu machen. Zwar war ihr Haus mit einem Schutzzauber versehen, doch der Zauber war schwach und schnell geknackt – wie ein billiges Schloss. Er hatte kein Problem damit, sich Zugang zu verschaffen.

Serenas Zuhause war genauso hübsch und einladend wie sie selbst. Die großen Fenster schienen für viel Licht zu sorgen, denn überall standen blühende Pflanzen. Die Einrichtung war nicht teuer, aber gemütlich und anheimelnd. Sie entsprach wohl dem, was Innenarchitekten heutzutage als „shabby chic"-Stil bezeichneten. Pastellfarben und weiche Stoffe dominierten. Ihm persönlich war dieser Stil jedoch viel zu feminin und er fühlte sich darin nicht besonders wohl.

Serena lag auf ihrem duftig weißen Bett – was für ein Klischee, typisch Engel, dachte er. Ganz nah schwebte er über ihr, in seiner körperlosen Gestalt, um sie genau zu betrachten. Sie schlief ohne Decke, und ihre helle Haut schimmerte im Mondlicht. Sie trug ein Babydoll-Top und Boxershorts. Schade, dass sie nicht nackt war.

Julian kehrte in seinen menschlichen Körper zurück. Nur so konnte er wirklich Lust empfinden, und genau das war heute Nacht sein Ziel. Er war erregt und sehnte sich nach ihr, immer noch enttäuscht über das abrupte Ende ihres Kusses am Nachmittag im Yogastudio. Jetzt stellte er sich neben sie und streichelte ihre Wange. Ihre Haut war so unglaublich weich! Sie seufzte glücklich. In wachem Zustand würde sie ihn niemals so nahe an sich heranlassen.

Doch jetzt schlief sie, und er nahm sich Freiheiten heraus, die sie unter anderen Umständen gewiss abgeschreckt hätten. Er schlüpfte unbemerkt zu ihr ins Bett, in einer sorgsam einstudierten Choreografie. Vorsichtig streichelte er ihre Brüste durch das T-Shirt hindurch. Unter seiner Berührung wurden ihre Brustwarzen hart. Serena stöhnte, rollte sich aber zur Seite. Er strich mit dem Mund über ihren Nacken und küsste sie sanft. Im Schlaf klatschte sie plötzlich mit der Hand auf ihren Nacken.

Aber sie erwachte nicht. Er wartete kurz ab, bis ihre Atemzüge wieder regelmäßig waren. Auf einen Ellbogen gestützt, beobachtete er ihr vom Mondlicht erhelltes Gesicht. Die Enden ihrer langen Wimpern berührten ihre makellosen Wangen. Er betrachtete eingehend ihre perfekt geformte Nase, ihre perfekt geschwungenen Lippen.

Jetzt legte er eine Hand auf ihren Oberschenkel und glitt mit den Fingern über ihre seidenweiche Haut bis zum Saum ihrer Boxershorts. Da schob sie seine Hand weg, setzte sich auf einmal kerzengerade auf und rief: „Julian, nicht!"

Gerade noch rechtzeitig hatte er sich entmaterialisieren können. Jetzt war sie wach und starrte ihn im Dunkeln an. Verwundert zog sie die Decke über sich. So saß sie eine ganze Weile da und fixierte die Stelle, an der er, für sie unsichtbar, schwebte. Allerdings schien sie seine Anwesenheit irgendwie zu spüren. Schließlich legte sie sich wieder hin, schloss die Augen und schlief ein. Enttäuscht verschwand er.

Einmal mehr hatte er ihr Verhalten falsch interpretiert. Am Nachmittag war er fest davon ausgegangen, dass sie sich ihm hingeben wollte. Und jetzt hätte er es fast geschafft, seine Chance bei ihr komplett zu ruinieren.

Aber er würde sie bekommen. Er musste einfach nur ein bisschen schlauer sein als sonst.

Vielleicht musste er es auf die harte Tour versuchen.

4. KAPITEL

Als er in dieser Nacht nach Hause kam, musste Julian erst einmal ein paar Runden in seinem Pool drehen, um sich abzureagieren. Einen menschlichen Körper zu haben, konnte manchmal richtig nerven. Es gab Höhepunkte, wie bei körperlicher Lust, und Tiefpunkte, wie bei Schmerzen. Er sprang ins kalte Feuchte und versenkte seine Lust im kühlen Blau des Wassers. Und versuchte, nicht an Serena zu denken.

Stattdessen dachte er an *Wahlmöglichkeiten*.

Er pflügte durchs Wasser, eine Bahn nach der anderen, während seine Gedanken sich überschlugen. Im Grunde genommen bot er den Menschen Wahlmöglichkeiten an, wenn er sie korrumpierte. In der überwiegenden Mehrzahl der Fälle erreichte er sein Ziel sogar, ohne sich selbst direkt in kriminelle Aktivitäten verwickeln zu lassen. Dafür gab es genügend Mittelsmänner, die sich bereitwillig darum kümmerten. Julian hielt schlicht und einfach ein breites Spektrum an Angeboten bereit. In Nicks Fall hatte er zum Beispiel einfach für die Möglichkeit gesorgt, dass er jederzeit an illegale Substanzen und Sex kommen konnte. Andere Menschen führte Julian mit großen Geldsummen in Versuchung.

Seine Muskeln begannen zu schmerzen, doch er schwamm weiter. Seine Gedanken sprudelten immer noch.

Niemand muss die Verdammnis wählen. Julian hatte nie eine Seele dazu gezwungen, sich für die Hölle zu entscheiden. Die Kraft der Suggestion reichte aus, das hatte er über die Jahre gelernt. Und wenn die versagte, gab es immer noch die gute alte Erpressung. Es gab fast niemanden, der nicht in seiner Vergangenheit Entscheidungen getroffen hatte, die er lieber geheim hielt. Fast jeder hatte eine Leiche im Keller. Ob wohl auch Serena eine Leiche im Keller hatte? Wahrscheinlich fand man da bei ihr nur pastellfarbene Sommerkleider und Yogaklamotten. Er bekam Lust, es herauszufinden.

Es war bereits nach ein Uhr nachts, als Julian aus dem Becken stieg und seinen persönlichen Assistenten anrief. Harry, ein Afroamerikaner Mitte dreißig und Familienvater, war der zufriedene Besitzer eines englischen Pubs in einer ruhigen Gegend gewesen, bis er vor drei Monaten plötzlich und unerwartet verstarb. Schon wenige Minuten, nachdem Julian ihn angerufen hatte, stand er außer Atem vor ihm.

„Ich gehe davon aus, Ihren Kindern geht es gut?", erkundigte sich Julian.

Nach seinem Tod hatte Harry damit begonnen, Klubbesucher im *Devil's Paradise* zu bestehlen. Als die Türhüter ihn dabei erwischten und Julian übergaben, hatte er über viertausend Dollar Bargeld bei sich und diverse Schmuckstücke, darunter auch ein Silberarmband, das er dem Manager des Klubs vom Handgelenk geklaut hatte. Julian erkannte Harrys Potenzial auf Anhieb und engagierte ihn vom Fleck weg.

„Bestens, danke", erwiderte Harry. „Sie sind sehr großzügig. Ich schicke meiner Frau den Großteil meines Gehalts. Sie glaubt, das Geld stammt aus meiner Lebensversicherung."

„Hervorragend. Ich möchte Sie um einen Gefallen bitten. Letzte Nacht war eine junge Frau im Klub, ein Engel. Ihr Name ist Serena St. Clair. Finden Sie alles über sie heraus. Ich wüsste gern, welche *Wahlmöglichkeiten* man einer solchen Person bietet, wenn Sie verstehen, was ich meine."

„Betrachten Sie die Sache bereits als erledigt, Sir." Harry brauchte keine weiteren Erklärungen. Er verschwand so lautlos in der Nacht, wie er gekommen war. Julian blieb zurück in dem Wissen, dass sein Auftrag in guten Händen war. Wenn sich jemand mit Wahlmöglichkeiten auskannte, dann Harry. Er war zum Dämon geworden wegen ein paar unglücklicher Entscheidungen, die er als Mensch getroffen hatte. Entscheidungen, die er bitter bereute. Und nun war er bereit, die schlimmsten Dinge zu tun, obwohl sein Motiv edel war.

Oh ja, am Ende lief es auf die Entscheidungen des Einzelnen hinaus. Man musste nur herausfinden, mit welchen Wahlmöglichkeiten man eine Person knacken konnte. Und früher oder später würde Julian auch die kleine Miss Perfect knacken. Er musste nur noch herausfinden, an welchem Punkt sie korrumpierbar war.

Die Geschenke, die Julian ihr schickte, wurden mit jedem Tag größer. Am Montag waren es Blumen und Schokolade – drei Dutzend rote Rosen und die größte Schachtel belgischer Pralinen, die sie jemals gesehen hatte. Am Dienstag erhielt sie einen Korb voll französischer Parfüms. Am Mittwoch einen Yorkshire-Terrier-Welpen mit einer riesigen Schleife um den Hals. Am Donnerstag traf ein Kurier ein, der eine Schachtel vom Juwelier brachte, in der auf dem dunkelblauen Samt ein wunderschönes Diamantarmband lag. Am Freitag schenkte er ihr eine Reise nach Paris – in seinem Privatjet.

Natürlich schickte sie jedes seiner Präsente umgehend an ihn zurück, und zwar kommentarlos. Kein Anruf, keine E-Mail, nicht einmal eine SMS. Es machte sie wütend, dass er zu glauben schien, sie sei käuflich. Dass sie ihre Pflicht Nick gegenüber wegen ein paar kostspieliger Geschenke vernachlässigen würde. Geschenke, die noch dazu nicht einmal persönlicher Natur waren. Sie waren vielmehr eine klischeehafte Auswahl an Dingen, von denen ein Mann glaubte, damit eine Frau bezirzen zu können.

Doch was sie noch viel mehr störte, war ihre eigene Reaktion auf die Geschenke, denn insgeheim hätte Serena sie sehr gern angenommen. Und zwar jedes Einzelne. Abgesehen davon wollte sie wissen, wer dieser Mann war, der sie mit Geschenken überhäufte. Was für ein Typ war er? Wie weit würde er gehen, um zu bekommen, was er haben wollte?

Oh, sie war durchaus zufrieden mit ihrem Leben als Yogalehrerin und freute sich über ihre Pflichten als Engel, die ihr viel Spaß machten. Aber seit ihrer Ordination vor einem Jahr lebte sie sehr genügsam. Ohne ihre Familie und ohne die kleinen Vergnügen, die sie sicherlich mit Männern erlebt hätte, wenn sie noch ein menschliches Wesen wäre. Sie hatte im vergangenen Jahr überhaupt nichts mit Männern am Hut gehabt. Mittlerweile lebte sie schon wie eine Nonne.

Wie lange war es her, dass ihr jemand Blumen und Schokolade geschickt hatte? Sie gab es nur ungern zu, aber die Geschenke bereiteten ihr Freude. Der Welpe war bisher mit

Abstand seine beste Idee gewesen. Sehnsüchtig hatte sie ihn gestreichelt und ihn an sich gedrückt, ihr Gesicht in seinem weichen Fell vergraben, während er versuchte, sie abzuschlecken. Auf seinem kleinen Halsband stand der Name *Milo*. Ihn zurückzuschicken hatte ihr fast das Herz gebrochen.

Am Samstagmorgen erwachte sie in der vagen Erwartung, dass vor ihrer Einfahrt ein nagelneuer Sportwagen parkte. Doch da war nichts.

Auf dem Weg ins Yogastudio versuchte sie sich einzureden, wie gut es war, dass er endlich begriffen hatte. Doch es schwang Enttäuschung in ihren Gefühlen mit. Offensichtlich glich Julians Aufmerksamkeitsspanne der einer Fruchtfliege.

Aber wahrscheinlich – nein, definitiv – war es besser so. Jetzt, wo er sie vergessen hatte, konnte wieder die Normalität in ihr Leben einkehren. Und das war es doch, was sie wollte.

Oder nicht?

Julian überschüttete Serena nicht einfach bloß mit Geschenken, er verfolgte einen Plan. Schon wenige Tage nach der Auftragserteilung erschien Harry, um Bericht zu erstatten. Julian saß an seinem Schreibtisch, während Harry die Ergebnisse seiner Recherchen zusammenfasste.

„Serena wurde in Carmel geboren, einer Kleinstadt etwa sechs Stunden nördlich von hier. Ihre Mutter und ihr Bruder leben immer noch dort. Ihr Vater starb im Alter von sechsundvierzig Jahren an einem Herzinfarkt. Sie war damals dreizehn. Sie besuchte ein College in der Nähe, die UC Santa Cruz, ging danach auf Reisen und wurde Vollzeit-Yogalehrerin. Letztes Jahr kam sie im Alter von dreiundzwanzig Jahren bei einem Autounfall auf dem Cabrillo Freeway ums Leben.“ Harry unterbrach sich. Offensichtlich hatte er einen Kloß im Hals, den er erst einmal herunterschlucken musste. „Sie schloss sich sofort nach dem Ende ihres menschlichen Lebens der Kompanie der Engel an. Man schickte sie nach Los Angeles. Die meisten Mitglieder der Kompanie werden nicht in ihrer Heimatstadt eingesetzt, um zu vermeiden, dass Familie oder Freunde sie erkennen.“

Doch selbst wenn jemand aus ihrer Vergangenheit sie erkannte und sie den Fehler beginge, darauf einzugehen, würden sich die Erzengel sofort der Sache annehmen. Denn sie waren in der Lage, die Erinnerungen von Menschen an Engel auszulöschen. Sie wurden einfach weggewischt wie Kreide von einer Tafel.

Dasselbe beherrschte Julian, wenn es um Dämonen und Menschen ging.

„Hat sie irgendwelche Laster?“, fragte er. Das war der Part, auf den er sich immer am meisten freute. Das war das Interessanteste an einer Person.

„Nein. Nach dem Tod ihres Vaters war sie ein eher stilles Kind. Aus ihrer Schulzeit gibt es kaum etwas zu berichten. Sie machte zwar Party wie alle anderen auch, aber nach ihrem Schulabschluss war damit Schluss. Sie hatte keine offensichtlichen Laster.“

Unmöglich. „Es muss etwas geben! Vielleicht haben Sie nicht tief genug gegraben.“ Julian runzelte die Stirn.

Harry machte ein beleidigtes Gesicht. „Ich habe sehr ordentlich recherchiert. Es gab nur nichts Interessantes zu finden. Sie war ein wirklich guter Mensch.“

Harry hatte noch mehr über sie zusammengetragen – seitenweise Details über ihre Stundenpläne, ehemalige Jobs, ihre Hingabe für Yoga, die Autos, die sie gefahren hatte, wer ihre Freunde gewesen waren. Doch nirgends in seinem Bericht fand sich etwas, das Julian wirklich interessierte. Tausend Fragen blieben unbeantwortet. *Wer war der erste Junge, den sie geküsst hatte? Wie viele Herzen hatte sie gebrochen? Hatte jemand ihr Herz gebrochen? Hatte sie die wahre Liebe kennengelernt?*

Aber diese Fragen konnte er wohl kaum Harry stellen.

Sein Bericht erzählte von einem ungelebten Leben, einem Leben, das von klein auf dem Dienst am Nächsten gewidmet war. In Serenas Menschenleben war kein Platz für die typischen Leidenschaften, Wünsche, Freuden und Fehler eines Menschen gewesen.

„Wie lächerlich“, kommentierte Julian laut. Und dennoch löste all dies eine starke Sehnsucht in ihm nach ihr aus. Auch Harry schien ihr Schicksal nicht unberührt zu lassen, er wirkte nachdenklich, während er die einzelnen Seiten durchging. Es gab nichts mehr dazu zu sagen, aber Julian sah, wie Harry versuchte, einen Sinn in das eben Vorgetragene zu bringen. Er denkt an seine eigenen Kinder, dachte Julian, als er ihn ansah.

„Danke, Harry. Das ist im Moment alles.“

Nachdem Harry die Tür hinter sich geschlossen hatte, blieb Julian still zurück. Es fühlte sich an, als sei jemand gestorben, als müsste er um Serena trauern. Dieses Mädchen war ein unbeschriebenes Blatt. Die Beschreibung ihres Lebens war so fade, dass Serena verzichtbar schien. Doch seit er ihr zum ersten Mal in die Augen geschaut hatte, wusste Julian so viel mehr über sie. Ihre hartnäckige Loyalität Nick gegenüber. Ihr feuriger Mut, mit dem sie sich einem Dämon entgegengestellt hatte, der so viel stärker war als sie selbst. Und dieses Verlangen in ihrem Blick … das Verlangen zu wissen. Zu fühlen. Zu existieren.

Nein, Serena war keine Frau, die man beweinen musste. Auch wenn ihr Menschenleben geendet hatte, war sie nicht verschwunden. Sie war immer noch sehr existent auf Erden.

Und hier auf Erden würde er auch zu ihren unentdeckten Begierden vordringen. Er musste herausfinden, was sie am liebsten lernen, erfahren, sein wollte. Er würde sie mit all dem versorgen, das sie in ihrem kurzen Menschenleben verpasst hatte.

Er musste nur einen Weg zu ihr finden.

Vielleicht konnte er sie mit materiellen Dingen locken. Also schickte er ihr alles, was bei Frauen normalerweise gut ankam: Blumen, Schokolade, Parfüm, ein Tierbaby, Schmuck, eine romantische Reise … Aber bis zum Ende der Woche hatte sie alle seine Geschenke zurückgeschickt, und Julian wusste, er musste eine andere Taktik anwenden. Die Familie war auch immer ein guter Ansatzpunkt, jemanden zu knacken – wie Julian immer wieder festgestellt hatte, zuletzt bei Harry. Wenigstens hatte die Kompanie Serena nicht allzu weit weg von ihrer Familie eingesetzt, sodass sie aus sicherer Distanz über sie wachen konnte. Diese Tatsache würde Julian zu seinem Vorteil zu nutzen wissen.

Vielleicht sollte er mit dem Bruder anfangen.

Am Freitagnachmittag stattete Julian Andrew St. Clairs Fotogalerie einen Besuch ab. Sie befand sich in dem ruhigen Küstenstädtchen Carmel und war in einem großen, lagerhausähnlichen Gebäude untergebracht. An den nackten Betonwänden hingen überwiegend Porträtaufnahmen. Einige der Personen auf den Fotos erkannte Julian, andere nicht. Berühmt oder nicht, alle Personen waren liebevoll in Szene gesetzt worden, vom wachsamen Auge eines wahren Künstlers.

Nur eine einzige Person war noch liebevoller in Szene gesetzt worden als alle anderen. Es gab einen Bereich, der ausschließlich Serena gewidmet war. Ein halbes Dutzend Bilder von ihr hingen dort, die sie in verschiedenen Altersstufen und an verschiedenen Orten zeigten. Sie war sogar ein schönes Baby gewesen. Schon damals strahlten ihre blauen Augen so intensiv.

„Wer ist das?“, fragte Julian in beiläufigem Ton.

Andrew stellte sich neben ihn und steckte die Hände in die Hosentaschen. Julian bemerkte die Ähnlichkeit zwischen den Geschwistern sofort. Andrews Haar war nur eine Schattierung dunkler als das seiner Schwester, und sie hatten dieselben Augen. „Das ist meine Schwester Serena.“

„Ist sie ein Model? Oder Schauspielerin?“

„Als sie jünger war, hat sie mal gemodelt. Ein Scout hat sie auf der Highschool entdeckt, aber sie war nie wirklich interessiert daran.“

„Wirklich? Wieso nicht?“, wollte Julian wissen.

Andrew zuckte die Schultern. „Serena hatte immer den Kopf in den Wolken. Ging stundenlang am Strand spazieren, träumte in den Tag hinein. Sie studierte Philosophie und ging dann für ein Jahr nach Indien. Sie kam als eine andere zurück, wie sie selbst sagte, und wurde Yogalehrerin.“

„Und jetzt?“, erkundigte sich Julian scheinheilig. Er wusste ja, was geschehen war, wollte aber wissen, wie ihr Bruder auf die Frage reagierte. Das Leid der anderen kostete er gerne aus.

Andrew lächelte. „Sie kam letztes Jahr bei einem Autounfall ums Leben."

„Herzliches Beileid." Julian war von seiner eigenen Reaktion überrascht. Und noch mehr davon, dass seine Worte ernst gemeint waren. Er musste schlucken. *Wie seltsam.*

„Schon okay. Serena war eine Heldin. Sie rettete davor eine Frau und ihre zwei kleinen Töchter."

Selbstaufopferung. Das war also ihr Ding. Sehr interessant! Der kleine Engel hatte bestimmt irgendein Laster, auch wenn Harry oder Andrew es nicht kannten. Julian hatte genug Zeit, es herauszufinden – ihn drängte nichts, außer vielleicht seine körperlichen Bedürfnisse, aber die konnte er im Zaum halten. Dafür brauchte er nichts weiter als eine willige Frau. Es musste nicht unbedingt Serena sein.

Andrew betrachtete immer noch die Bilder, in einem Moment der Trauer gefangen. „Ich wünschte, sie hätte mehr Zeit gehabt, um ihr Leben zu leben. Serena war eine schöne Frau, aber sie war immer so ernst. Ich bin mir nicht sicher, ob sie überhaupt wusste, wie man Spaß hat. Ich glaube, sie war nie verliebt."

Interessant. Aber da war noch mehr. Julian spürte, wie Andrew mit sich kämpfte. Er war kurz davor, ein Geheimnis preiszugeben, von dem niemand wissen sollte. Doch Julian wollte es wissen. Er sah Andrew direkt an und fragte beiläufig: „Und wieso nicht?"

„Vielleicht war der Grund dafür der Tod unseres Vaters. Sie war damals dreizehn und musste mit ansehen, wie er starb. Er erlitt im Wohnzimmer einen Herzinfarkt. Serena kam gerade aus der Schule nach Hause, als der Notarzt versuchte, ihn wiederzubeleben. Aber es gelang ihm nicht. Danach war sie nicht mehr dieselbe. Vielleicht gab sie sich die Schuld an seinem Tod. Entschuldigen Sie. Ich weiß nicht, wieso ich Ihnen das alles erzähle", sagte Andrew und sah ihn verblüfft an.

Weil dein schwaches menschliches Hirn mir unterlegen ist, dachte Julian triumphierend.

Das war doch mal eine Information, mit der er etwas anfangen konnte. Die kleine Miss Perfect hatte vielleicht keine offensichtlichen Laster, aber sie war dennoch verwundbar. Eine Tendenz zur Selbstaufopferung. Schuldgefühle wegen des toten Vaters. Ja, damit konnte er arbeiten.

„Was halten Sie davon, mal ein paar Publicity-Fotos für mich zu machen, Andrew?“, schlug Julian vor. „Ich gebe morgen Abend in meinem Haus in L.A. eine Party. Eine Menge wichtiger Leute werden da sein. Ich hätte Sie gerne mit dabei, falls Sie verfügbar sind.“

Dann schlug Julian ihm ein Honorar vor.

Andrew riss die Augen auf. Für diese Summe würde er auf jeden Fall verfügbar sein, das wusste Julian. Für diese Summe hätte er sogar seinen Erstgeborenen verpfändet.

Allerdings hatte Julian bisher keine Party geplant, doch das ließ sich mit einem Druck auf die Kurzwahltaste seines Mobiltelefons ändern. Er verließ die Galerie und rief draußen sofort seinen persönlichen Assistenten an.

Wahlmöglichkeiten. Andrew hatte die richtige Wahl getroffen. Vielleicht war seine Schwester bald empfänglicher dafür, Julian zu ihrem Gefährten zu machen.

Serena hörte den ganzen Samstag nichts von Julian. Sie merkte, wie sie langsam wieder befreit atmen konnte. Das gab ihr Gelegenheit, von vorn zu beginnen, sich wieder auf ihre Schüler zu konzentrieren und auf die Seelen, die ihr anvertraut waren. Sie sollte sie führen und die Botschaft der göttlichen Liebe verbreiten.

Nick machte beim Yoga kontinuierlich Fortschritte. In dieser Woche hatte er gleich mehrere Einzelstunden gehabt. Er lernte begeistert und besaß eine angeborene Anmut. Serena hatte sich zwingen müssen, um nicht nach dem Erzdämon zu fragen. Doch ein Teil von ihr hoffte insgeheim darauf, dass Nick Julians Namen erwähnte, ihr irgendwelche Neuigkeiten verriet. Ob Nick etwas von den Geschenken wusste? Falls ja, kommentierte er es jedenfalls nicht.

Und er versuchte auch nicht noch einmal, sie zu küssen. Obwohl sie sein gequälter Blick immer noch irritierte, hatte er seit seinem gescheiterten Versuch seine romantischen Gefühle für sie nicht mehr erwähnt.

Heute überreichte er ihr nach dem Training einen schlichten weißen Briefumschlag. „Julian bat mich, dir das zu geben", sagte er und rollte seine Matte zusammen.

Was war das? Versuchte es der Erzdämon jetzt mit Bargeld? Einem Vertrag für eine Eigentumswohnung? Mit zitternden Fingern öffnete sie den Umschlag, aber er enthielt nur eine handgeschriebene Notiz auf cremefarbenem Papier. Die Handschrift schien aus einem vergangenen Jahrhundert zu stammen, elegante Schriftzüge, mit Schnörkeln verziert.

Meine liebe Serena,

bitte nimm meine ehrliche Entschuldigung für die Störung deines Privatunterrichts vergangenen Sonntagnachmittag an. Ich veranstalte heute Abend in meinem Haus eine kleine intime Zusammenkunft und wäre geehrt, wenn du daran teilnähmest. Es wird dich interessieren, dass auf der Gästeliste auch jemand steht, den du möglicherweise kennst: der Fotograf Andrew St. Clair.

Mit herzlichen Grüßen, J.

Es folgten die Details zu seiner Adresse in Beverly Hills. Von einem Dresscode war die Rede.

Doch Serena konnte nicht weiterlesen. Da stand der Name ihres Bruders, in Julians verschnörkelter Handschrift geschrieben – etwas anderes sah sie gar nicht mehr. *Andrew.*

Er war zwei Jahre älter als sie, aber gefühlt hundert Jahre klüger. Im Alter von fünfzehn Jahren musste Andrew nach dem Tod des Vaters den Mann im Haus ersetzen. Als sie weinend am Grab ihres Vaters stand, während der Sarg in die Erde gesenkt wurde, nahm er sie in den Arm. Ihr Bruder wurde zu ihrem Beschützer, ihrem Verbündeten, ihrem Held. Allerdings war Andrew nur ein Mensch. Kein Gegner für einen Dämon.

Ihr wurde übel. Die Einladung rutschte ihr aus der Hand und fiel zu Boden. Der Raum begann sich gefährlich schnell zu drehen, und einen Moment lang dachte sie, sie würde ohnmächtig.

Im nächsten Moment stand Nick neben ihr und drückte sie an seinen muskulösen, vom Training verschwitzten Körper. „Alles okay?"

„Es geht mir gut. Ich bin nur ein bisschen ... wetterfühlig." Sie presste die zitternden Finger auf die Schläfen und machte sich von ihm los.

Nick hob die Einladung auf und las sie. „Was läuft da zwischen dir und Julian?"

„Absolut gar nichts." Serena schämte sich. Sie log nie – nicht einmal Notlügen kamen ihr über die Lippen. Doch seit sie Julian kannte, war alles anders.

„Du brauchst dich nicht genötigt zu fühlen, hinzugehen, nur weil ich mit ihm befreundet bin."

„Natürlich nicht."

„Und wer ist dieser Andrew St. Clair? Ihr habt denselben Nachnamen. Ist er ...?" Nick versuchte die Verbindung herzustellen. Göttliche Eingebung verhinderte es.

„Das ist wohl nur ein Zufall."

„Wir können ja zusammen auf die Party gehen." Er sah sie mit hochgezogenen Brauen an.

Eine Weile sagte Serena gar nichts. Blieb ihr eine Wahl? Nein. „Klar."

Ein Lächeln breitete sich auf Nicks Gesicht aus. „Fantastisch. Ich hole dich um acht Uhr ab."

„Klingt gut." Lieber Gott, in welches Dilemma bugsierte sie sich da hinein?

„Abgemacht."

Mist.

Nick verließ das Studio so glücklich, wie sie ihn noch nie gesehen hatte. Sofort bekam sie ein schlechtes Gewissen. Sie führte Nick vor. Schlimmer noch, sie benutzte ihn als Schutzschild gegen Julian Ascher. Arielle hatte zwar nie eigens betont, dass man seine Schutzbefohlenen nicht als Puffer gegen dämonische Mächte einsetzen sollte, aber Serena war sich dennoch sicher, dass dies den Statuten der Kompanie zuwiderlief.

Doch der Erzdämon war ihr persönliches Thema. Das Leben ihres Bruders war in Gefahr, und sie würde alles in ihrer Macht Stehende tun, um Julian aufzuhalten. Er durfte nicht gewinnen. Sie stopfte die Einladung in ihre Tasche und verließ das Studio.

Nachdenklich stand sie in ihrem Schlafzimmer und starrte in ihren geöffneten Kleiderschrank. Um sie herum verstreut lagen Kleidungsstücke. Das sonst immer tadellos ordentliche Zimmer ähnelte jetzt einem Flohmarkt.

Abendkleidung stand auf der Einladung. Nichts von Serenas Garderobe, die überwiegend aus Yogaklamotten und schlichten Kleidern bestand, fiel unter diese Kategorie. Dabei war es völlig nebensächlich, ein Kleid für den Abend zu finden. Indem sie jedes einzelne Kleidungsstück anprobierte, das sie besaß, versuchte sie sich lediglich von ihren Sorgen abzulenken.

Davon, dass das Leben ihres Bruders womöglich auf dem Spiel stand.

Andrew.

Sie warf das nächste Kleidungsstück hinter sich. Ihre Brust schnürte sich vor Traurigkeit zusammen. Innerhalb von zehn Jahren hatte Andrew seinen Vater und seine Schwester verloren. Irgendwie hatte er es geschafft, sich zusammenzureißen und sich davon nicht unterkriegen zu lassen. Er glaubte fest an die alte Weisheit „was uns nicht umbringt, macht uns nur härter“.

Er war immer ein guter Bruder gewesen, und er hatte sie geliebt. Es riss ihr das Herz entzwei, dass er in Gefahr war – noch dazu, ohne es zu ahnen.

„Was um Himmels willen ist denn hier los?“ Meredith stand in der Tür und betrachtete staunend das Chaos.

„Ich versuche, etwas zum Anziehen zu finden“, antwortete Serena und ließ sich aufs Bett fallen. Sie war so müde, dass sie sich am liebsten zusammenrollen und ein Nickerchen halten würde – so wie sie war, in ihrem blauen Sommerkleid. In diesem Kleid fand sie sich so sexy wie eine Kindergärtnerin, die mit ihrer Gruppe einen Ausflug in den Zoo macht. „Für eine Party heute Abend bei Julian.“

„Der schon wieder?“

„Er hat sich Andrew geschnappt.“ Ihre Worte waren nicht mehr als ein verlorenes Flüstern. Ihre Stimme war dünner und zerbrechlicher als die Flügel der Zikaden, die draußen laut zirpten.

Es folgte eine lange, schreckliche Pause, in der Meredith die Information sacken ließ. Schließlich schluckte sie und sagte: „Du musst also hingehen. Wenn es mein Bruder wäre, würde ich dasselbe tun. Aber du hast nicht vor, alleine zu gehen, oder?“

„Nick kommt mit.“

„Dieser drogenabhängige Schauspieler?“ Meredith schüttelte den Kopf. „Das ist ja noch schlimmer, als alleine zu gehen. Ich komme mit.“

„Das ist viel zu riskant.“

Ihre Mitbewohnerin warf ihr einen Seitenblick zu und war schon auf den Weg zu ihrem eigenen Schlafzimmer. Dann drehte sie sich noch einmal um. „Kommst du nicht mit? Wir müssen dir doch noch ein Kleid suchen.“

Als Meredith ihre Schranktür öffnete, kam ein ganzer Schatz an glänzenden, schicken Kleidern zum Vorschein. Sie griff sich einige davon und breitete sie auf dem Bett aus. Serena starrte ungläubig die Ansammlung von Farben und Mustern an. Diese Kleider hatte ihre Mitbewohnerin ihr vorenthalten. Meistens trug Meredith ihre weiße Uniform und in ihrer Freizeit-Jeans.

Als sie Serenas Gesichtsausdruck bemerkte, drückte sie ihr ein smaragdgrünes Seidenkleid in die Hand. „Ich arbeite noch daran, mich von meinen materiellen Besitztümern zu trennen. Arielle glaubt, die Dinge werden einfach von mir abfallen, sobald ich bereit bin, sie loszulassen. Bis dahin kann ich mich ruhig an einem schicken Cocktailkleid erfreuen." Nach einer kurzen Pause sprach sie weiter. „Apropos Arielle. Meinst du, wir sollten sie wegen dieser Party informieren?"

„Arielle war überhaupt keine Hilfe", stellte Serena fest, zwängte sich in das Kleid und zerrte daran herum. „Außerdem: Was bleibt mir anderes übrig? Wenn Arielle mir sagt, ich soll meinen Bruder diesem ... diesem Höllenhund überlassen, kann ich ihre Anweisung wohl kaum befolgen, oder?"

„Manchmal stellt Arielle uns auf die Probe", gab Meredith zu bedenken. „Das habe ich schon mehrfach beobachtet."

Serena überlegte. „Mag sein. Ich weiß nur nicht, wieso sie mich auf die Probe stellen sollte." Sie wand sich und versuchte, das Kleid zurechtzurücken. Beide Frauen waren schlank, aber Serenas Kurven wollten sich partout nicht einzwängen lassen.

„Wie du meinst." Meredith sah sie an, um das Kleid zu begutachten. „Das passt dir nicht." Mit einem Blick durchforstete sie ihre Garderobe erneut. „Nimm dich bloß vor deinem Dämon in acht."

Röte stieg in ihr Gesicht, als Serena jetzt ihren Reißverschluss öffnete. „Er ist nicht mein Dämon. Die beiden Male, bei denen wir uns begegnet sind, ist nichts passiert außer einem Kuss."

Ihre Mitbewohnerin gab keine Antwort, sondern zog nur fragend die Augenbrauen hoch. Sie nahm Serena das grüne Kleid ab und reichte ihr ein weißes, Trägerloses. Es war mit schwarzen Stickereien verziert, und ein schwarzer Seidengürtel war um die Taille geschlungen. Es reichte ihr bis kurz übers Knie, eine elegante Länge, die Serenas lange Beine betonte. „Das ist es", stellte Meredith fest. „Mit der Schleife vorne siehst du aus wie ein Geschenk. Pass bloß auf, dass Julian dich nicht auspackt."

Die beiden Frauen betrachteten Serenas Spiegelbild. Serena überkam plötzlich ein Gefühl von Trostlosigkeit. Mein Leben lang hat Andrew mich vor allem Schlimmen bewahrt, dachte sie. Jetzt muss Andrew beschützt werden. Werde ich das hinkriegen?

Meredith begegnete ihrem Blick im Spiegel. „Ja, das schaffst du. Du wirst ihn nicht im Stich lassen.“

5. KAPITEL

Was Julian auf seiner Einladung als „kleines intimes Beisammensein" bezeichnet hatte, war eine Galaparty für zweihundert elitäre Gäste. Ein exklusiver Abend und die Art von Party, die Serena wahnsinnig machen, aber insgeheim auch anmachen würde.

Julians Old-Hollywood-Style-Villa bot die perfekte Kulisse für eine Sommerparty – hier war noch immer die Aura längst vergessener, einst betrogener Diven lebendig. Eine zweieinhalb Meter hohe Eisskulptur, die ein glitzerndes geflügeltes Wesen darstellte, beherrschte das Foyer. Fröhliches Geplapper mischte sich mit den fernen Klängen eines Orchesters, das im Garten die Instrumente stimmte, um gleich zum Tanz aufzuspielen. Die Elite der High Society von Los Angeles war versammelt. Servicekräfte liefen mit Tabletts durch die Reihen von Politikern und Schauspielern, Models und Businessmoguln. Champagner und Hors d'œuvres wurden gereicht.

Julian schlenderte durchs Haus, von Zimmer zu Zimmer, während die Party langsam in Schwung kam. Im *Devil's Paradise* mischte er sich nicht oft unter die Gäste, doch heute gab er den vollkommenen Gastgeber. Er schüttelte Hände, hielt Small Talk und ermunterte seine Gäste, sich am üppigen Buffet zu bedienen, das im Esszimmer aufgebaut war.

Dabei hatte er immer ein Auge auf den Eingang. Es gab nur eine Person, die er hier wirklich bewirten wollte. Und sobald sie erschien, würde das intime Beisammensein beginnen.

Aber wo zum Teufel blieb *sie*?

Harry schob sich durch die Menge, gab dem Personal Anweisungen und kümmerte sich um verschiedene Angelegenheiten. „Keine Sorge, Sir", beruhigte er Julian, als er dessen besorgte Miene bemerkte. „Sie wird schon kommen. Andrew ist hier."

Harry hat recht. Julian durfte jetzt nicht nervös werden.

Die Anwesenheit ihres Bruders hatte sie wahrscheinlich noch nicht einmal zögern lassen. Julian entdeckte den Fotografen, der gerade ein paar Gäste vor der Eisskulptur ablichtete, und schüttelte ihm herzlich die Hand. Er schlug ihm auf den Rücken und dankte ihm für sein Kommen.

Andrew schluckte, unfähig, seine Bewunderung zu verbergen. „Julian, Sie haben ein spektakuläres Haus."

Revel House war Julians ganzer Stolz. Er hatte das vier Hektar große Anwesen mit der riesigen Villa in den 1950er-Jahren nach einer Wette von einem sterbenden Filmstar gewonnen. Natürlich war die Wette manipuliert gewesen. Aber das musste Andrew nicht wissen. „Kein schlechtes Häuschen", stapelte der Erzdämon tief.

„Vielen Dank für die Chance, die Sie mir geben. Es ist ein Privileg, Ihre Gäste und Ihr Haus fotografieren zu dürfen." Andrew gestikulierte mit der Kamera vor der Eisskulptur. „Vor allem dieses Kunstwerk. Die Details der Flügel sehen so realistisch aus."

Während sie da standen und die Skulptur bewunderten, erschrak Andrew plötzlich und trat neben Julian. „Ich könnte schwören, ich … Das Ding hat gerade geblinzelt."

„Natürlich nicht", erwiderte Julian seelenruhig. Dabei hatte die Skulptur selbstverständlich geblinzelt. Denn es war ein echter Dämon, den Julian eigens dafür aus den buddhistischen Höllengefilden heraufbeschworen hatte. Er sollte stillstehen auf seinem Podest und so tun, als wäre *er* ein Kunstwerk. „Muss eine Lichtreflexion gewesen sein."

Einen Moment lang sah Andrew nachdenklich aus. Doch das hielt nicht lange vor, und selbst wenn er etwas verdächtig fand, sagte er nichts mehr. Sie plauderten freundschaftlich, und je länger sie miteinander sprachen, desto sympathischer fand Julian den Mann. Er musste sich daran erinnern, dass er nicht auf eine Freundschaft mit Andrew aus war.

Alles, was er wollte, war Serena. Doch die tauchte nicht auf. Höflich entzog er sich schließlich der Konversation und drehte weiter seine Runden. In seinem Innern brodelte es.

Was ist das mit den Männern und ihren vielen Frauen, fragte sich Serena, als sie zusammen mit Meredith in Nicks Limousine einstieg, in der eine ganze Footballmannschaft Platz gefunden hätte. Trotzdem bestand er darauf, dass die beiden sich rechts und links neben ihn setzten.

Als der Wagen den Santa Monica Freeway hinunterrauschte, verwickelte Meredith Nick in ein Schwätzchen, während dieser seine Blicke über das grüne Seidenkleid ihrer rothaarigen Freundin wandern ließ. Serena hörte kaum zu. Sie machte sich Sorgen um Andrew.

Unter keinen Umständen würde sie es zulassen, dass Julian ihn in seine Fänge bekam.

Vor der Zufahrt zu Julians Haus in Beverly Hills mussten sie kurz warten, bis die Limousine das Tor passieren konnte. Serena überlief ein kalter Schauer, als sie aus dem Fenster sah.

„Die Tore zur Hölle." Nick machte eine ausladende Geste. „Julian hat mir erzählt, dass das Nachbildungen von Skulpturen von Rodin sind. Das da vorne in der Mitte ist der berühmte *Denker*. Julian sagt, er repräsentiert Dante, der auf die Charaktere der Göttlichen Komödie blickt, die im *Inferno* auftauchen. Neben den Toren stehen noch mehr Figuren. Die legendären Ehebrecher Francesca und Paolo, und Ugolino della Gherardesca, der die Leichen seiner Kinder aß, nachdem sie den Hungertod gestorben waren."

Als sich das Tor öffnete, erschauderte Serena.

„Du hast ein gutes Gedächtnis", stellte Meredith fest.

Der Schauspieler zuckte beiläufig die Schultern, doch sein Lächeln verriet, dass er sich über ihr Kompliment freute. „Das ist mein Beruf. Ich bin Experte darin, mir Texte zu merken."

Der Fahrer bog jetzt auf die lange Einfahrt, die um einen künstlichen See herum führte. Das hier war kein Haus, das war ein Palast, eine Fantasie aus weißem Stuck. Es könnte sich genauso gut um ein Luxushotel an der Amalfiküste handeln, doch es war Julian Aschers Privathaus.

Wie konnte er nur so reich werden, fragte sich Serena. Sofort fielen ihr eine Reihe von Möglichkeiten ein, eine schlimmer als die andere. Sie sollte aufhören damit. Lieber nicht darüber nachdenken.

„Hier wohnt ein einziger Mann ganz alleine?" Meredith starrte mit großen Augen aus dem Fenster.

Kein Mann, dachte Serena. Das Böse in Person.

„Ein Mann mit seinem Heer von Angestellten", stellte Nick richtig.

Einem Heer aus Höllenwesen, um genau zu sein. Ein Türhüterdämon in Portiersuniform öffnete ihnen die Wagentür. Erschrocken wehrte sie den angebotenen Arm ab und hakte sich bei Nick unter. Der missinterpretierte ihren Schreck als Begeisterung und lächelte sie an. Seine braunen Augen strahlten vor Freude.

Serenas Absätze klackerten laut auf den Marmorstufen, während sie die Eingangstreppe hinaufstiegen. Sie fröstelte, als sie durch die große Doppeltür trat, die die Wächter ihnen aufhielten, und zog sich ihren hauchdünnen weißen Seidenschal fester um die Schultern.

„Es sind viele Prominente hier." Meredith' Flüstern klang fast andächtig.

„Lass dich bloß nicht einlullen."

Die Menge, die sich in Julians Empfangshalle versammelt hatte, war weltgewandt und stilvoller als die betrunkenen Klubbesucher, die man im *Devil's Paradise* antraf. Doch Serena ließ sich von den glitzernden Kleidern und teuren maßgeschneiderten Anzügen nicht täuschen. Hier herrschte eine böse Energie, wie die vornehme Oberfläche nur schwerlich verbergen konnte.

Serena sah nach oben. Über der Menge thronte ein echter Nakara-Dämon, der mit einem verschmitzten Blick aus gefrorenen Augen die Gästeschar betrachtete. Über dem Foyer erhob sich eine hohe Decke mit einem Fresco, das die Hölle abbildete. Man sah gehörnte Dämonen, die die nackten Leiber von Verdammten auspeitschten, sie mit heißen Eisen quälten und ihre Fänge in ihr Fleisch schlugen. Serena hatte den Eindruck, als seien alle Partygäste aus diesem Gemälde herausgefallen – trotz ihres vornehmen Gehabes.

Die Nacht war noch jung. Alles konnte passieren.

Julian konnte sie inmitten der Gästeschar nicht entdecken.

Als ein Tablett vorbeigetragen wurde, schnappte Nick sich drei Gläser Champagner und reichte ihr und Meredith ein Glas. „Meine Damen." Er reichte den beiden die Gläser und stürzte den Inhalt seines Glases in einem Zug hinunter. „Auf einen großartigen Abend!"

„Ich trinke nicht", erklärte Serena, als plötzlich einer der Türhüter mit einer kleinen Verbeugung vor ihnen stehen blieb.

„Mr Ascher bittet um Ihre Gesellschaft im hinteren Garten. Bitte folgen Sie mir."

Er führte sie durch einen langen Flur mit hohen Decken und durch eine hohe Glastür, die sich zu einer weitläufigen Terrasse öffnete. Serena kam sich vor wie in einem alten Audrey-Hepburn-Film. Die Terrasse gab den Blick auf einen großen Garten frei, in dem weiße Feenlichter schwebten, die mit flackernden Kerzen bestückt waren. Am Fuß der geschwungenen Außentreppe befand sich ein Swimmingpool, der blau und geheimnisvoll schimmerte. Auf dem Rasen daneben spielte ein komplettes Orchester auf, während sich neben dem Pool und auf dem Rasen Paare tanzend im Kreis drehten.

„Ich wünsche einen schönen Abend", sagte der Wächter und verschwand, sich wieder verbeugend.

Julian hielt Hof. Er war von einer Traube schöner Frauen umringt. In der einen Hand hielt er ein Glas Champagner. Er sagte etwas, und die Frauen fingen an zu lachen. Offensichtlich buhlte jede Einzelne um seine besondere Aufmerksamkeit.

Neben ihm stand ihr Bruder. Er machte Fotos mit einer Kamera, die um seinen Hals hing. In diesem Moment drehte Andrew sich um. Er nahm die Kamera herunter und sah Serena lange an.

Als der Blick ihres Bruders sie traf, erstarrte sie.

In seinen Augen konnte sie Verwirrung lesen. Viele Menschen wussten, dass es Engel gab, die sich frei zwischen ihnen bewegten. Die meisten ahnten jedoch nicht, wie nahe die Engel ihnen mitunter kamen, und besaßen auch nicht die Fähigkeit, die Nähe göttlicher Wesen zu erkennen. „*Denk an das gruselige Gefühl, das du als Mensch immer hattest*", hatte Arielle ihr kurz nach ihrem Tod erklärt, „*wenn du dachtest, jemand würde dich beobachten. Oder wenn du meintest, auf der Straße jemanden entdeckt zu haben, der dir irgendwie bekannt vorkam. Das war keine Einbildung.*“

Serena sah genau dieses Gefühl, nämlich jemand Bekanntes entdeckt zu haben, in Andrews blauen Augen. Sie sah, wie er erschauderte und versuchte, ihr Gesicht einzuordnen. Seit ihrem Tod hatte sie ihren Bruder nicht mehr aus der Nähe gesehen. Ein paarmal war sie zwar in Carmel gewesen, um ihre Mutter und ihren Bruder aus der Ferne zu beobachten. Doch sie hatte immer dafür gesorgt, dass sie von ihnen unbemerkt blieb.

Am liebsten würde sie ihn jetzt umarmen. Ihr war zum Weinen zumute.

Nicht ihretwegen, sondern seinetwegen.

Da stand ihr Bruder, mitten im Feindesland. Im Reich des Dämons. Ihretwegen. Er bedurfte ihres Schutzes. Sie musste ihn aus Julians Klauen befreien.

In diesem Moment entdeckte der Erzdämon sie und hob sein Glas zur Begrüßung. Seine Augen funkelten, und sie spürte, wie die schwarzen Tiefen seiner Dämonenseele sie einfangen wollten und drohten, sie zu verschlingen.

In diesem Moment wollte sie ihn töten. Nicht nur, weil er ihren Bruder in Gefahr brachte, sondern auch, weil er Nick immer mehr in Gefahr brachte. Weil er versuchte, sie selbst zu verführen. Sie wollte ihn töten für all das Böse, was er den Seelen angetan hatte, die in sein Reich gelangt waren.

Niemals zuvor hatte sie den Wunsch gehabt, jemanden zu töten. Doch in diesem Moment wollte sie ihre Hände um Julians sonnengebräunten, muskulösen Hals legen und ihn vor der versammelten elitären Gästeschar erwürgen.

Es wäre so einfach.

Ein Akt der Gewalt, um viele Hundert Leben zu retten. Tausende. Vielleicht Millionen.

Plötzlich leuchtete ein greller Blitz im schwarzen Dunkel genau über ihr auf. Ein lautes Krachen übertönte den Klang von Musik und Gelächter.

Eine Warnung von oben.

Das Orchester unterbrach sein Spiel, und die gesamte Menschenmenge blickte nach oben. Die einzige Person, die nicht nach oben sah, war Andrew, der seinen Blick nicht von Serena abwenden konnte, als würde er ein Gespenst sehen. Eigentlich tut er das auch, dachte sie. Ihr Bruder schüttelte den Kopf, um sich selbst aus seiner Starre zu lösen.

„Seltsam. Keine Spur von Feuchtigkeit in der Luft." Nick betrachtete kopfschüttelnd den Himmel. Das Orchester begann wieder zu spielen, und die Gäste nahmen ihre Gespräche wieder auf. Jetzt ging der Schauspieler die Treppe hinunter und steuerte auf Julian zu. „Kommt, lasst uns den Gastgeber begrüßen."

Der Erzdämon beugte sich nach vorn und flüsterte Andrew etwas zu. Sein Blick fiel noch einmal auf Serena, diesmal ohne jede Spur eines Wiedererkennens. Höflich lächelnd entschuldigte sich ihr Bruder und ging wieder hinein, um vor der Eisskulptur weitere Gäste zu fotografieren.

Erleichterung und Enttäuschung zugleich durchfluteten Serena. Julian sah sie an, und die Botschaft, die sie aus seinem Blick herauslas, war eindeutig: *Nicht nur Erzengel können die Bilder eines Engels auslöschen, Erzdämonen auch.*

„Wie schön, dass die Damen uns mit ihrer Anwesenheit beehren." Offensichtlich amüsierte sich Julian über seine eigene Ironie, denn er lächelte. „Und Nick, es ist immer eine Freude, dich zu sehen, mein Freund. Wie schade, dass du gerade meinen neuen Fotografen verpasst hast. Er heißt Andrew. Ein sehr begabter junger Mann. Ich spiele mit dem Gedanken, ihn fest anzustellen."

„Wirklich? Klingt interessant."

„Andrew hätte Lust darauf. Ich kann ihm Möglichkeiten bieten, von denen er bisher nur träumen konnte. Wir haben uns schon ein bisschen kennengelernt. Fast sind wir schon beste Freunde."

Nein! Das würde sie nicht zulassen. Sie würde nicht tatenlos zusehen, wie Julian das Leben ihres Bruders zerstörte – ganz egal was Arielle ihr geraten hatte. Ihr Bruder war in den besten Jahren, und wenn es nach Serena ginge, würde er hundert Jahre alt werden. Im Gegensatz zu ihr. Er sollte sein Leben leben.

„Dieser Fotograf ist wirklich sehr talentiert", fuhr Julian fort und legte den Arm um eine schöne brünette Frau, die neben ihm stand. „Und ehrgeizig. Mit den richtigen Kontakten kann aus ihm eine große Nummer werden."

Es war eine direkte Drohung, die an Serena adressiert war. Die Spannung zwischen ihnen heizte die Luft auf wie der Blitz, der gerade den Himmel elektrifiziert hatte.

„Julian, ich müsste Sie kurz sprechen." Nick neben ihr erstarrte, aber darauf konnte sie jetzt keine Rücksicht nehmen. Nicht Nick war gerade in unmittelbarer Gefahr, sondern ihr Bruder. Sie drehte sich zu ihrem Schutzbefohlenen um. „Ich möchte mit Julian über den Fotografen sprechen. Ich möchte Fotos von meinem Yogastudio machen lassen."

Der Brünetten, die an Julians Arm hing, schien das gar nicht zu gefallen. Er tätschelte gönnerhaft ihre Wange. „Ich bin gleich zurück, Liebling."

Serena nutzte diesen Moment und wandte sich flüsternd an Meredith. „Schaff meinen Bruder hier weg!"

Meredith nickte. Serena wusste, dass sie auf ihre Mitbewohnerin zählen konnte. Sie wagte es nicht, sich noch einmal umzudrehen, als sie mit Julian in Richtung Haus davonging.

„Eigentlich galt die Einladung nur dir", sagte Julian leise, als er sie durch die geschwungenen Flure der Villa führte. Doch seine Schwermut fiel von ihm ab, als er sie ansah. „Und du hättest auch deine Freundin Meredith besser zu Hause gelassen. So heißt sie doch, nicht wahr?"

„Sie haben mir keine Wahl gelassen."

Unvermittelt blieb Julian stehen und blickte in ihre schönen Augen. „Man hat immer eine Wahl, Serena."

„Lassen Sie die Finger von meinem Bruder." Serena hielt seinem intensiven Blick stand. „Das, was Sie da machen, nennt man Erpressung."

„Ist das nicht eine sehr negative Sichtweise, mein Engel?" Er drückte sie sanft mit seinem Körper gegen die Wand. „Du musst dich entspannen. Dein Bruder hat mir alles von dir erzählt. Er sagte, du müsstest mal ein bisschen Spaß haben.“

Sie hasste Julian.

Aber sie musste ihn von ihrem Bruder ablenken, damit Meredith die Gelegenheit bekam, Andrew zu finden und ihn von diesem gottverlassenen Ort wegzubringen. Sie musste auf Zeit spielen. Und da fiel ihr nur *eine* sichere Möglichkeit ein.

„Ich kann dir zeigen, wie man Spaß hat.“

Er flüsterte mit samtweicher Stimme, die ihr Inneres erbeben ließ. Gleich würde er sie küssen, das spürte sie. Sie schloss die Augen und öffnete leicht die Lippen, um seinen Mund zu empfangen.

Doch das herannahende Lachen eines anderen Paares ließ Julian innehalten. Er legte Serena einen Finger auf die Lippen. „Lass uns gehen. Ich glaube, hier ist noch jemand, den du gerne sehen möchtest.“

Ärger stieg in ihr auf. Sie ballte die Hände zu Fäusten. „Wen haben Sie außer Andrew noch hergebracht?“

Er gab keine Antwort, sondern nahm sie stumm an die Hand. Dann führte er sie durch einen stillen Flur zu seinem Schlafzimmer, da war sie sich sicher. Sie rannte fast hinter ihm her und hatte Mühe, mit ihm Schritt zu halten. *Wen um Himmels willen hatte er hergebracht, und wieso?*

Schließlich öffnete er eine Tür, die allerdings nicht in sein Schlafzimmer führte, sondern in seine Bibliothek. Bücher in schweren Ledereinbänden standen in hohen Mahagoniregalen, die jede Wand des Zimmers bedeckten. Vor einer Wand stand ein großes Ledersofa, wie gemacht für ausgedehnte Lesenachmittage.

In einer Ecke des Raums entdeckte sie den Welpen, den er ihr geschickt hatte. Er lag zusammengerollt auf einem Hundebett. Sein winziger Kopf schoss in die Höhe, als er hörte, wie die Tür geöffnet wurde, und er kletterte aus seinem Bett und stellte sich wild schwanzwedelnd mit den Vordertatzen auf das Gitter, um sie zu begrüßen.

„Was machst du denn hier?" Serena durchquerte das Zimmer und hob Milo aus seinem Gehege. Sie musste lachen, als der Welpe sich an sie presste und ihr das Gesicht ableckte. Ihre Wut auf Julian verrauchte augenblicklich. Vielleicht war er doch nicht das Monster, für das sie ihn hielt.

Julian schob die Hände in die Taschen und lehnte sich an eines der Bücherregale, um sie zu beobachten. „Keine Ahnung, wieso ich ihn behalten habe. Ich hätte ihn dem Nakara vorwerfen sollen."

Erschrocken drückte sie den Welpen an sich.

„Vielleicht überlegst du es dir ja noch mal und nimmst ihn doch mit. Du möchtest doch nicht, dass er gefressen wird?"

„Das würden Sie nicht tun!" Sie hätte wütend auf ihn sein müssen, aber mit einem so süßen kleinen Hund auf dem Arm war das gar nicht möglich. Spielte ihre Fantasie ihr einen Streich, oder war da so etwas wie Bedauern in Julians Miene?

„Mein Engel, ich habe schon wesentlich Schlimmeres getan", sagte er sanft.

Am liebsten hätte sie ihn gefragt, was das gewesen sein könnte. Doch sie hielt sich zurück, denn in Wirklichkeit wollte sie es lieber nicht wissen. Sie knuddelte den Welpen und streichelte sein weiches Fell. „Hören Sie auf, mich so zu nennen. Ich bin nicht Ihr Engel."

Milo versuchte, von ihrem Arm herunterzukommen. Sie setzte ihn auf den Boden, und er wackelte neugierig umherschnüffelnd davon.

Serena erhob sich und betrachtete die Bücherreihen, während Julian sich so dicht hinter sie stellte, dass sie seinen Atem in ihrem Nacken spürte. Sie konzentrierte sich auf die Buchtitel und tat so, als würde sie nicht die Hitze spüren, die von seinem Körper ausging. Machiavellis *Fürst,* Aristoteles' *Nikomachische Ethik.* Ein ganzes Regal mit Shakespeares Werken. *Die Kunst des Krieges* von Sunzi.

„Sie sind wirklich belesen." Sie musste insgeheim zugeben, dass sie Julian nicht im Geringsten Paroli bieten konnte.

Die Buchtitel zeigten, dass er ein Stratege war. Ein Mann,

der sich mit den Erkenntnissen der größten Denker beschäftigte. Der ein Gespür für die Feinheiten und die Verwundbarkeit der menschlichen Natur entwickelt hatte. Ein Mann, der so gefährlich war, dass sie ihm nichts entgegenzusetzen hatte.

Seine Stimme hinter ihr klang sanft. „Ich hatte viel Zeit."

An einer Wand hing die gerahmte Seite eines Manuskripts, schon vergilbt vom Alter. Sie sah es sich näher an und las die Zeilen, die mit staksiger Handschrift geschrieben waren.

„In Xanadu ließ Kubla Khan
ein stattliches Lustschloss errichten …"

„Das erinnert mich an Sie. Der König des Lustschlosses." Serena las weiter und verharrte dann auf der Mitte der Seite.

„Ein wilder Ort, so heilig und verwunschen,
wie er je unter einem abnehmenden Mond
ward heimgesucht von einer Frau,
die um ihren Dämonen-Geliebten weinte."

Sie erschauderte, und als sie sich umdrehte, bemerkte Serena, dass er sie die ganze Zeit beobachtet hatte. „Ich kenne dieses Gedicht."

„Ja, Kubla Khan. Das Coleridge-Manuskript. Es ist natürlich das Original. Eine meiner größten Errungenschaften."

„Wie meinen Sie das?"

Julians übliche ausdruckslose Fassade bröckelte etwas, und er konnte seinen Stolz kaum verhehlen. „Coleridge war opiumabhängig. Wenn er Opium geraucht hatte, schlief er ein. Später behauptete er immer, er hätte mehrere Hundert Zeilen dieses Gedichts geträumt. Als er einmal aufwachte, fing er wie wild an zu schreiben und schrieb diese drei ersten Strophen nieder. Dann unterbrach ihn ein Klopfen an der Tür und jemand, den er den ‚Mann aus Porlock' nannte, hielt ihn eine Stunde lang auf und vom Schreiben ab. Nach der Unterbrechung versuchte Coleridge das Meisterwerk seiner Träume zu rekapitulieren, doch von den insgesamt angeblich dreihundert Zeilen konnte er sich nur noch an vierundfünfzig erinnern."

„Sie wollen mir erzählen, Sie sind der ‚Mann aus Porlock'?"

Julian lächelte. „Und derjenige, der ihn opiumabhängig gemacht hat."

„Aber das muss doch …" Serena sprach nicht weiter.

„1797", half er ihr aus. „Das Gedicht hat ein paar schöne Textzeilen, nicht wahr?"

Sein Blick wanderte zu ihren Lippen. Wieder hatte sie das Gefühl, gleich würde er sie küssen. Bevor es dazu kam, wendete sie sich wieder dem Manuskript zu. Hinter ihr beugte er sich nah an sie heran. Ihre Augen wanderten über die Worte, während er neben ihrem Ohr flüsterte:

„*… und schließt eure Augen in heiligem Schauder,*
denn an Honigtau hat er sich gelabt,
und getrunken die Milch des Paradieses."

Seine Lippen streiften die zarte Haut hinter ihrem Ohr. Sie zitterte und öffnete den Mund. Ihr Atem stockte. Dann legte sie den Kopf zurück, damit er besser an ihren Hals kam, den er jetzt mit zarten Küssen bedeckte.

Eine Hand umfing ihren Oberkörper, die andere wanderte höher. Er streichelte sie über dem Seidenstoff ihres Kleides. Seine Berührung löste ein tiefes Verlangen in ihr aus.

Sie zitterte am ganzen Leib, so aufgewühlt war sie. Sie war kurz davor, auf einer Wolke der Glückseligkeit davonzuschweben.

All die Sehnsucht, die sich in dieser Woche ohne ihn aufgestaut hatte, brach in ihr auf, als sie sich vorgestellt hatte, wie er sie berühren würde, seine Haut zu spüren. Sie wollte ihn küssen. Mehr noch. Sie wollte ihn mit all der Begierde küssen, die sich in ihr seit einem Jahr aufgestaut hatte. Ein Jahr, in dem sie in einem menschlichen Körper gefangen war, dessen Bedürfnisse sie bisher immer im Keim erstickt hatte.

Aber sie tat es nicht. Konnte es nicht tun. *Würde es nicht tun.*

Mit seinem Mund strich er an ihrem Hals entlang, und er dirigierte sie langsam durch den Raum, bis sie mit dem Bein gegen die Couch stieß. Er drehte sie zu sich um und küsste sie mit einer solchen Zärtlichkeit auf den Scheitel, dass es einer Anbetung gleichkam. Sie strauchelte leicht und fiel direkt in seine Arme, ganz ohne Vorwarnung, und er bettete sie aufs Sofa. Serena klammerte sich an ihn, während er sich neben sie legte und sich zu ihr herunterbeugte.

Es war die perfekt inszenierte Choreografie eines Meisters der Verführung. Genau so hatte er es schon tausend Mal gemacht, das wusste Serena. Er war ein so geübter Gigolo und Herzensbrecher wie Casanova. In ihrem Hinterkopf tauchte verschwommen ein Warnhinweis auf, doch sie ließ ihn außer Acht und ergab sich dem süßen Schwindel ihrer Lust.

Julian lehnte sich ein wenig zurück und betrachtete sie zärtlich. In seinen Augen lag ein Ausdruck des Erstaunens, der nicht zu seiner Dämonennatur passte. Da flackerte etwas Menschliches in ihm auf. Tief in ihm schlug noch immer das Herz eines Menschen. Das konnte Serena in seinen Augen lesen, an der Sanftheit seiner Berührungen spüren, am liebevollen Kosen seiner Lippen schmecken.

Sein Blick glitt über ihren Körper, wie um ihre Reaktion zu testen. Er beobachtete ihr Gesicht, als er nur mit den Fingerspitzen die empfindliche Stelle an ihrem Hals oberhalb des Schlüsselbeins streichelte und dadurch ihre Sinne in Aufruhr versetzte. Sie schob die Hände unter sein Jackett und folgte den Konturen seines muskulösen Oberkörpers. Sein breiter Rücken war so sehnig wie der eines Stieres. Er presste sich an sie, berührte das Dreieck zwischen ihren Oberschenkeln. Sie spürte seine Erregung.

Eine leise innere Stimme flüsterte: ja.

Langsam zog er an der schwarzen Seidenschleife an ihrer Taille und öffnete sie. Wie durch die Augen einer Fremden sah sie zu, wie der Stoff zu Boden flatterte und auf dem Boden liegen blieb.

Gefallen.

Urplötzlich erfasste sie Panik. Sie mussten aufhören!

Sicher hat Meredith Andrew schon längst gefunden und in Sicherheit gebracht, schoss es Serena durch den Kopf. Sie sind bestimmt schon weg.

Im selben Moment hielt sie Julians Handgelenk fest. „Julian, warten Sie."

Seine Hand bewegte sich nicht mehr, dennoch spürte sie den warmen Druck seiner Finger auf ihrer Hüfte. Da, wo vorher die Schleife gewesen war.

„Bleib bei mir", keuchte er und liebkoste dabei die empfindliche Stelle hinter ihrem Ohr.

Es gab nichts auf der Welt, was sie lieber täte. Doch das hätte schwerwiegende Folgen für sie. Sie dachte an ihre Pflichten als Engel und entzog sich ihm, indem sie seine Hand wegschob. „Ich kann nicht."

Langsam setzte er sich auf und schaute sie vorwurfsvoll an. „Du kannst schon. Du willst nicht."

„Julian, ich werde nicht zulassen, dass Sie mich vernichten." Ihre Stimme war fest und unnachgiebig.

„Ich, dich vernichten? Du bist genauso heiß darauf wie ich, mein Engel."

„Bitte, Julian."

Nur für einen Moment schloss er die Augen. Als er sie wieder öffnete, war der zärtliche Ausdruck aus ihnen verschwunden. Da war sie wieder, seine herablassende Haltung. Und diesmal, das wusste sie, gab es kein Entrinnen. „Ich hätte mir denken können, dass das passiert. Dabei hatte ich gehofft, wir könnten die Dinge unkomplizierter klären. Aber da du offensichtlich darauf bestehst, muss ich es auf die harte Tour machen. Komm mit!" Seine Stimme klang genauso tief und bedrohlich wie an jenem Samstag, als er sie hatte gehen lassen.

Doch dazu würde er nicht mehr bereit sein.

Schon packte er sie am Handgelenk und zerrte sie hoch. Dann schob er sie in Richtung Tür.

„Wo gehen wir hin?" Ihr Versuch, sich zu wehren, war völlig zwecklos.

In seinen Augen flackerte blanker Hass. „Deinen Bruder suchen."

„Andrew ist nicht mehr hier." Serena stellte sich aufrecht vor ihn, doch selbst mit ihren hohen Absätzen reichte sie nicht einmal bis zu seiner Nase. „Ich habe ihn mit Meredith nach Hause geschickt."

„Ich habe meinen Leuten befohlen, sie nicht gehen zu lassen", erwiderte er und verstärkte seinen Griff um ihr Handgelenk. Seine Stimme klang kalt und abweisend wie immer, aber in seinen Augen brannte die Wut. „Sollen wir mal nachsehen, wessen Anweisungen größere Wirkung haben?"

Julian war immer noch erregt, als er Serena durch die Gänge zurück in den Garten zerrte. Er konnte sich nicht erinnern, wann er das letzte Mal so voller Begehren gewesen war, solche *Emotionen* durch seine Adern gerast waren. Im Lauf der Jahrhunderte hatte er jedoch gelernt, seine Gefühle zu kontrollieren, denn Gefühle waren gleichbedeutend mit Schwierigkeiten.

Gefühle trübten die Entscheidungsfähigkeit. Gefühle führten unweigerlich zu Fehlern, und Fehler brachten dich in die Hölle. Wenn das jemand sicher wusste, dann er. Doch heute Nacht wäre er fast von seinen Emotionen übermannt worden, und daran war allein dieser frischgebackene Engel schuld. Wenn sie glaubte, sie könnte in sein Haus spazieren, ihn küssen und dann einfach verschwinden, hatte sie sich geirrt. Das war ein großer Fehler von ihr.

Eine Chance gab er ihr noch. Noch hatte sie Gelegenheit, die richtige Entscheidung zu treffen.

Im Garten hatte sich mittlerweile Nick das Mikrofon geschnappt und schmetterte zu den Klängen des Orchesters einen alten Jazz-Klassiker. Gar nicht schlecht, dachte Julian. Der Junge könnte auch als Rockmusiker erfolgreich sein, wenn er die Schauspielerei aufgeben wollte. Das Lied endete, und der junge Mann sprang unter tosendem Applaus von der Bühne. Im selben Moment sah er Julian und Serena die Treppe herunterkommen.

Er ging auf die beiden zu und bemerkte den kritischen Blick

Serenas, die ihn im Schein der funkelnden Lichter musterte. Unter seinen Nasenlöchern waren Spuren eines weißen Pulvers zu sehen. „Du hast wieder was genommen."

„Was soll ich denn sonst machen? Meine Verabredung ist mit einem anderen abgehauen." Er wischte sich mit dem Handrücken die Nase ab und warf Julian einen vorwurfsvollen Blick zu. Dabei fiel ihm Serenas Kleid auf, an dem die Schleife fehlte. „Ein Teil von deinem Kleid ist auf der Strecke geblieben."

Julian stellte sich einfach vor Serena und beendete auf diese Weise die Diskussion.

„Wie wär's, wenn du mit mir nach Las Vegas kommst?", fragte er Nick aus einem Impuls heraus. „Mein neuer Klub wird nächste Woche eröffnet, und ich fände es wunderbar, wenn du bei der großen Eröffnungsfeier dabei wärst. Ich muss für die letzten Vorbereitungen vor Ort sein und würde mich freuen, wenn du als mein Gast im Hotel Lussuria absteigst."

„Und was kriege ich dafür?", fragte Nick misstrauisch. Er schaute Serena an.

„Ich sorge dafür, dass du eine schöne Zeit hast. Natürlich wirst du angemessen entschädigt. Präsidentensuite. Jetons fürs Kasino. Alkohol, so viel du trinken kannst." Dazu so viele Begleiterinnen, wie ein Mann alleine schaffen kann, und so viel kolumbianischer Stoff, wie du dir durch die Nase ziehen kannst, fügte Julian in Gedanken zu. Das würde ihn für seinen Vorschlag empfänglich machen.

Der Schauspieler deutete mit dem Kinn auf Serena. „Was ist mit ihr?"

„Sie kann auch mitkommen", meinte Julian beiläufig und drehte sich um, um ihre Reaktion zu sehen.

Sie trug diesen entzückenden Schal. Die Hitze ihrer Küsse brannte noch immer auf ihren Wangen, und ihr Erröten steigerte sich noch mit ihrer Empörung. Wütend war sie am schönsten. „Nicht in einer Million Jahre", zischte sie. „Steckst du außerdem nicht mitten in Dreharbeiten, Nick?"

„Ich bin der Star." Nick warf ihr einen irritierten Blick zu. „Ich kann mir immer freinehmen, wann ich will."

„Klingt nicht nach einer guten Idee. Ich denke, du solltest mit diesem Mann nirgendwo hinfahren. Ich werde es ganz sicher nicht tun."

„Wie du willst." Julian zuckte mit den Schultern. „Nur schade, dass Nick dann nächste Woche auf seine Yogastunden verzichten muss." Er ließ die Bombe platzen. „Vielleicht möchte Andrew mich ja auch begleiten, dann könnten wir uns noch ein bisschen besser kennenlernen. Und Meredith ist ja auch noch da ..."

Er ließ den Satz unvollendet. Das war wirkungsvoller.

Fassungslos riss Serena die Augen auf und keuchte erschrocken. Wenn sie sich aufregte, war sie auch sehr süß. „Das werden Sie nicht wagen!"

„Wieso denn nicht? Je mehr Leute, desto lustiger. Vielleicht überlegst du es dir ja noch mal und kommst doch mit. Was, meine Liebe?"

Er gab zwei Türhütern ein Zeichen, und die die beiden brachten Serenas Mitbewohnerin und ihren Bruder zu ihnen. Man hatte sie in einer Ecke des Gartens festgehalten mit der schwachen Begründung, Andrew müsste noch mehr Gäste fotografieren. Der hilflose Blick, den die beiden Engel austauschten, entging Julian nicht. Seine Leute hatten ganze Arbeit geleistet und Meredith von ihrem Vorhaben abgehalten.

Julian ging auf Andrew zu und schlug ihm freundschaftlich auf die Schulter. „Andrew, mein Lieber. Wie gefällt dir der Abend?"

Andrew wirkte sehr nüchtern – wie enttäuschend. Die Türhüter hatten den Auftrag gehabt, ihn mit Alkohol und Drogen zu versorgen. Offensichtlich hatte Meredith zumindest das verhindern können. Vertrau einem Engel und das Saufgelage ist abgeblasen, dachte Julian.

„Sehr gut. Danke, Julian. Ich glaube, ich habe genug Bilder zusammen."

„Vielen Dank für deine Hilfe. Ich weiß deine Anwesenheit hier sehr zu schätzen. Ich möchte dir einen Vorschlag machen, hör zu."

Julian spürte eine Hand auf seinem Arm. „Warten Sie", flüsterte Serena.

„Was ist denn, mein Engel?" Er wusste genau, was kam, versuchte aber, seine gespielte Selbstgefälligkeit aufrechtzuerhalten.

„Ich muss unter vier Augen mit Ihnen sprechen."

„Schon wieder, meine Liebe? Andrew, Meredith, wenn ihr uns einen Moment entschuldigen würdet?" Er nahm Serena bei der Hand und zog sie in eine Ecke. Ihre Mitbewohnerin sah ihnen wütend hinterher. Die Musik vom Orchester und der immer lauter werdende Lärm der Gäste verhinderten, dass sie das Gespräch der beiden mithören konnte.

„Lassen Sie Andrew gehen", flehte Serena eindringlich.

„Wieso sollte ich? Andrew kann seine Entscheidungen selbst treffen. Es ist eine einmalige Gelegenheit für ihn, mit mir nach Las Vegas zu kommen."

„Ich komme stattdessen mit. Wenn Sie ihn gehen lassen, fahre ich mit Ihnen nach Las Vegas."

Darauf hatte er gewartet. Julians Puls raste, aber er ließ sich nichts anmerken.

„Ich muss nur sichergehen, dass mir nichts passiert."

„Das verspreche ich. Ich schwöre es beim Grab meiner Mutter."

Serena sah ihn verächtlich an. „So wie ich Sie einschätze, haben Sie Ihrer Mutter vermutlich ein Messer in den Rücken gerammt. Ich möchte dieses Versprechen schriftlich."

Ohne es zu wissen, hatte sie ihn verletzt. Die sanfte Berührung seiner Mutter fiel ihm wieder ein, als er noch ein Kind gewesen war. Eine süße Erinnerung. Plötzlich vermisste er sie. Er schüttelte das Gefühl ab und zwang sich, leichthin zu sagen: „Ich habe meine Mutter sehr geliebt und hätte ihr niemals etwas zuleide getan."

Sie verschränkte die Arme vor der Brust. „Geben Sie es mir schriftlich, oder ich komme nicht mit."

„In Ordnung." Er seufzte, nahm einen Stift aus der Tasche und schrieb auf eine Serviette, die er von einem der Cocktailtische nahm: „Ich, Julian Ascher, verspreche, Serena St. Clair kein Engelshaar auf ihrem Haupt zu krümmen während der Woche, die sie laut eigener Entscheidung mit mir in Las Vegas verbringen wird." Er unterschrieb mit einem Schnörkel.

Als sie den Text durchgelesen hatte, blinzelte sie. „Ich möchte, dass Sie mir auch versprechen, mich, meine Familie und Freunde danach in Ruhe zu lassen."

„Wenn es sein muss. Schon erledigt." Schnell kritzelte er den Satz dazu, nur damit sie zufrieden war. Nach diesen sieben Tagen würde es ohnehin vorbei sein mit Serenas prüder Zurückhaltung. Für ihre Familie und Freunde hatte er dann sowieso keine Verwendung mehr.

„Und getrennte Zimmer", diktierte sie.

Wieder schrieb er gehorsam und musste sich beherrschen, nicht mit den Augen zu rollen. Wenn er sie wollte, würde er sie nehmen, getrennte Schlafzimmer hin oder her. Ihre Angst vor ihm grenzte schon an Beleidigung. Er hatte noch nie eine Frau zum Sex zwingen müssen, und auch diesen Engel würde er nicht zwingen müssen. Sie wollte ihn – das hatte er gespürt, als er sie an sich gedrückt hatte und sie ihm willig entgegengekommen war. Nein, wenn Serena zu ihm kam, tat sie es aus freien Stücken. Sie sollte süchtig werden nach seiner Berührung. Sie würde sich unter seinem Körper winden und beben, seinen Namen schreien und ihn um mehr anflehen. Nach diesen sieben Tagen würde sie ihn nie mehr verlassen wollen.

„Julian?" Ihre Stimme weckte ihn aus seinen Träumereien. „Julian, haben Sie mir überhaupt zugehört?" Sie hielt ihm das Papier vor die Nase und hatte dabei diesen entzückenden mürrischen Gesichtsausdruck aufgesetzt.

„Selbstverständlich", sagte er abwesend. Natürlich hatte er ihr nicht zugehört. Er hatte sich vorgestellt, wie sie nackt unter ihm lag.

„Ich will Fair Play." Ihr Tonfall war tadelnd wie der einer Ehefrau und holte ihn damit zurück in die Realität. „Keine Lügen, kein Betrügen, keine Tricks, solange wir zusammen sind."

Er grinste. „Ich mag ein Dämon sein, Serena, aber ich bin ein ehrbarer Dämon. Mein Wort ist so gut wie Gold." Und genauso formbar.

Oh, sie war so naiv. *Ein ehrbarer Dämon.* Gab es so etwas überhaupt? Natürlich musste jeder Dämon die Gesetze zwischen Engeln und Dämonen befolgen. Zwischen ihnen gemachte Versprechen mussten gehalten werden oder schwerwiegende Konsequenzen drohten. Das war Julian klar. Aber man musste die Regeln ja nicht brechen. Es reichte, wenn man sie umging. Selbstverständlich hatte er keine Lust darauf, über Nacht sein Wesen zu ändern. Nein, dachte er. Da kann man gleich einen Wolf bitten, nicht mehr zu jagen. Doch diesen Gedanken teilte sie sicher nicht mit ihm, sodass er zu diesem Thema besser seinen Mund hielt.

Stattdessen ging er zu Meredith und Andrew zurück. Wieder schlug er Andrew auf die Schulter und sagte zu ihm: „Jetzt zu meinem Vorschlag. Du hast deine Sache hier sehr gut gemacht, daher werde ich deine Gage für heute verdoppeln. Schicke mir die Aufnahmen zur Ansicht, dann melde ich mich wieder. Ich kann es kaum erwarten, die Bilder zu sehen. Allerdings werde ich nächste Woche mit meiner Freundin in Las Vegas sein."

Meredith riss die Augen auf. „Aber ... Aber das geht nicht!"

„Schon okay, Meredith. Wir sprechen später darüber." Serena ging bereits auf den Ausgang zu und bedeutete ihrer Freundin und ihrem Bruder, ihr zu folgen.

Doch Julian hielt ihren Arm fest. „Wo willst du denn hin? Wir beide fahren jetzt los."

Sie blieb stehen und sah Andrew und Meredith an. „Nach Hause. Packen."

„Das ist nicht nötig. Du bekommst schon alles, was du brauchst." Julian nickte einem Angestellten zu und instruierte ihn dann, einen Wagen vorzufahren.

Meredith blieb in der Tür stehen, um auf Serena zu warten.

„Los jetzt", herrschte Julian sie an. „Sie kommt mit mir."

Serena stand neben ihm, die Serviette mit seinem Versprechen in der Hand. Sie stand mit hängenden Schultern und heruntergezogenen Mundwinkeln da, als sie ihm zustimmend nickte. Meredith sah sie noch einmal besorgt an, dann scheuchte sie Andrew davon. Einen Moment lang wirkte Serena so niedergeschlagen, dass Julian fast Gewissensbisse bekam. Er ignorierte das Gefühl, wohl wissend, dass es nicht lang anhalten würde. Schuldgefühle verschwanden immer schnell.

Serena drehte sich zu ihm um. „Ich muss erst noch ein paar Anrufe tätigen."

„Das ist nicht Teil unserer Abmachung."

Es war ein sehr misstrauischer und unengelhafter Ausdruck, mit dem sie ihn bedachte und den man genauso gut als mordlustig hätte beschreiben können. „Man darf sogar noch einen Anruf machen, wenn man ins Gefängnis kommt."

Das Schuldgefühl in seiner Brust intensivierte sich. Wieder ignorierte er es. „Vergiss es."

Sie nahm ihr Handy aus der Tasche und funkelte ihn wütend an. Wie albern! Er zwang sich, kein Mitleid mit ihr zu haben. Sie hatte alles losgetreten, als sie an jenem Samstagsabend in seinen Klub gekommen war und sich in seine Angelegenheiten gemischt hatte. Sie hatte sich in sein Bewusstsein geschlichen. Und jetzt war sie es, die lernen musste, welche Konsequenzen manche Entscheidungen nach sich zogen.

Julian nahm ihr das Handy weg und steckte es in seine Tasche. Eine Träne lief ihr aus dem Augenwinkel. Sie wollte sie abwischen, doch er war schneller und fing sie sanft mit seinem Daumen auf.

„Komm jetzt. Es ist nur eine Woche. Bin ich denn so schlimm?"

Sie sagte kein Wort, doch er kannte ihre Antwort ohnehin.

Auch als er sie durchs Haus und zum Vordereingang führte, blieb sie schweigsam. Die Party erreichte gerade ihren Höhepunkt, es waren noch viel mehr als die zweihundert geladenen Gäste gekommen. Aus jedem Zimmer kamen Menschen. Musik und Lachen erfüllte das ganze Haus. Als Julian mit Serena durchs Foyer ging, entdeckte der Nakara ihn. Offensichtlich war die Kreatur es leid, noch länger als Eisstatue zu verharren. Der Dämon verließ das Podest, auf dem er stundenlang unbeweglich gestanden hatte, und flatterte mit ein paar schnellen Flügelschlägeln nach oben unter die Decke.

Chaos brach los. Die Gäste rannten zum Ausgang, schrien wild durcheinander und schubsten sich gegenseitig aus dem Weg. Jemand duckte sich, um den eisigen Klauen des Nakara zu entgehen. Die Kreatur stieß schrille Schreie aus, so als würden Fingernägel über eine Schiefertafel kratzen – nur um ein Vielfaches lauter. Julian schüttelte den Kopf über das fliegende Monstrum und gab ihm ein Zeichen, sofort auf seinen Platz zurückzukehren. Mit einem letzten Schrei gehorchte die Kreatur, flog zum Podest und stellte sich wieder in Positur.

Über die panische Menge hinweg rief Julian laut: „Kein Grund zur Sorge, Ladys und Gentlemen! Das war nur ein Zaubertrick – eine Illusion zu Ihrer Unterhaltung!“

Als alle sahen, dass die Kreatur auf ihren Platz zurückgekehrt war und wieder genauso starr dastand wie vorher, kehrte Ruhe ein. Langsam begannen die Leute zu klatschen. Sie versammelten sich um die Eisskulptur und spekulierten darüber, wie dieser Zaubertrick wohl funktionierte.

Serena sagte nichts. Sie starrte Julian nur wütend an, die Augen zu Schlitzen verengt, den Mund zusammengepresst.

„Deine Lippen sehen nicht so attraktiv aus wie sonst, wenn du sie so aufeinanderquetschst“, sagte er feixend.

„Bei dieser Aktion hätte sich jemand ernstlich verletzen können.“ Serena war so aufgebracht, dass sie ihr Schweigen brach.

„Wenn hier eine Gefährdung vorlag, haben die Menschen sie selbst verursacht und nicht der Nakara“, erwiderte er. „Die meisten von ihnen wären rücksichtslos über andere getrampelt, um sich selbst zu retten.“

Er bahnte sich mit ihr den Weg durch die immer noch staunende Menge und brachte sie zur Eingangstür. Draußen schob Julian seine Begleiterin auf den Beifahrersitz des vorgefahrenen Maserati. Wenn es nach ihm ging, konnte der verdammte Eisdämon ruhig das komplette Haus voller schreiender Leute verschlingen. Er legte die Hände auf das kühle schwarze Leder des Lenkrads, gab Gas und fuhr die Einfahrt hinunter.

Seit Jahren war er nicht mehr so zufrieden gewesen. Sollte sich sein Personal um die Folgen der Party kümmern. Er fuhr mit Serena nach Las Vegas.

6. KAPITEL

Am nächsten Morgen wachte Serena alleine auf. Dem Himmel sei Dank für dieses kleine Wunder. Wenigstens etwas.

Durch eine Lücke in den schweren Samtvorhängen drang ein schmaler Lichtstreifen herein. Ansonsten war es dunkel in dem feudalen Schlafzimmer. Ein Bett, wie für Könige gemacht, mit den weichsten Laken, die man sich vorstellen konnte. Über ihr spannte sich der hauchdünne weiße Stoff eines Himmels.

Sie versuchte sich zu erinnern, wo sie war und wie sie hierhergekommen war.

Und dann fiel ihr alles wieder ein. Die Party. Der Kuss in der Bibliothek. Die dreistündige Autofahrt nach Las Vegas mit Tempo zweihundert. Das Schweigen zwischen ihr und Julian. Wie sie sich vor Angst am Türgriff festklammerte, obwohl Julian den Wagen trotz der halsbrecherischen Geschwindigkeit sicher lenkte. Das turmhohe Hotel mit der verschnörkelten Aufschrift *The Lussaria.* Die weiträumige Lobby im Art-déco-Stil, die elegante Farbgestaltung in Gold und gedämpftem Blau.

Julian hatte sie in eine luxuriöse Suite geführt und sie für den Rest der Nacht alleine gelassen. Sie hatte erleichtert die Tür verriegelt, war in ihr Schlafzimmer gegangen und war dann sofort in diesem Traum von Bett in Tiefschlaf gefallen. So fest hatte sie noch nie geschlafen.

Und jetzt lag sie hier, in diesem himmlisch schönen Zimmer, und ihr wurde bewusst, in welche Situation sie sich manövriert hatte. *Ich habe einen Pakt mit einem Dämon geschlossen.*

Eine Tür öffnete sich.

Nicht die Tür, zu der sie hereingekommen war, sondern die Tür, die sie für einen Schrank gehalten hatte. Offensichtlich war es kein Schrank.

Und Julian hatte den Schlüssel.

Er stand im Türrahmen, in einen weißen Bademantel gehüllt, der seine Sonnenbräune besonders hervorhob. „Schönen guten Morgen, Sonnenschein."

Schnell zog sie die Decke über ihren halb nackten Körper. Leider nicht schnell genug.

In Sekundenbruchteilen hatte er sie gemustert. Diese blaugrünen Augen hatten schon etwas. „Ein wirklich sehr schöner Morgen“, murmelte er.

Während sie noch immer damit beschäftigt war, sich zu verhüllen, setzte er sich auf den Rand des Betts. So nah neben sie, dass sie seinen männlichen Geruch und die Spur eines Herrendufts wahrnahm. Jetzt verschränkte er die Hände hinter dem Kopf und ließ sich in die Kissen sinken. Sie versuchte, von ihm abzurücken, aber das war nicht so leicht. Das Kingsize-Laken spielte nicht mit. Sie musste es erst lockern, denn es war fest unter die Matratze gesteckt.

„Vielleicht möchtest du auch einen Bademantel.“ Julian deutete auf den weißen Frottee-Bademantel, der zusammengefaltet auf einem Diwan am Fußende des Bettes lag.

Um an den Bademantel zu kommen, wand sie sich ans Fußende, ohne dabei einen Teil ihres Körpers zu entblößen – und so weit weg von Julian wie möglich. „Das war nicht Teil unserer Abmachung“, zischte sie. „Wir hatten getrennte Schlafzimmer vereinbart.“

Er zuckte die Schultern und spielte mit dem Gürtel seines Bademantels, während er ihr zusah. „Haben wir ja. Aber ich habe nie gesagt, dass ich draußen bleibe. Zufälligerweise ist dein Zimmer Teil meiner Suite. Natürlich habe ich die letzte Nacht in meinem Schlafzimmer verbracht. Ich bin ja ein ehrbarer Dämon.“

Endlich schaffte sie es, den Bademantel überzuziehen. Sie verengte die Augen zu einem Schlitz und wünschte, er würde nicht so gut aussehen. Und nicht so nah neben ihr sitzen. Hastig verknotete sie den Gürtel. „Von einer Zwischentür war nie die Rede.“

„Ich bin ein Dämon“, sagte er entschuldigend. „Was hast du erwartet?“

Wie er da so auf dem Bett lag, sah Julian einfach umwerfend aus. Ein Meter achtzig braun gebrannte, athletische Männlichkeit, nur für sie. Ohne den Blick zu heben, spürte sie sein Lächeln. Die Hand ausstrecken und ihn berühren, ihre Hand unter seinen weichen Bademantel schieben … Sein Gürtel war nicht fest zugeknotet, er ließ sich sicher so leicht öffnen wie die Schleife ihres Kleids am Abend zuvor. Sie lenkte ihre Aufmerksamkeit auf die Fenster – einfach, um woanders hinzugucken. Mit einem Kloß im Hals sagte sie: „Wie viel Uhr ist es überhaupt?"

„Kurz nach vierzehn Uhr. Zeit fürs Frühstück", sagte er. Er griff zum Telefonhörer und rief beim Room Service an, als wäre es ganz normal, um diese Uhrzeit noch ein Frühstück zu ordern. Während er sprach, verschlang er Serena mit Blicken. Sie zog den Bademantel enger um sich.

Er legte auf und wandte sich dann wieder an Serena. „Im Schrank neben dem Badezimmer findest du Kleider für dich. Ich habe mir erlaubt, jemanden loszuschicken, um das Nötigste für dich einzukaufen."

Sie wagte nicht zu fragen, wann er das getan hatte. Aber er war nun mal ein Erzdämon. Wahrscheinlich konnte er aus Stroh Gold machen, wenn er wollte.

„Wo ist Nick?" Serena versuchte, möglichst unfreundlich zu klingen. Sie hatte eingewilligt, eine Woche mit Julian zu verbringen. Aber das hieß nicht, dass sie eine Woche lang nett zu ihm sein musste.

„Mach dir keine Gedanken. Nick kommt im Laufe des Tages mit Harry per Flieger aus L.A. an. Dein kleiner Freund wird heute Abend mit uns essen gehen, genauso wie mein Geschäftspartner. Entspann dich, Engel. Du und ich, wir werden noch sehr viel Zeit allein verbringen in dieser Woche."

Allein. Mit Julian. Und alles, was einer von ihnen beiden tun musste, war, die Hand auszustrecken. Ihr Herz begann verrückt zu spielen. Sie musste Distanz zwischen ihnen schaffen. Rasch lief sie über den Marmorboden zum Fenster. Im ersten Moment musste sie blinzeln, als sie die Vorhänge aufzog. Ihre Augen mussten sich erst an die Helligkeit gewöhnen.

Vor ihr eröffnete sich ein grandioser Blick über den Las Vegas

Strip. Selbst am Tag strahlten die Neonlichter, die die unzähligen Hotels und Spielkasinos beleuchteten. Gleich nebenan ragte eine Miniaturnachbildung des Eiffelturms in den wolkenlosen blauen Himmel. Gegenüber schossen Fontänen aus Springbrunnen in einem künstlichen See meterhoch in die Luft. Serena seufzte und schloss die Vorhänge wieder. Julians Welt bestand aus materieller Extravaganz und künstlicher Schönheit. Doch all die schicken Gebäude, die Spiegel, das Gold und die glitzernden Lichter verursachten ihr ein unangenehmes, klebriges Gefühl. Sie wollte zurück nach Hause, zurück in ihr Yogastudio und Unterricht geben. Doch sie war hier gefangen, in der Stadt der Sünde.

Schon als Mensch war es ihr völlig gleichgültig gewesen, was diese Stadt zu bieten hatte. „Was in Vegas passiert, bleibt in Vegas" – das bekannte Mantra dieses Spielplatzes für Erwachsene beleidigte ihr Zartgefühl und lief allem zuwider, woran sie glaubte. Glücksspiel, Trinken, Striplokale – alles, was diese Stadt ausmachte, stand im absoluten Gegensatz zu ihrem eigenen moderaten Lebensstil und zu ihrer Zurückhaltung. Ein Engel zu sein und hier zu sein kam eigentlich überhaupt nicht infrage. Falls Arielle ihr nicht einen Auftrag erteilte, den sie hier zu erledigen hatte, gab es für sie absolut keinen Grund, sich in dieser Stadt aufzuhalten.

Warum nur war sie darauf eingegangen, eine ganze Woche mit Julian hier zu verbringen? Weil er ihren Bruder als Köder benutzt hatte, und sie war prompt in seine Falle getappt. Andrew war stark und ein anständiger Kerl, aber gegen Julian hatte er keine Chance.

„*Lussuria*", sagte sie, um den Namen des Hotels einmal selbst auszusprechen. „Klingt hübsch. Was bedeutet das? Luxus?"

Er lachte, immer noch auf dem Bett liegend. „*Lusso* ist das italienische Wort für Luxus. *Lussuria* bedeutet Wollust."

Ein Schauer durchlief ihren Körper, und sie wandte sich in Richtung Badezimmertür. „Ich gehe jetzt duschen", verkündete sie und hoffte, er würde das Beben in ihrer Stimme nicht bemerken.

Als sie wieder aus dem Bad kam, war er nicht mehr in ihrem Zimmer. Vermutlich duschte er auch gerade. Endlich hatte sie ein paar Minuten für sich allein. Sie musste dringend Arielle anrufen. Eben noch hatte Julian von dem Apparat in ihrem Zimmer den Room Service angerufen, doch jetzt war hier kein Telefon mehr. Hatte er es etwa mitgenommen? Serena schaute hinter den Nachttisch, und tatsächlich war der Telefonstecker weg. Sie fluchte laut.

Sie musste hier weg.

Gehetzt riss sie die Schranktür auf, schnappte sich ihr Kleid und ignorierte die anderen Sachen, die dort hingen. Von ihrem trägerlosen BH, den sie gestern Abend getragen hatte, war keine Spur, und sie hatte jetzt auch keine Zeit, danach zu suchen. Sie schlüpfte in ihr Kleid, griff ihre Schuhe und rannte zur Tür.

Ihr Herz raste, als sie von der vierundfünfzigsten Etage mit dem Fahrstuhl nach unten fuhr und dabei die aufleuchtenden Zahlen der einzelnen Stockwerke beobachtete. Sie suchte in ihrer Handtasche nach Bargeld und Kreditkarte. Sie würde sich vor dem Hotel ein Taxi nehmen, sich zum Flughafen bringen lassen und in den ersten Flieger nach Hause steigen. Doch was, wenn Julian hinter ihr herkam? Würde er sie aufhalten?

Und was, wenn ihr die Flucht gelang? Würde er seine Wut an Andrew oder Nick auslassen, wie er gedroht hatte? Ihr Schutzbefohlener würde im Laufe des Tages in Las Vegas eintreffen. Sie wusste, was ihn dort erwartete – nach allem, was sie im *Devil's Paradise* gesehen hatte. Julian war alles zuzutrauen.

Die Fahrstuhltür öffnete sich und sie trat in die luxuriöse Lobby. Touristen schlenderten herum, offensichtlich unbeeindruckt von der freizügigen Atmosphäre, die Serena so überwältigend vorkam. Ein langer Säulengang führte ins Kasino, wo sich bereits an diesem sonnigen Sonntagmorgen die Massen zum endlosen Geplärre der Spielautomaten und Klackern der Roulettekugeln eingefunden hatten. Auf der gegenüberliegenden Seite des Ganges befand sich der Eingang zu Julians neuem Klub. Ein überdimensionales Seidenbanner, das über die verschlossenen Türen herabhing, verkündete die große Eröffnung des *Devil's Ecstasy* für das kommende Wochenende.

Serena nahm die Szenerie in sich auf. Hierher machte man keinen unschuldigen Wochenendausflug. Denn hier, das spürte sie, war das Böse zu Hause. Das war ein Spielplatz für Dämonen. Sie konnte ihre Anwesenheit körperlich spüren. Sie betete zu Gott, dass sie heil hier herauskäme und nie mehr zurückkehren musste.

Doch sie ahnte bereits, dass das unmöglich war. Sie dachte an Nick und Andrew und erschauderte bei dem Gedanken daran, was Julian ihnen antun würde, wenn sie jetzt einfach ging. Sie konnte nicht gehen. Sie musste hierbleiben – ihr blieb keine Wahl.

Serena im Bett überrascht zu haben war etwas, an dem sich Julian noch lange erfreuen würde. Während er unter der Dusche stand, dachte er noch einmal an ihren Körper und bekam prompt wieder eine Erektion. Sie war gut gebaut, rank und schlank, mit wohlproportionierten Muskeln. Ihre Brüste passten genau in seine Hände. Ihm war, als wäre sie eigens dafür geschaffen worden, um alle seine Wünsche zu erfüllen. Er dachte an diese kecken Brüste mit den rosigen Brustwarzen. Er freute sich schon jetzt darauf, jeden Millimeter ihrer Haut zu erkunden, ihre erogenen Zonen zu streicheln und ihr schließlich einen Höhepunkt zu verschaffen. Und sich selbst natürlich auch.

Er trat aus der Dusche, trocknete sich mit einem der dicken Handtücher ab und schlüpfte wieder in den Hotelbademantel. Als er die Tür zu ihren Zimmern öffnete, erwartete ihn nur Stille.

„Serena?“ Keine Antwort. Er sah im Bad nach, doch auch da war sie nicht. Dann sah er die offene Schranktür. Ihr Kleid und ihre Schuhe fehlten.

Das hatte er erwartet. Mit ihr würde er kein leichtes Spiel haben. Im Gegenteil – harte Arbeit war bei ihr vorprogrammiert. Aber sie würde zurückkommen. Darauf konnte er wetten.

Also nahm er sich eine Zeitung und ließ sich seelenruhig in einem Sessel nieder.

Als Serena wieder in der Suite auftauchte, fand sie Julian in einem Sessel sitzend vor, die Füße auf einen Hocker gelegt. Er sah wahnsinnig entspannt aus und grinste sie über die Zeitung hinweg an.

„Wie schön, dass du beschlossen hast, zurückzukommen. Das war eine kluge Entscheidung", lobte er sie. „Leider kann ich dir offensichtlich nicht vertrauen. Du hast versucht, unsere Abmachung zu unterwandern. Wenn du das noch einmal tun solltest, muss ich leider deinen Bruder einfliegen lassen."

Serena ging ohne ein Wort zu sagen an ihm vorbei in ihr Schlafzimmer.

Sie knallte die Tür hinter sich zu und legte sich aufs Bett. Verzweiflung überkam sie. Julian hatte sie komplett ausmanövriert. Wenn sie sich auf ihn einließ, könnte sie sich dieses ganze Schlamassel ersparen. Aber das war unmöglich. Dummerweise konnte sie ihre Ausbilderin nicht anrufen und um Rat fragen. Arielle würde ihr sicher raten, ihren Werten treu zu bleiben, fair zu handeln und darauf zu vertrauen, dass die göttliche Macht auf ihrer Seite war. Was ihr zunehmend schwerer fiel. Könnte sie nur mit Arielle sprechen! Und sei es nur, um von ihr die Versicherung zu erhalten, dass da jemand war, der sie aus ihrer misslichen Lage befreien würde. Und dass es eine Möglichkeit gab, ihren Bruder zu retten, ohne dass sie sich für ihn opferte.

Der Duft von frisch gebackenem Brot und Speck lockten sie schließlich doch aus ihrem Schlafzimmer und nach nebenan. Sie musste Julian ohnehin irgendwann gegenübertreten. Das konnte sie genauso gut tun, während sie ihren knurrenden Magen besänftigte.

Eine junge Frau in Hoteluniform war gerade dabei, die Teller von einem Servierwagen auf den glänzenden Mahagonitisch zu stellen. „Ich wollte Ihnen Ihr Frühstück unbedingt persönlich bringen, Mr Ascher. Wir freuen uns sehr, dass Sie wieder unser Gast sind. Mr Ranulfson richtet Ihnen seine besten Grüße aus und lässt Sie wissen, dass Sie gemeinsam mit ihm zum Abendessen Gast in unserem Fünfsternerestaurant *Firebrand* sind. Mein Name ist Tiffany, ich bin die Assistentin des Chefs."

„Vielen Dank, Tiffany.“ Julian lächelte sie an.

Die Frau sprach weiter. „Ich hoffe, Sie werden von den Angeboten unseres Hauses Gebrauch machen. Wenn Sie einen Wunsch haben“, sie klang leicht heiser, „ganz egal welchen, zögern Sie nicht, ihn uns mitzuteilen. Ich werde mich persönlich um Ihre Belange kümmern.“

Serena beobachtete sie und fragte sich, ob diese Frau gerade mit Julian flirtete. Wer konnte es ihr verdenken? Julian war ein gut aussehender Mann – ein sehr gut aussehender Mann – und offensichtlich ein Frauentyp. Obwohl er das Böse verkörperte.

Doch Julian interessierte sich nicht für Tiffany, sosehr sie ihr glänzendes braunes Haar nach hinten warf und ihn anstrahlte. Auf Serena deutend, sagte er zu der Angestellten: „Und um die meines Gastes, Miss St. Clair.“

Tiffanys Lächeln wurde etwas dünner, als sie Serena kurz mit einem Blick streifte. „Selbstverständlich, Sir.“

Als sie das Zimmer verließ, warf sie Julian noch einen bedeutungsvollen Blick zu, den er allerdings nicht erwiderte.

Kaum war die Assistentin des Chefs draußen, ließ sich Serena in einen der gepolsterten Sessel fallen und hockte sich auf ihre Füße. „Ich dachte, hier arbeiten nur Dämonen, keine Menschen.“ Ungewollt fügte sie hinzu: „Die Dame war ja sehr darauf bedacht, Sie persönlich zu bedienen.“

Julian lachte in sich hinein und betrachtete das Frühstücksensemble auf dem Tisch. „Wir haben gern einen Mix aus Angestellten. So ist es leichter, in der Welt der Menschen nicht aufzufallen.“ Er belud einen Teller mit Eiern Benedikt, Buttermilchpfannkuchen und frischem Obst und reichte ihn Serena. „Bist du etwa eifersüchtig?“

Serena richtete sich im Sessel auf und stellte den Teller auf ihren Schoß. „Auf was? Sie haben die freie Auswahl, mit wem Sie Ihre Zeit verbringen wollen. Ich will Ihnen da nicht in die Parade fahren.“ Sie stach mit der Gabel ins Eigelb und sah dabei zu, wie sich die gelbe Flüssigkeit auf ihrem Teller verteilte.

„Du bist eifersüchtig.“ Aus seinem Lächeln wurde ein Grinsen, und er schob sich eine Erdbeere in den Mund. „Keine

Sorge. Sie kann dir nichts entgegensetzen."

Das Frühstück verlief schweigend. Serena war ausgehungert – normalerweise frühstückte sie morgens und nicht erst am Nachmittag. Trotzdem zwang sie sich, langsam zu essen und nicht zu schlingen.

Julian deutete auf eine Flasche Champagner, die in einem silbernen Kühler auf dem Servierwagen stand. „Ein Gläschen Champagner? Pur oder lieber gemischt mit Orangensaft?"

„Warum versuchen Sie immer, mich mit Champagner abzufüllen? Außerdem ist es gerade mal drei Uhr nachmittags!"

„Wie wär's, wenn du mal ein bisschen lebst? Spaß hast?"

„Spaß?" Das Wort klang bei ihr wie ein spitzes Quieken. „Ihr Verständnis von Spaß ist pervers. Mit dem Leben von Menschen zu spielen und damit zu drohen, sie zu vernichten, ist kein Spaß."

Er stellte seinen leeren Teller weg. „Und wie sieht deine Vorstellung von Spaß aus? Am Samstagabend mit einem Becher Kamillentee zu Hause hocken? Andere Leute davon abhalten, sich zu amüsieren? Dein Bruder war sich nicht mal sicher, ob du überhaupt weißt, wie man Spaß hat."

Tränen schossen ihr in die Augen, aber sie blinzelte sie weg. Er sollte sie nicht weinen sehen.

„Das war gemein." Eine große Traurigkeit drohte sie zu überwältigen. Nicht nur wegen dem, was Julian gerade gesagt hatte, sondern auch, weil sie Andrew so vermisste, weil ihr Bruder offensichtlich glaubte, sie hätte nie Spaß gehabt. Und weil sie wusste, dass er recht hatte. Sie stand auf, um in ihr Schlafzimmer zu gehen.

Julian atmete seufzend aus. „Warte, Serena. Lass uns Waffenstillstand schließen. Es kann doch nicht sein, dass wir uns in den kommenden sieben Tagen zanken wie die kleinen Kinder. Wir sollten uns wie Erwachsene benehmen."

Sie verschränkte die Arme vor der Brust. „Ich bin erwachsen", sagte sie und klang dabei wie eine bockige Dreijährige.

„Dann benimm dich entsprechend. Du warst einverstanden, hierher mitzukommen, und das heißt, du bleibst hier. Akzeptier einfach die Konsequenzen deiner Entscheidung. Sieh mal aus dem Fenster. Las Vegas liegt uns zu Füßen. Hast du denn gar keine Lust, rauszugehen und dich umzusehen?"

„Von wegen meine Entscheidung!" Sie explodierte fast. „Hierherzukommen war wohl kaum meine Entscheidung. Sie haben mich dazu genötigt. Erst bedrohen Sie meinen Bruder, und jetzt beleidigen Sie mich! Und dann sagen Sie mir, ich soll die Verantwortung für mein Tun übernehmen? Sind Sie noch ganz dicht? Sie wissen doch gar nicht, was ehrenhaft bedeutet! Wenn Sie nur ein Fünkchen Ahnung davon hätten, was ehrenhaft bedeutet, hätten Sie mich schon längst gehen lassen!"

Einen Moment lang glaubte sie, er würde sie zum Teufel wünschen. Doch er lehnte sich einfach in seinem Sessel zurück und seufzte. „Ich weiß, was es bedeutet, Verantwortung für sein Handeln zu übernehmen. Wenn du darauf bestehst, bin ich aber gern derjenige, der den Anfang und das Friedensangebot macht." Eine Weile schwieg er, dann sagte er: „Ich entschuldige mich."

Es war die vermutlich unehrlichste Entschuldigung, die sie je gehört hatte, aber immerhin. Ihr Gesicht erhellte sich. „Das heißt, Sie lassen mich gehen?"

„Natürlich nicht. Und jetzt zieh dir was anderes an als das Kleid von gestern Abend. In deinem Schrank hängen jede Menge neuer Klamotten."

Sie gehorchte und betrat den luxuriösen begehbaren Kleiderschrank, um sich die Sachen anzusehen. Minutenlang stand sie einfach nur da und ging den Kleiderschrank durch. Diese Sachen waren wesentlich gewagter als das, was sie üblicherweise trug, und viel schicker. Es gab tief ausgeschnittene Kleider, die nicht viel länger als ihre T-Shirts waren. Die Tops waren überwiegend rückenfrei oder durchsichtig. Etwas Knielanges gab es überhaupt nicht. Aber alles war sehr geschmackvoll. Wer auch immer die Auswahl getroffen hatte, es handelte sich um jemanden mit gutem Geschmack.

Auch an die Unterwäsche war gedacht worden. Serena öffnete Kisten, in denen sie wunderschöne Seiden- und Spitzenwäsche in allen Farben entdeckte. Doch als sie sie anprobierte, musste sie feststellen, dass es sich ausschließlich um Viertelschalen-BHs handelte, die immer kurz unter ihren Brustwarzen endeten. Die Höschen waren entweder im Schritt offen oder winzige Tangas, die man nicht als Höschen bezeichnen konnte. Wahrscheinlich war er voll auf seine Kosten gekommen, als er den Kauf solcher Wäschestücke in Auftrag gegeben hatte.

Es dauerte also entsprechend lange, bis sie sich ein Ensemble zusammengestellt hatte, das einigermaßen ihren Vorstellungen entsprach. Sie wählte das längste Kleid von allen. Es bestand aus einem papierdünnen Material, das wie ein Wasserfall ihren Körper umspülte. Dazu kombinierte sie einen breiten Pashmina-Schal, der den tiefen Ausschnitt des Kleides bedeckte.

„Darf ich mal?", fragte er, als sie ins Wohnzimmer zurückkam. Er schob den Schal weg, betrachtete sie von oben bis unten und nickte schließlich zufrieden. „Du wirst umkommen vor Hitze draußen, wenn du den Schal wirklich anlässt. Ansonsten akzeptabel."

Sie widerstand der Versuchung, trotzig die Arme zu verschränken. „Die meisten Kleidungsstücke in diesem Schrank sehen aus, als stammten sie aus der Garderobe eines Callgirls."

„Aber eines sehr exquisiten Callgirls. Die Sachen waren teuer. Aber wenn du darauf bestehst, können wir ja gleich auf dem Strip noch mal shoppen gehen."

Als sie den palmengesäumten Boulevard entlangschlenderten, bestaunte Serena die imposanten Hotels. In einer Nachbildung von Venedig ruderten Gondolieri mit langen schwarzen Booten über Miniaturkanäle. New Yorks Wolkenkratzer und die Freiheitsstatue waren das Markenzeichen eines anderen Hotels. Ein weiteres zeigte eine Seeschlacht zwischen lebensgroßen Piratenschiffen. Die Sonne schien, es war ein schöner Tag. Und plötzlich kamen Serena Arielles Worte in den Sinn: *Er hat die Macht, dich zu zerstören. Er kann deine Seele in die ewige Verdammnis stürzen, wenn etwas Schlimmes geschieht.*

Etwas Schlimmes. Wie zum Beispiel, mit Julian zu schlafen? Das war Serena immer noch nicht ganz klar.

Wieder und wieder ging ihr Arielles Warnung durch den Kopf, während Julian über die Hotels, das schöne Wetter, seinen neuen Klub und die große Eröffnung redete. Sie selbst sagte kaum etwas, auch weil alles, was sie sagte, irgendwie sarkastisch klang. Er hatte recht, stellte sie fest. Es hatte keinen Zweck, sich permanent zu streiten. Ganz allmählich freundete sie sich mit dem Gedanken an, sich ihm gegenüber zivil zu verhalten. Am Ende fiel es ihr sogar ganz leicht – zu leicht.

„Erzähl mir was über dich", forderte er sie auf, während er sie unterhakte.

Sie sträubte sich, versuchte, ihren Arm von ihm zu lösen. Ohne Erfolg. „Sie haben wahrscheinlich schon mehr über mich herausgefunden, als ich Ihnen erzählen könnte. Sie haben doch sicher Informationen über mich einholen lassen?"

Er lächelte und strich ihr eine Haarsträhne aus dem Gesicht. Die Antwort lautete also Ja. „Willst du denn gar nichts über mich wissen?" Es sollte wie ein Scherz klingen, doch Serena spürte, wie ernst er die Frage meinte.

„Nein", war trotzdem die einzige Antwort, die sie geben konnte.

Natürlich war sie neugierig, und eigentlich wollte sie alles über ihn wissen. Wo er geboren war, wie er seine Kindheit verbracht hatte, wie es sich angefühlt hatte, als er das erste Mal verliebt gewesen war, wie er gestorben war. Die genauen Einzelheiten der Umstände, die ihn zu dem hatten werden lassen, was er heute war. Er war ein unfassbar gut aussehender Mann, hatte einen so schönen jungen Körper – doch in seinem Innern war er verbittert und alt.

Einige Antworten konnte sie sich vielleicht selbst geben. England war seine Heimat gewesen, wenn sie raten müsste. Das schloss sie aus seinen Bemerkungen über Coleridge und diesem Hauch von Akzent, den man dann und wann heraushörte. Sicher war er ein einsames Kind gewesen – einsam war er auch heute noch, wenn er sich unbeobachtet fühlte. Und das andere, was sie mit Sicherheit über ihn wusste, obwohl sie es nicht beweisen konnte: Sein Tod hatte etwas mit einer Frau zu tun.

Schließlich hörte sie mit den Mutmaßungen auf. Was auch immer da sonst noch war, was auch immer er ihr gern sagen würde – es war besser, es nicht zu wissen.

Sie lächelte und versuchte, ihre Aufmerksamkeit den Neonlichtern über ihren Köpfen zuzuwenden. Die Eindrücke des Strips waren so vielfältig, dass sie schnell auf andere Gedanken kam.

Als sie in einer Hotellobby an einem großen Spiegel vorbeikamen, blieb er stehen. „Sind wir nicht ein schönes Paar?" Julian zog sie an sich. Vor Wut errötend, machte sie sich los, ohne ein Wort zu sagen. Aber er hatte recht. Seine dunklen Haare und die sonnengebräunte Haut bildeten den perfekten Kontrast zu ihrer blassen, feinen Erscheinung. Sie war es gewohnt, dass die Männer sich nach ihr umdrehten, und ignorierte es für gewöhnlich. Aber als sie jetzt weitergingen, fielen ihr die bewundernden Blicke auf, die die Menschen ihnen zuwarfen.

Wieder ermahnte sie sich selbst. *Er ist kein normaler Mann. Ich kann meinen Status als Engel verlieren oder Schlimmeres.* Sie erschauderte. Sie hatte ihm schon einmal nachgegeben. Was, wenn sie tatsächlich mit ihm schlief? Was hatte Arielle darüber gesagt? Sie versuchte, sich die Worte ihrer Ausbilderin ins Gedächtnis zu rufen. *„Es käme auf die Umstände an."* Das hatte Arielle gesagt. Serena schwor sich, dass es nie so weit kommen würde. Sie durfte sich auch nicht mehr von ihm küssen lassen. Diese eine Woche musste sie überstehen, das war alles. Sieben Tage, und dann würde er für immer aus ihrem Leben verschwinden.

Wenn sie ihm bloß einen Moment entwischen und mit Arielle sprechen könnte! Die ganze Zeit über suchte sie nach Telefonzellen, aber immer, wenn sie eine sah, hatte Julian den Arm um sie gelegt oder hielt fest ihre Hand.

Eine wunderschöne Gartenanlage mit Wasserbecken zog in einem der Hotels, die sie sich anschauten, die Blicke auf sich. Im

Wasser spielten Baby-Delfine. Als sie den Tieren beim Tollen im Wasser zusahen, verspürte Serena fast mütterliche Gefühle. „Wie süß", meinte sie lächelnd.

„Essen für den Nakara." Es sollte witzig klingen, aber sie fragte sich, wozu Julian tatsächlich in der Lage war. Als sie ihn ansah, beugte er sich zu ihr herunter, ganz nah, den Blick auf ihr Gesicht gerichtet, als wollte er sie küssen. Sie erstarrte und wartete darauf, dass seine Lippen die ihren berührten und sie diesen wohligen Schwindel empfand, wenn seine Zunge in ihren Mund eindrang. Doch er wandte sich mit einem ironischen Lächeln von ihr ab. Sie tat es ihm gleich und verfluchte ihre alberne Enttäuschung.

Weiter ging es, durch die Kasinos, durch das kein Ende nehmende Geplärre und Gedudel der Spielautomaten und durch die Scharen von Touristen. Ältere Leute saßen wie festgeklebt auf kleinen Hockern und fütterten stumpfsinnig die Automaten mit Münzen, deren Appetit niemals gezügelt war. Trauben von Menschen standen um die Roulette- und Blackjacktische herum und beobachteten das Auf und Ab des Siegens und Verlierens.

Julian deutete auf die Spieltische. „Willst du nicht auch mal spielen? Wir sind immerhin in Las Vegas."

„Ich mache keine Glücksspiele."

„Ich verstehe. Du willst dein eigenes Geld nicht riskieren. Hier, nimm meins." Er zog sein Portemonnaie aus der Tasche und hielt ihr gleich mehrere Hundertdollarscheine hin.

Sie blinzelte und verstand nicht. Wollte er ihr wirklich Geld geben? Das gedämpfte Licht, die verspiegelten Wände, das knallbunte Muster des Teppichs und der Lärm verursachten ihr plötzlich Kopfschmerzen. Es war ein so schöner, heller und sonniger Nachmittag, aber hier im Kasino hatte man den Eindruck, es wäre finstere Nacht. Die künstliche Umgebung weckte in ihr die Sehnsucht nach Sonne und natürlichem Licht. Sie wollte raus. „Nein, wirklich nicht", sagte sie und hoffte, er würde nachgeben und mit ihr hinausgehen. „Ich halte nichts davon."

Er ließ die Hand ein wenig sinken und sah sie stirnrunzelnd an. „Nicht mal ein Vierteldollar?"

Sie schüttelte den Kopf.

„Jetzt komm schon! Du bist doch nicht etwa eine Spaßbremse?" Seine Mundwinkel zuckten. Schon wieder machte er sich über sie lustig.

Seufzend nahm sie eine Vierteldollarmünze aus ihrem Portemonnaie und steckte sie in den erstbesten Spielautomaten. Fünf Sekunden später verkündeten ihr das Piepen und die Bilderreihe auf der Anzeige, dass ihr Geld für immer verloren war.

„Bitte sehr. Ich habe verloren. Und was soll daran Spaß machen?"

Er verbarg sein Lächeln hinter einer Hand und versuchte, nicht laut zu lachen. „Vielleicht hast du einfach noch nicht verstanden, dass es immer eine Chance gibt, zu gewinnen. Das Wissen darum macht süchtig. Weil man nicht weiß, was das Leben noch alles bereithält." Er hielt ihr wieder die Dollarscheine hin. „Komm, ich zeige es dir."

Das Geld tauschte er gegen vier Einhundertdollarjetons ein. An einem Roulettetisch neben ihnen rief in diesem Moment der Croupier: „Meine Damen und Herren, Ihr Einsatz bitte!"

Julian setzte alle vier Jetons auf die schwarze Zweiundzwanzig.

„Nichts geht mehr", sagte der Croupier und drehte das Rad.

Serena sah zu, wie die kleine weiße Kugel in dem glänzenden Zylinder herumwirbelte und die roten und schwarzen Zahlen verschwammen. Dann wurde das Rouletterad langsamer, die Kugel hüpfte kurz in das Nummernfach der roten Neun und blieb schließlich im Fach der schwarzen Zweiundzwanzig liegen.

„Die Zweiundzwanzig gewinnt!", verkündete der Croupier. Er zählte Jetons im Wert von vierzehntausend Dollar ab und schob sie mit dem Rateau zu Julian hinüber. Neugierig geworden durch den großen Stapel Jetons, blieben die Leute am Roulettetisch stehen. Julian setzte noch einmal, diesmal alles auf Schwarz, und grinste nur, als die Menge jubelte und klatschte. Serena schaute ihm ungläubig zu und fragte sich, was passieren würde, wenn er verlor. Würde er enttäuscht aufgeben oder weiterspielen und versuchen, doch noch zu gewinnen?

Aber natürlich gewann er auch diesmal. Er sammelte die Jetons im Wert von achtundzwanzigtausend Dollar ein und tauschte sie gegen Hundertdollarscheine. Ein dickes Bündel Scheine steckte er ein und wies den Kassierer an, den Rest im Tresorraum des Hotels deponieren zu lassen.

Grinsend schaute er sie an. „Regel Nummer eins: Wissen, wann man aufhören muss. Alles andere wäre verdächtig."

„Sie haben wirklich die Bank betrogen!" Serena war schockiert.

Sein Grinsen verwandelte sich in gespielte Verletzung, doch seine Augen strahlten immer noch vor Freude. „Selbstverständlich nicht. Aber wir beide haben nun mal einen gewissen Einfluss auf die Welt, die uns umgibt, und haben auch keine Scheu, diesen Einfluss zu nutzen."

„Ich nutze meinen Einfluss nicht für meinen persönlichen Vorteil."

„Ach nein? Für jede Seele, die du rettest, bekommst du doch Pluspunkte gutgeschrieben. Du willst doch ganz sicher auch mal in die höheren Reihen der Engel aufsteigen. Also erzähl mir nicht, dass es dir nie um deinen persönlichen Vorteil geht."

„Das ist ja wohl etwas anderes. Was ich tue, tue ich nicht für Geld."

„Solltest du aber vielleicht. Komm, lass uns die Kohle auf den Kopf hauen. Irgendwie habe ich das Gefühl, daran hast du mehr Spaß."

Dann führte er sie nach draußen. Es war gar nicht so leicht, die wunderschönen Kleider in den Schaufensterauslagen der edlen Boutiquen zu ignorieren, keine Reaktion zu zeigen beim Anblick der herrlichen Schmuckstücke in den Glaskästen der Juweliere und der schier unendlichen Parade von schicken Schuhen und Handtaschen. Sie musste lernen, sich von weltlichen Dingen zu lösen. Jedenfalls redete sich Serena das wie ein Mantra ein. Materieller Besitz führte nur zu diesem ungesunden Verlangen, das gerade in ihr geweckt wurde.

In einem der Schaufenster erblickten sie ein besonders schönes Kleid, aus einem ganz zarten Stoff und in einem matten Stahlblau. Julian blieb stehen und bewunderte die feine Stickerei auf dem Mieder des Trägerkleids. „Das sieht bestimmt toll an dir aus."

Ja, es würde toll an mir aussehen, dachte sie sehnsüchtig. Aber sie brauchte es nicht, und sie wollte ihm nicht für irgendetwas dankbar sein, und sei es nur für ein albernes Kleidungsstück.

„Komm, probier es mal an", schlug er vor. „Du brauchst etwas Schickes für das Dinner heute Abend."

„Ich habe ein Kleid. Das, was ich gestern trug. Und in meinem Schrank hängen viele andere Kleider." Nein, sie würde sich nicht überreden lassen.

„Aber keins wie dieses."

Das stimmte. Dennoch blieb sie entschlossen auf dem Bürgersteig stehen, als er die Tür der Boutique öffnete.

„Wenn du es nicht anprobieren möchtest, schicke ich einfach meinen Assistenten wieder los. Du raubst dir damit die Freude, dir deine Sachen selbst auszusuchen und wirst am Ende nur solche haben, in denen du dich nicht wohlfühlst."

„Ich behalte die Sachen, die Sie mir kaufen, ohnehin nicht."

„Wie du willst. Gib sie von mir aus einer Wohltätigkeitsorganisation, wenn du wieder abreist. Aber solange du mit mir hier bist, wirst du tun, was ich sage", stellte er klar, nahm ihre Hand und zog sie in das Geschäft.

Vorsichtig zog sie das Chiffongeschmeide an. Das Kleid saß, als wäre es für sie gemacht. Es umschmeichelte ihren Körper, und sie trat aus der Umkleide, um es Julian vorzuführen. Er nickte anerkennend und stellte sich hinter ihr vor den Spiegel. Er legte in einer besitzergreifenden Geste die Hand auf ihre Taille – und sie machte keine Anstalten, ihn davon abzuhalten. Wenn man sie schon vorhin für ein tolles Paar gehalten hatte, waren sie es jetzt erst recht.

„Trag es heute Abend zum Dinner. Ich will mit dir angeben."

Letztendlich kaufte Julian ihr das Kleid und dazu noch ein Dutzend weiterer Outfits. Bevor sie gingen, bat er darum, dass die Einkäufe ins Hotel geliefert würden.

„Du darfst es ruhig genießen, wenn ich dich so großzügig beschenke", ermunterte er sie, während sie zurück zum Hotel gingen.

„Vielen Dank. Aber mehr brauche und will ich nicht", protestierte sie. „Im Ernst, ich bin glücklich mit meinem einfachen Leben."

„Es ist nicht verboten, reich zu sein, weißt du. Jemand mit mehr Ressourcen kann mehr Gutes tun in der Welt als jemand, dem nicht so viel Geld zur Verfügung steht."

„Das mag sein. Aber das ist nicht zwangsläufig so."

„Warum sollte es Wohlstand auf der Welt geben, wenn die Menschen kein Vergnügen daran empfinden dürfen? Wer Leistung bringt und gut ist, wird belohnt – manchmal eben auch mit materiellem Reichtum. Das ist doch auch deine Sichtweise, oder nicht? Was willst du also?"

„Hören Sie auf damit." Eigentlich sollte sie sauer sein, aber insgeheim konnte sie ihm nicht länger vormachen, sie wäre wütend.

„Wenn ich gut bin, wirst du mich dann auch belohnen?" Julian blieb mitten auf dem Bürgersteig stehen und zog sie an sich.

Sie erbebte. Er hatte vor, sie zu küssen. Hier, vor allen Leuten.

Einen Moment lang wünschte sie sich, sie wäre ein Dämon und kein Engel. Oder sie wäre wie alle anderen hier, wie die normalen Leute, die nach Las Vegas kamen, um sich zu amüsieren. Menschen, die sich einfach begegneten und sich nicht um verlorene Seelen sorgen mussten oder darum, aus der göttlichen Gnade entlassen zu werden.

„Sie sind aber nicht gut." Serena machte sich los und ging weiter.

Er holte sie ein, und wieder zierte dieses Lächeln seine Mundwinkel. Ihm war offensichtlich nicht klar, dass zwischen ihnen niemals etwas laufen würde. Denn das würde sie nicht zulassen.

Julian war schwindelig vor Glück, wie ein verliebter Teenager. Er stand vor dem goldgerahmten Spiegel in seinem Ankleidezimmer und machte sich fürs Abendessen fertig.

Der Tag war voller Überraschungen gewesen. In den Geschäften hatte es ihm große Freude bereitet, Kleider auszusuchen, die Serenas erlesene Schönheit noch betonten. Und es machte ihm auch Spaß, sich selbst schick herzurichten. Er pfiff leise vor sich hin, als er das fein geschnittene schwarze Manschettenhemd betrachtete, das er jetzt zuknöpfte. Sein maßgeschneiderter Anzug, den er auf der Londoner Savile Row hatte anfertigen lassen, saß perfekt. Er schlüpfte in die Jacke.

Er drehte sich vor dem Spiegel, nickte anerkennend und fragte sich, ob Serena ihn wohl attraktiv fand. Hätte er sie nicht genötigt und sie mit dem Leben ihres Bruders erpresst, würde er es nie erfahren. Irgendwie war das zwar deprimierend, aber letztendlich egal. Jetzt war sie hier, und für die kommenden sechs Tage gehörte sie ihm.

Julian ging ins Wohnzimmer, um dort auf sie zu warten. Harry legte ihm gerade seine Geschäftskorrespondenz auf einem Tischchen bereit.

„Wie war der Flug?“, fragte Julian ihn freundlich, während er zur Bar hinüberging und sich die Auswahl betrachtete. Er schenkte sich einen kleinen Single Malt Scotch ein und gab ein paar Eiswürfel dazu.

Harry sah ihn überrascht an, bevor er sich wieder der Post zuwandte. „Ereignislos, Sir. Ich habe Nick Ramirez in einer Suite zwei Stockwerke tiefer untergebracht.“

„Sehr gut, Harry. Möchten Sie auch einen Drink?“

„Nein danke, Sir.“ Sein Assistent zögerte, offensichtlich irritiert, denn er musterte Julian eingehend. „Irgendetwas ist heute anders an Ihnen, Sir. Sie wirken fast …“

„Was ist? Spucken Sie’s aus.“

Harry schluckte, zögerte wieder. Schließlich sagte er: „Glücklich.“

Wann hatte man ihm das zum letzten Mal gesagt, überlegte Julian. In den letzten zweihundert Jahren hatte er immer nur annähernd so etwas wie Glück empfunden. Lust, ganz bestimmt. Schadenfreude, ja. Überlegenheit, natürlich. Doch er hatte selbst diese Gefühle immer unter Kontrolle gehabt, sie nie zu groß werden lassen. Wahres Glück, nein. Nie. Es glich fast einer Beleidigung, als Harry ihn jetzt damit konfrontierte. Er runzelte die Stirn.

„Machen Sie sich keine Gedanken, Sir", beeilte Harry sich zu sagen, eindeutig erleichtert, als sein Boss eine andere Miene aufsetzte. „Es war nur ein sehr kurzer Moment, in dem Sie so anders wirkten. Irgendwie weniger dämonisch."

Beide Männer amüsierten sich über die Lächerlichkeit dieser Vorstellung. Julian trank einen großen Schluck Whisky, um seinen Schock zu verbergen. Mit ironischem Lächeln erwiderte er: „Jaja, wenn Schweine fliegen könnten!"

Doch der Schaden war angerichtet. Es gab nichts weiter zu sagen, und Harry verließ schnell die Suite, als könnte er es nicht ertragen, noch mehr Glück zu sehen. Als die Tür zufiel, wurde Julian gewahr, dass sein Assistent recht hatte.

Serena veränderte ihn.

Fair Play, hatte sie am Abend zuvor gesagt. *Nicht lügen, nicht betrügen.* Das erschien ihm gestern noch undenkbar. Doch heute Nachmittag war er es bereits leid, seine übliche manipulative Taktik zu benutzen. Es war einfach eine Freude gewesen, ihr dabei zuzusehen, wie sie mit großen Augen Las Vegas entdeckte. Natürlich war sie darum bemüht gewesen, sich von den protzigen Fassaden und glitzernden Lichtern nicht beeindrucken zu lassen, aber Julian konnte sie nicht täuschen. Dabei zu sein und zu sehen, wie sie den Strip erlebte, hatte sich angefühlt, als wäre er selbst gerade zum ersten Mal hier.

Je mehr Zeit er mit ihr verbrachte, desto ehrlicher und weniger dämonisch fühlte er sich. Auch wenn sie es sich nicht ausdrücklich vorgenommen hatte: Sie sorgte dafür, dass er gut wurde.

Alles hatte sich verändert – schon als er sie das erste Mal sah.

Ohne es zu bemerken, hatte sie etwas in ihm ausgelöst. War in die Tiefen seiner Erinnerung vorgedrungen, die in den hintersten Winkeln seiner Gedanken vergraben lag. Hatte seine Gedanken zurückgeschickt in die Zeit, als er selbst noch ein Mensch gewesen war. In eine ferne Vergangenheit, an die zurückzudenken für ihn befriedigend und irritierend zugleich war.

Aber so ging das nicht! Es war das Grauen. Es war vollkommen unakzeptabel. Es musste aufhören.

Er musste sie augenblicklich vernichten. Nur so konnte er auch die letzten Reste von Menschlichkeit in sich selbst töten und den Teil von ihm zur Ruhe betten, der sich immer noch an das Gute zurücksehnte. Der Teil, der immer noch hoffte. Immer noch träumte.

Immer noch verwundbar war.

Er würde sie verführen. Ganz langsam und vorsichtig würde er in den verbleibenden Tagen ihre Zurückhaltung aufbrechen, ihre Verteidigungswälle schwächen. Voller Freude würde er zusehen, wie sie ihre mit Stolz gehegte Selbstkontrolle über Bord warf. Und dann würde er zuschlagen und sie mit der Kunst seiner Fertigkeiten, die er sich im Laufe von zwei Jahrhunderten Dämonendasein und Ausschweifungen angeeignet hatte, für sich einnehmen.

In diesem Augenblick betrat Serena den Raum und riss ihn aus seinen Gedankenspielen.

Die Zeit schien still zu stehen, so wie eine Woche zuvor, als er sie in seinem Klub zum ersten Mal gesehen hatte. Harry; die Sorge, menschliche Züge anzunehmen; sein Vorhaben, sie zu vernichten; das alles war wie weggeblasen.

Er hatte nur noch Augen für sie.

Es überraschte ihn, wie beiläufig sie mit ihrer Schönheit umging. Er kannte viele schöne Frauen, aber die meisten von ihnen waren eitel und affektiert. Und wenn er mit ihnen fertig war, waren sie noch schlimmer, noch verzweifelter in all ihrer Maßlosigkeit und Gier.

Bei Serena war das anders. Ihm wurde in diesem Moment klar, dass sie sich niemals ändern würde, nicht einmal wenn er ihr ein Königreich an Gold und Juwelen zur Verfügung stellte.

Ihr Kleid war wunderschön und passte perfekt, doch dafür hatte er keine Augen. Er sah nur die Frau. Sie war himmlisch. Engelhaft. Prachtvoll. Und doch stand sie mit einer Bescheidenheit vor ihm, die er noch nie zuvor an einem Wesen erlebt hatte.

Und diese Bescheidenheit machte ihn selbst demütig. Für einen kurzen Augenblick dachte er sogar darüber nach, sie gehen zu lassen und sie zurück nach Los Angeles zu schicken, damit sie ihre verlorenen Seelen suchen und weiter die göttliche Liebe verbreiten konnte.

Doch das Dämonenhafte in ihm gewann sofort wieder Überhand. Er durfte nicht schwach werden – erst recht nicht nach dem, was Harry gesagt hatte.

Er konnte sie auf keinen Fall gehen lassen. Weder jetzt noch später.

Noch sonst jemals.

„Du siehst wunderschön aus.“ Das Kompliment kam ihm so schroff und platt über die Lippen, dass es ihn selbst überraschte. Er suchte nach Worten, wollte ihr sagen, wie stolz er war, sie heute Abend zur Begleiterin zu haben – auch wenn er sie dazu zwang. Schließlich gab er auf. Alles, was er ihr sagen würde, klänge herablassend oder respektlos. Und weitere Bewunderungsbekundungen brächten sie nur dazu, ihre Verteidigungswälle wieder zu verstärken.

Er hakte sie unter, und so verließen sie das Zimmer. Julian begann, sinnlos drauflos zu schwafeln. Er, der sonst mit Worten so sparsam war. Jetzt konnte er nicht aufhören. Er beschrieb ihr die Entstehung seines neuen Klubs so detailreich, dass ihr neugierig-interessierter Blick langsam glasig wurde. Er plapperte immer noch, als sie die Lobby und das Hotelkasino durchquerten, vorbei an jubelnden Gewinnern und seufzenden Verlierern und den Rufen der Croupiers. Er plapperte immer noch, als sie das erstklassige Hotelrestaurant betraten, und legte nur eine Pause ein, um dem Restaurantleiter den Namen ihres Gastgebers zu nennen.

„Wir sind mit Corbin Ranulfson verabredet.“

Schockiert starrte Serena Julian an, als sie den Namen hörte. *Natürlich.*

„Ich hatte doch gesagt, dass wir mit meinem Geschäftspartner essen gehen“, erinnerte Julian sie stirnrunzelnd. Er spürte, wie ihre Finger auf seinem Arm zitterten.

Corbin eilte der Ruf voraus, extrem brutal zu sein. Diese Brutalität hatte sich in den Jahrhunderten seines Dämonendaseins manifestiert. Er war ein Nachfahre normannischer Krieger und brachte von Haus aus ein Maß an Grausamkeit mit, das alle anderen Dämonen zugleich fürchteten und beneideten. Moralische Autoritäten ließ er nicht gelten, und er war nur einer einzigen Kreatur Rechenschaft schuldig: Satan persönlich. Julian hatte es daher als sinnvoller erachtet, ihn sich zum Gefährten zu machen statt zum Feind. Bisher war ihre geschäftliche Partnerschaft ohne Probleme verlaufen. Doch selbst Julian konnte manchmal nicht umhin, die Zusammenarbeit mit dem älteren Erzdämon mit einem Spaziergang auf einem Minenfeld zu vergleichen.

Serena biss sich auf die Unterlippe, als ein Kellner sie durch das großzügig angelegte Restaurant führte. Stumm gingen sie unter den Samtdraperien in Blutrot und Gold vorbei, die von der Decke hingen. Vorbei an den Tischen mit Gästen, die sie voll Neid und unverhohlener Lust anstarrten. Schließlich blieben sie vor einer geräumigen Nische stehen, von der aus man das gesamte Restaurant überblicken konnte.

In dieser Nische saß der Hoteleigentümer und unterhielt sich gerade mit einer dunkelhaarigen Frau, die ihnen den Rücken zugewandt hatte. Julian kannte Corbins neue Begleiterin nicht. Sie hatte glänzende schwarze Locken, die ihr auf den schlanken, textilfreien Rücken fielen. Doch Julian war sofort klar, dass sich ihre Schönheit mit der Serenas nicht messen lassen konnte.

„Julian, mein Lieber.“ Corbin hob die Hand zum Gruß. Seine Begleiterin drehte sich um.

Sie war immer noch genauso schön wie an dem Tag, als Julian sie zum ersten Mal gesehen hatte. Damals, vor zweihundert Jahren, als sie an einem Kanal in Venedig entlangschlenderte. Und er wettete darauf, dass sie immer noch genauso böse war wie damals.

„Hallo, Chila“, begrüßte er sie mit ihrem Kosenamen aus der Zeit, als sie ein Liebespaar gewesen waren.

„So heiße ich jetzt nicht mehr.“ Luciana spitzte die Lippen, wie sie es früher schon getan hatte, wenn ihr etwas missfiel.

Ihr italienischer Akzent war kaum noch zu hören, so wie sein britischer Akzent im Laufe der Jahre verschwunden war. Genau wie er war auch sie jetzt Amerikanerin. Doch ihr Heimatland ließ sich aus dem Singsang ihrer Sprechmelodie noch immer erahnen.

„Wenn es sein muss, nenn mich Lucy. Ich bevorzuge jedoch Luciana.“ Sie klimperte mit den getuschten Wimpern. „Wie lange ist das jetzt her, *amore mio*? Zehn Jahre? Zwölf?“

Lange hatte er versucht, ihre letzte Begegnung zu vergessen. Doch sie war ihm noch immer ins Gedächtnis eingebrannt, so wie alle anderen Male, als sie ihn betrogen hatte. Sein Magen begann zu rebellieren. Doch Julian riss sich zusammen und zwang sich, sie anzulächeln und ihr charmant die Wangen zu küssen.

„Luciana, Corbin – wenn ich euch meine liebe Freundin Serena St. Clair vorstellen darf.“

Für Serena geriet Corbin mit einem Mal in Vergessenheit. Total schockiert starrte sie Luciana an. Julian bemerkte ihr verwirrtes Lächeln, als er sie einander vorstellte. Sie konnte ihre Erschrockenheit nicht so gut verbergen wie er. Doch als sie in der plüschigen Nische ihre Plätze einnahmen, genügte allein ihr Blick, um zu verstehen, dass sie Antworten haben wollte.

7. KAPITEL

Serena aß also mit drei mächtigen Dämonen zu Abend. War sie ihr Gast oder ihre Hauptspeise?

Das Bild einer auf einem Ast zusammengerollten, zischenden Schlange kam ihr in den Sinn, und ihr war durchaus bewusst, dass das ihr letztes Dinner sein könnte. Sie musste sich so verhalten, dachte sie, wie man sich gefährlichen Tieren gegenüber verhält: keine plötzlichen Bewegungen, sie nicht die eigene Angst spüren lassen.

Also versuchte sie, ihren Schreck zu vergessen und ließ das kurze Gespräch Revue passieren, das sich eben zwischen Julian und Luciana abgespielt hatte.

Amore mio. Mein Liebling. So hatte Luciana Julian genannt. Sie sah aus wie ein italienisches Supermodel, groß, schlank, mit rabenschwarzem Haar und wunderschön. Sie sah Julian mit unverhohlener Begierde an und taxierte seinen Körper, während er sich zu ihr herunterbeugte und ihr Küsschen auf die alabasterfarbenen Wangen drückte. Serena war eifersüchtig.

Jetzt streckte ihr die Dämonin die Hand hin. „*Buona sera*, meine Liebe. Wie schön, Sie kennenzulernen. Julians Freunde sind immer auch meine Freunde.“ Ihre Hand war kühl und zart und weich wie Seide. Diese Hände hatten einmal Julians muskulösen Körper gestreichelt und ihn zu den Höhepunkten der Lust geführt, das war klar. Und Serena würde sich das nie trauen. Ihre Eifersucht nahm beinahe überhand.

Zu ihrer Genugtuung schien auch Luciana eifersüchtig zu sein. Serena entging nicht, dass die andere sie anstarrte wie die Schlange das Kaninchen.

Unsicher zog Serena ihre Hand weg und wich zurück. Sie lehnte sich an Julian, als könnte sie durch seine Stärke wieder an Sicherheit gewinnen. Doch auch vor ihm war sie nicht sicher. Sie mochte der Viper entgehen, aber dabei in die Fänge der Kobra geraten.

„Meine Liebe, Sie sehen hinreißend aus.“ Corbin schien wirklich beeindruckt. Serena zwang sich, Haltung zu bewahren und zu lächeln. Normalerweise hätte sie sich jetzt sofort aus dem Staub gemacht. Corbin Ranulfson war ein gut aussehender, blonder Mann Mitte dreißig mit bernsteinfarbenen Augen. Auf den ersten Blick wirkte er sympathisch. Aber mittlerweile wusste sie, dass das Aussehen eines Dämons grundsätzlich trügerisch war.

Dieser Mann war berühmt. Oder besser gesagt: berüchtigt. Sein Name wurde von den Engeln nur flüsternd ausgesprochen, und jeder neue Schutzengel, so auch Serena, wurde vor ihm gewarnt. Man hatte jeglichen Kontakt zu ihm unbedingt zu vermeiden. Er übertraf Julian um ein Vielfaches an Bösartigkeit. Und trotzdem war sie hier, mitten in seinem Reich. Mit Julian als ihrem einzigen Beschützer.

Serena versuchte, ihre Missbilligung zu verbergen, als Corbin ihre Hand ergriff, um ihr galant einen Kuss auf den Handrücken zu hauchen. Alkoholdunst waberte zu ihr herüber. Der Dämon betrachtete sie mit sichtlichem Wohlwollen. Sie konnte den Angstschauer nicht unterdrücken, der sie überkam.

Sein Lächeln war das einer Klapperschlange. „Willkommen im *Firebrand*. Möchten Sie auch einen Aperitif, meine Liebe? Wir haben mit Absinth angefangen, als Hommage an Lucianas wunderschöne grüne Augen“, sagte er. Er strahlte Luciana an, deren eisiger Blick immer noch unverwandt auf Serena gerichtet war.

Von Absinth hatte Serena schon gehört und erinnerte sich vage daran, dass der Genuss dieses Getränks gefährliche Auswirkungen hatte. Blindheit, Halluzinationen, Krämpfe. Da die Dämonen diese Farce offensichtlich durchzuziehen gedachten, musste sie wohl oder übel mitspielen. Sie nahm all ihre Kraft zusammen und lächelte. „Nein, danke.“

„Was, Sie trinken keinen Absinth?“, wollte Corbin wissen. „Wie wäre es dann mit einem Cinzano? Zu Ehren der Heimat meiner reizenden Begleiterin?“

„Ich trinke nicht.“

„Jetzt komm schon“, beschwor Julian sie. „Zu diesem außergewöhnlichen Anlass wirst du doch sicher das Glas mit uns erheben wollen. Oder möchtest du unseren großzügigen Gastgeber beleidigen? Ich trinke auch einen Cinzano. Oder möchtest du lieber ein Glas Champagner, meine Liebe?“

Was wohl wie ein Scherz klingen sollte, klang eher hohl. Für einen kurzen Moment hatte er seine charmante Maske fallen lassen, wie Serena nicht entgangen war. Was funkelte da in seinen Augen auf, wenn er Luciana ansah? Zum ersten Mal galt Julians Aufmerksamkeit nicht mehr allein ihr. Statt dankbar zu sein, bekam sie es mit der Angst zu tun. Unaussprechlicher Angst.

Das andere Paar nahm auch wieder Platz. Luciana saß am Kopfende des Tischs und Corbin neben ihr. Serena war der Platz zwischen den beiden Männern zugeteilt, und bevor sie lange nachdenken konnte, dirigierte Julian sie zu ihrem Stuhl.

Sie zwang sich, ruhig zu atmen und nicht herumzuzappeln. Julian hatte seinen Arm hinter ihr auf die Lehne und um ihre Schultern gelegt. Seine Finger berührten sie sanft, aber unmissverständlich besitzergreifend. Sicher spürte er ihr Zittern.

„Wie schön, dass du hier bist, alter Freund“, schmeichelte Corbin und presste sich an sie, während er mit Julian sprach. „Der Klub ist so gut wie fertig. Die Handwerker kümmern sich um den letzten Schliff, Streichen und so weiter. Hast du ihn dir schon angesehen?“

Julian schüttelte den Kopf. Corbin sah ihn fragend an. „Was? Soll das heißen, du hattest noch keine Zeit, dir deinen Geniestreich zu begutachten?“

„Ich hatte Wichtigeres zu tun.“

„Die Arbeit muss immer Priorität haben.“ Doch dann blickte Corbin zu Serena. „Ach so. Ich verstehe.“

„Vielleicht haben sie den Nachmittag auf dem Zimmer verbracht“, schaltete Luciana sich jetzt bissig ein.

„Ich habe Serena den Strip gezeigt“, erklärte Julian, immer noch gelassen.

Luciana runzelte die Stirn und versuchte gar nicht erst, ihren Frust zu verbergen. „Du meinst wohl eher, sie hat dir einen Strip gezeigt.“

Serena errötete, ging auf das Gestichel jedoch nicht ein, sondern nahm die Speisekarte zur Hand. Sie blätterte darin und überlegte, wie man geschickt das Thema wechseln könnte. „Was können Sie denn empfehlen?"

„Frühlingslamm am Spieß, über Holzkohle gegrillt", antwortete Luciana. „Das wäre doch eine schöne Vorspeise für dich, Julian – zum Appetitanregen. Du scheinst ja mittlerweile junges, zartes Fleisch zu bevorzugen. Und als Zwischengang vielleicht *Capelli d'angelo*, Engelshaar. Wäre doch passend." Sie warf Serena ein überlegenes Lächeln zu. Im flackernden Kerzenschein sah es aus wie ein hässliches dämonisches Grinsen. Kurz glaubte Serena, Hörner auf ihrem Kopf zu sehen.

„Lass gut sein, Luciana", ermahnte Corbin sie. „Du machst dem armen Kind ja Angst."

Doch Luciana ließ sich nicht aufhalten. „Schade, dass auf der Karte kein Engelskuchen steht. Da muss Julian wohl auf etwas anderes Süßes als Dessert ausweichen."

Jetzt konnte Serena sich jedoch nicht mehr zurückhalten. Sie beugte sich nach vorn und sah Luciana direkt in ihre grünen Augen. „Mir scheint, er hat den Appetit auf Teufelskuchen endgültig verloren. Zu viel Dunkles ist auf Dauer widerlich, finden Sie nicht?"

Luciana rang nach Luft. Ihrem Blick nach zu urteilen, den sie über den Tisch hinweg abfeuerte, hätte sie sich allzu gern auf einen Zickenkrieg eingelassen. Doch Corbins Anwesenheit ließ ihr keine Gelegenheit dazu. Serena, die in ihrem Leben noch nie jemanden geschlagen hatte, verspürte das dringende Bedürfnis, im Falle von Luciana eine Ausnahme zu machen.

Neben sich hörte sie Julian kichern. Seine Hand ruhte immer noch auf ihrer Schulter. Die andere hatte er unter dem Tisch unter Serenas Kleidersaum geschoben und streichelte ihren nackten Schenkel. Es war nicht leicht, das angenehme Prickeln zu ignorieren, das sie bei seiner Berührung empfand.

In diesem Moment trafen die Getränke ein und sorgten kurzzeitig für Ablenkung. Julian beugte sich zu ihr und flüsterte ihr, für die anderen unhörbar, ins Ohr: „Von zwei Übeln wählt man besser das, was man schon kennt."

Serena hätte schwören können, dass die Dämonin gerade für einen kurzen Moment ihre Hand über einem der Gläser verweilen ließ. Doch als sie zu ihr hinübersah, spielte Luciana mit dem Anhänger ihrer Halskette.

Jetzt erhob sie ihr Glas und sagte mit einem gekünstelten lieblichen Lächeln: „Cin cin!"

Serena wollte den Cinzano eigentlich gar nicht trinken, doch jetzt nahm sie einen großen Schluck. Die fruchtig süße Flüssigkeit rann ihr durch die Kehle und passte gar nicht zu dieser Dämonenversammlung. Mit einem Mal fiel Serena auf, dass Corbin die Stirn runzelte und den Blick auf Julians Glas gerichtet hatte.

„Ist das ein Sprung?", fragte der ältere Dämon und beugte sich an ihr vorbei. Seine Nähe ließ sie zurückschrecken, aber sie folgte seinem Blick. Soweit sie sehen konnte, war Julians Glas vollkommen intakt. Da war nicht der leiseste Hauch eines Sprungs.

Trotzdem ließ Corbin den Kellner kommen. Der bedauernswerte Mann nahm vor ihrem Tisch Aufstellung, sein Gesicht war so weiß wie das Tischtuch. Corbin sah ostentativ Luciana an, während er dem Kellner das Glas reichte.

„Da ist ein Sprung im Glas."

Der Kellner blinzelte und musterte perplex das Glas. Sein Gesicht wurde noch weißer. „Ich kann nichts entdecken, aber wenn da ein Sprung ist, muss ich mich entschuldigen, Sir."

„Lassen Sie das Glas hier", mischte sich Luciana ein. „Julian soll seinen Cinzano trinken."

„Nehmen Sie es mit." Corbin klang so neutral wie zuvor, doch er presste die Lippen fest aufeinander, ohne den Blick von Luciana abzuwenden.

Der Kellner verbeugte sich. „Selbstverständlich, Sir. Ich entschuldige mich, Sir. Wird nicht wieder vorkommen. Ich weiß, welche Folgen Glasbruch haben kann."

„Gehen Sie", sagte Corbin und sah ihn warnend an.

„Julian, nimm mein Glas", bot Luciana an.

Corbin streckte die Hand aus und schlug es ihr aus der Hand. Mit nach wie vor tonloser Stimme sagte er affektiert: „Entschuldige, Liebes. Wie ungeschickt von mir."

Es folgte ein stummer Schlagabtausch der beiden. Auf dem Tischtuch breitete sich ein gelblicher Fleck aus, der langsam zu Serena herübersickerte. Bevor die Flüssigkeit sie erreichen konnte, warf Julian seine Serviette auf den Fleck.

„Vergessen wir die Sache." Sein Tonfall war genauso gelassen wie zuvor. „Ich nehme stattdessen einen Scotch."

Plötzlich verwandelte sich Corbins Gehabe, und er tat so, als wäre nichts gewesen. Er nahm die Unterhaltung wieder auf.

Serena saß unbeweglich da und versuchte, niemanden anzusehen. Was hatte der Kellner wohl damit gemeint, als er von den Folgen von Glasbruch sprach? Sie war nicht so dumm, die Frage laut zu stellen. Sie konnte sich schon vorstellen, wie Corbin sein Personal behandelte. Ihr war auch die Spannung zwischen den Dämonen nicht entgangen. Jetzt herrschte eine Art unsicherer Waffenstillstand, der jederzeit gebrochen werden konnte. Sicher sah man ihr ihre Angst an. Sie spürte Julians durchdringenden Blick auf sich. „Alles in Ordnung?"

„Perfekt." Serena zwang sich zu einem Lächeln. Dabei war die Situation alles andere als perfekt. Sie hoffte, dass der Abend schnell vorbeiging, und fragte sich einmal mehr, wie sie eine Woche in dieser ganz besonderen Art der Hölle überleben sollte.

Schar deine Freunde eng um dich und deine Feinde noch enger. Julian nahm seine Gastgeber genau unter die Lupe, während er an seinem Scotch nippte, den man ihm anstelle des Cinzanos gebracht hatte. Julian wusste genauso gut wie die anderen beiden Dämonen, dass in seinem Glas kein Sprung gewesen war.

Luciana hatte gerade versucht, ihn zu vergiften.

Natürlich hatte er bemerkt, wie sie mit flinken Fingern ein zweifellos tödliches Gift in sein Glas tröpfelte.

Jetzt sah sie ihn von der anderen Seite des Tisches mit ihrem künstlichen Lächeln beinahe entschuldigend an.

Überraschte ihn das? Nein, nicht wirklich. Mordversuche beim gemeinsamen Abendessen waren gewissermaßen *de rigeur* in seinen Kreisen. Er hätte es in der Welt der Dämonen nicht so weit gebracht, wenn er nicht gelernt hätte, vorsichtig zu sein.

Luciana war ein Feind, den er in- und auswendig kannte. Und zwar im wahrsten Sinne des Wortes. Sie war gefährlich. Mit erbitterter Unabhängigkeit hatte sie es geschafft, sich hochzuschlafen und hochzutricksen und hatte sich so einen hohen Dämonenrang erarbeitet. Jetzt wandelte sie unter den Menschen und brachte Leid und Unheil über sie. Sie sah zwar wunderschön aus mit ihrer Alabasterhaut und ihren grünen Augen. Doch in Wahrheit war sie ein bösartiger und unberechenbarer Killer.

Julian selbst war bestens gegen ihre Wut gewappnet. Doch jetzt hatte sich die Dämonin offensichtlich auf Serena eingeschossen. Wenn es ihr gelang, auch nur eine Strähne echten Engelshaars zwischen ihre Zähne zu bekommen, würde sie Serena in Stücke reißen – ungeachtet aller Konsequenzen.

Und was Corbin betraf … Julian traute ihm nicht über den Weg. Der Gesichtsausdruck des Kellners ließ Geschichten von Bestrafung und Brutalität erahnen. Das war Corbins Methode, ein Hotel zu führen.

Es war nur zu verständlich, dass Serena am liebsten gehen würde. Diese latente Brutalität musste sie verängstigen. Sie stand auf und entschuldigte sich, floh auf die Toilette. Wie schön wäre es, wenn sie nur zu zweit hier sein könnten. Er würde sie festhalten und beschützen. Und ihr sagen, sie sei in Sicherheit. Denn er würde nicht zulassen, dass man ihr etwas antat.

Im selben Augenblick erhob sich Luciana. „Ich begleite Sie, meine Liebe."

Serena zuckte zusammen. Julian wusste, sie würde allein damit fertig werden – so leicht ließ sich der Engel nicht kleinkriegen. Trotzdem würde er ihr am liebsten folgen – nur um sicherzugehen, dass Luciana ihr nichts antat.

Corbin beruhigte ihn. „Luciana wird es nicht wagen, deiner kleinen Freundin etwas anzutun. Nicht hier jedenfalls. Das ist mein Territorium, und hier darf sie nur mit meiner Erlaubnis aktiv werden. Wenn sie aus der Reihe tanzt, werde ich sie zu Hackfleisch verarbeiten."

Julian, der schon halb aufgestanden war, setzte sich wieder, sah den Frauen aber zweifelnd hinterher. „Hatte sie denn auch deine Erlaubnis für die kleine Vergiftungsnummer?"

„Alter Junge, davon wusste ich nichts." Julian studierte Corbins Miene. Log er ihn an? Doch Corbins eisiger Blick war undurchdringlich. Jetzt sagte er: „Das würde ich ihr niemals durchgehen lassen."

Vielleicht, dachte Julian. Aber nur, weil sie dich nicht vorher um deinen Segen gebeten hat. „Luciana ist ganz schön anstrengend, was?"

„Ich erinnerte mich vage, dass in deiner Vergangenheit eine böse Hyäne eine Rolle spielte. Aber ich wusste nicht, dass das Luciana war. Das wurde mir erst gerade eben klar. Glaub mir, alter Junge. Ich hätte mich niemals mit ihr eingelassen, hätte ich das gewusst. Die goldene Regel, du weißt schon."

Julian bezweifelte, dass Corbin sich an irgendwelche von Menschen gemachten Regeln hielt. Erst recht nicht an die, dass man sich nicht mit den Exfreundinnen seiner Freunde einließ. Trotzdem schien er die Wahrheit zu sagen, mutmaßte Julian.

Corbin trank einen Schluck Absinth. „Ich nehme normalerweise ja nur Frischfleisch. Aber gegen deine aktuelle Errungenschaft hätte ich nichts einzuwenden. Welche himmlische Kreatur hast du dir denn da eingefangen? Sie hat etwas wirklich Exquisites."

Julians Blick wurde hart. Am liebsten hätte er ihm sofort eine reingehauen. Er sollte Serena auf der Stelle in das Tischtuch hüllen und aus dieser Dämonenhöhle fortschaffen, weit weg von diesen gierigen Augen, die sie permanent anstarrten, weg von diesen Kreaturen, die ihr wehtun wollten. Es war ein Fehler gewesen, sie mitzunehmen. Er hatte unterschätzt, welche Wirkung ihre ungeheure Schönheit auf Corbin haben würde.

Corbin lächelte. Er wusste, dass Julian es nicht wagte, ihn anzurühren. Nur ein Dummkopf würde es sich trauen, sich mit dem zweitmächtigsten Mann nach dem Fürsten der Hölle anzulegen. Außerdem war das hier Corbins Reich, er war umgeben von einer ganzen Armee von Untergebenen. „Sie ist ein Schutzengel, richtig?“, hakte er ungezwungen nach. „Wie bezaubernd.“

Julians Stimme klang bedrohlich. „Denk nicht mal dran.“

„Ich würde doch niemals auf deinem Gebiet wildern.“ Corbins Stimme klang schmeichlerisch. „Ich bewundere nur die Aussicht, alter Junge.“ Dann fügte er hinzu: „Frauen werden nie verstehen, dass sie besser nicht gemeinsam auf die Toilette gehen sollten. Sie wissen nicht, dass die Männer dann ungestört reden.“

Julian warf Corbin einen weiteren warnenden Blick zu. Eine Weile saßen sie schweigend da und nippten an ihren Getränken. Wenn es zu einer Auseinandersetzung kam, wer würde gewinnen? Corbin war mächtig, doch seine Macht war in den letzten Jahren nicht mehr auf die Probe gestellt worden. Würde Julian ihn besiegen können, falls es zu einem fairen Kampf käme?

Wenn Corbin Serena in die Finger bekam, bedeutete das für sie schlimmste Verdammnis. Corbins perverse sexuelle Gelüste waren berüchtigt. Er fügte anderen gerne intensive und nachhaltige Schmerzen zu. Und wenn er mit Serena fertig war, würde er ihren verstümmelten Körper den Türhütern vorwerfen. Nach außen hin waren er und Corbin vielleicht Partner, doch Julian würde bis zum Tod kämpfen, um Serena zu beschützen.

Hoffentlich würde es nicht dazu kommen, dachte Julian.

Das ist alles nicht meine Liga, dachte Serena verzweifelt. Ich muss Arielle anrufen.

Sie musste die wenigen kostbaren Minuten, die sie sich erkämpft hatte, sinnvoll nutzen. Auf dem Weg zur Toilette hoffte sie, dort vielleicht jemanden mit einem Handy zu treffen. Und tatsächlich, da war ein Teenager. Das Mädchen wusch sich gerade die Hände.

Doch bevor Serena etwas sagen konnte, kam Luciana zur Tür herein.

Serena stellte sich vor den Spiegel, zog ihren Lippenstift nach und versuchte, Lucianas penetranten Blick zu ignorieren. Serena war sich mit ihren ein Meter siebenundsechzig nie klein vorgekommen, doch Luciana war in ihren hochhackigen Schuhen mindestens zehn Zentimeter größer als sie. Sie war fast so groß wie Julian. Er und Serena waren ein schönes Paar, doch Julian und Luciana mussten atemberaubend zusammen ausgesehen haben. Sie waren einander sehr ähnlich. Die Augenfarbe, die dunklen Haare, beide schlank, groß gewachsen, stark. Wie ein tolles Pferdegespann.

Oder wie zwei gut getarnte Vipern.

Luciana öffnete ihre Handtasche kramte nach einigen Utensilien, um ihr Make-up aufzufrischen. Sie sah Serena abschätzig an. „Wir Frauen quälen uns doch sehr, nur damit wir schön aussehen, was? Einige benutzen sogar Gift zu kosmetischen Zwecken. Wussten Sie, dass die Frauen einst Belladonna benutzten, eine giftige Pflanze, deren Saft eine Pupillen vergrößernde Wirkung hat? Damit wirkt man unschuldiger. Aber diesbezüglich brauchen Sie wohl keine Nachhilfe, oder? Ein hübsches Kleid haben Sie da an. So … engelhaft. Hat Julian es Ihnen gekauft? Es ist genau sein Geschmack."

„Ja, das hat er tatsächlich." Serena konnte nicht lügen. Aber es ärgerte sie, dass Luciana recht hatte. Wie lange die beiden wohl zusammen gewesen waren? War es ernst zwischen ihnen gewesen?

„Er ist fantastisch im Bett, finden Sie nicht auch?" Luciana puderte sich gerade die Nase. „Er weiß genau, wie man eine Frau berühren muss. Er lässt dich glauben, du wärst die einzige Frau auf der Welt. Aber natürlich ist er auch ein Meister der Verführung."

Wortlos ließ Serena ihren Lippenstift zurück in die Tasche gleiten. Sie schob eine widerspenstige Haarsträhne nach hinten und bemerkte dabei im Spiegel Lucianas Lächeln.

„Ach so, das haben Sie noch gar nicht herausgefunden?" Luciana lachte. Es war ein melodisches, trällerndes Lachen, das Serena in den Ohren wehtat. „Wie schade. Offensichtlich spielt er immer noch gern mit seiner Beute, bevor er sie erlegt. Schlechte Manieren sind das."

„Ich bin nicht seine Beute." Serena konnte ihre Wut kaum bändigen.

„Sie sind ihm jedenfalls nicht gewachsen, mein Liebe. Julian verzehrt Mädchen wie Sie zum Frühstück. Ich habe ihm dabei zugesehen, wie er ein halbes Dutzend kleiner Engel auf einmal verspeiste. Aber ich will Ihnen keine Angst machen. Vielleicht beeilt er sich auch mit Ihnen und schickt Sie direkt in die ewige Verdammnis, sobald er Ihrer müde wird und Sie erst einmal gefallen sind."

Serena drehte sich zu ihr um. „Ich weiß nicht, was zwischen Ihnen beiden passiert ist, aber wenn Sie Julian haben wollen – bitte, nehmen Sie ihn. Ich lade Sie herzlich ein. Glauben Sie mir. Ich bin keine Konkurrenz für Sie. Tun Sie uns beiden den Gefallen und nehmen Sie ihn."

Luciana sah sie wütend an, und aus ihren grünen Augen spritzte Gift. Da kroch aus ihrer Handtasche plötzlich eine dreißig Zentimeter lange Schlange, deren Haut so stechend grün war wie die Augen ihrer Besitzerin. Luciana nahm das Tier und küsste es auf den schmalen Kopf.

„Passen Sie gut auf sich auf", riet Luciana ihr. „Es wäre doch zu schade, wenn Sie während Ihres Aufenthalts hier einen Unfall hätten. Man weiß ja nie, welche Kreaturen in der Wüste lauern."

Die Tür ging auf, und eine nichts ahnende Frau betrat die Damentoilette. Die Dämonin steckte die Schlange diskret und so beiläufig zurück in ihre Tasche, als handelte es sich um eine Puderdose.

Serena lag bereits eine Antwort auf der Zunge, doch sie wusste, dass es keinen Sinn hatte, sich mit Luciana anzulegen. Sie gab es nur ungern zu, doch in Sachen Luciana war Julian ihr einziger Verbündeter. *Von zwei Übeln wählt man besser das, was man schon kennt.* Tja, ob das stimmte? In diesem konkreten Fall würde sie sich allerdings tatsächlich für Julian entscheiden.

Das Soufflé von gebratenem Gemüse, das Serena bestellt hatte, schmeckte vorzüglich. Sie rührte es dennoch kaum an. Wenn sie an den bemitleidenswerten Kellner dachte, hatte sie überhaupt keinen Hunger mehr. Lucianas unverhohlene Warnung und die simple Anwesenheit der anderen taten ihr Übriges. Julian hatte übrigens weder das Lamm noch die Engelshaar-Pasta gewählt, wie von Luciana vorgeschlagen, sondern scharf angebratene Jakobsmuscheln und Filet Mignon in der Pfefferkruste. Er verkündete, es sei deliziös. Luciana beschäftigte sich mit einem Hummerschwanz und warf Serena wütende Blicke zu, wann immer die Männer es nicht mitbekamen.

„Da hat sich mein Küchenchef wieder einmal selbst übertroffen", stellte Corbin fest und lehnte sich zufrieden zurück. „Es überrascht mich immer wieder, welche hervorragenden Fähigkeiten die Aussicht auf ewige Verdammnis in den Menschen zutage fördern."

Die drei Dämonen lachten. Serena wünschte, sie würden alle dorthin verschwinden, wo sie hingehörten – in die Hölle. Sie schob die Reste ihres Essens auf dem Teller herum und dachte daran, wie schön es wäre, wenn sie sich jetzt in ihrer Wohnung auf einem Sessel vor dem Kamin lümmeln könnte. Überall war es besser als hier.

Da schreckte eine bekannte Stimme sie auf. „Serena, Julian! Hier seid ihr also!"

„Nick!" Serena sprang auf, so dankbar war sie, ihn zu sehen. „Wann bist du angekommen?"

Der junge Schauspieler war unrasiert und seine Augen blutunterlaufen. Er sah verkatert aus. Sicher hatte er gestern Unmengen von Alkohol und Drogen in sich hineingeschüttet. Es war unverzeihlich, dass sie ihre Sorgfaltspflicht ihm gegenüber vernachlässigt hatte. Aber die Sicherheit ihres Bruders war vorgegangen, ihre eigene auch. Doch Nick war immer noch ihr Schutzbefohlener, und sie war entschlossen, ihn zu retten. Nur leider entglitt er ihr gerade in einem atemberaubenden Tempo.

Selbst in zerknitterten Klamotten und unrasiert war Nick eine außergewöhnlich gut aussehende Erscheinung. Luciana verschlang ihn förmlich mit Blicken, die darauf schließen ließen, dass sie ihn weitaus köstlicher fand als den Hummer, den sie soeben verspeist hatte.

Nick grinste sie an. „Schon vor einer Weile." Doch als er bemerkte, dass Julian den Arm um Serena gelegt hatte, erstarb sein Lächeln.

So ein Mist. Das wurde alles zu kompliziert. Serena wollte Nick sagen, dass da nichts war zwischen ihr und Julian. Dass er sie genötigt hatte, hierherzukommen. Aber das ging natürlich nicht. Erst recht nicht hier, wo sich die Achse des Bösen um den Tisch versammelt hatte. Die drei Helfer des Satans würden sie und Nick bei lebendigem Leib verspeisen.

„Sieht mir ganz nach einem Pärchenabend aus." Nick konnte nicht verbergen, wie deprimiert er war. „Ich möchte nicht das fünfte Rad am Wagen sein."

Die Dämonin senkte wie eine altmodische Schauspielerin die Lider und hielt Nick ihre Hand hin, damit er sie küsste. „*Tesoro,* du wirst nie das fünfte Rad am Wagen sein", flötete sie mit überdeutlichem Akzent. „Sie kommen rechtzeitig zum … Dessert."

Nick lachte und genoss den Flirt. Er verbeugte sich galant. „Dabei sind Sie es doch, Madam, die überaus köstlich sind." Unverhohlen musterte Nick Lucianas Figur.

„Kommen Sie, setzen Sie sich neben mich." Die Dämonin rutschte näher an Corbin heran, der dadurch noch enger an Serena herankam, die wiederum an Julian gedrückt wurde. Luciana klopfte mit der flachen Hand auf das glänzende Leder und bedeutete Nick, sich zu setzen.

„Sie sind süß. Möchten Sie mein Haustier sein?", sagte Luciana kokett zu Nick.

„Aber ich bin nicht gut erzogen. Oder stehen Sie auf Beißen?"

Die Dämonin kicherte. „Das mag ich am liebsten. Du hast doch nichts dagegen, Corbin, Liebling?"

Corbins leerer Blick besagte gar nichts. Nick schaute kurz

in Serenas Richtung, um sicherzugehen, dass sie seinen Flirt auch mitbekommen hatte. Sie musste ihn warnen! Aber das ging natürlich nicht. Denn damit würde sie die Existenz göttlicher Wesen preisgeben, und das sah das Protokoll nicht vor. Außerdem würde dieser arme Mensch ihr niemals glauben. Trotzdem war sie für Nick verantwortlich. Sie musste dafür sorgen, dass ihm nichts zustieß. Irgendwie musste sie es anstellen, dass er nicht in Lucianas Klauen geriet.

Doch schon, als das Dessert serviert wurde, war klar, dass Nick dem Charisma und dem Glamour der Dämonin erlegen war. Luciana flirtete schamlos mit ihm und fütterte ihn jetzt mit in Schokolade getauchten Erdbeeren, als wären sie beide schon lange ein Paar. Serena beobachtete sie und stocherte dabei lustlos in ihrer Crème brulée. Irgendwie hatte sie auch keinen Appetit auf das Dessert.

Corbin, der zwischen den beiden Frauen saß, war auffallend still. Serena fragte sich, was wohl in seinem Kopf vor sich ging. Eigentlich müsste es einen Mann doch wahnsinnig vor Wut machen, wenn seine Geliebte so offensichtlich einem anderen schöne Augen machte, aber Corbins Gesicht verriet keinerlei Gefühlsregung. Eigentlich hatte sie einen Wutausbruch erwartet. Stattdessen saß er da und betrachtete die Szene, als wäre daran nichts verkehrt. Serena staunte über Luciana, die mit beiden Männern flirtete, beide immer wieder anfasste. Auch Julian warf sie verstohlene Blicke zu. Versuchte die Dämonin etwa, ihn eifersüchtig zu machen?

Corbin leerte seinen Drink und stellte das Glas vor sich ab. „Warum gehen wir nicht mal eben rüber und sehen uns das *Devil's Ecstasy* an?“

„Jetzt? Es ist doch noch völlig leer“, widersprach Luciana ihm und streichelte seine Wange. In gespielter Unschuld fragte sie: „Was sollen wir denn da?“

Neben ihr ließ sich Nick vernehmen. „Ich würde es gern mal leer sehen, ganz ohne was.“

„Das ist nicht das Einzige, was er gern ohne was sehen würde“, murmelte Serena.

Julian zog erstaunt die Braue hoch und flüsterte ihr zu: „Eifersüchtig?“

Sie schüttelte den Kopf und spürte Julians Anzugstoff an ihrem nackten Arm. Na gut, vielleicht war sie doch ein bisschen eifersüchtig. Aber nicht auf Nick, sondern auf Julian.

„Du bist bestimmt müde, Nick.“ Er musste doch ihren Hinweis verstehen und sich dann zurückziehen. „Du bist eben erst aus L.A. gekommen. Solltest du dich nicht besser ausruhen?“

Nick schüttelte den Kopf. „Nein, Mom. Der Flug dauert nur eine Stunde. Ich bin total fit.“

„Also, ich bin etwas schläfrig. Ich halte nicht mehr lange durch.“

„Das höre ich aber nicht gern.“ Julian schien wenig erfreut über ihre Ankündigung.

Der Klub befand sich gleich gegenüber auf der anderen Seite der Hotellobby. Während die Gruppe hinüberging, nahm Serena Nick zur Seite und flüsterte ihm zu: „Du musst sehr, sehr vorsichtig sein. Diese Leute sind gefährlich.“

Er zuckte die Achseln. „Ich finde sie ziemlich cool. Serena, warum entspannst du dich nicht mal? Hab Spaß!“

Spaß. Zum zweiten Mal an diesem Tag hörte sie nun Andrews Worte. Sie wusste, wie man Spaß hat. Wenn keine Gefahr bestand.

Nick hatte keine Ahnung, dass sein Leben auf dem Spiel stand. Er sah nur die glitzernde Oberfläche, den Reichtum und die Schönheit der Dämonen. Am liebsten würde Serena es laut herausschreien, dass diese drei Personen nicht von dieser Welt waren. Sie wollte, dass alle in der Lobby stehen blieben und sie ansahen und die Dämonen wegführten und ihnen den Garaus machten. Doch das war natürlich nicht machbar. *Übernatürliche Vorfälle dürfen Menschen niemals enthüllt werden, nur unter sehr außergewöhnlichen Umständen.* Das hatte Arielle ihr gleich zu Beginn ihrer Ausbildung eingebläut. *„Es ist zwar möglich, aber du musst immer erst meine Erlaubnis erbitten.“* Die Serena natürlich nicht hatte. Außerdem befanden sich im Hotel ohnehin überwiegend Dämonen. Sie in ihrem eigenen Reich zu überwältigen, bedurfte einer ganzen Heerschar von Engeln – was vollkommen außerhalb ihrer Möglichkeiten stand.

Serena gab noch nicht auf. „Es gibt Dinge, die du über diese Leute nicht weißt. Als deine Freundin rate ich dir nur, keine falschen Entscheidungen zu treffen."

Anscheinend hatte Julian etwas bemerkt. Er sah über seine Schulter und unterbrach seine Unterhaltung mit Corbin. „Was habt ihr zwei denn dauernd zu tuscheln?"

Serena hielt Nicks Arm fest und sah den Erzdämon warnend an. Doch Julian grinste nur.

Sie betraten den Klub, und für Serena war es wie ein Déjàvu. Von der Ausstattung her war der Klub aufgemacht wie das *Devil's Paradise*. Doch hier war alles noch protziger, noch opulenter. Purpurfarbene Vorhänge waren an der Decke befestigt. Ein großer Treppenaufgang führte nach oben, zu den Vergnügungen, die im zweiten Stock warteten. Durch eine imposante Glastür am anderen Ende des Klubs war ein Außenpool zu sehen, dessen Wasser im Mondlicht glänzte.

Julian erklomm die Treppe zur DJ-Kabine, und einen Augenblick später erklang eine alte Schnulze. Serena erkannte das Lied sofort, es war *Earth Angel* von Chuck Berry.

Nick nahm Serenas Hand und führte sie auf die Tanzfläche. Er zog sie an sich, doch Julian trat dazwischen.

„Jetzt nicht, Kleiner. Das ist mein Klub, und ich werde die Tanzfläche einweihen." Sein Blick fiel auf Serena. „Schließlich haben wir auf meiner Party überhaupt nicht getanzt."

Luciana stand am Rand der Tanzfläche und machte ein finsteres Gesicht. „Das ist mir alles zu schwülstig hier, mir wird gleich schlecht. Ich brauche frische Luft", verkündete sie laut und zog Corbin mit sich nach draußen zum Pool. Nick folgte ihnen.

Wild entschlossen machte Serena sich von Julian los, um Nick zu folgen. Wenn ihm jetzt etwas zustieß, würde sie sich das niemals verzeihen. Sie war verantwortlich für ihn. Doch Julian ließ sie nicht gehen.

„Lass ihn doch", beschwichtigte er. „Sie werden sich nicht trauen, ihm hier etwas zu tun. Das ist mein Territorium."

Besorgt sah sie in die Richtung, in der die drei verschwunden waren. „Ich hoffe, Sie haben recht." Und als Julian sie näher an sich zog, fügte sie protestierend hinzu: „Das ist mir zu eng!"

Er lockerte seinen Griff, und sie begannen langsam zu tanzen. Es war seltsam für sie. Sie wusste, dass seine Stärke sich jederzeit gegen sie wenden konnte. Und trotzdem hielten seine muskulösen Arme sie so zärtlich, so sanft. Sie sog seinen Duft ein. Er hatte ein teures Herrenparfüm aufgelegt, das sich mit seinem eigenen männlichen Duft vermischte. Es war betörend, und wenn sie sich nicht in acht nahm, würde sie sich ihm widerstandslos hingeben.

„Ausgerechnet *Earth Angel*. Ist das nicht ein bisschen zu klischeemäßig?", unterbrach sie das Schweigen. Selbstverständlich erwähnte sie nicht, dass sie und Meredith in regelmäßigen Abständen genau zu diesem Lied in ihrem Wohnzimmer tanzten.

„Wo bleibt denn dein Sinn für Humor? Ich habe diese Platte 1954 gekauft. Auf der B-Seite war *Hey Señorita*. Im selben Jahr heiratete Marilyn Monroe Joe DiMaggio. Und Frankreich verlor den Indochinakrieg, woraufhin Vietnam in einen kommunistischen Norden und einen antikommunistischen Süden aufgeteilt wurde." Julian geriet ins Philosophieren.

„Sehr beeindruckend. Noch was?"

Er zögerte und starrte an die Decke. „Die Welt verlor Frida Kahlo und Henri Matisse. Und noch etwas. Die Phrase *under God* wurde der ‚Pledge of Allegiance', dem amerikanischen Treuegelöbnis, hinzugefügt."

„Wie können Sie sich an so etwas erinnern?"

„Solche Details sind wichtig. Sie sind die einfachste Möglichkeit, die Zeit einzuordnen. Wenn man unsterblich ist, ist die Zeit dein bester Freund und dein größter Feind. Das wirst du auch noch lernen."

„Wieso?"

„Weil du plötzlich alle Zeit der Welt hast, das zu tun, was du immer tun wolltest. Das zu lernen, was du immer wissen wolltest. Und eines Tages kommst du an einen Punkt, an dem du feststellst, dass es nichts mehr zu lernen gibt. Dass es nichts mehr zu wissen gibt. Das heißt nicht unbedingt, dass man alles bis zur Vollkommenheit beherrscht, aber man erreicht einen Punkt, an dem das alles keine Bedeutung mehr hat. Details sind das Einzige, was gestern von heute unterscheidet oder vom vergangenen Monat, vom letzten Jahr oder vom letzten Jahrzehnt."

„Ich versuche immer noch, das zusammenzukriegen." Serena war anderer Meinung. „Ich kann mir aber nicht vorstellen, dass die Zeit irgendwann für mich bedeutungslos wird."

„Du bist noch neu im Geschäft. Eines Tages wirst du es verstehen."

Nein, das würde sie nicht. Für sie würde das Leben immer eine Bedeutung haben – ihr Leben und das Leben derer, die sie liebte. Sie sah ihn an und spürte, dass es ihm nicht gut ging. Er war unglücklich und allein. Aber es lohnte sich nicht, ihm die Ursache dafür zu erklären. Denn er würde sie nicht verstehen. Oder konnte ein Dämon die Liebe verstehen?

Plötzlich hörte sie ein lautes Platschen und Lucianas keuchende Stimme, die über die Musik hinwegtönte.

„Nick hat ein Problem." Julian wollte Serena festhalten, doch sie machte sich los und rannte nach draußen. Das war ihre Schuld! Sie hatte nicht aufgepasst und Nick diesen Monstern überlassen. Er war bloß ein Mensch, der ihnen wehrlos ausgeliefert war. Sie hätte es besser wissen müssen.

Julian seufzte, aber er kam ihr nach.

„War das etwa Ihr Plan?", schrie sie ihn an. „Haben Sie mich absichtlich abgelenkt, damit Ihre Freunde ihre teuflischen Klauen nach Nick ausstrecken können?"

„Natürlich nicht! Ich spiele zwar in einer Liga mit dem Satan, aber nicht in einer Liga mit Luciana."

„Ich hätte Ihnen niemals trauen dürfen." Serenas Worte waren mehr ein Zischen.

Nick hatte in der Tat ein Problem. Aber nicht von der Art, wie Serena es erwartet hatte.

Die zwei Dämonen standen gemeinsam mit Nick hüfttief im Wasser. Lucianas nasses Kleid klebte an ihrem Körper und war komplett durchsichtig. Sie stand eingeklemmt zwischen den beiden Männern, Nick machte sich gerade an ihren Brüsten zu schaffen. Corbin stand hinter ihr, und sie bog gerade den Kopf nach hinten, um ihn zu küssen. Dabei stöhnte sie wollüstig.

Serena schnappte hörbar nach Luft.

Das vom Mondlicht erhellte erotische Szenario erstarrte für einen kurzen Augenblick in Regungslosigkeit.

Luciana ließ ihren Blick an Serena vorbei zu Julian wandern. „Komm rein, *amore mio*, mach mit. Das Wasser ist schön warm“, forderte sie ihn mit einem anzüglichen Grinsen auf.

„Deinen kleinen Engel kannst du auch mitbringen, wenn es das ist, worauf du Lust hast“, fügte Corbin hinzu. Die Art, wie er sie ansah, verursachte bei Serena eine Gänsehaut.

„Nick, du machst einen großen Fehler. Komm da sofort raus!“

Doch er stand wie angewachsen da und schaute Serena nur herausfordernd an. Ganz sicher würde er nirgendwo hingehen.

Serena machte einen Schritt nach vorn, bereit, ihn selbst aus dem Wasser zu holen. Aber Julian hinderte sie daran. Sie versuchte, ihn abzuschütteln, ohne Erfolg. Dann schrie sie den Dämonen zu: „Wenn Sie Nick etwas antun, bekommen Sie es mit mir zu tun!“

Luciana warf ihr glänzendes Haar nach hinten und lachte.

8. KAPITEL

Julian trat nun ebenfalls einen Schritt vor. „Nein. Wenn ihr ihm etwas antut, bekommt ihr es mit mir zu tun!“

Seine Stimme hallte über das Wasser. Alle erstarrten.

Der Mond spiegelte sich im Pool, das Licht glänzte auf ihrer nassen Haut. Corbin nickte nur einmal kurz, feierlich und respektvoll. Luciana hatte es die Sprache verschlagen. Ein Funke des bleichen Mondlichts ließ ihre Augen vielsagend schimmern. Julian wollte ihr am liebsten den Kopf abreißen, doch er fürchtete die Konsequenzen – nicht nur von Corbins Seite, sondern auch von einer höheren Autorität.

Und Nick. Julian war vollkommen egal, was mit Nick geschah. Der kleine Mistkerl konnte den Bach runtergehen, wenn es nach ihm ging. Offensichtlich hatte Luciana ihn schon mit Freuden als ihr neuestes Opfer auserkoren. Aber leider war Serena immer kurz davor, sich selbst in größte Gefahr zu begeben, nur um ihren Schützling zu retten. Julian wusste, dass er sie nur aus dieser Sache heraushalten konnte, indem er selbst dafür garantierte, dass Nick nichts zustieß.

„Ist das ein Ja?“, wollte er wissen. „Dann würde ich das gern von euch beiden hören.“

„Ja“, sagte Luciana und versuchte, sich ihre Verachtung nicht anmerken zu lassen.

Corbin grinste. Doch sein Grinsen war nur Fassade. Seine Untergebenen entsorgte er rücksichtslos, wenn sie nur den geringsten Fehler machten. Aber mit einem Erzdämon ging das nicht so leicht. Er war an Julian gebunden, durch ihre Allianz, deren dünnes Band in diesem Moment zu zerreißen drohte.

Allerdings gab Corbin nach. „Wir machen hier doch nichts Schlimmes, alter Junge. Wir würden dem Jungen kein Härchen krümmen. Falls er uns nicht darum bittet.“

Das Wort eines Erzdämons reichte ihm. Julian nickte Corbin zufrieden zu.

Nick stand immer noch am selben Fleck und umklammerte die Dämonin, ohne von der Spannung um ihn herum etwas mitzubekommen. „Warum sollten sie mir denn etwas tun? Ich bin schon groß. Ich kann selbst auf mich aufpassen. Nur weil du nicht weißt, wie man Spaß hat, Serena, heißt das nicht, dass du anderen den Spaß verderben musst."

Julian spürte, wie Serena zusammenzuckte. Doch sie biss die Zähne zusammen. „Nick, du hast keine Ahnung, worauf du dich einlässt. Wenn du nur einen Funken Verstand hast, komm da raus."

Es war gar nicht so einfach für Julian, Serena vom Pool zu entfernen. Er zerrte sie hinter sich her, erst durch den Klub, dann durch die Hotelhalle. Erst im Aufzug ließ er sie los. Sie wechselten kein Wort. Serena stand mit verschränkten Armen da und kniff die Lippen zusammen.

„Möchtest du dich nicht bei mir bedanken?" Julian wollte unbedingt ihr trotziges Schweigen brechen.

„Ihnen danken?", fragte sie vollkommen ruhig. „Wofür um alles in der Welt sollte ich mich bei Ihnen bedanken?"

Sie hatte recht. Schließlich war er es gewesen, der sie und Nick überhaupt hierhergebracht hatte. *Er* hatte sie zu dem Essen mit Corbin eingeladen und sie ungewollt mit Luciana in Kontakt gebracht. Es war alles seine Schuld. Normalerweise hätte er diesen Triumph genossen. Doch an diesem Abend hatte er das Gefühl, etwas Wertvolles verloren zu haben.

„Ihm passiert nichts, das verspreche ich." Es war seit Ewigkeiten sein erstes Versprechen, das er nicht ausschließlich aus taktischen Gründen gab. Denn natürlich wollte er Serena immer noch ins Bett kriegen – nur hing sein Erfolg zu einem guten Teil von seinem Verhalten heute Abend ab. Also hatte Julian seinen Schutz auf Nick ausgeweitet, damit Serena sich keine Sorgen um ihn machen musste. Nur schien sie das irgendwie immer noch nicht zu kapieren.

„Sie werden Nick zerstören. Es ist nur eine Frage der Zeit."

Julian lehnte sich gegen die Innenverkleidung des Aufzugs und rückte näher an sie heran. „Entspann dich. Sie haben ja nur ein bisschen gespielt im Pool."

„Ach ja?"

„Es wird sicher nicht Nicks erster Dreier sein. Als ich ihn zum ersten Mal sah, hat er vom Hintern einer Nutte eine Line Koks gezogen. Wie gesagt, er ist schon groß. Er kann selbst auf sich aufpassen“, stellte Julian klar. Er wollte sie beruhigen, aber seine Worte kamen sogar ihm selbst hohl vor.

„Das kann er eben nicht, das ist ja das Problem. Deshalb soll ich auf ihn aufpassen.“ Sie lehnte sich nun auch an die Wand.

Ihr Starrsinn machte ihn wütend. Diese Bockigkeit war einer der Gründe dafür, warum sie auf andere so prüde wirkte. Doch am meisten ärgerte ihn, dass sie irgendwie recht hatte.

Es ertönte ein Gong, und die Fahrstuhltür ging auf. Ihr Schweigen verärgerte ihn nicht nur, es verletzte ihn. Dieses Gefühl verstärkte sich, als er mit ihr den Gang entlang bis zu ihrer Suite ging. Als er die Tür hinter sich geschlossen hatte, drehte sie sich zu ihm um. Ihr wütender Blick zeigte ihre Kampfbereitschaft an.

„Verdammt. Ist ja gut.“ Julian wandte sich erneut zum Gehen. „Ich gehe Nick holen. Du bleibst hier.“

„Ich komme mit.“

„Nein, das ist viel zu gefährlich.“

Die drei waren immer noch im Pool zugange. Ihre nassen Klamotten lagen am Beckenrand verstreut. Lucianas bloße Brüste glänzten im Mondlicht, Nick saugte an ihnen. Julian hatte nicht übel Lust, den jungen Mann jetzt und hier vor dieser falschen Schlange zu warnen. Er wollte ihm sagen, dass sie eine mordende Dämonin aus dem Reich der Unterwelt war, die alles daransetzte, Serena und jeden, der mit ihr zu tun hatte, zu vernichten. Doch er musste Ruhe bewahren. Wer im Glashaus sitzt, soll nicht mit Steinen werfen. Er war selbst nicht gerade ein unbeschriebenes Blatt.

Als Luciana ihn kommen hörte, drehte sie sich um. „Julian. Willst du also doch noch mitmachen, *caro mio*.“

„Nein, Luciana. Im Gegenteil. Ich bereite dem Spaß ein Ende.“ Er watete in den Pool und packte Nick.

„Spielverderber!“ Luciana schmollte.

Corbin hatte sich gerade ihren Brüsten gewidmet, wandte sich nun aber Julian zu. „Was ist denn in dich gefahren, mein Lieber? Stört es dich etwa, dass die Frau in der Minderzahl ist? Wenn es das ist, können wir uns ganz schnell ein paar Ladys aus dem Kasino kommen lassen."

„Mein Klub, meine Regeln. Ihr zwei könnt machen, was ihr wollt. Von mir aus könnt ihr unter den Fontänen vorm Bellagio vögeln. Aber Nick ist auf meine Einladung hier, er wird von mir ausgehalten und wird sich nach meinen Vorgaben richten. Ich finde es daher nicht unangemessen, ihn zu bitten, von einem wilden Dreier in meinem brandneuen Pool abzusehen."

„Serena hat dich dazu angestachelt." Nick funkelte ihn an, während er seine nassen Klamotten zusammensuchte.

„Dann gehen wir eben in Corbins Suite", verkündete Luciana überheblich und stieg hinter ihnen aus dem Pool. „Fühl dich eingeladen."

Julian versuchte, sie nicht anzusehen. „Nicht mal, wenn du die letzte Frau auf der Welt wärest."

Er hörte, wie sie empört nach Luft schnappte, und zerrte Nick, der immer noch mit bloßem Oberkörper dastand, am Ohr hinter sich her. Sie durchquerten die Lobby, eine nasse Spur hinterlassend. Julians Hosenbeine waren klitschnass. Er fragte sich, ob seine Schneider aus der exklusiven Savile Row in London die Auswirkungen von Chlorwasser bedacht hatten, als sie seinen Anzug anfertigten.

Die Leute starrten sie an. Zwei Frauen standen hinter ihnen, als sie auf den Aufzug warteten. „Ist das nicht Nick Ramirez?", fragte die eine.

„Das kann nicht sein. Er sieht furchtbar aus", flüsterte die andere zurück. Sie blieben stehen und versuchten, einen Brocken der Unterhaltung aufzuschnappen, bevor der Aufzug kam.

Als sich die Fahrstuhltür öffnete, stand die attraktive Assistentin der Geschäftsleitung vor ihnen, die Serena und Julian am Nachmittag das späte Frühstück in der Suite serviert hatte.

„Ich habe alle Ihre Filme gesehen, Nick", sagte Tiffany schüchtern. „Vor allem in *Ascent to Heaven* haben Sie mich be-

geistert. Sie waren so glaubwürdig als verkommener Mönch."
Nick schenkte ihr ein schmutziges Grinsen.
„Brauchen Sie noch etwas, bevor Sie zu Bett gehen?"
„Er braucht einen Babysitter, sonst nichts", murmelte Julian.
Tiffany bedachte Nick mit einem flüchtigen Blick. Julian sah ihr an, dass sie nicht der Typ Frau war, der gleich mit jedem ins Bett hüpfte. Doch sie sagte mit einem koketten Lächeln: „Für unsere Gäste machen wir alles möglich."
Vor nicht allzu langer Zeit hätte Julian ihr dezentes Angebot gerne wahrgenommen und sie mit auf seine Suite genommen. Doch das würde Serena sicher gar nicht gefallen. „Danke, aber Nick möchte heute Nacht lieber alleine sein. Habe ich recht, mein Freund?"
Sie ließen die Dame enttäuscht im Fahrstuhl zurück, und Julian brachte Nick zu seinem Zimmer. Dort setzte er ihn aufs Bett, baute sich vor ihm auf und sagte mit drohender Stimme: „Du wirst dieses Zimmer heute Nacht nicht verlassen. Hast du mich verstanden?"
Nick zitterte und sah ihn verständnislos an. Gegen Julian hatte er nichts auszurichten. „Ja, Sir."
Menschen. So erbärmlich.
„Du bist sehr müde. So müde, dass du nur noch schlafen möchtest."
Nick gähnte, schon fielen ihm die Augen zu. Julians Suggestion hatte gewirkt. Nick rollte sich in Embryonalstellung zusammen. „Manchmal glaube ich, sie ist ein Engel." Das waren Nicks letzte Worte, bevor er in einen tiefen Schlaf fiel.
Julian ließ ihn allein, um von gefiederten Flügeln und Heiligenscheinen zu träumen, und machte sich auf den Weg zurück zu Serena.

Während Julian unterwegs war, versuchte Serena verzweifelt, in der Suite ein Telefon zu finden. Endlich hatte sie Gelegenheit, Arielle anzurufen. Die Lage war kritisch. Sie musste den Rat ihrer Ausbilderin einholen – und zwar sofort. Sie sah sich im Wohnzimmer um, aber auch hier hatte Julian offensichtlich den Apparat entfernen lassen. *Verdammt! Sein Schlafzimmer. Vielleicht stand dort eins.*

An der Tür blieb sie zögernd stehen. In die Privatsphäre anderer einzudringen gehörte nicht zu ihren Lieblingsbeschäftigungen, und die Vorstellung, dass sie sich auf Dämonenterritorium begab, in Julians persönlichen Raum eindrang, ließ sie erschaudern. Zitternd öffnete sie die Tür. Das Zimmer sah genauso aus wie ihr Schlafzimmer, nur dass hier Julians Sachen lagen, ordentlich aufgeräumt. Auf dem Nachttisch stand ein Telefon. Schnell setzte sie sich aufs Bett und wählte Arielles Nummer. Als es klingelte, flehte sie innerlich: *Nimm ab, bitte, nimm ab!*

Endlich vernahm sie am anderen Ende der Leitung Arielles Stimme und atmete erleichtert auf.

„Ich bin's, Serena. Arielle, gut, dass du da bist." Am liebsten hätte sie in den Hörer geschrien, aber sie musste leise sein.

„Keine Panik. Meredith hat mir berichtet, was sich auf der Party zugetragen hat." Arielle klang merkwürdig ruhig. Andererseits war das ihr Job – ruhig bleiben, wenn ihre Schützlinge Probleme hatten. „Sie hat jemanden gefunden, der deine Yogakurse übernimmt."

Yogakurse? Serena war hier mit einem Dämon zusammen, und das Erste, was Arielle einfiel, waren ihre Yogakurse? *Ich habe nicht die Grippe. Mir droht die ewige Verdammnis!* „Macht es dir keine Sorgen, dass ich mir eine Suite mit Julian Ascher teilen muss?"

„Die Situation ist nicht ideal, ich weiß. Aber was geschehen ist, war unausweichlich. Jetzt ist es an dir, Serena. Du musst das Richtige tun. Und das wirst du, das weiß ich. In jedem Fall kannst du nach einer Woche wieder gehen."

„Arielle, hier wimmelt es von Dämonen! Corbin Ranulfson ist der Besitzer des Hotels, in dem wir abgestiegen sind, und hier läuft eine Dämonin namens Luciana herum, die einen extrem gefährlichen Eindruck macht. Nick läuft Gefahr, ihrem Einfluss zu erliegen. Was soll ich tun? Ich möchte am liebsten sofort weg von hier!"

„Du hast es ihm versprochen, Serena. Es ist zu riskant, ein

Versprechen zu brechen, das man einem Dämon gegeben hat. Das zöge ernste Konsequenzen nach sich."

„Konsequenzen?" Serena stockte der Atem. „Heißt das, ich könnte umkommen? Nur ein Dämon kann einen Engel töten, oder? Das hat Gabriel bei der Ordinationszeremonie jedenfalls gesagt."

„Die Seele stirbt nie, auch wenn der Körper nicht mehr weiterlebt. Das weißt du doch, Serena."

Die Antwort lautet also „Ja", dachte Serena. *Man wird mich einfach recyceln, so, wie der Erzengel es gesagt hat. Aber mein Körper könnte sterben.*

Am anderen Ende der Leitung hörte sie ein lautes Seufzen. „Serena, solche Dinge geschehen nun mal im Rahmen der Ausübung unserer Pflichten. Du tust, was du kannst. Ich weiß, dass es schwer für dich ist, aber es ist unerlässlich, dass du bei Julian bleibst."

Solche Dinge geschehen nun mal? Serena hielt den Hörer vom Ohr weg und starrte ihn an. Irgendetwas war hier seltsam. Arielles kryptische Antworten machten ihr Angst.

„Was ist los, Arielle?"

„Ich kann dir auch nicht genau sagen, was du tun sollst", erklärte die Ausbilderin. „Ich kann dir nur einen Rat geben. Finde das Gute, das immer noch in Julian vorhanden ist, und sorge dafür, dass er es selbst erkennt. Es wird ihm selbst gewahr werden, aber du musst ihm zuerst helfen."

Serena hörte, wie die Tür geöffnet wurde und Julian ihren Namen rief.

„Er kommt, ich muss auflegen", flüsterte sie ins Telefon. „Ich versuche, dich morgen noch mal anzurufen."

„Vergiss nicht: Du musst die Liebe in deinem Herzen bewahren", gab Arielle ihr mit auf den Weg, bevor sie auflegte.

Liebe, dachte Serena, als sie Julians Schritte hörte. Arielle war offensichtlich vollkommen verrückt geworden. Wo war Platz für die Liebe in einer Situation wie dieser? *Das Gute? In Julian?* Das schlug dem Fass den Boden aus. *Woher will Arielle überhaupt wissen, was in Julians Innerem zu finden ist?*

Die Tür ging auf.

„Mit wem sprichst du?“ Er baute sich am Fußende des Bettes auf. Von seinen nassen Hosenbeinen tropfte es auf den Marmorboden.

„Es war nur … meine Mitbewohnerin. Ich wollte sichergehen, dass sie die Katze füttert.“ Sie riss die Augen weit auf, um ihre Unschuld zu demonstrieren.

Julian zog sein Jackett aus und warf es über einen Stuhl. „Du bist eine so schlechte Lügnerin. Du hast nicht mal eine Katze. Oder meinst du, dann hätte ich dir einen Welpen geschenkt? Wie lautet die Strafe für Lügen, Engelchen?“

Sie ignorierte ihn und dachte an den kleinen Milo. Wer kümmerte sich jetzt um ihn in Julians großem, leerem Haus? Seine Dämonenbediensteten? Instinktiv wich sie vor Julian zurück, rutschte zum Kopfende des Bettes. „Was ist passiert?“

Julian kickte die Schuhe weg und bückte sich, um die Socken auszuziehen. „Was glaubst du wohl? Ich bin in den Pool gesprungen und habe Nick herausgefischt.“

„Wo ist er?“

„In seinem Zimmer. Tiffany hat angeboten, sich um ihn zu kümmern. Sie war ganz wild darauf, aber in deinem Interesse habe ich abgelehnt. Nick wird nirgendwo hingehen.“

Erleichterung breitete sich in ihr aus. Nick war in Sicherheit – zumindest fürs Erste.

Aber was war mit ihr?

Julian stieg aus seiner Hose und ließ den nassen Klumpen auf dem Boden liegen. Sein Körper war umwerfend, durchtrainiert und so wohlproportioniert wie die Statue einer römischen Gottheit. Auch seine Boxershorts waren nass geworden und klebten nun an seinem Körper. Offensichtlich war er ziemlich erregt.

Er wollte sie – so viel war klar. Und es war ebenfalls klar, dass auch sie ihn wollte. Sie beobachtete ihn dabei, wie er sich auch dieses letzten Kleidungsstückes entledigte. Ihr Mund wurde trocken. Sie blinzelte und konnte die Augen nicht abwenden von seiner Erektion.

„Du hast jemanden um Hilfe gebeten. Aber du kannst sicher sein, mein Engel, jetzt kann dir keiner helfen.“

Er beugte sich über sie. Sie rechnete damit, dass er sich kalt und nass anfühlte, aber seine Finger waren warm. Er streichelte ihr Kinn.

„Ich habe dir gerade einen großen Gefallen getan. Vielleicht fällt dir etwas ein, womit du dich erkenntlich zeigen könntest.“

Sie wich zurück, schreckte vor seiner Berührung zurück. „Tun Sie niemals etwas ohne böse Hintergedanken?“

Er grinste. „Wie meinst du das? Aus reinem, gutem Herzen?“ Er fuhr mit seinem Daumen über ihre Unterlippe. „Serena, meine Süße, wann begreifst du es endlich? Ich bin ein Dämon. Das ist meine Bestimmung.“

Finde das Gute, das in Julian vorhanden ist, hatte Arielle gesagt. In den letzten Stunden hatte Serena einfach vergessen, dass er ein Dämon war. Hatte ihn als ganz normalen Mann gesehen. Aber sie war nie davon ausgegangen, dass irgendwo in seinem Innern das Gute schlummerte. Doch vielleicht war der Gedanke gar nicht so abwegig, wie sie zunächst gedacht hatte.

Eins stand jedenfalls fest: Er hatte Nick nicht gerettet, weil er ein gutes Herz besaß. Sein wahres Motiv war unübersehbar.

„Ich bin Ihnen nichts schuldig“, sagte sie zögernd und dachte an Arielles Rat.

„Da hast du recht.“ Seine Stimme klang tief und samtig. „Das bist du nicht. Aber das hier tust du auch nicht, weil du mir etwas schuldig bist. Du tust es, weil du mich willst.“

Sie schloss die Augen und spürte, wie ihre Haare herumwirbelten, als sie jetzt heftig den Kopf schüttelte. „Nein, das tue ich nicht.“

„Warum zitterst du dann? Es ist nicht kalt.“

„Es war keine einfache Nacht“, schrie sie. „Vielleicht ist es der Alkohol.“ Ihr Blick wanderte zur Tür. Sie fragte sich, wie sie hier rauskommen sollte.

„Und wohin willst du gehen?“

Ja, wohin? Wieder nach L.A., obwohl Arielle ihr praktisch befohlen hatte, hierzubleiben und ihr Versprechen einzuhalten? Oder nach Carmel, wo ihr Bruder hoffentlich wieder sicher zu Hause war? Wenn sie jetzt ging, war es mit seiner Sicherheit schnell vorbei. Sie konnte nicht gehen, ohne das Leben ihrer Lieben zu gefährden.

„Was wollen Sie von mir?"

„Ich will, dass du dich ganz entspannst und die Lust genießt, die ich dir bereiten werde."

Behutsam legte er ihren Kopf aufs Bett. Er strich mit den Fingern sacht über ihr Kinn und ihren Hals weiter nach unten und schließlich über ihren Brustansatz.

Mit seinen blaugrünen Augen schaute er sie durchdringend an. „Du sahst heute Abend wunderschön aus. Während des gesamten Abendessens wollte ich dich berühren."

Seine Hände wanderten weiter nach unten, über ihr Kleid, dort, wo es ihre Brüste bedeckte. Er sah sie an, sog jede ihrer Reaktionen in sich auf – wie sie mit der Zunge ihre Lippen befeuchtete, wie sich ihre Brust hob und senkte, während ihre Atmung sich beschleunigte.

„Ich wollte dich küssen."

Stöhnend eroberte er ihren Mund. Dieses Stöhnen brachte all seine Sehnsucht zum Ausdruck, all sein unterdrücktes Verlangen. Sie wusste, dass er sie den ganzen Abend beobachtet und begehrt hatte. Und, auch wenn sie es ungern zugab, es hatte ihr gefallen. Als er sie jetzt mit seiner Zunge liebkoste, durchfuhr es sie wie ein Blitz. Schon begannen seine Finger nach dem Reißverschluss ihres Kleids zu tasten, um ihn mit einer geschickten Handbewegung zu öffnen.

Sie hielt ihr Kleid fest, bevor der Stoff von ihrem Körper glitt. „Was machen Sie da?"

„Heute Abend stellst du sehr dumme Fragen." Zärtlich knabberte er an ihrem Ohrläppchen. Sein Atem war warm. „Wonach sieht es denn aus? Ich glaube übrigens an die Gleichheit. Daher finde ich es unfair, dass einer von uns beiden noch angezogen ist."

Wieder küsste er sie und brachte damit ihren leisen Protest zum Schweigen. Während seine Zunge sie weiter erforschte, zog er ihr die Kleiderträger von den Schultern. Dann unterbrach er seinen Kuss und streifte ihr keuchend das Kleid ab. Unter dem Kleid trug sie ein Mieder. Es war das einzige halbwegs geschmackvolle Wäschestück, das sie besaß, schwarze Spitze mit pinkfarbenem Tüll. Er hielt kurz den Atem an. „Hinreißend."

Das Kleid landete auf dem Boden. Nun lag sie in Mieder und Stringtanga vor ihm, einem winzigen schwarz-pinkfarbenem Dreieck. Sie trug einen Strapsgürtel zu ihren schwarzen Strümpfen mit Naht und hochhackige Schuhe. Julian zog ihr alles eins nach dem anderen aus. Zuerst schleuderte er die High Heels weg. Dann hakte er mit gekonntem Griff ihren Strumpfhalter auf und streifte ihr die Strümpfe ab. Sie war schockiert, wie gut er sich mit Frauenunterwäsche auskannte. Aber wieso eigentlich? Sie wusste doch, dass er in solchen Dingen Experte war.

Erst ganz zum Schluss öffnete er ihr das Mieder, und ihre Brüste lagen frei vor ihm. Einen Moment lang sah er sie nur an und genoss den Anblick ihrer nackten Haut. Unter seinem Blick wurden ihre Brustwarzen hart. Sanft nahm er eine Brust in die Hand und drückte sie, rieb die Brustwarze zwischen den Fingern. Sie wand sich wie elektrisiert, und er verstärkte den Druck, bis ihre Brustspitze ganz klein und hart war.

Jetzt traute auch sie sich, seinen Körper zu erforschen, ließ ihre Hände über seine sonnengebräunte Haut wandern, über die Härchen auf seiner Brust. Sie fuhr mit den Fingern über die Umrisse seiner kräftigen Oberarme. Er war schön. Sein Körper kam ihr wie ein Kunstwerk vor – auch wenn er ein Dämon war.

Er beugte sich über ihre Brüste und verwöhnte sie mit dem Mund, wobei er leise stöhnte. Seine Zunge spielte mit ihren Nippeln, er saugte an ihnen, reizte sie mit den Zähnen und zog vorsichtig an ihnen, bis Serena aufschrie vor Lust und Schmerz.

Als er mit seinem Finger unter den String glitt und einmal kräftig zog, lag sie nackt vor ihm, und er küsste sie auf den Mund. Eine Hand wanderte über ihren Bauch und noch tiefer, bis zu den blonden Locken, die das Dreieck zwischen ihren Beinen bedeckten. Sie presste die Beine zusammen und klemmte seine Hand ein. Er bewegte sich nicht mehr, schaute sie nur an. Sein Blick schien zu fragen: Lässt du mich etwa nicht?

Wenn sie jetzt aufhörten, war noch alles beim Alten. Sie würde ein Engel bleiben. Rasch setzte sie sich auf, sein Handgelenk umklammernd. Er versuchte nicht, sich ihrem Griff zu entziehen.

„Ich glaube, wir sollten hier aufhören."

„Öffne dich für mich." Julian betrachtete sie liebevoll.

„Das geht nicht. Dann bin ich erledigt." Sie sah ihm in die Augen. Sie wusste, wenn er sie zwingen würde, hatte sie keine Chance.

„Serena, das ist nicht das erste Mal, dass ich dich küsse und berühre. Glaubst du im Ernst, dass sich etwas an deinem Status als Engel ändert, wenn ich dich dort streichele?"

„Das hört sich an, als wäre es gar nichts." Serena hielt immer noch sein Handgelenk fest. „Sie wissen, wohin das führt."

„Glaubst du wirklich, du landest in der Verdammnis, nur weil ich dich anfasse? Welche Art von göttlicher Gerechtigkeit würde das zulassen?"

Sie zögerte. Er hatte recht. Arielle hatte sich auch nur vage geäußert und Serena nie eine klare Antwort auf die Frage gegeben, was passieren würde, wenn sie mit Julian schlief. Sie versuchte sich Arielles Worte in Erinnerung zu rufen. *Du musst im Herzen die Liebe bewahren.* Sie hatte keine Ahnung, was das bedeutete. Hieß das, alles war erlaubt, wenn sie nur in Julian verliebt war? Aber sie war nicht in ihn verliebt. Was hieß das nun? Im Moment konnte sie überhaupt keinen klaren Gedanken fassen. Sie musste diese Situation beenden. Sie musste nachdenken.

Julian seufzte und schloss die Augen. Sie sah, wie er mit sich selbst rang. Ihr war klar, dass er sie einfach nur auf den Rücken zu werfen und sie zu nehmen brauchte. Dabei war sie seinem Charme schon längst erlegen und nicht mehr in Habachtstellung, das spürte er sicher. Hoffentlich nutzte er das nicht gegen sie.

„Wenn es das ist, wovor du Angst hast. Wir müssen nicht miteinander schlafen. Ich will dir nichts nehmen, das du mir nicht freiwillig geben willst."

„Wie kann ich Ihnen trauen?"

„Mir trauen? Andere in Versuchung zu führen ist meine Spezialität. Gerne in Kombination mit Täuschung, aber niemals mit Zwang. Du und ich wissen beide, dass es im Spiel zwischen Engeln und Dämonen gewisse Regeln zu beachten gilt. Auch ich werde bestraft, wenn ich mein Versprechen nicht einhalte. Dir selbst kannst du nicht trauen, so sieht es aus."

Davon wollte sie nichts hören. „Aber Sie sind der Dämon."

„Mag sein, aber ich habe den Körper eines Menschen und menschliche Bedürfnisse. So wie du, Serena. Ich verzehre mich nach dir. Lass mich dir Lust bereiten. Ich verspreche dir, dass ich nur so weit gehen werde, wie du es zulässt." Das stimmte. Sie hatte menschliche Bedürfnisse. Sie war ein Wesen aus Fleisch und Blut, durch ihre Rolle als göttliches Wesen aber zu einem Leben ohne Sex verdammt.

„Vergiss einfach, dass ich ein Dämon bin. Vergiss, dass du ein Engel bist. Lass uns einfach Mann und Frau sein. Damit brechen wir keine Regeln."

Einen Augenblick lang schien sie nachzugeben. Sie ließ sein Handgelenk los und entspannte sich. Schnell legte er seinen Zeigefinger auf die empfindliche Stelle zwischen ihren Schenkeln. Seine Berührung war so angenehm und so vertraut ... und so verboten.

Entschieden schob sie seine Hand weg und schwang die Beine aus dem Bett. Dann lief sie zur Tür. Ihre Kleider ließ sie liegen, wo sie waren, schaute sich nur noch einmal ängstlich zu ihm um, ob er hinter ihr herlaufen würde. Ängstlich und zugleich hoffnungsvoll, dass er es tat.

Doch er machte keinerlei Anstalten, sich zu bewegen. Er lag da, auf einen Ellbogen gestützt, und schenkte ihr ein höfliches Lächeln. „Lauf ruhig weg, Engel. Es ist nur eine Frage der Zeit, bis du dich mir hingibst. Und wenn du es tust, wird es durch dein anfängliches Zaudern am Ende nur noch schöner sein."

Sie rannte in ihr Zimmer und knallte die Tür hinter sich zu. Sie schloss ab, obwohl es ihn nicht davon abhalten konnte, hereinzukommen. Am liebsten würde sie sich selbst einschließen.

Alles, was er sagte, stimmte. Nicht er war es, dem sie nicht vertrauen konnte, sondern sich selbst. Nicht Julian quälte sie, sondern ihr eigenes Begehren wurde zur unerträglichen Qual. Er stellte ihre Tugend auf die Probe. Und sie litt darunter nur deshalb so sehr, weil sie ihn in Wahrheit unwiderstehlich fand. Das war das Einzige, was ihn so gefährlich machte.

Andrew. Nick. Ich selbst. Es steht zu viel auf dem Spiel, ermahnte sie sich. *Ich muss ihm widerstehen.*

Sie hörte auf, durch den Raum zu tigern, und lehnte die Stirn an die kühle Fensterscheibe. Unter ihr blinkten die Lichter des Las Vegas Strip. Der illuminierte See gegenüber schoss Wasserfontänen in die Höhe, eine Menschenmenge stand bewundernd davor. Sie erinnerte sich noch daran, wie es war, ein Mensch gewesen zu sein. Vollkommen ahnungslos von dem, was sich in der Welt des Übersinnlichen abspielte.

Über der Stadt wölbte sich ein schwarzer, sternenloser Himmel, obwohl seit Tagen keine Wolke am Himmel war. Die vielen Lichter hier unten verhinderten nur, dass das Licht des Himmels auf der Erde zu sehen war. Wie konnten sich die Menschen in Las Vegas jemals etwas wünschen, wenn sie nie eine Sternschnuppe sahen? Aber hier wünschte man sich wohl eher etwas beim Anblick der Spielautomaten, der flackernden Neonlichter und der glitzernden Discokugeln.

Vielleicht musste Serena eine höhere Kraft um Hilfe bitten. Sie schloss die Augen. Lass mich das Richtige tun, betete sie. *Ich weiß nicht, was ich tun soll und wie weit ich gehen darf.*

Sie bekam keine Antwort, also öffnete sie die Augen und sah wieder hinauf in den Nachthimmel. Da wurde ihr etwas klar. *Die Sterne sind immer noch da, man kann sie nur nicht sehen.* Könnte sie sich nur genauso verstecken wie die Sterne über Las Vegas. Ob sie für Julian vielleicht unsichtbar würde, wenn eine andere Frau auftauchte, die heller funkelte als sie?

Mit wem konnte sie ihn von sich ablenken? Ständig scharwenzelten Frauen um ihn herum, wie heute Morgen erst diese Tiffany. Wie viele hatten bewundernd seinen athletischen Körper betrachtet, als sie am Nachmittag mit ihm über den Strip gebummelt war. Doch nicht einmal in Las Vegas verdienten es die Frauen, dass jemand wie Julian auf sie losgelassen wurde. Kein Dämon sollte sich jemals an einem Menschen vergreifen. Nicht einmal an Tiffany.

Die einzige Möglichkeit, die ihr einfiel, war Luciana. Zwischen den beiden war doch etwas, etwas, das jederzeit mit einem Funken wieder entfacht werden konnte. Aber beide waren viel stärker als sie. Zusammen konnte sie Serena in Nullkommanichts zerstören.

Ihre Gedanken rasten, sie wog Möglichkeiten und Optionen ab. Doch am Ende fiel ihr keine geeignete Lösung ein. Die einzige realistische Chance war sie selbst, war ihre Selbstkontrolle. Sie musste ihrer Begierde standhalten, die sie zu vernichten drohte.

Ein Tag war geschafft. Sechs weitere lagen vor ihr.

Wenn sie diese Woche unbeschadet überstand, kam das einem Wunder gleich.

Bitte hilf mir, mein Schicksal zu tragen, lieber Gott.

Sie schloss die Augen und schickte ihren Wunsch nach oben in einen Himmel, den sie nicht sah.

Julian verlor Stück für Stück sein dämonisches Wesen.

Wieder einmal hatte er sie gehen lassen. Er hörte, wie sie ihre Tür zuknallte und abschloss. Das Klicken des Schlosses hallte durch das Zimmer und hatte etwas Endgültiges. Es kam ihm vor, als wäre sie nun für alle Zeiten unerreichbar für ihn.

Er fuhr sich mit einer zitternden Hand durch die Haare, ließ sich aufs Bett fallen und atmete ruhig ein und aus, bis das Gefühl des Verlusts in ihm abflaute. Wie er so cool hatte bleiben können, war ihm im Nachhinein schleierhaft. Er wollte sie streicheln und sie schmecken, sie verführen und sie zum Höhepunkt bringen. Er wollte sie an den Hüften packen und fest in sie hineinstoßen, bis die Worte Engel und Dämon aus ihrem Wortschatz verschwunden waren und sie befriedigt in seine Arme sank.

„Scheiß auf die Warterei!“ Er hatte die Worte gedankenlos vor sich hingemurmelt, weil er nichts anderes hatte sagen können. Er starrte an die Decke, immer noch ganz erregt und weit mehr als nur körperlich frustriert. Er wollte sie. Nein, er brauchte sie, und nicht nur für seinen Körper. Er brauchte sie für sein Seelenheil. Falls er überhaupt noch eine Seele besaß.

Kurz schoss ihm durch den Kopf, dass er einen Schlüssel für ihr Zimmer hatte und ihn nur zu benutzen brauchte. Früher hätte er das ohne langes Nachdenken auch getan. Er hätte sich einfach Zugang zu ihrem Zimmer verschafft und ihren Willen gebrochen.

Und jetzt? Was hielt ihn auf?

Absolut nichts. Er stand auf und ging ins Wohnzimmer. Stellte sich vor ihre Zimmertür und horchte. Nichts außer Stille. Eine ganze Weile schwebte seine Hand mit der Key Card über dem Türknauf.

Er brauchte sie nur durchzuziehen, und schon würde sich die Tür öffnen. Ein kurzer Schubs und er wäre am Ziel.

Das Einzige, was ihn davon abhielt, war sein Versprechen.

Also marschierte er zurück in sein eigenes Schlafzimmer, machte die Tür zu, löschte das Licht und verfluchte die Gedanken, die durch seinen Kopf wirbelten.

Er wusste nicht zu sagen, wann oder wo es gewesen war, dass das Spiel, den Engel zu verführen, geendet hatte. Serena war nicht mehr einfach nur die Eroberung oder die Herausforderung, mit der er seine Langeweile stillen konnte.

Er war gefährlich nah dran, sich in sie zu verlieben.

Seit wann verlieben Dämonen sich?

Mit seiner Lust konnte er umgehen. Er konnte sich jederzeit mit einer der zahllosen Frauen befriedigen, die ihm dafür nur allzu gern zur Verfügung standen. Nein, die Lust war nicht das Problem. Viel irritierender war dieses Klopfen in seiner Brust, das seinen ganzen Körper zu vereinnahmen drohte wie ein

Virus. Vielleicht war es noch zu früh, um dieses Gefühl *Liebe* zu nennen. Aber wenn er nicht aufpasste, konnte es sich dazu entwickeln. Liebe war etwas für Vollidioten. Er selbst war in seiner Zeit als Mensch ein verliebter Vollidiot gewesen, bei Luciana, und das war nicht gerade gut ausgegangen. Immerhin war er in den letzten zwei Jahrhunderten ohne Liebe ausgekommen. Im Gegenteil – er hatte es sich sogar zur Aufgabe gemacht, Liebe zu zerstören, wenn er ihr begegnete.

Die einfachste Option war sicher, den Engel freizugeben, ihn unberührt und unschuldig nach Hause zurückkehren zu lassen. In dem Glauben, es gäbe noch das Gute in der Welt. Doch allein der Gedanke löste körperlichen Schmerz in ihm aus.

Nein. Er würde sie bis zum Ende der Woche hierbehalten. Doch wenn er nicht vorhatte, sie zu verführen, müsste er die kommenden sechs Tage gegen seine Begierde ankämpfen – und sein Frust von letzter Nacht würde sich ins Unerträgliche steigern. Nein, er war kein Masochist. Dieser überflüssigen Qual wollte er sich nicht aussetzen.

Also musste er seine gesamte Energie darauf verwenden, sie herumzukriegen. Und ihre Unschuld zu zerstören, die ihn so umtrieb. Sobald es um ihre Unschuld geschehen war, würde er Serena nicht mehr halb so attraktiv finden und nicht Gefahr laufen, sich in sie zu verlieben. Sie sexuell zu unterwerfen würde ihm nicht nur seine Macht als Mann, sondern als Dämon beweisen. Davon war er überzeugt.

Schließlich musste er auch irgendwann wieder zur Tagesordnung übergehen. Luciana hatte versucht, ihn zu vergiften. Er selbst hatte sich in beträchtliche Gefahr gebracht, indem er Nick rettete. Seine potenzielle Schwäche vor den anderen Dämonen zur Schau zu stellen war nicht hinnehmbar. Er brauchte seine ganze Energie, er durfte sich weder ablenken lassen noch Schwäche zeigen.

Serena ins Bett zu kriegen war das Risiko wert.

Doch offensichtlich konnte sie ihren eigenen körperlichen Gelüsten gut widerstehen. Sein kleiner Engel hatte einen eisernen Willen. Heute Abend war es ihm trotzdem gelungen, ihren Körper in einen Zustand der Leidenschaft zu versetzen, der dem seinen gleichkam. Ihre Selbstdisziplin war bewundernswert, aber auch ihr Schutzmechanismus war zu knacken. Er musste sein Ziel, sie zu verführen, nur komplett anders angehen.

Mit Nötigung hatte er bei ihr nichts erreicht. Wenn er ihr weiterhin drohte, würde sie ihm vermutlich sogar irgendwann ihren Körper hingeben, doch er wollte mehr. Indem er ihr körperliche Lust verschaffte, war die erste Hürde aus dem Weg geräumt. Doch er wollte sie nicht nur körperlich, sondern auch emotional verführen. Das bedeutete, es musste eine ganz perfide Taktik sein.

Er würde sie glauben machen, dass sie ihn retten konnte. Das war die einzige Möglichkeit für sie, sich ihm hinzugeben. Alle Engel glaubten an die heilende Kraft der Liebe. Wenn Serena glaubte, mit ihm zu schlafen würde zu seiner Rettung beitragen, würde sie es allein aus diesem Grund tun.

Und dieser Prozess würde sie am Ende zerbrechen lassen. Sobald er mit ihr durch war, war sie ein gefallener Engel und würde wie er Teil der Dämonenwelt sein. Er würde sie abstoßen, sobald sie ihn zu langweilen begann. Aber wie hieß es so schön: Geteiltes Leid ist halbes Leid. Wenn auch nur ein Hauch von Interesse für sie in ihm übrig bleiben sollte, sobald sie ihren Heiligenschein verloren hatte, machte sie sich bestimmt auch nicht schlecht als seine Gefährtin in der ewigen Verdammnis.

Drei Stockwerke höher lagen Luciana und Corbin in ihrem großartigen Bett. Luciana rekelte sich wollüstig und reckte ihm ihre drallen Brüste entgegen, die noch verschwitzt und feucht waren von ihrem Liebesspiel. „*Così bene, caro*“, sagte sie mit einem lustvollen Seufzen. Sie klang so überzeugend, dass er ihr beinahe glaubte.

„Du hättest es mir sagen müssen, Liebling.“ Corbin schlug einen Plauderton an, während er mit dem Zeigefinger die unsichtbare Linie zwischen ihren Brüsten entlangfuhr. „Es wäre nützlich gewesen, zu wissen, dass du früher mal mit Julian zusammen warst."

Ihr unschuldiger Bambiblick, den sie aufsetzte, erinnerte ihn an Julians Engel. „Du bist doch nicht etwa eifersüchtig, *amore mio*? Das ist Urzeiten her! Ich hatte Julian schon längst vergessen. Er bedeutet mir nichts. Außerdem habe ich doch dich!" Sie hob den Kopf, um ihn zu küssen. Ihre Zunge drang in seinen Mund ein.

„Offensichtlich hältst du ihn sogar für entbehrlich. Aber du hättest um meine Erlaubnis bitten müssen, ihn vergiften zu dürfen."

Heute Nacht erkannte er zum ersten Mal, seit sie zusammen waren, wie Luciana wirklich war. Sie war eine Hure und Lügnerin, bereit, für ihren Vorteil alles zu tun. Sie versuchte, ihn zu benutzen, so viel stand fest. Er hätte es wissen müssen. Schon vor drei Monaten, als sie plötzlich verschwunden war, kurz nachdem die Pressemitteilung über Julians neuen Klub erschien. Corbin versuchte, sich zu erinnern. Gab es andere Anzeichen, die er übersehen hatte, weil er sich von den fleischlichen Genüssen hatte blenden lassen und von dem Loblied, das sie für ihn sang? Die ach so Begehrenswerte, die sich verführerisch unter ihm wand und ihm italienische Koseworte ins Ohr flüsterte.

Sie würde lernen müssen, dass Corbin Ranulfson kein Dummkopf war. Doch zuerst musste er Julian vernichten.

Welche Schande! Dabei hatte Julian den Eindruck eines wahren Verbündeten gemacht, mit dem man gut zusammenarbeiten konnte. Ein Mann, dessen Geschmack und Ansichten seinen eigenen ähnelten. Doch in letzter Zeit war Julian ein bisschen größenwahnsinnig geworden. Natürlich gab es jede Menge ehrgeizige junge Dämonen, die Corbin seinen Rang streitig machen und selbst die Führung übernehmen wollten. Aber Julian war anders. Julian machte ihn nervös. Julian war stark. Corbin war seit vielen Hundert Jahren ein Dämon, und in all dieser Zeit hatte er kaum einen Dämon erlebt, der so stark war.

Es wurde Zeit, dass er Julian zurechtstutzte.

„Ich werde dir helfen, Julian zu vernichten“, sagte er zu Luciana. „Es war dumm von ihm, Nick beschützen zu wollen. Und genau das können wir gegen ihn verwenden.“

„Was ist mit der kleinen Schlampe, die uns heute Abend den Spaß verderben wollte? *Tesoro*, ich möchte, dass du sie aus dem Weg räumst.“

„Keine Sorge, Liebling. Ich kümmere mich um sie.“

Oh ja, er würde sich um sie kümmern – aber wohl nicht auf die Weise, wie Luciana es erwartete. So jung, so verletzlich war dieser kleine blonde Engel, den sich Julian neuerdings als Haustier hielt. Das würde ein großer Spaß. Und vielleicht würde er Serena hinterher sogar behalten ... nachdem er Luciana den Türhütern vorgeworfen hatte.

Niemand verärgerte Corbin und kam dann so davon.

Er wurde wieder hart bei dem Gedanken daran, dass er bald zwei Frauen in seiner Gewalt haben würde, die ihn um Gnade anwinselten. Er zog Luciana an sich, küsste sie innig und stellte sich vor, Serena bei sich zu haben. Die Nacht war noch jung. Unzählige Möglichkeiten warteten darauf, erforscht zu werden.

9. KAPITEL

Es dämmerte. Die aufgehende Sonne tauchte die Stadt in gleißendes Licht und ließ sie heller erstrahlen, als es die Neonlichter vermochten. Julian stand in seinem Schlafzimmer am Fenster und sah mit finsterem Blick zu, wie es hell wurde. Er hatte nicht schlafen können. Der Gedanke an Serena und ihren üppigen Körper hatte ihn wach gehalten und gequält.

Es war eine schlimme Nacht gewesen, aber jetzt war sie überstanden.

Mehrfach hatte er vor ihrer Tür gestanden, im Begriff, sie zu öffnen. Doch jedes Mal war er zurückgewichen, um nicht den dünnen Faden des Vertrauens zu zerreißen, der zwischen ihnen gesponnen war. Ihm war inzwischen klar geworden, dass er bei Serena nur mit Vertrauen etwas erreichen konnte.

Als er jetzt das Wohnzimmer betrat, war er überrascht, dort Serena zu finden, die Yoga auf einer Matte auf dem Marmorfußboden machte. In den Türrahmen gelehnt, sah er zu, wie sie sich aus dem Stand nach hinten in die Brücke lehnte. Auf ihrer Haut glänzten feine Schweißperlen. Wie lange sie wohl schon hier war? Hatte sie vielleicht auch nicht schlafen können?

Da bemerkte sie, dass er sie beobachtete, und kam sofort aus ihrer Position in die Senkrechte. Ein entzückendes Rot huschte über ihre Wangen. „Ich wäre nicht hier, wenn ich gewusst hätte, dass Sie schon wach sind“, entschuldigte sie sich und errötete noch mehr. Sie tupfte ihr Gesicht mit einem Handtuch ab. „Aber da Sie nun schon mal hier sind, können wir uns auch gleich über gestern Abend unterhalten.“

„Kennst du den alten Spruch nicht? Was in Vegas passiert, bleibt in Vegas.“ Julian bemühte sich um eine Lässigkeit, die nicht echt war.

„Irgendwie habe ich das Gefühl, dass diese Weisheit für Engel nicht zutrifft“, murmelte sie.

„Ich schwöre es. Es wird nicht wieder vorkommen, wenn du nicht willst“, versicherte er ihr. Aber natürlich willst du, dachte er. Er hatte ihren Körper erweckt. Sie mochte vorgeben, dass sie immun war für seine Avancen, aber ihr Körper erzählte ihm eine andere Geschichte.

In dem lustvollen Erbeben letzte Nacht hatte mehr Ehrlichkeit gesteckt als in den Worten, die sie heute Morgen an ihn richtete. Die Erinnerung an ihre weichen Brüste bescherten ihm schon wieder eine Erektion.

Sie mussten die Suite unbedingt sofort verlassen. Wenn sie noch länger hierblieben, konnte er nicht anders, als der Versuchung zu erliegen, sie in sein Schlafzimmer zu ziehen und sich in ihr zu versenken. Vielleicht konnte er sie ja doch überreden? Doch er musste sich in Geduld üben.

„Sei in einer Viertelstunde startklar", wies er sie an, milderte dann aber sofort seinen barschen Ton ab. „Ich habe im Klub zu tun, und du kannst mich begleiten."

Sie sah ihn mit ihrem unschuldigen Blick und großen Augen an. „Ich würde lieber hierbleiben und bei Nick vorbeischauen, sobald er wach ist."

„Nick schläft sicher noch seinen Rausch von gestern aus. Er wird erst in ein paar Stunden aufwachen. Du verbringst den Tag mit mir." So beendete er die Diskussion und ließ sie im Wohnzimmer stehen.

Es waren nur noch ein paar Tage bis zur großen Eröffnung des *Devil's Ecstasy*, und im Klub wimmelte es von Malern, Dekorateuren und Lieferanten. Serena setzte sich in eine Nische am Rande des Geschehens, wo sie trotzig in einer Zeitschrift blätterte. Er drehte eine Runde und sah zu, wie die Arbeiter Vorhänge an der Decke befestigten, Leisten strichen, die Bar auffüllten. Ein Stockwerk höher instruierte ein Team von Trainern aus seinen anderen Klubs das neue Personal. Sie brachten den Barkeepern bei, wie man mit Flaschen jongliert, den Shooter Girls, wie man richtig flirtet und den Türstehern, wie sie den Ansturm des Eröffnungsabends bewältigen konnten.

Immer wenn Julian fragte, ob noch jemand etwas wissen musste, lautete die Antwort: „Nein, Mr Ascher. Alles unter Kontrolle."

Es würde alles glattlaufen. So glatt, dass es für ihn hier nichts mehr zu tun gab.

Früher war es noch eine wirkliche Herausforderung gewesen, einen neuen Klub zu eröffnen. Er hatte es genossen, sich in die Arbeit zu stürzen und jedes Mal etwas zu verbessern. Doch diesmal gab es keine Überraschungen mehr und auch nichts Neues. Er hatte das alles schon Dutzende Male gemacht, überall im Land. Las Vegas war nur ein weiterer Ort auf der langen Liste seiner Klubs.

Er warf einen Blick zu Serena, die im Schneidersitz in der Nische saß und immer noch gelangweilt in die Zeitschrift starrte. Ihr Outfit war leger, die Haare hatte sie nur zu einem improvisierten Knoten hochgesteckt, und trotzdem warfen die herumlaufenden Arbeiter ihr interessierte Blicke zu. Serena schien das alles gar nicht zu bemerken.

Julian beobachtete, wie ein Schreiner auf der gegenüberliegenden Seite des Raums schließlich Mut fasste und zu ihr hinüberging. Überrascht blickte sie auf und strahlte ihn freundlich an. Julian musste ihr Gespräch nicht mit anhören, um zu wissen, wie es ablief. Der Typ versuchte, sie anzumachen.

Schnell durchquerte er den Raum. „Wir gehen", sagte er zu Serena. Sein Blick stellte eines klar: Er war hier das Alphamännchen. Der Schreiner zögerte und überlegte kurz, ob er Julian etwas entgegenzusetzen hatte. Serena war es wert, dass man um sie kämpfte, aber der Mann warf Julian nur einen Blick zu und zog ab, ohne ein Wort zu sagen.

„Ich dachte, Sie müssten so dringend hier sein, um die Arbeiten zu beaufsichtigen." Serena missbilligte offensichtlich seine Unhöflichkeit. Es war ihm egal. Er wollte sie hier rausbringen, weg von all den neugierigen Blicken.

„Das kann Harry genauso gut machen", erklärte er kurzerhand. Er konnte seinem persönlichen Assistenten durchaus vertrauen, er würde alles richtig machen.

Im Moment wollte Julian nur eins – mit Serena allein sein.

Und Serena wollte auf keinen Fall mit Julian allein sein.

„Ich würde lieber im Hotel bleiben“, sagte sie, als sie durch die Hotelhalle auf den Eingang zugingen. „Ich kann wieder hoch in die Suite gehen, wenn Sie noch zu tun haben. Ich werde nicht versuchen, zu fliehen, das verspreche ich. Platzieren Sie von mir aus einen Ihrer Wächter-Dämonen vor der Tür, wenn Sie mir nicht vertrauen.“

Er beugte sich zu ihr und nahm ihr Kinn in die Hand. „Du hast die Wahl. Entweder wir verbringen den Nachmittag so, wie ich es geplant habe, oder wir verbringen ihn gemeinsam in deinem Schlafzimmer. Was bevorzugst du?“

Sein Gesicht war nur wenige Zentimeter von ihrem entfernt. Sie spürte seinen Atem und seine zarten starken Finger auf ihrem Kinn. Die Vorstellung, den Nachmittag mit Julian im Bett zu verbringen, ließ ihr das Wasser im Mund zusammenlaufen. Doch es war falsch und verboten.

„Ich lasse Nick nicht allein.“ So leicht ließ Serena sich nicht unterkriegen.

„Wenn es sein muss, sehen wir vorher gemeinsam nach ihm.“ Julian lächelte. „Ich garantiere dir, er schläft noch.“

Und er hatte recht. Als sie an Nicks Tür klopften, kam keine Antwort. Serena fragte nicht, wieso Julian einen Schlüssel für das Zimmer ihres Schutzbefohlenen hatte, aber als er die Tür öffnete, sah sie, dass Nick laut schnarchend im Bett lag.

„Siehst du? Es hat überhaupt keinen Zweck, hier herumzuhängen, während er schläft“, flüsterte Julian ihr mit offensichtlicher Genugtuung zu. „Ich sorge dafür, dass meine Angestellten sich um ihn kümmern.“

In der Hotelküche holten sie einen Picknickkorb ab, der anscheinend schon für sie vorbereitet war. Dann fuhr Julian mit ihr im Aufzug auf das Dach des Hotels, wo sich ein Hubschrauberlandeplatz befand. Der Helikopter glänzte schwarz-silbern in der Morgensonne.

Serena zögerte. Sie sah keinen Piloten und wusste nicht, was Julian vorhatte. Als er ihren Gesichtsausdruck sah, musste er grinsen. „Keine Sorge, Engel. Wir machen nur eine kleine

Spritztour. Ich zeige dir, dass auch Dämonen fliegen können."

Er. Er wollte den Hubschrauber fliegen. Sie betrachtete das Fluggerät skeptisch, während Julian den Picknickkorb einlud. Dann schob er sie auf den Notsitz neben dem Pilotensitz, schnallte sie an und setzte ihr einen Kopfhörer auf. Er schaltete die Instrumente ein, startete den Motor und warf die Rotoren an. Das laute Geknatter ging ihr durch und durch. Im nächsten Moment hob der Hubschrauber ab, und sie fühlte sich völlig schwerelos. Unter ihnen auf dem Dach sah sie den Schatten des Helikopters. Als sie höher in die Luft stiegen, hatte sie bereits ihre Angst vergessen.

In der Mittagssonne flogen sie über Las Vegas und den Strip. Staunend sah sie, wie der künstliche Vulkan ausbrach. Die riesigen Hotels entlang des Las Vegas Boulevard glitzerten in der Sonne. Die Pyramide des Luxor, die überdimensionale künstliche Lagune des Bellagio, der Miniatur-Eiffelturm. Die vielen azurblauen Swimmingpools, in denen sich die Menschen an diesem heißen Julitag abkühlten.

Julian steuerte den Hubschrauber nach Osten. Sie überflogen säuberlich angeordnete Vorstadt-Reihenhäuser und erreichten bald die Stadtgrenze. Dann ließen sie die City hinter sich, die sich wie eine von Menschen gemachte Fata Morgana aus der Wüste erhob. Über Kopfhörer plauderte Julian mit ihr, während sie über die mit Gebüsch bewachsene Landschaft flogen, und deutete auf die schwarzbraunen Gesteinsbrocken des Gebirges vulkanischen Ursprungs. Sie flogen über die berühmte Hoovertalsperre, und Serena bewunderte das knallblaue Wasser des Lake Mead, der durch die riesige Staumauer in zwei Hälften geteilt wurde. Die Zeit schien stillzustehen, als sie diese Wunderwelt unter sich betrachtete.

Julian flog den Hubschrauber so umsichtig und sicher, wie er Auto fuhr. Er hatte den Steuerknüppel zwischen die Beine geklemmt und betätigte ihn gekonnt. Er bediente die Instrumente mit demselben Geschick, das er am Abend zuvor an ihrem Körper an den Tag gelegt hatte. Er flog konzentriert und ruhig. Ein Lächeln umspielte seinen Mund, während sie sein

Profil bewunderte. Sein athletischer Körper war völlig entspannt – offensichtlich machte das Fliegen ihm Spaß.

Es war für ihn ein unschuldiges Vergnügen, frei von Taktieren und Intrigieren. Serena versuchte, diese Seite an Julian mit seinem Dämonenwesen in Einklang zu bringen. Auch letzte Nacht im Bett war da etwas Zartes, Weiches an ihm gewesen, gänzlich frei von dämonischen Impulsen. Er hatte sie mit einer solchen Zärtlichkeit berührt, die sie fast als menschlich bezeichnen würde.

Aber sie war kein Mensch. Und er auch nicht. Das sollte sie besser nicht vergessen.

Sie wandte ihre Aufmerksamkeit wieder der Landschaft zu. Sie waren etwa eine Stunde in der Luft, als sie eine Gebirgskette erreichten, auf deren anderer Seite sich der dramatische Grand Canyon öffnete. Plötzlich türmten sich rund um sie die Gesteinsschichten meterhoch auf. Sie hörte seine Stimme über Kopfhörer. „Der Grand Canyon ist durch Erosion entstanden. Die gewaltigen Kräfte von Wasser, Eis und Wind haben in vielen Tausend Jahren diese besondere Landschaft entstehen lassen. Ich finde, sie hat eine Seele."

Julian steuerte den Hubschrauber am Rand des Canyons entlang und zeigte ihr eine halbe Stunde lang besondere Gesteinsformationen: Nadelspitzen, Tafelberge, Felstürme. „Es gibt eine Felsformation, die aussieht wie Tempel", erklärte er, während sie darüberflogen. Shivatempel, Buddhatempel, Zoroastertempel, Brahmatempel. Staunend betrachtete sie die steil aufragenden, gezackten Felsen. Wie passend, dass man ihnen spirituelle Namen gegeben hatte! Der Canyon strahlte eine immense Ruhe aus – ein Ort, der zum Meditieren einlud. Ein ziemlich seltsamer Ort für einen Dämon, dachte sie.

Julian landete schließlich auf einem zehn Meter breiten, nackten Felsplateau, dessen Ränder steil nach unten abfielen. Er schaltete den Motor aus und wartete, bis die Rotorblätter zum Stillstand gekommen waren. Dann nahm er ihr den Kopfhörer ab.

„Deshalb bin ich mit dir hergekommen." Er deutete auf die Schlucht tief unter ihnen. „Das ist der Bright Angel Canyon.

Dieselben Entdecker haben Mitte des neunzehnten Jahrhunderts einen Fluss in Utah mit dem Namen Dirty Devil River getauft. Sie sagten, sie wollten mit den Namen sowohl die guten als auch die bösen Geister ehren", erklärte er grinsend. „Am Ausgangspunkt des Bright-Angel-Wanderwegs gibt es einen Aussichtspunkt, aber der ist meistens überfüllt. Von hier aus haben wir einen viel besseren Blick."

Hier oben war natürlich niemand außer ihnen. Sie waren über zwei Stunden geflogen, doch der Canyon war ein ganzes Universum entfernt von Las Vegas. Eine Weile saßen sie einfach nur da und betrachteten stumm die großartige Landschaft, die sich um sie herum ausdehnte. Serena ließ den Blick über die verschiedenen Gesteinsschichten wandern, die grau und rot leuchteten, und nach unten, wo sich der graugrüne Colorado River seinen Weg durch die Felsen bahnte. Zum ersten Mal seit zwei Tagen war sie im Frieden mit sich und der Welt.

Julian stieg aus, breitete eine Decke aus und packte den Picknickkorb aus. Serena folgte ihm und atmete die reine, klare Luft des Canyons ein. Sie trat an den Rand des Felsplateaus und sah nach unten – die Klippe brach senkrecht in die Tiefe ab. Als Julian sich hinter sie stellte, überkam sie plötzlich ein Gefühl der Sicherheit und Geborgenheit. Instinktiv wusste sie auf einmal, dass er ihr wirklich niemals wehtun und sie immer beschützen würde.

„Komm weg da", flüsterte er in ihr Ohr. „Du stehst zu nah am Abgrund."

Er führte sie zur Picknickdecke, auf der er bereits die Köstlichkeiten ausgebreitet hatte, die man ihnen im Hotel eingepackt hatte: verschiedene Käse- und Crackersorten, Sandwiches mit gebratenem Gemüse, eine große Flasche kühle Limonade. Er goss ihr einen Becher ein, und sie trank gierig.

Er hatte sie an einen Ort unendlicher Schönheit gebracht. Unfähig, Worte zu finden, die ihre Freude und ihre Ehrfurcht angemessen zum Ausdruck brachten, sagte sie nur ein schlichtes „Danke."

„Es freut mich, wenn du glücklich bist", sagte er leise.

Langsam schritt er am Rand des Felsplateaus entlang und spähte nach unten. Dabei beobachtete er Serena heimlich, wie sie ihren Lunch verspeiste. Sie gab ein hübsches Bild ab, wie sie mitten auf dem Plateau saß, vor den bunten Gesteinsschichten, die sich rechts und links von ihnen erhoben. Ihr sonnenblondes Haar flatterte im Wind, und ihre Wangen waren leicht gerötet von der Sommerhitze.

Das, was er eben gesagt hatte, meinte er ernst. Es verschaffte ihm ein tiefes Gefühl der Zufriedenheit, sie so im Einklang mit ihrer Umgebung zu sehen. Aber es hatte ihn erschüttert, sich selbst diese Worte aussprechen zu hören. Selbst wenn er über dem Abgrund hing und abzustürzen drohte, könnte ihn das nicht so erschüttern. Mit Gefühlen dieser Art verfuhr man am besten, indem man sie unterband, bevor sie noch mehr an Tiefe gewinnen konnten. Er musste die Zärtlichkeit, die in seinem Herzen aufkeimte, ignorieren und auf andere Gedanken kommen. Er gesellte sich wieder zu ihr und begann zu reden.

„Als ich neu in Amerika war, war der Grand Canyon einer der ersten Orte, die ich besuchte“, erzählte er und stand auf dem Rand des Plateaus. „Ich kam von England mit dem Dampfschiff hierher, Mitte des neunzehnten Jahrhunderts. Also, lange bevor ich die Fähigkeit besaß, mich zu entmaterialisieren. In London wütete damals eine Choleraepidemie, überall waren nur Krankheit und Armut.“

Wie seltsam. Davon hatte er eigentlich gar nicht anfangen, sondern über irgendetwas Belangloses, Triviales plaudern wollen. Üblicherweise erzählte er Frauen seine persönliche Geschichte nicht, aber Serena gegenüber empfand er eine seltsame Verpflichtung. Mitten in dieser zerklüfteten Berglandschaft, die ihn so aufwühlte. Er wünschte sich, in ihren blauen Augen Verständnis für ihn zu lesen und nicht immer nur Vorsicht und Misstrauen. Offensichtlich gelang es ihm nicht, seine Gefühle für sie zu unterdrücken, im Gegenteil: Sie wurden immer stärker. Und er konnte nicht aufhören zu reden.

„Das viktorianische England war ein repressives Land, von moralisch-gesellschaftlichen Regeln geprägt, sexuell unfrei. Natürlich operierte unter der geschniegelten und gestriegelten Oberfläche eine florierende kriminelle Unterwelt. Doch in England wurde ich dauernd an meine Familie erinnert, die ich verloren hatte. Mein Vater war damals seit über einem halben Jahrhundert tot, und ich brauchte einfach einen Neuanfang. Zu dieser Zeit war Amerika wild. Ich dachte, New York wäre die richtige Stadt für mich, doch die Dämonen hatten sie schon unter sich aufgeteilt. Ich wollte aber unbekanntes Terrain, also zog ich mit den Forty-Niners, den Teilnehmern am Kalifornischen Goldrausch, nach Westen. Das war 1849. Ein paar wenige Männer wurden reich, die meisten gingen leer aus. Zwanzig Jahre später brach dann die Powell-Expedition in den Grand Canyon auf."

Damals war das Gebiet noch ein weißer Fleck auf der Landkarte, es gab noch keinerlei Karten der Region. Er erzählte Serena, wie er vorsichtig mit seinem Pferd den steilen Zickzack-Pfad hinuntergeritten war, den die Hopi-Indianer dort angelegt hatten. Er war hier gewesen, weil er etwas suchte – nicht Gold, sondern Bedeutung. Es erschien ihm logisch, dass hier der Eingang zur Hölle sein sollte, falls es von der Erde aus überhaupt einen Zugang gab. Nach fünfzig Jahren als Dämon war er es leid, Männer fallen zu sehen und derjenige zu sein, der sie zu ihren Ausschweifungen ermutigte. Damals hatte er tief unten in der Schlucht im Regen gestanden und darauf gewartet, dass Satan ihn zu sich zurückholte. Dass er ihm eine Springflut schickte oder einen Blitz. Aber nichts geschah.

„Nachdem der Goldrausch vorbei war, ging ich nach Süden, nach Los Angeles. Ich hatte beträchtliche Gewinne gemacht. Zu dieser Zeit galt die Stadt als ein hartes Pflaster. Mexikanisch-Stämmige und Angelsächsisch-Stämmige kämpften um Territorien, ein Lynchmob beherrschte die Straßen, und die Mordrate war zehn bis zwanzig Mal höher als damals in New York. Für einen Dämon, der versuchte, sich einen Namen zu machen, war es der Himmel auf Erden. Ich eröffnete einen Saloon und wartete auf den rechten Zeitpunkt. Und der Rest ist Geschichte, wie man so schön sagt."

Serena blinzelte. Ihre Augen waren noch blauer als der Sommerhimmel und so klar und hell, dass er meinte, ihre Gedanken wie Wolken dahinter entlangziehen zu sehen. Eine Weile saßen sie schweigend da.

Schließlich breitete sie die Arme aus, um die Weite des Canyons darzustellen. „Es ist so wunderschön hier. Ich weiß nicht, wie man da an der Macht des Guten zweifeln kann, wo doch solche Schönheit existiert."

„Gut und Böse sind im Gleichgewicht. Außerdem solltest du inzwischen wissen, dass schön nicht unbedingt gut bedeutet", widersprach er ihr. „Egal was die Menschen glauben – Keats lag falsch mit seiner Behauptung ‚Schönheit ist Wahrheit, wahr ist schön'. Du kannst nicht verleugnen, dass ich schön bin. Aber ich bin von Grund auf böse."

„Das stimmt nicht. Zu glauben, Gut und Böse seien im Gleichgewicht, ist ein Trugschluss. Und du bist nicht böse. Du irrst dich." Sie drehte sich zum Bright Angel Canyon um, eine kleine Sorgenfalte auf der Stirn.

„Dieser Canyon ist ein Ort der Schönheit, aber auch ein Ort des Todes. Fast sechshundert Seelen haben hier ihre letzte Ruhestätte gefunden. Mord, Selbstmord, Flugzeugabsturz, Unterkühlung, Flüssigkeitsmangel, Ertrinken, Steinschlag, Sturz – hier sind auf jede erdenkliche Art Menschen zu Tode gekommen. Und du glaubst immer noch, Satan würde seine Existenz nicht ständig unter Beweis stellen?"

Sie trug ihre Erwiderung ruhig und voller Überzeugung vor. „Ich glaube, auch Satan ist eine verirrte Seele. Er war ein gefallener Engel. Wer sagt, dass er nicht wieder zurückgehen kann? Dass du nicht wieder zurückgehen kannst?"

Julian lachte. „Wahrscheinlich würde er dasselbe über dich sagen. Du könntest auch fallen." Ihr Blick wanderte zum Rand des Plateaus und zum steilen Abgrund. Er wollte noch hinzufügen, dass sie sogar sehr leicht fallen könnte, doch er unterließ es. Sein Ziel war es ja, sie in einer falschen Sicherheit zu wiegen, nicht, sie wieder in diese Habachtstellung zu versetzen.

„Wieso hast du dich für die Mächte der Dunkelheit entschieden? Was ist mit dir passiert, Julian?“

Ihre blauen Augen suchten in seinem Gesicht nach einer Antwort. Aber es war besser, wenn sie es nicht wusste. Wenn er seine Geschichte erzählte, würde sie Mitleid mit ihm bekommen, und das wollte er nicht. Also wechselte er schnell wieder das Thema, indem er ausführlich von seinem ersten Besuch im Canyon erzählte und von den Forschungsreisen, die ihn immer wieder hierher zurückbrachten, sei es zu Fuß oder zu Pferde.

Er nahm den Roten Samtkuchen aus dem Picknickkorb, den man ihnen als Nachtisch eingepackt hatte, und reichte Serena ein Stück. Sie aß, und er sprach weiter, doch plötzlich bemerkte Julian eine minimale Bewegung. Ein Schlängeln, Sichkrümmen, ein Knallgrün vor ockerfarbenem Fels. Das war die Farbe des tropischen Regenwalds, nicht der Canyons von Arizona. Das war eine Schlange, die hier nicht heimisch war. Irgendetwas stimmte hier nicht.

Er wollte Serenas Namen rufen und sie warnen. Doch es war schon zu spät.

Es war das Geräusch, das Serena aufhorchen ließ, das Wispern von Haut, die über den Boden schabt. Sie blickte nach unten und sah die giftgrüne Schlange. Ein Todesbote. Eine solche Schlange war am Abend zuvor aus Lucianas Handtasche gekrochen.

Wie seltsam. Einen Moment lang überlegte sie, ob die Schlange wohl echt war. Dann bewegte das Tier sich, die Farben verschwammen, der kleine schwarze Kopf schnellte nach oben. Wie ein Pfeil schoss die Schlange nach vorn und schlug ihre Giftzähne in Serenas Knöchel. Es tat nicht besonders weh. Es war vielmehr überraschend.

Nur ein Dämon kann einen Engel töten, dachte sie.

Machte Julian gemeinsame Sache mit Luciana? Flüchtig dachte sie, sie wäre vielleicht nur ein Puzzlestein mehr für ihn auf seinem Weg zur Macht, ein hilfloses Opfer mehr, dessen Vernichtung Julian in der höllischen Rangfolge weiter aufsteigen ließ.

Ihr Körper wurde taub.

Vielleicht verkörperte Julian doch die reine Bosheit.

10. KAPITEL

Julian sah sie fallen. Hörte das Rascheln von Flügeln, die sich aber nicht ausbreiteten, sondern einfach zu Boden sanken. Ihr Körper wiegte hin und her – selbst im Fallen war sie voller Anmut. Sie sackte zusammen, versuchte sich mit ihren schon zu schwachen Armen abzufangen und blieb gekrümmt liegen. Noch atmete sie. Ihr goldblondes Haar umgab sie wie ein Heiligenschein. Ihr angst- und schmerzerfüllter Blick suchte ihn. Vorwurfsvoll.

Julian stand da wie angewachsen. Er sah, wie die Schlange sich über ihren Knöchel schlängelte, doch er war wie paralysiert. Mit Serena war auch ein Teil von ihm gegangen, war ihm ein Teil seiner selbst entrissen worden – genau in dem Moment, als er die Hand nach ihr ausstreckte und merkte, dass es zu spät war.

Er musste sie retten, sonst würde dieser Teil von ihm mit ihr auf diesem Wüstenfels sterben.

Serena flüsterte seinen Namen. Er schüttelte sich, um sich aus seiner Starre zu lösen.

Mit einer schnellen Bewegung packte er die Schlange und schleuderte sie in die Schlucht. Das Reptil flog in hohem Bogen durch die Luft, wo es einen Moment lang zu verharren schien, dann verschwand es in der Tiefe.

„Ich kann nicht sterben“, murmelte Serena, während ihre Lungen verzweifelt nach Luft pumpten. „Nicht schon wieder. Nicht jetzt schon.“

Julian wusste, dass sie sehr wohl sterben konnte. Nicht im spirituellen Sinn – die Seele starb nie. Aber ihr Körper war nicht immun gegen den Tod. Wahrscheinlich würde sie auf die Erde zurückkehren. *Irgendwann. Irgendwo.* Aber es gab keine Garantie darauf, dass sie wieder an denselben Ort geschickt wurde. Erst recht nicht nach allem, was zwischen ihr und ihm geschehen war …

Julian kannte das, was eben geschehen war, schon. Bisher hatte er allerdings gedacht, dieses Mittel würde nur gegen

Dämonen eingesetzt, nicht gegen Engel. Mitunter hatte er sogar mitgeholfen bei solchen Aktionen. Diese Schlangen, die Luciana immer bei sich hatte, waren noch Babys. Aber sie waren mit Dämonenenergie aufgeladen, und so wirkte das Gift einer neugeborenen Grünen Mamba auch bei Wesen tödlich, die eigentlich unsterblich waren. Was normalerweise stundenlang dauerte, vollzog sich binnen Minuten. Und es gab nur eine Möglichkeit, um die Wirkung des Gifts aufzuhalten.

Ein Gegengift. Julian kannte jemanden, der das Gegengift immer bei sich trug. Und zwar nur aus einem Grund: für den Fall, dass eins ihrer wertvollen kleinen Haustiere sie selbst versehentlich biss. Luciana.

Julian verfluchte sich. Er hatte Serena das angetan. Er hatte sie nach Las Vegas gebracht und sie Luciana ausgeliefert. Wenn der Engel starb, würde er sich das niemals verzeihen. Dann würde er dieses Miststück töten. Ganz egal ob es für ihn die ewige Verdammnis bedeutete oder nicht.

Julian entmaterialisierte sich und materialisierte sich wieder vor dem Eingang zu Corbins Penthouse-Suite. Er hämmerte an die Tür, bis ihm ein Türhüter öffnete, drängte sich an ihm vorbei, ohne die üblichen Höflichkeitsformeln auszutauschen, und sah sich nach dem rabenschwarzen Haarschopf der Dämonin um. „Wo ist Luciana?"

Der Wächter, der augenblicklich die Macht des Erzdämons spürte, diskutierte gar nicht erst und deutete den Flur hinunter. Im spektakulären Wohnzimmer saßen die beiden Dämonen auf schicken Ledersofas. Zusammen mit Nick. Es war keine Zeit, um zu fragen, was Nick hier zu suchen hatte. Julian sprach einfach einen Befehl aus. „Geh zurück in deine Suite und schließ ab. Stell keine Fragen. Tu es einfach."

Nick gehorchte. Kaum hatte er den Raum verlassen, ging Julian auf Luciana zu. Er war kurz davor, zu explodieren. „Was hast du ihr angetan?"

Luciana riss erstaunt die Augen auf und spielte die Unschuldige, während sie sich in einen Berg Kissen sinken ließ. „Ich weiß nicht, wovon du redest. *Sei pazzo.*"

Du bist ja verrückt. Das hatte sie oft zu ihm gesagt, als sie ein Liebespaar waren. Schon damals hatte es ihn geärgert. Jetzt war er kurz davor, die Hände um ihren Hals zu legen und zuzudrücken.

Er beugte sich über sie in der Hoffnung, sie damit einzuschüchtern. „Lass die Spielchen, Luciana. Du kannst mir nichts vormachen. Her mit dem Gegengift!"

Corbin stand auf, lehnte sich an die Wand und beobachtete die beiden. „Julian. Welchem Umstand verdanken wir die Freude deines Besuchs?"

„Frag sie", gab Julian zur Antwort. Doch Luciana schwieg, und so antwortete Julian an ihrer Stelle. „Serena wurde von einer Giftschlange gebissen, die jemand in unseren Picknickkorb geschmuggelt hat."

„Deine neue Freundin sollte wohl besser aufpassen, was sie frisst. Oder was an ihr frisst." Aus Lucianas Lächeln stach die pure Boshaftigkeit. Er verstand nicht, was ihn einmal an dieser Frau fasziniert hatte. Sie war schön, ja, aber vor allem war sie eine manipulative Hexe.

Julian schnellte nach vorn und packte ihren Hals. „Gib mir das verdammte Gegengift! Oder ich sorge dafür, dass du für das, was du getan hast, in der Hölle verrotten wirst!"

Diesmal war echte Angst in ihren Augen zu lesen. Corbin bewegte sich nicht, stand nur da und sah zu. Luciana spuckte ihre Zustimmung aus, und Julian ließ von ihr ab. Während sie im Schafzimmer verschwand, stand er mit verschränkten Armen da. Ihm war bewusst, dass mit jeder Sekunde, die er warten musste, das Leben aus Serenas Körper verschwand.

Schließlich tauchte Luciana mit einer kleinen Ampulle und einer Spritze wieder auf. „Hier, und jetzt geh!"

Mit dem Gegengift in der Hand, wandte er sich noch einmal um. „Solltest du noch einmal versuchen, ihr auch nur ein Härchen zu krümmen, bist du tot."

Dann entmaterialisierte er sich und verschwand. Sein größter Gegner war nun die Zeit.

Bright Angel Canyon. So still, so schön. Ein schöner Ort, um zu sterben. Wieder mal. Hier, an diesem abgelegenen Winkel der Welt, würde ihre sterbliche Hülle zerfallen und sich mit der Erde vereinen. Wie ihr vorheriger Körper. Das war der Kreislauf der Natur so wie das Aufgehen und Untergehen der Sonne, der Wechsel der Jahreszeiten und der Gezeiten. *Staub zu Staub.*

Die Seele stirbt nie, selbst wenn die leibliche Hülle aufhört zu existieren. Diesmal war sie bereit, zu den Erzengeln zurückzukehren, wohl wissend, dass man dort oben auf sie wartete.

Serena begann, alles loszulassen und sich auf den Weg ins Licht zu machen.

Sie spürte, wie sie nach oben gezogen wurde in den klaren Nachmittagshimmel. Ein Gefühl von Frieden legte sich über sie. In der Ferne begann es zu regnen. Gleich über dem Gipfel des Buddhatempels brach sich das Sonnenlicht in vielen Tausend Farben, jede heller und schöner als die andere.

Julian war verschwunden. Er hatte sie zum Sterben zurückgelassen, ganz allein in diesem staubigen Canyon. Irgendwann hätte er sie sowieso zerstört. Doch jetzt, als sie über ihrer körperlichen Hülle schwebte, war sie frei von solchen Emotionen und konnte alles vorurteilsfrei sehen. Der Tod war einfach ein Teil der Realität.

Schwebend betrachtete sie ihre sterblichen Überreste. Julian hatte sie mit der Picknickdecke zugedeckt, bevor er ging. Sie hatte aufgehört zu atmen und lag ganz still, als schliefe sie, eine Hand neben dem Kopf. Krähen kreisten über ihr. Die Vögel spürten den herannahenden Tod.

Doch plötzlich tauchte Julian wie aus dem Nichts auf.

Sie beobachtete, wie er aus einer kleinen Ampulle eine Flüssigkeit auf eine Spritze zog. Er injizierte ihr die Flüssigkeit, und es schien, als wollte er sie reanimieren. Während er mit regelmäßigen, rhythmischen Bewegungen ihren Brustkorb bearbeitete, flüsterte er ihr zu: „Bleib bei mir. Geh nicht weg, Engel." Die Wolken wurden dichter, und es begann zu regnen, erst in dicken Tropfen, dann strömte das Wasser vom Himmel. Sein Haar wurde klatschnass, der Regen durchweichte seine Kleidung. Die rote Erde um ihn herum verwandelte sich in Schlamm.

Von ihrer sterblichen Hülle befreit, spürte Serena den Regen nicht. Sie schwebte immer noch friedlich dahin. Von weiter oben hörte sie das Rascheln ausgebreiteter Flügel. Der Erzengel Gabriel erschien ihr in einem Strahlenkranz aus weißem Licht. Ein überwältigendes Gefühl von Harmonie erfasste Serena. Sie wollte nur noch mit dieser universellen Energie verschmelzen und sich von Gabriel führen lassen.

„Er versucht, mich zu retten, oder?"

Der Erzengel lächelte, seine weißglühende Erscheinung war unberührt vom strömenden Regen. „Ja. Dein menschlicher Körper stirbt erneut. Doch diesmal wirst du nicht gehen. Du musst in die irdische Welt zurückkehren. Du musst einen göttlichen Auftrag ausführen."

„Natürlich. Nick, mein Schutzbefohlener. Aber wird Arielle mich nicht einfach durch einen anderen Engel ersetzen, wenn ich nicht zurückkomme?" Möglicherweise bemerkte ihre Ausbilderin den Verlust überhaupt nicht, schoss es ihr durch den Kopf.

„Dein Auftrag geht über diesen hinaus, kleiner Engel. Deine Zeit ist noch nicht gekommen."

„Was meinst du damit?", rief sie ihm hinterher.

Doch Gabriel gab keine Antwort. Sie blickte hinauf in den sturmgeschwärzten Himmel, als der Erzengel mit einem einzigen Flügelschlag verschwand. Serena fiel zurück auf die Erde und landete mit einem dumpfen Aufschlag in ihrem Körper.

Es war so kalt und nass auf dem Boden. Sie erschauderte, ihre Glieder zitterten. Dann öffnete sie die Augen. Julian kauerte über sie gebeugt, die Hände auf ihrem Brustkorb, bereit für eine weitere Herz-Lungen-Massage. In seinen Augen las sie tiefe Besorgnis, ein Gefühl so echt, dass er beinahe menschlich wirkte. Wie seltsam für einen Dämon.

„Ich dachte, du wolltest mich umbringen", sagte sie mit krächzender Stimme. Das Sprechen schmerzte, ihre Zähne klapperten.

„Nicht sprechen. Ruh dich aus." Er legte ihr eine Hand auf die Stirn und schloss für einen Moment die Augen. Dann flüsterte er etwas, das sie nicht genau verstand, aber es klang in ihren Ohren wie ein Dankgebet.

Dann hob Julian sie hoch und trug sie zum Hubschrauber. Dort legte er sie vorsichtig auf den Rücksitz und setzte ihr einen Kopfhörer auf. Sein Mund war eine dünne, weiße Linie. „Es tut mir leid, was passiert ist. Das ist alles meine Schuld. Ich hätte wissen müssen, dass Luciana etwas Derartiges planen würde. Aber auf eins kannst du dich verlassen: Ich werde dir niemals wehtun." Sie spürte, wie er ihr einen Kuss auf die Stirn drückte, bevor er die Tür schloss. Sie schloss die Augen und versuchte, die plötzliche Übelkeit zu unterdrücken.

Die Vibration des Hubschraubers verschlimmerte das Gefühl noch, und die zwei Stunden Flugzeit kamen ihr vor wie eine Ewigkeit. Jetzt setzte ihr ein brennender Schmerz in Lunge und Magen zu, der wellenartig auf- und abebbte. Wenigstens hörte sie irgendwann auf zu frieren. Sie fragte sich, wie lang sie das noch ertragen musste, wann es endlich vorbei war.

Und sie dachte daran, wie erfüllt ihr Leben gewesen war. Sie hatte ihren menschlichen Körper in einem sehr jungen Alter verloren, aber sie war immer noch jung. Bedauerlich war, dass sie manche Dinge als Mensch nie erlebt hatte. Die wahre Liebe zum Beispiel – damit hatte ihr Bruder recht gehabt. Und doch sollte das ihre geringste Sorge sein. Sie sollte sich vielmehr um ihren Schutzbefohlenen, um ihren Bruder und ihre Mitbewohnerin sorgen. Wenn sie noch einmal starb, was würde dann aus ihnen werden? Sie dachte an Nick inmitten all dieser Dämonen, so verwundbar und schwach.

Würde Julian seine Drohung wahr machen, wenn sie starb? Das wollte sie nicht glauben. In den vergangenen Tagen hatte sie festgestellt, dass da tatsächlich etwas in ihm war, etwas Gutes. Es war diese Eigenschaft, die ihn dazu bewegt hatte, ihr Leben zu retten. Er hätte sie auch auf dem Felsplateau sterben lassen können. Schließlich war er ein Dämon. Seine Hände, die die Instrumente des Hubschraubers bedienten, waren das Letzte, was sie sah, bevor sie ohnmächtig wurde.

Als sie das nächste Mal die Augen öffnete, legte Julian sie gerade auf die weichen, frischen Laken ihres Hotelbettes. Hier war es warm und trocken und sie hatte ein Dach über dem Kopf. Serena sprach ein stummes Dankgebet und gelobte, diese Dinge niemals mehr als selbstverständlich anzusehen. Sie kuschelte den Kopf in die Kissen. Ihre Lider flatterten.

„Wird sie sterben?“, hörte sie eine ihr unbekannte Stimme flüstern. Sie drehte den Kopf und sah einen sympathisch aussenden Schwarzen neben dem Bett stehen. Er blickte sie besorgt an. *Dämon*, erklang eine warnende Stimme in ihrem Kopf. Aber dieser Dämon war irgendwie anders. Er war, neben Julian, der einzige Dämon, der offensichtlich die Fähigkeit zum Mitgefühl besaß.

Vielleicht ist er deshalb hier. Julian vertraut ihm, dachte sie.

„Nein, Harry“, hörte sie Julian antworten. „Ich habe so etwas schon öfter erlebt. Sie ist jetzt außer Gefahr. Bitte bleiben Sie trotzdem bei ihr und rufen Sie mich, falls sich Anzeichen einer Verschlechterung einstellen.“

„Wie Sie wünschen, Sir.“

Julian streichelte ihr übers Haar. „Ich bin bald zurück. Ich habe noch etwas zu erledigen.“

Sie drehte den Kopf zur Seite und hasste sich dafür, dass sie ihn nicht gehen lassen wollte. Ihr Mund war so trocken, als wäre er mit dem roten Staub des Canyons gefüllt. Gut, dass sie nicht sprechen konnte. *Bitte geh nicht. Bleib bei mir.* Diese Worte blieben besser ungesagt.

Julian hielt ihr ein Glas Wasser an die Lippen, und sie trank etwas. Dann verschwand er. Als sie versuchte, sich aufzusetzen, überkam sie erneut eine plötzliche, sehr heftige Übelkeit, und sie musste sich sofort wieder hinlegen. Sie schloss kurz die Augen, dann versuchte sie es noch einmal. Diesmal mit mehr Erfolg. Die Übelkeit war zwar immer noch da, aber wesentlich erträglicher.

Harry eilte mit einem leeren Papierkorb auf sie zu. Er ahnte das Schlimmste. „Miss, schonen Sie sich.“

Es musste doch möglich sein, den Brechreiz zu unterdrücken, dachte Serena. Sie wollte unbedingt aufstehen.

Wenn die Dämonen versucht haben, mich zu töten, wer weiß, was sie Nick angetan haben?

Sie rechnete mit dem Schlimmsten. Ein Bild von Nick tauchte vor ihr auf, sein Körper geschunden und gequält und in Stücke gerissen. Gabriels Worte klangen in ihren Ohren: *Du musst einen göttlichen Auftrag erfüllen.* Einen Auftrag, der nicht nur darin bestand, Nick zu beschützen. Plötzlich hatte sie das schreckliche Gefühl, dieser Auftrag könnte etwas mit Julian zu tun haben.

Zunächst musste sie sich davon überzeugen, dass es Nick gut ging und er in Sicherheit war. Er war immer noch ihr Schutzbefohlener und konnte in großer Gefahr sein. Doch ohne Harrys Hilfe würde sie es nicht schaffen. Doch wie sollte sie ihn dazu überreden? Einfach aufzustehen ging nicht. Also tat sie das Einzige, wozu sie wieder in der Lage war – sprechen.

„Sie scheinen ein netter Kerl zu sein. Wie lange arbeiten Sie schon für Julian?“

Harry zögerte. Und schluckte. „Drei Monate.“

„Sie wirken viel zu nett, um ...“ Sie schloss den Mund. Fast wäre sie ins Fettnäpfchen getappt.

„Um ein Dämon zu sein?“ Harry lachte. „Soll das etwa ein Kompliment sein? Es hat durchaus seine Vorteile, für Julian zu arbeiten.“ Eine bittersüße Erinnerung überkam ihn, und sein hübsches Gesicht wurde traurig.

„Sie können mich ruhig allein lassen. Es geht mir bestimmt schnell wieder gut. Wir Engel können uns unglaublich schnell erholen – wie Dämonen auch.“ Zumindest war es theoretisch so, fügte sie im Stillen an. Im Moment kam ihr jede Sekunde, die sie in diesem Bett liegen musste, wie eine Ewigkeit vor.

Er lächelte unbeholfen. Offensichtlich fühlte er sich unwohl in seiner Rolle als Aufpasser. Trotzdem nahm er sie ernst. „Nein, Miss. Mr Ascher hat mich beauftragt, auf Sie aufzupassen, und das werde ich auch tun.“

In einer Ecke des Schlafzimmers stand ein Stuhl, auf dem Harry Platz nahm. Offensichtlich ging er davon aus, dort sehr lange sitzen bleiben zu müssen. Sie wurde ungeduldig. Die Zeit drängte. Ihr blieb nur noch eins übrig – ihm die Wahrheit zu sagen.

„Ich muss weg, Harry. Ich muss jemanden suchen."

„Nick. Ich weiß." Seine Stimme klang so müde, wie sie sich fühlte.

„Ich habe die Verantwortung für ihn übernommen. Wissen Sie nicht mehr, wie es war, als Mensch? Wie es war, Angst zu haben? Trotz seines großspurigen Verhaltens ist Nick nichts weiter als ein verängstigter Mensch. Ich muss ihn finden und mich davon überzeugen, dass er okay ist." Ohne zu wissen warum, fügte sie hinzu: „Er ist noch ein Kind."

Dieser Satz traf ins Schwarze. Harry wurde weich, das sah sie an seinem veränderten Gesichtsausdruck. „Sie sind doch selbst noch ein Kind. Wie wollen Sie sich um ihn kümmern?"

Damit hatte er den Nagel auf den Kopf getroffen. Sie schluckte den Kloß im Hals herunter. „So ist es nun mal, Harry. Manchmal hinterfragen wir die Dinge nicht."

„Ich kann Ihnen nicht helfen", erwiderte er leise. „Tut mir leid."

„Natürlich nicht", sagte sie und schloss erschöpft die Augen. „Sie sind ja ein Dämon."

Es folgte eine lange Stille, nur durchbrochen vom Quietschen des Stuhls, wenn Harry sein Gewicht verlagerte. Selbst an diesem kleinen Geräusch konnte Serena sein Missbehagen hören.

Mit geschlossenen Augen begann sie zu sprechen. Es war nur ein Flüstern, doch sie hoffte, es war laut genug. „Vielleicht habe ich geschlafen. Vielleicht sind Sie kurz ins Wohnzimmer gegangen und haben die Tür offen gelassen. Vielleicht habe ich mich so leise aus der Suite geschlichen, dass Sie mich nicht gehört haben. Vielleicht würden Sie das Julian sagen, wenn er mein Fehlen bemerkt."

Wieder Stille. Wieder das Quietschen des Stuhls, als Harry sich bewegte. Schließlich flüsterte er – genauso leise wie sie: „Vielleicht."

Sie öffnete die Augen und sah, wie Harry sie aus seinem Stuhl in der Ecke ansah. Sie tat ihm leid. Und er tat ihr leid. Denn in diesem Moment begriff sie, dass es für jemanden wie ihn, der im Grunde ein gutes Herz besaß, unfassbar schwierig sein musste, das zu tun, was er tat. Sie wusste nicht, unter welchen Umständen es dazu gekommen war, aber sie vermutete, es war ihm keine andere Wahl geblieben.

Sie leckte sich über die trockenen Lippen und schloss wieder die Augen, um Kraft zu sammeln. „Danke, Harry. Das vergesse ich Ihnen nie."

Sein Stuhl quietschte, als er sich erhob. „Diese Unterhaltung hat nie stattgefunden. Wenn Sie Julian sagen, ich hätte Ihnen geholfen, werde ich das abstreiten. Ich weiß nur, dass ich im Wohnzimmer saß und keine Ahnung habe, wie Sie rausgekommen sind."

Am liebsten wäre sie aufgesprungen und hätte ihn umarmt und geküsst, aber er hatte schon das Zimmer verlassen, als sie die Augen öffnete. Serena stand auf. Sie atmete tief durch, um den Schwindel in den Griff zu bekommen. Nach einer Weile konnte sie bereits aufrecht stehen und zog Jeans und T-Shirt über ihr Nachthemd. Dann schlich sie sich aus dem Schlafzimmer und bedankte sich stumm bei Harry, der in der anderen Ecke des Wohnzimmers saß, ganz vertieft in ein Buch. Sie schlüpfte aus der Tür und auf den Gang.

Sie rechnete mit dem Schlimmsten. Wenn sie jetzt Julian begegnete, war er sicher alles andere als begeistert. Aber immerhin hatte er ihr das Leben gerettet – da würde er ihr jetzt doch nichts tun. Schlimmer wäre es, wenn sie Luciana begegnete. Trotzdem, sie musste wissen, wie es Nick ging.

Trotz all ihrer Selbstbeherrschung war sie doch viel zu schwach für den Marsch. Ihre Beine gaben nach – und schon kippte sie um. Es gelang ihr zum Glück, mit den Händen ihren Fall zu bremsen. Sie atmete ein paarmal tief durch, dann stemmte sie sich wieder hoch, stolperte in den Aufzug und lehnte sich dort entkräftet an die Wand. Schwer atmend sah sie zu, wie die beleuchteten Ziffern abwärts zählten.

Die Fahrt über die zwei Stockwerke nach unten kam ihr so mühsam vor wie eine Wanderung durch die Sahara. Jeder Schritt bereitete ihr große Mühe. Sie versuchte, sich aufrecht zu halten, um keine unnötige Aufmerksamkeit zu erregen. Trotzdem bedachten die Vorübergehenden sie mit sorgenvollen Blicken. Ein Hotelpage hielt sie auf und fragte besorgt: „Ma'am, sind Sie in Ordnung? Brauchen Sie Hilfe?"

„Danke, alles in Ordnung", murmelte Serena. Es war zu riskant, jemanden um Hilfe zu bitten – denn jeder Angestellte dieses Hotels war Corbin gegenüber zur Rechenschaft verpflichtet.

Schließlich stand sie vor Nicks Zimmertür. Sie hob die Hand und klopfte. Dann lehnte sie den Kopf an den Türrahmen und wartete, dass er öffnete.

Luciana war immer noch in Corbins Suite. Ihren Kopf hatte sie auf dem Schoß des Hotelbesitzers gebettet, als Julian hereinkam. Wieder kam das unbändige Gefühl in ihm hoch, sie auf der Stelle zurück in die tiefsten Tiefen der Hölle zu schicken für all das, was sie Serena zugefügt hatte.

„Es war nur ein harmloser Scherz", gurrte die Dämonin und streckte sich, um Corbins Wange zu streicheln. Ihre rabenschwarzen Locken glänzten hell im gedämpften Zimmerlicht. „Es war nur ein Spiel."

Julian starrte sie wütend an. Wie hatte er nur so verblendet sein können, diese erbärmliche Kreatur einmal zu lieben? Was für ein Idiot er als Mensch doch gewesen war. „Du hast nicht mit dem zu spielen, was mir gehört."

„Hab ich dir das Gegengift gegeben oder nicht? Du reagierst überempfindlich. Es war nur eine Schlange. Wenn ich gewollt hätte, hätte ich …" Sie unterbrach sich und tauschte ein heimliches Grinsen mit Corbin aus.

„Was?", wollte Julian wissen.

„Nichts. Diese kleine *zoccola* ist tougher, als sie aussieht."

Sie hatte Serena gerade als Hure bezeichnet. Das reichte. „Wenn du sie nicht sofort bittest, zu gehen, fasse ich das als Kriegserklärung auf."

Luciana warf ihm einen eisigen Blick zu. Sie erhob sich langsam, kurz davor, in einen ihrer theatralischen Schreianfälle auszubrechen. Doch Corbin hob beschwichtigend die Hand. „Beruhige dich, alter Junge. Wer sagt denn, dass Luciana überhaupt für die Sache verantwortlich ist?" Der ältere Erzdämon zuckte mit den Schultern.

Julian sah ihm direkt ins Gesicht. „Der Picknickkorb stammte aus der Hotelküche. Niemand würde es wagen, ohne deine Erlaubnis etwas zu manipulieren."

„Jetzt wollen wir mal die Vergangenheit auf sich beruhen lassen", sagte Corbin affektiert.

„Hier ist Serena nicht mehr in Sicherheit", stellte Julian fest. „Du und ich haben ein Jahr lang auf die Eröffnung dieses Klubs hingearbeitet. In fünf Tagen soll die Eröffnung sein. Luciana benutzt dich. Wenn du zulässt, dass sich diese Hure zwischen uns stellt, betrachte unsere Geschäftsverbindung als beendet. Du hast die Wahl – Luciana oder unsere Partnerschaft. Du bist ein intelligenter Mann, Corbin. Ich baue darauf, dass du die richtige Entscheidung treffen wirst."

Und damit verließ Julian die Suite. Er zitterte vor Wut und musste mehrmals schlucken, um seine trockene Kehle zu befeuchten. Er hatte gerade dem mächtigsten Dämon des Landes ein Ultimatum gestellt. Vielleicht schmorte er schon morgen wieder in den Gruben der Unterwelt – da, wo er angekommen war, als er sein menschliches Leben verloren hatte.

Aber egal. Das war es ihm wert. Das war Serena ihm wert.

Während er noch auf den Aufzug wartete, öffnete sich die Tür der Suite, und Corbin kam heraus. Seine Miene war unergründlich wie immer. „Morgen früh ist Luciana weg", sagte er in neutralem Tonfall. Er wandte sich um, zögerte und drehte sich noch einmal zu Julian um. „Bitte mich nicht um weitere Gefallen."

Julian betrat den Aufzug und sackte zusammen. Er war erleichtert. Luciana tobte sicher, weil Corbin sich durchgesetzt hatte. Zum ersten Mal seit Stunden hatte Julian das Gefühl, wieder Luft zu bekommen. Doch seine Erleichterung hielt nicht lange vor. Als er seine Suite betrat, fand er Harry schnarchend im Sessel vor. Und der Engel war nirgends zu sehen.

11. KAPITEL

Nick hockte in seiner Suite und war sauer. Er saß vor dem Fernseher, die Arme vor der Brust verschränkt und die Beine auf den Couchtisch gelegt. Er kam sich vor wie in einem Käfig.

„Was glaubt Julian eigentlich, wer er ist?“, murmelte Nick vor sich hin und zappte durch die Programme.

Nimmt mir mein Mädchen weg und behandelt mich wie ein Kleinkind.

Da waren Corbin und Luciana ganz anders. Sie verstanden ihn. Und nicht nur das. Sie verstanden auch zu leben.

Vor einer Stunde hatten sie ihm den Eintritt zu ihrer Welt angeboten, in der seine wildesten Träume wahr werden konnten. Träume, über die er noch nie mit jemandem gesprochen hatte.

„Wir können Magie in dein Leben bringen.“ Das waren Corbins Worte, als sie zusammen in seiner Suite zu Mittag gegessen hatten. Die bodentiefen Fenster eröffneten den Blick, auf den Las Vegas Strip, und Nick kam, es vor, als läge ihm die ganze Welt zu Füßen.

Aufgewachsen in einer Welt, die aus Schönheit und Reichtum bestand, war er von klein auf an ein Leben voller Privilegien gewöhnt. Seine Jugendzeit war dennoch von den strikten Regeln seiner verklemmten Eltern dominiert gewesen, die ihm selbst kaum jemals ihre Aufmerksamkeit schenkten. Und wenn, hatten sie immer etwas an ihm auszusetzen.

Corbin war anders als alle Leute, die Nick kannte. Denn Corbin hörte zu.

„Sag mir, was du willst“, hatte er ihn aufgefordert.

„Respekt.“ Das wollte Nick mehr als alles andere. Dass seine Mutter, dieser Kultursnob, sich endlich einmal einen Film mit ihm ansah, ohne angewidert die Nase zu rümpfen. Dass sein ultrakonservativer Vater sich überhaupt einmal einen seiner Filme ansah.

Nur ein einziges Mal hatten seine Eltern so etwas wie Stolz gezeigt, als er in der Piep School das erste Mal in seinem Leben auf der Bühne stand. Er hatte den Romeo gespielt – aber nur, weil er in das Mädchen verliebt war, das die Rolle der Julia übernommen hatte. Seine Eltern hatten natürlich nicht die Zeit gehabt, sich die Aufführung anzusehen. Aber sie hatten beide anerkennend genickt, als er ihnen in den Weihnachtsferien davon erzählte. Mit diesem Stück hatte Nicks Schauspielerkarriere begonnen, obwohl er danach nie mehr mit Shakespeare in Berührung gekommen war. Die Romanze mit dem Mädchen hatte nicht lange gedauert. Sie machte später als Werbeschauspielerin Karriere, und Nick ging nach dem Schulabschluss nach Hollywood. Doch nichts von dem, was er seither mit seinem Talent erreicht hatte – weder Geld noch Ruhm –, war gut genug für die Maßstäbe seiner Eltern.

Corbin hatte Verständnis für Nick. Er nahm ihn ernst. „Du hast Substanz, Nick. Du verdienst eine Rolle, die dir die Oscar-Nominierung sichert. Dafür kann ich sorgen."

Nick zweifelte nicht eine Sekunde daran. Corbin hatte Verbindungen. Das war offensichtlich.

„Bleib einfach hier", hatte der Hotelbesitzer ganz entspannt zu ihm gesagt und an seinem Cocktail genippt. „Dann wirst du sehen, wie leicht das Leben sein kann."

Mit dem Gedanken konnte er sich anfreunden, doch dann kam Nick die Reaktion seiner Yogalehrerin in den Sinn, als sie ihn mit Corbin und Luciana zusammen im Pool erwischt hatte. „Das wird Serena nicht gefallen."

„Was bist du? Ein Sechsjähriger?" Luciana streichelte sanft über seinen Arm. „Du musst doch nicht auf das hören, was sie sagt."

Nick hatte gezögert. Das stimmte, er musste nicht auf sie hören, aber aus irgendeinem Grund wollte er das. Und er wollte sie auch immer noch.

„Sie ist seit heute Morgen mit Julian unterwegs", hatte Corbin ihm kühl mitgeteilt. „Sie hat dich sitzen lassen. Du wirst nie eine Chance bei ihr haben, solange es Julian gibt. Aber keine Sorge. Dabei können wir dir auch behilflich sein."

Bevor die Diskussion konkreter wurde, war Julian hereingeplatzt und hatte alles zunichtegemacht.

Julian hat mir versprochen, dass ich hier Spaß haben würde, doch jedes Mal, wenn ich gerade Spaß haben will, kommt er mir in die Quere, dachte Nick wütend bei dem Gedanken an Corbins Worte. Jetzt hocke ich in dieser verdammten Hotelsuite, und er ist mit Serena unterwegs. Ich bin doch bescheuert, wenn ich noch länger hierbleibe!

Also ging er zur Tür. Er wollte raus, wieder nach oben gehen und seine Unterhaltung mit Corbin fortsetzen. Doch als er den Türgriff berührte, quälte ihn ein völlig unerwarteter, wilder Kopfschmerz. Schlimmer als jeder Kater, schlimmer als jede Migräne. Geh nicht raus, hatte Julian gesagt. Dieser Gedanke tanzte in Nicks Kopf herum.

Er ließ sich wieder aufs Sofa fallen und schnappte sich die Fernbedienung. Je länger er durch die Programme zappte, desto frustrierter wurde er.

Bis er auf einmal sein eigenes Gesicht über den Bildschirm flimmern sah, beschmiert mit künstlichem Blut und Schweiß. Das war der Gladiatorenfilm, den er vor ein paar Jahren gedreht hatte. Er hatte den Streifen nie sonderlich gut gefunden, aber jetzt brachte er ihn zum Ausrasten. Er hasste diesen idiotischen Film, und er hasste seine ganze idiotische Karriere!

In seiner Wut schleuderte er die Fernbedienung mit voller Wucht gegen den Apparat. Der Plasmabildschirm zersprang. Ein Geräusch von berstendem Plastik erklang, und das Fernsehbild verwandelte sich in eine Milliarde blinkende kleine Lichter.

Nick wollte mehr. Er wollte das, was Corbin hatte. Und er wollte Serena.

Und er würde alles tun, um es zu bekommen.

Serena hörte den Lärm in Nicks Zimmer und hob erneut die Hand, um anzuklopfen. Doch im selben Moment packte eine starke Hand nach ihr. Sie wusste sofort, wer hinter ihr stand und als sie sich umdrehte, sah sie in Julians sorgenvolle Miene, die sich schlagartig in eine gefährliche, wütende Grimasse verwandelte.

„Was zum Teufel machst du hier unten?“

Sie öffnete den Mund, um zu antworten, doch in diesem Moment ging die Tür einen Spalt auf und Nick schaute heraus. Er erstarrte, als er Julian erkannte, der immer noch Serenas Handgelenk umschlossen hielt. „Was ist denn los?“, fragte er irritiert.

Voller Erleichterung lächelte Serena ihren Schutzbefohlenen an. „Ich wollte nur sichergehen, dass bei dir alles in Ordnung ist. Ich habe gerade etwas krachen gehört.“

„Wie du siehst, geht es ihm gut.“ Julians Stimme verriet, dass er noch immer wütend war. Einen Blick in Nicks Zimmer zu werfen, war nicht möglich, denn der Dämon zog sie weg.

Auf Nicks Gesicht spiegelte sich Misstrauen wider, als er den Kopf noch ein bisschen weiter aus der Tür steckte. „Was ist denn mit dir passiert, Serena? Du siehst schlimm aus. Hat er …?“

„Mir geht es gut. Du weißt doch, ich bin so wetterfühlig.“ Nick musste nicht wissen, was sich im Canyon abgespielt hatte. Er würde es ohnehin nicht verstehen.

„Warum machst du nicht die Tür wieder zu und gehst schlafen?“ Nick blieb nichts anderes übrig, als Julian zu gehorchen.

Er machte zwar ein böses Gesicht, aber er schloss die Tür.

„Du hättest mir vertrauen sollen“, flüsterte Julian ihr ins Ohr. „Ich habe dir gesagt, es geht ihm gut.“ Er legte seinen Arm um sie und wollte Serena an sich ziehen.

Doch sie riss sich von ihm los. Sie kam alleine zurecht. „Ich kann ohne deine Hilfe laufen.“

„Du bist die sturste Person, die ich kenne. Und die dümmste. Was hättest du getan, wenn Nick nicht da gewesen wäre? Wenn die anderen ihn verschleppt hätten?“

„Ich hätte Arielle angerufen.“

Julian seufzte kopfschüttelnd. „Deine Ehrlichkeit bricht dir noch das Genick. Du solltest mit dem Lügen anfangen. Macht das Leben viel einfacher.“

Trotz ihrer Proteste hob er sie hoch und trug sie wieder nach oben in ihre gemeinsame Suite. Dort saß Harry auf dem

Sofa, den Kopf in die Hände gestützt. Er sprang auf, als er die beiden kommen sah. Angst stand in sein Gesicht geschrieben.

„Harry, Sie können jetzt gehen“, sagte Julian ruhig.

„Es tut mir so leid, Sir. Ich wollte nicht, dass sie entkommt, es war mein Fehler.“ Harry blickte unter sich.

Es war unmöglich, dass Harry sich für sie opferte. Sie musste die Wahrheit sagen. „Es war nicht seine Schuld, Julian. Ich bin schuld.“

Julian machte eine entlassende Geste in Harrys Richtung. „Gehen Sie einfach.“

Harry riss die Augen auf, sagte aber nichts. Serena hätte ihm so gerne beigestanden. Hoffentlich bekam er ihretwegen keine Schwierigkeiten. Aber sie ahnte schon, was sich da zusammenbraute. Daher war sie lieber still, als Harry zur Tür hinausschlüpfte.

Julian ging hinüber zur Minibar und goss sich einen Drink ein. Dann trat er hinaus auf den Balkon. Es war offensichtlich, dass er allein sein wollte. Dennoch folgte sie ihm.

In seinem Gesicht zuckte es, als er den Blick über die Stadt schweifen ließ. Serena sah er nicht an. „Luciana ist weg. Sie wird dir nichts mehr tun.“

„Was ist zwischen euch beiden vorgefallen?“

Genau diese Frage stellte er sich seit zweihundert Jahren. Er stieß einen langen Seufzer aus. „Luciana ist der Grund dafür, dass ich ein Dämon bin.“

„Oh.“ Ihr Flüstern war nicht viel mehr als ein Lufthauch, der in der Brise davongetragen wurde. „Du musst es mir nicht erzählen.“ Nach allem, was zwischen ihnen vorgefallen war, und so vertraut, wie sie mittlerweile miteinander umgingen, begann Serena endlich, ihn zu duzen.

„Ich möchte aber, dass du es verstehst.“ Und mehr noch – er selbst wollte es auch endlich verstehen. Sie gingen zurück ins Wohnzimmer und setzten sich aufs Sofa. Dann begann er seine Geschichte zu erzählen. „Vor langer, langer Zeit gab es einen verwöhnten kleinen englischen Lord …“

„Du bist ein Lord, Julian?", unterbrach sie ihn erstaunt.

Er lächelte. „Dieser Teil von mir starb schon vor zweihundert Jahren. Das hat heute keine Bedeutung mehr. Aber ja, damals war ich der Earl von Leyburn."

Und dann strömte alles aus ihm heraus. Sein Leben als Mensch breitete sich vor ihm aus, vermischte sich mit der Gegenwart. Die Zeit verging wie im Fluge. Schon begann die Sonne hinter dem Horizont zu verschwinden. Die Berge waren nur noch Schatten im Hintergrund. Bald würde es dunkel werden.

Die Geschichte von seiner Kindheit und dem Tod seiner Mutter trieb Serena die Tränen in die Augen, obwohl er sich alle Mühe gab, einen neutralen Ton anzuschlagen. Aber ihre Reaktion war verständlich, erinnerte der Verlust eines Elternteils in einem so jungen Alter sie doch nur allzu sehr an den Tod ihres eigenen Vaters. Er sprach weiter, erzählte ihr von seiner schmerzvollen Jugendzeit. Als er schließlich von Oxford berichtete, klang er plötzlich sentimental, ohne es zu wollen. Er grinste beinahe, als er von seiner Kavaliersreise durch Europa erzählte und von der Freude, die es ihm bereitete, Venedig zu entdecken. Und dann kam der schwerste Teil der Geschichte.

„In Venedig habe ich Luciana das erste Mal gesehen. Sie war die Tochter eines Seidenhändlers, kaum siebzehn Jahre alt, als sie mir das erste Mal begegnete. Sie schlenderte an einem schönen Sommertag an einem der Kanäle entlang."

Er unterbrach seine Erzählung, um etwas vom Zimmerservice zu bestellen. Während er die Speisekarte überflog, überlegte Julian, wie er weitererzählen sollte. Es gab ein paar Dinge, die Serena nicht zu wissen brauchte. Dinge, die sie nur verletzen würden. Zum Beispiel, wie ihn Lucianas Frische und Schönheit, ihre schwarzen Haare und smaragdgrünen Augen fasziniert hatten. Sie war das schönste Wesen, das er je gesehen hatte – bis er Serena traf. Als er Luciana an jenem Tag begegnete, war es unerträglich heiß in der Stadt, doch Luciana war so kühl und frisch wie die Meeresbrise. Er hatte sie angesprochen unter dem Vorwand, er habe sich verlaufen. Luciana hatte ihm freundlich den Weg gewiesen und über seine Versuche gelacht, sich auf Italienisch mit ihr zu unterhalten. Sie antwortete ihm in einem schüchternen Englisch.

Sie trafen sich von da an jeden Tag heimlich an dieser Stelle unweit der Rialtobrücke. Dann schlenderten sie gemeinsam an den Kanälen entlang, unterhielten sich gebrochen in zwei Sprachen und lachten gemeinsam über ihre sprachlichen Fehler. Er begann, ihr kleine Geschenke mitzubringen. Zuerst Blumen, Kleinigkeiten vom Markt, Muranoglas, Buranospitze. Es dauerte nicht lange, und aus ihren unschuldigen Spaziergängen wurden handfeste Flirts, die rasch in Julians Mietwohnung endeten.

Von all dem musste Serena nichts wissen. Also nahm er den Faden da wieder auf, wo es für sie relevant wurde. „Luciana war ganz versessen darauf, sich den Wünschen ihrer Eltern zu widersetzen, und hatte es sich in den Kopf gesetzt, einen englischen Lord zu heiraten. Als ich mit meinen naiven und arroganten zweiundzwanzig Jahren daherstolziert kam, war ich für Luciana das ideale Opfer."

„Ich erlag ihrem Charme und hatte fest vor, sie zu heiraten – selbst auf die Gefahr hin, dass mein Vater mich enterben würde, wenn ich mit einer italienischen Braut vor der Tür stand. Er war ein alter Mann und hatte alte Ansichten. Ich hätte ihretwegen sogar mein Erbe aufs Spiel gesetzt! Aber tief in meinem Innern spürte ich wohl, dass ihre Liebe nicht annähernd so tief und ewig war, wie sie beteuerte. Ich wollte, dass sie mich eines Besseren belehrte. Doch sie verlor die Geduld. Sie wollte mich zu dieser Heirat zwingen, doch ich widerstand ihr. Es hätte nur ein Mindestmaß an Loyalität von ihr gebraucht, nur ein paar Wochen mehr, in denen sie mir das ergebene, naive kleine Mädchen hätte vorspielen müssen. Doch Luciana wollte davon nichts hören. Sie bekam einen Wutanfall und wollte mich nie mehr wiedersehen. Knapp einen Monat später hörte ich von ihren Hochzeitsvorbereitungen mit einem Engländer namens Thomas Harcourt, einem anderen bemitleidenswerten jungen Trottel auf Kavaliersreise. Aber Harcourt war ein Baron, und da wurde mir klar, dass ich entbehrlich für sie war. Für Luciana war ich nie mehr als ein Adelstitel und ein Geldbeutel gewesen. Sie hatte es nie ernst mit mir gemeint und ersetzte mich so leichtfertig, wie sie mich gefunden hatte."

Julian hielt kurz inne. Dann redete er weiter. „Ich war am Boden zerstört. Auch wenn ich gezögert hatte, war ich immer fest davon ausgegangen, dass wir eines Tages heiraten würden. Nachdem ich meinen Schock überwunden hatte, kehrte ich zurück nach England, denn auch um die Gesundheit meines Vaters stand es schlecht. Zurück zu Hause machte ich mich daran, meine Pläne umzusetzen, die in Venedig gereift waren. Ich wollte das Leben der Pachtbauern verbessern, für die Erziehung ihrer Kinder sorgen. Ich lebte das Leben eines Landadeligen und gab den verantwortungsvollen, mildtätigen Lord.

Zehn Jahre lang habe ich kein Wort mit Luciana gewechselt. Ihr Name tauchte immer wieder mal in den gesellschaftlichen Kreisen auf. Ein paarmal sah ich sie auf Bällen und einmal auf einer Museumsausstellung. In der Upperclass galt sie als rücksichtsloser gesellschaftlicher Emporkömmling und Klatschmaul. Das Gerücht ging um, sie betrüge ihren Ehemann mit seinem eigenen Diener.

Und eines Tages besuchte sie mich in meinem Londoner Stadthaus. Viele Jahre waren vergangen, aber sie sah immer noch aus wie eine exotische Blume, frisch gepflückt in einem italienischen Garten. Gekleidet war sie wie eine feine englische Baroness. Doch sie duftete nicht etwa nach Blütenaroma, sondern stank nach Verzweiflung. Sie war sehr unzufrieden mit ihrem Leben und erzählte mir, ihr Mann würde sie schlagen. Sie gab mir die Schuld an ihrer unglücklichen Ehe. Sie war gekommen, um sich von mir trösten zu lassen."

Dieser Moment hatte sich unauslöschlich in sein Gedächtnis eingebrannt: Luciana, in ihrem feinen, mit Stickereien besetzten blasslila Seidenkleid, wie sie auf den Knien vor ihm lag und ihn anbettelte, sie nicht wegzuschicken. Ein weicher Kaschmirschal umschmeichelte ihre Schultern, und sie ließ ihn zu Boden gleiten als subtilen Hinweis darauf, dass gleich der Rest ihrer

Kleider folgen würde. Er war einsam damals, zweiunddreißig Jahre alt und unverheiratet, und natürlich hatte er nachgegeben. Er hatte sie mit in sein Schlafzimmer genommen, ihr die schicken Sachen ausgezogen und sie genommen, ohne einen Gedanken an ihren Ehemann oder an seine eigene Sicherheit zu verschwenden.

Diese Details ersparte er Serena jedoch und fuhr fort: „Sie bat mich, dem Ganzen ein Ende zu setzen. Sie sprach nicht von Scheidung. Sie wollte, dass ich Harcourt umbringe. Ihr Ehemann wäre brutal und rücksichtslos, behauptete sie. Eines Tages kam sie mit einem gebrochenen Arm zu mir. Sie schluchzte, bald würde er ihrem Leben ein Ende bereiten. Nur der Tod könne ihn jetzt noch aufhalten. Natürlich war ich damals ein Mann, der für das Gute und für die Gerechtigkeit brannte."

Serenas Stimme beendete sein Schweigen. „Also hast du ihn umgebracht?"

Julian nickte. Die Erinnerung daran war beschämend. Einen Menschen zu töten, das war bis dahin für ihn einfach undenkbar gewesen. Doch er rechtfertigte seine Tat vor sich selbst, denn er würde Luciana aus einer lebensbedrohlichen Lage befreien. Noch immer konnte er Harcourts Blut auf seinen Händen spüren, warm und klebrig und von metallischem Geruch. Konnte die Übelkeit spüren, die ihn damals überkam, auch jetzt, nach zweihundert Jahren noch. Nur eins konnte das Gefühl von Selbstekel mildern, das die Erinnerung in ihm hervorrief – nämlich das Wissen darum, dass sein eigenes Blut sich mit dem Harcourts vereint hatte und sie beide gemeinsam das Leben ließen.

„Es war unausweichlich. Wir duellierten uns wegen Luciana. Er wählte Pistolen. Es war ein kalter Dezembertag, als er mich herausforderte. Wir waren beide exzellente Schützen – und trafen beide unser Ziel. Er hinterließ eine Blutspur, als er durch den Schnee auf mich zukroch und mir schwor, dass er Luciana nie auch nur ein Haar gekrümmt hatte. Den vermeintlichen Beweis, den Armbruch, hatte sie sich selbst zugefügt, bei einem Sturz war sie von ihrem Pferd gefallen.

Sie war es einfach leid, mit ihm verheiratet zu sein, und brauchte eine Entschuldigung, um ihn loszuwerden. So einfach war das für sie. Es scherte sie nicht, dass sie mich nur benutzte. Wir starben beide. Luciana lebte noch ein Jahr – so lange brauchte Harcourt, um aus der Hölle zu klettern und sie selbst zu erledigen.

Sie hat meinen Sturz verursacht. Das habe ich ihr nie verziehen, auch wenn ich immer wieder schwach wurde und ihrem Charme erlag. Es gab Zeiten, in denen ich sogar glaubte, sie könnte wirklich Liebe empfinden."

Und es gab Zeiten, in denen sie sich wie ein Monster aufführte.

Doch Julian war nicht besser gewesen. Er hatte zahllose Frauen auf dem Gewissen, hatte so viele zu Fall gebracht. Absichtlich hatte er sich die Schönsten ausgesucht und viel Spaß dabei entwickelt, ihre Schönheit zu zerstören. Es war seine Art, sich zu rächen. Nicht nur an Luciana, auch an Gott. Dem Gott, der zuließ, dass seine Mutter starb. Dem Gott, der ihn aus der Erziehungshölle seiner Tante befreite, nur um ihn mit seinem Tod ins Elend zu stürzen.

„Dass Luciana vorher schon getötet hat, bezweifle ich", sagte er. „Aber nach ihrem Tod …"

Er war dabei gewesen, wie sie unzählige Personen gefoltert und ermordet hatte. Vor allem hatte Luciana panische Angst vor dem Älterwerden, obwohl sie bei ihrem Tod erst achtundzwanzig gewesen war und noch keine Makel ihre Schönheit beeinträchtigten. Einmal hatte er sie in der Badewanne ertappt, als sie sich im Blut von Jungfrauen aalte. Sie behauptete, das wäre ein altes europäisches Schönheitsmittel, dabei hatte sie sich von den Geschichten über die ungarische Gräfin Elisabeth Báthory inspirieren lassen. Diese Frau war als grausame Serienmörderin von Jungfrauen in die Geschichte eingegangen. Wenn Serena von Lucianas Taten wüsste, würde sie noch in diesem Moment vor ihm auf die Knie fallen und ihn um seinen Schutz anflehen. Doch sie wusste zum Glück nichts davon, und Julian sah auch keinen Grund dafür, sie noch mehr zu verängstigen.

„Die sozialen Verbesserungen, für die ich auf unserem Besitz gesorgt hatte, wurden von meinem Vater nach meinem Tod wieder rückgängig gemacht. Trotz seines schlechten Gesundheitszustands überlebte er mich um dreißig Jahre. Als er schließlich starb, fielen unsere Ländereien und Besitztümer an eine entfernte Cousine. Da es keinen männlichen Erben gab, starb unser Adelstitel aus. Aus der Ferne musste ich mit ansehen, wie das Vermächtnis unserer Familie sich in nichts auflöste."

Serena sah ihn mit aufrichtigem Mitleid an. „Das Vermächtnis, das du hättest fortführen sollen."

Das Vermächtnis, das er nicht verdiente. Doch er begann ein neues Leben.

„Als junger Dämon musste ich erst die Regeln lernen. Ich hatte auf der Erde keinen Besitz mehr, da mit meinem Tod alles zurück an meinen Vater gefallen war. Ich musste also irgendwie ein Auskommen finden, ohne als Dämon aufzufallen. Ich fand eine Arbeit in einer Dorfkneipe, stand dort hinter der Bar. Ich lernte schnell und verstand zum ersten Mal in meinem Leben den Wert harter körperlicher Arbeit. Die Dorfbewohner waren leicht zu manipulieren und boten mir eine amüsante Ablenkung von meinem Leid." Vor allem die Mädchen, erinnerte er sich. Er war schon vor seinem Tod bei den Damen beliebt gewesen, doch nun hingen die Frauen scharenweise an ihm.

„Schließlich brachte ich es vom Mann hinter der Bar zum Besitzer eines eigenen Wirtshauses. Ich arbeitete viel und sparte mein Geld, dann kaufte ich die nächste Kneipe und die nächste. Irgendwann kam ich im einundzwanzigsten Jahrhundert an, und heute bin ich der Besitzer einer Reihe von Klubs. Ich habe es zu beachtlichem Wohlstand gebracht. Für einen Erzdämon bin ich ziemlich jung, aber es gibt nur wenige, die erfolgreicher sind als ich. Mein Ziel war immer, der Mächtigste unter ihnen zu werden. Indem ich mich mit Corbin zusammentat, überholte ich sie alle – bis auf ihn."

„Und jetzt?"

„Jetzt will ich nur noch dich. Und deshalb musst du mich retten."

„Dich retten." Sie war schockiert und wusste nicht recht, was sie sagen sollte. War er ehrlich zu ihr, oder war das Teil des Spiels? Warum hatte er sich ihr offenbart?

„Du glaubst doch an die heilende Kraft der Liebe, oder nicht?" Einen Moment lang dachte sie, er machte Witze. Aber als sie sein Gesicht sah, erkannte Serena die Ernsthaftigkeit seiner Worte.

Hat Arielle doch recht? Gibt es einen Teil von ihm, der immer noch gut ist?

Vorsichtig rutschte sie ein Stück von ihm ab. Stundenlang hatte sie dicht neben ihm auf dem Sofa gesessen. Natürlich war da keine richtige Liebe zwischen ihnen, höchstens dieses vage Gefühl von Liebe, das sie für alle lebenden Wesen empfand. Sogar für Dämonen. Aber Liebe im intimsten Sinne des Wortes? Im romantischen Sinn? Letzte Nacht war sie sich sicher gewesen, ihn nicht zu lieben. Oder?

Lieber Gott.

Ihre Hand zitterte. Die Reste des Abendessens standen noch auf dem Servierwagen, inzwischen kalt geworden. Ihr Magen knurrte, und sie ging hinüber und hob den Deckel von der vegetarischen Vorspeise, die sie bestellt hatte. Es sah nicht mehr ansprechend aus, also legte sie den Deckel wieder darüber und tat so, als wäre alles ganz normal. Als hätte sich zwischen ihnen nichts geändert.

Aber alles war anders.

Während sie sich wieder neben ihn aufs Sofa setzte, hörte Serena die leise Stimme in ihrem Innern wieder. Sie wollte ihn. Sie wollte, dass er sie verführte. Sie verführte, nur um dagegen protestieren zu können, wie immer. Doch er machte keinerlei Anstalten. Sein Blick ruhte auf ihr. Abwartend. Auf ihre Antwort gespannt. Um sich ihre Verwirrung nicht anmerken zu lassen, lächelte sie.

Doch sie konnte ihm nichts vormachen. „Die Liebe siegt immer", flüsterte Julian jetzt.

Ihr Lächeln erstarb. „Wag es nicht, diese Worte auszusprechen. Erzähl du mir nichts von Liebe, wo du mich gegen meinen Willen hierhergebracht hast und mich hier festhältst."

„Du kannst jederzeit gehen. Da ist die Tür."

„Und würdest du auch Nick gehen lassen und meine Freunde und meine Familie in Ruhe lassen?" Ihre Wangen brannten, als sie seinen Blick erwiderte.

War es Belustigung oder Bewunderung, was da in seinen Augen flackerte? Sie wusste es nicht. „So weit werde ich nicht gehen. Kann ich nicht gehen. Aber ich verspreche dir eins: Heute Nacht will ich dir nicht zu nahe treten. Du bist geschwächt durch den Schlangenbiss und hast einen sehr emotionalen Tag hinter dir."

Sie seufzte und lehnte den Kopf an die weichen Sofakissen. Dann schloss sie die Augen. „Mit dir ist jeder Tag ein emotionaler Tag."

„Armer, kleiner, müder Engel."

Sie spürte seine Bewegung. Öffnete die Augen. Julian beugte sich so vorsichtig über sie, als wäre sie aus feinstem Kristall. Küsste sie sanft auf die Lippen. Einmal, zweimal.

Ein großes Gefühl der Sicherheit überkam Serena. In diesem Moment hätte sie sich ihm ohne lange Diskussion hingegeben. Aber er versuchte es nicht einmal. Stattdessen half er ihr, aufzustehen, und brachte sie zu ihrem Schlafzimmer.

„Serena, ich habe mich verändert. Das schwöre ich dir. Wir haben noch fünf gemeinsame Tage. In dieser Zeit werde ich dir beweisen, wie sehr ich mich verändert habe."

Einen Moment lang standen sie da, nur ein paar Schritte auseinander. Als sie ihm diesmal in die Augen schaute, bestand kein Zweifel mehr. Ja, da war Begehren. Aber auch Respekt. Und ein Hauch Verwunderung. Ihr Herz raste. Sie drehte sich um und schloss die Tür hinter sich. Sie war gerade Zeugin einer bemerkenswerten, wunderbaren Begebenheit geworden. Konnte das wirklich sein? Sie traute sich kaum, es zu denken. Konnte sich ein Dämon verlieben?

Am nächsten Morgen saßen sie auf der weitläufigen Terrasse der Suite und frühstückten gemütlich im Schatten der Topfpalmen. Julian trug den weißen Bademantel. Er lümmelte sich in seinem Stuhl und nippte an seinem Kaffee.

„Nick wird abends mit Harry unterwegs sein, solange er in Las Vegas ist", verkündete er. „Anscheinend schaffte er es nicht, mit einem Novizen-Engel fertig zu werden, aber auf einen Menschen aufpassen, dazu ist er in der Lage."

„Aber ich habe die Verantwortung für Nick. Es ist meine Pflicht, Zeit mit ihm zu verbringen – vor allem abends, wenn er am empfänglichsten ist für die Versuchungen dieser Welt."

Julians blaugrüne Augen flackerten, als er Serena über den Rand seiner Tasse hinweg ansah. „Nennen wir das Ganze einfach Outsourcing. Nick ist bei Harry sicherer als bei dir, Serena. Denn wir Dämonen haben, anders als ihr Engel, keine Skrupel, die Gedanken eines Menschen zu manipulieren. Es ist auch nicht meine Lieblingsmethode, aber effektiv ist sie allemal. Oder würdest du lieber jeden Abend durch Las Vegas jagen, um Nick ausfindig zu machen?"

„Das ist mein Job."

„Erinnere dich bitte. Du bist mit mir hier. Wir haben eine Abmachung."

Diesbezüglich blieb Julian hart. Er wollte keine weiteren Einwände hören und blockte alle ihre Versuche mit einem höflichen Lächeln ab. Unter diesem Lächeln lauerte jedoch etwas anderes. Serena wusste, dass sie ihn besser nicht herausfordern sollte. Denn Julian konnte Nick jederzeit mit Leichtigkeit vernichten. Und wenn sie ihm auch nur den geringsten Anlass dazu gab, würde er es tun.

Die folgenden Tage vergingen wie im Traum. Julian lockte Serena immer tiefer in die Welt der exquisiten Ausschweifungen. Er führte sie in erstklassige Restaurants aus, wo er sie mit den teuersten Speisen verwöhnte. Von Logenplätzen im Konzerthaus lauschten sie einer berühmten Sängerin, die mit gefühlvollen Balladen ihr Publikum verzauberte. Sie sahen einen Illusionisten, der durch Metall gehen und sich aus einem verriegelten Tank voller Wasser befreien konnte. Der Cirque du Soleil gefiel Serena besonders, sie war begeistert von den bunten Kostümen, den wagemutigen akrobatischen Kunststücken und den fantastischen Welten. Und wann immer Serena während all dieser Darbietungen zu Julian hinübersah, galt seine Aufmerksamkeit mehr ihr als den Künstlern.

Wahrscheinlich war auch sein Interesse eine Illusion, so wie die Tricks des Zauberers oder die exotischen Akrobatenwesen, die in allen möglichen Erscheinungsformen am Trapez hingen, versuchte sich Serena einzureden. Und sie sagte sich, dass sie am Ende der Woche wieder nach Hause, nach Los Angeles, und in ihren Alltag zurückkehren würde. Ohne Julian.

Eines Abends, als sie im dunklen Theater neben ihm saß und seine Finger Kreise in ihre Handfläche malten, wurde ihr plötzlich bewusst, dass sie Liebe für ihn empfand. Denn dieses Gefühl hatte sie noch niemals zuvor verspürt. Dabei verkörperte Julian das Dunkle, das Böse. Oder hatte er doch eine andere, eine menschliche Seite? In den letzten beiden Tagen hatte er sie gar nicht mehr bedrängt. War das der Grund dafür? Dabei wollte sie ihn mehr als alles andere auf der Welt.

Die Nächte kamen ihr besonders schlimm vor. In der ersten Nacht hatte sie stundenlang wach gelegen und auf Julian gewartet. Doch er kam nicht, und so stellte sie sich vor, wie es wäre, zu ihm zu gehen und ihren Körper an den seinen zu schmiegen. Immer wieder versuchte sie, diese Gedanken zu verbannen, denn sie wusste, wenn sie nachgab, war das ihr Ruin. Doch sie konnte sich auf nichts anderes konzentrieren. Ihre Gedanken kehrten immer wieder zurück zu Julian und in sein dunkles Schlafzimmer, an die Freuden, die sie dort erwarteten.

Ihre Selbstkontrolle geriet erheblich ins Schwanken. Es war dumm von ihr, ihm zu vertrauen. Und noch dümmer, ihn so sehr zu begehren. Alles hatte sich geändert. Jetzt freute sie sich nicht mehr darauf, dass ihre gemeinsame Zeit bald zu Ende war. Im Gegenteil – sie fürchtete sich davor.

In der Stadt der Illusionen verlor sich Serena selbst.

Julian hatte gewonnen.

Denn nicht nur ihre Selbstkontrolle war dahin, auch ihr Einfluss auf Nick. Abends war sie mit Julian unterwegs. Und tagsüber versuchte sie angestrengt, ihre eigenen Maßstäbe wiederzufinden, bevor nichts mehr von ihr übrig war. Seit Tagen hatte sie kein Yoga mehr gemacht, das vielleicht einzige Mittel, um sich selbst und ihren Schutzbefohlenen wieder zurück in die Normalität zu führen.

„Lass uns doch jeden Morgen um zehn treffen", schlug sie Nick deshalb vor, „auf der Terrasse von meiner Suite, zum Yoga."

Da Nick sich freute, Zeit mit ihr zu verbringen, stimmte er sofort zu. Sie rollten ihre Yogamatten auf dem glatten Marmor aus. Die Wüstensonne wärmte sie, und Serena hoffte, dass ihr Unterricht Nick von den vielfältigen Verlockungen der Stadt abbringen würde. Doch das reichte vermutlich nicht.

Nick war eifersüchtig.

Eines Morgens nach ihrer Yogastunde saßen sie am Pool, der nur ganz besonderen Hausgästen vorbehalten war, und sonnten sich. Sie spürte Nicks Blick. Seine Augen verbarg er hinter einer verspiegelten Sonnenbrille. Er betrachtete sie eingehend in ihrem Bikini. Serena ignorierte ihn einfach und schickte stattdessen platonische Empfindungen in die Gedankenwelt ihres Schutzbefohlenen. Doch Nick hielt die Spannung nicht mehr aus.

„Schläfst du mit ihm?", fragte er plötzlich ohne Umschweife.

Sie rutschte auf der Sonnenliege herum und widerstand dem Drang, sich sofort ein Badetuch umzuwickeln. Nick starrte immer noch auf ihre Kurven. „Nein."

„Hat er es versucht?"

„Geht dich das etwas an?", erwiderte sie kurz angebunden.

„Ja, das tut es." Nick beugte sich zu ihr. Seine Worte klangen überraschend ernst. Er schob seine Sonnenbrille hoch und sah sie lange und prüfend an. „Du hast ihn immerhin durch mich kennengelernt. Zwischen euch ist doch mehr, als ihr vorgebt. Ich glaube, Julian ist vielleicht …“

Ob er es weiß? fragte sich Serena plötzlich.

„… von der Mafia“, flüsterte Nick ihr konspirativ zu.

Am liebsten hätte sie laut gelacht. Wenn es nur so einfach wäre! Ja, man konnte sogar sagen, dass Julian ein Mafioso war – nur eben kein menschlicher. Sie seufzte laut. „Keine Sorge, Nick. Julian und ich sind kein Paar.“

Auch wenn er sich jetzt ein wenig entspannte, war Nick noch lange nicht überzeugt. „Gut. Aber du musst vorsichtig sein. Er ist sehr gefährlich.“

Da hatte Nick recht. Julian war gefährlich. Er sagte zwar, er hätte sich geändert – er beteuerte es ihr sogar täglich. Aber die Eröffnung des Klubs stand außer Frage, und dass er mit der Existenz seiner vielen anderen Klubs großen Schaden verursachte, davon wollte er ebenfalls nichts wissen. Ab nächste Woche würde er pro Nacht viele Tausend Seelen mehr in Versuchung führen. Wenn Julian sich überhaupt geändert hatte, dann zum Schlimmeren.

Serenas Schützling lehnte sich wieder in seiner Liege zurück. Fürs Erste war er zufrieden damit, hier zu liegen und zu sehen, wie die Vorübergehenden seine perfekten Bauchmuskeln bewunderten. Serena seufzte. Sie dachte an den göttlichen Auftrag, den der Erzengel Gabriel erwähnt hatte. Er hatte von einer Verantwortung gesprochen, die weit darüber hinausging, mit Nick am Pool zu sitzen. Falls sie wirklich dazu auserkoren war, Julians Verderbtheit zu beenden, wusste sie nicht, wie sie das anstellen sollte. Sie war ein frischgebackener Engel, sie konnte ihm nicht als gleichwertige Gegnerin gegenübertreten. Außerdem sorgte er so schon dafür, dass ihre Verteidigungsmechanismen nicht mehr funktionierten. Sie konnte sich selbst nicht mehr trauen.

Als sie wieder zu Nick hinübersah, blickte er sie voller Bewunderung an. „Er kann dich niemals so lieben, wie du es verdienst.“

Lieben. Auch damit hatte Nick recht. Am Ende war der Schauspieler doch nicht so hohl, wie es zunächst den Anschein gehabt hatte.

„Ich bin im Moment gar nicht auf der Suche nach Liebe." *Jetzt nicht und auch sonst nicht.* Serena schloss die Augen und spürte die Sonnenstrahlen auf ihrem Gesicht. Schon vor langer Zeit hatte sie sich damit abgefunden, dass sie nie die romantische Liebe kennenlernen würde. Es war einfach nicht für sie vorgesehen. Vor allem nicht mit Julian.

Am Donnerstagabend trafen sich Julian und Serena mit Corbin zum Dinner.

Corbin hatte erneut die Einladung ausgesprochen, und Julian wusste, dass er sie nicht ausschlagen konnte. Sie waren zwar keine Freunde, aber auch keine Feinde. Er musste seinen Partner beschwichtigen, damit ihre Geschäftsbeziehung keinen Schaden nahm. Vor allem, seit Corbin Luciana weggeschickt hatte. Trotzdem wusste Julian, wie gefährlich Corbin war und wie gefährlich er Serena werden konnte.

Sie trafen sich in der Lounge des Restaurants, um ein paar Drinks zu nehmen. Zu dritt bildeten sie ein merkwürdiges Gespann. Ohne Luciana oder Nick war niemand da, der die Spannungen zwischen ihnen abfederte. Ohne Nick gab es keine seichten Gespräche, und ohne Luciana fehlte jemand, der Corbins Blicke von Serena ablenkte. Dem geschulten Auge des älteren Erzdämons entging nichts. Er beobachtete, wie Serena wieder durch den Raum auf sie zukam, nachdem er sie gebeten hatte, sich bei der Jazzband einen Titel zu wünschen.

„Ich sehe ein Funkeln in deinen Augen, das ich noch nie gesehen habe, mein Junge. Komm doch später noch mit in meine Suite", schlug er Julian vor, den Blick immer noch auf Serena gerichtet. „Ich habe mir etwas Gesellschaft bestellt. Du kannst allein kommen oder deinen kleinen Engel mitbringen. Aber wenn du sie mitbringst, musst du sie auch teilen."

Mit einem Mal wurde Julian klar, dass er etwas in Gefahr gebracht hatte, das er liebte. Corbin wollte Serena, und wenn es um die Befriedigung seiner Bedürfnisse ging, war er rücksichtslos. Der Engel kehrte zum Tisch zurück und setzte sich, ohne die Gefahr zu spüren, in der sie sich befand. Julian wusste jedoch, was zu tun war. Er würde sie gleich am nächsten Morgen zurück nach L.A. schicken. Es gab keine andere Lösung.

Wenn Corbin sie haben wollte, würde er sie sich nehmen. Ohne Spielchen, ohne Spaß. Er würde sie ganz einfach malträtieren, seelisch wie körperlich, und dann ihren versehrten Leib liegen lassen. Das hatte Corbin zahllosen sterblichen Frauen angetan, und nichts würde ihn davon abhalten, es auch einem Engel anzutun.

Morgen früh würde Julian Luciana ausfindig machen – ganz egal wohin sie nach dem Rauswurf verschwunden war – und ihr in aller Eindringlichkeit klarmachen, dass sie ihre Finger von Serena zu lassen hatte. Dann konnte er den Engel freilassen. Und noch heute Nacht musste er eine Frau finden, um die unbändige Lust, die sich in ihm aufgestaut hatte, zu befriedigen.

Sex mit einer Fremden würde ihm guttun. Er stand vollkommen neben sich. Fünf Tage dauerte diese schmerzhafte und merkwürdige Folter jetzt schon an – das konnte nicht so weitergehen. Er musste Serena loswerden, sie aus seinem System löschen.

Nachdem er diese Entscheidung getroffen hatte, fühlte er sich besser. Serena war nichts für ihn, auch wenn er das noch vor ein paar Tagen geglaubt hatte. Sie war ein hübsches Ding, das er in den kommenden paar Stunden noch ein wenig bewundern durfte. Aber bald würde sie nur noch bloße Erinnerung sein, ein heller Stern von wahrer Schönheit, der in vielen Jahren der Unaufrichtigkeit und Heuchelei einmal kurz aufgestrahlt hatte.

Nach dem Dinner fuhren Julian und Serena hoch in ihre Suite. Er goss sich ein Glas Whisky ein und wanderte durch das Wohnzimmer wie ein Wildtier, das man in einen Käfig gesperrt hatte.

„Du bist so ruhelos", stellte Serena etwas beklommen fest. „Sollen wir noch ausgehen? In einen Klub, den du gern magst, oder ins Kasino?"

Noch nie hatte sie freiwillig angeboten, mit ihm auszugehen. Im Gegenteil, sie hatte sich bei jeder Gelegenheit dagegen gewehrt. Doch ausgerechnet, nachdem er seine Entscheidung getroffen hatte, sah sie ihn mit diesem flehenden Blick an, den er schon bei so vielen Frauen gesehen hatte. Dabei war sie so ganz anders als alle Frauen, die er kannte. Wenn er aufrichtig zu sich selbst war, dann war Serena alles, was er immer haben wollte, aber nie haben konnte.

„Ich bin nicht in Stimmung", erwiderte er und sah sie an, unerschütterlich in seiner Unehrlichkeit. Er hatte so oft gelogen, dass es für ihn fast natürlich war, zu lügen. Lügen gingen ihm leicht über die Lippen. Noch nie hatte Lügen ihm Unbehagen bereitet. Doch jetzt plötzlich wurde ihm heiß. Er ignorierte es und fügte hinzu: „Corbin hält ein Networking Event ab. Rein geschäftlich, wenn du verstehst."

Am liebsten wollte er sie an sich ziehen und jetzt sofort mit ihr schlafen. Es half nichts. Er musste hier raus. Seine Begierde wurde unbeherrschbar, und wenn er noch länger hierbleiben würde, konnte er für nichts garantieren. Wieder schenkte er ihr sein höfliches Lächeln.

Sie sagte nichts, sank nur aufs Sofa und platzierte sich dort wie eine griechische Göttin. Heute Abend trug sie ein taubengraues Seidenkleid. Er konnte ein schwelendes Begehren in ihren Augen lesen. Versuchte sie, ihn zu locken? Sie fuhr mit der Hand über den Ausschnitt ihres Kleides. „Wir könnten auch einfach hierbleiben. Zusammen." Es klang eindeutig.

„Das würde dich nur langweilen." Julian wendete sich von ihr ab. Er konnte es nicht länger ertragen, sie anzusehen. Ein kurzer Telefonanruf, um einen Türhüter zu organisieren, der vor der Suite Wache schieben sollte. „Ich stelle eine Wache vor die Tür. Es dauert nicht lange." Dann rauschte er hinaus, ohne sich noch einmal umzusehen.

Corbins Suite war an diesem Abend eine wahr gewordene Männerfantasie. Schöne Frauen gingen mit Tabletts voller Champagnergläser herum. Corbin wusste, was gut war. Die meisten der Damen waren nur spärlich bekleidet. In einer Ecke des Zimmers boten auf einer kleinen Bühne exotische Damen Poledance dar, mit einer Geschmeidigkeit, die an rumänische Bodenturnerinnen erinnerte. Hätte das Schicksal es gut mit ihnen gemeint, wären sie Olympiateilnehmerinnen geworden. Doch sie waren hier, in dieser Lasterhöhle, und verdienten ihr Geld als Striptease-Tänzerinnen.

Nach den fünf Tagen mit Serena war Julian einfach scharf. Er musste jetzt unbedingt vögeln. Die Party ging gerade richtig los. Er spürte die wilde Energie, die Stimmung war kurz vor dem Überkochen. Fast hätte er den Engel vergessen, den er alleine zurückgelassen hatte. *Fast.*

Corbin tauchte vor ihm auf, an jedem seiner Arme hing eine Blondine, als wäre er der junge Hugh Hefner. Ihm fehlte nur das Smoking-Jackett. Er begrüßte Julian mit einem freundschaftlichen Klaps auf die Schulter. „Schön, dass du da bist."

Julian lächelte kühl. „Deine Party wollte ich um nichts in der Welt verpassen."

„Was kann ich dir anbieten? Einen Drink? Ein Mädchen?" Corbin nahm ein Glas Champagner von dem Tablett, das gerade vorbeigetragen wurde, und reichte es ihm. Julian schüttelte den Kopf und bahnte sich seinen Weg zur Bar. Heute Nacht brauchte er etwas Härteres, etwas, das ihm die Sinne raubte und ihn Serenas Duft vergessen ließ. Etwas, das ihn nicht mehr daran erinnerte, wie es sich anfühlte, ihr seidenweiches, goldenes Haar zu streicheln. Etwas, das jeden Gedanken an sie auslöschte.

Für jemanden, der seit über zweihundert Jahren ein Dämon war, log Julian verdammt schlecht.

Serena saß auf dem Sofa und starrte auf die Tür, die gerade hinter ihm ins Schloss gefallen war. Ihr Herz raste. Noch nie war er so durchsichtig für sie gewesen, noch nie hatte er seine aufgestauten Emotionen so nah an die Oberfläche kommen lassen. Irgendetwas stimmte nicht. Wusste er eigentlich, welche Qualen sie erlitt, als er einfach so gegangen war. Das war kein Geschäftstreffen, so viel war klar. Julian war seit fünf Tagen nicht von ihrer Seite gewichen, und dass er sie ausgerechnet jetzt, wo ihnen nur noch so wenig Zeit zusammen blieb, aus einem so nichtigen Grund allein ließ, kam ihr sehr unwahrscheinlich vor.

Irgendetwas hatte sich verändert. In ihm und auch in ihr – das ließ sich nicht abstreiten. Die Tage, die sie bis jetzt gemeinsam verbracht hatten, kamen ihr plötzlich wie eine Ewigkeit vor. Da war etwas in ihrem Innern, so intensiv, so gegen jede Vernunft, etwas in ihr wuchs wie eine Efeuranke. Und diese Ranke streckte sich nach Julian aus.

Sie hatte das Gute in ihm erkannt, von dem Arielle gesprochen hatte. *Sorg dafür, dass er es selbst erkennt.* Aber wie sollte sie das anstellen, wenn er fest vorhatte, das Gute in sich selbst zu betrügen? Wenn er fest vorhatte, *sie* zu betrügen?

Serena war sein sehnsuchtsvoller Blick nicht entgangen, den er hinter einer Maske von Aufgeräumtheit zu verbergen versucht hatte. Sie konnte den bevorstehenden Betrug riechen. Er hatte körperliche Bedürfnisse, und denen wollte er nachgeben. Das wusste sie so sicher wie ihren eigenen Namen.

Aber was hieß eigentlich betrügen? Sie hatten einander nichts versprochen. Zwischen ihnen war keine Liebe im Spiel. Oder etwa doch?

Sie wusste es nicht. Doch die zarte Stimme in ihrem Innern forderte sie auf: *Los, halt ihn auf!*

Sie öffnete die Tür und stand dem Türhüter gegenüber. Julian hatte nichts dem Zufall überlassen. Der Dämon saß auf einem Stuhl im Gang und starrte stoisch in die Luft. Neben ihm saß ein Kobold, der vor sich hin krakeelte, während er eine Damenhandtasche durchwühlte, die er offensichtlich einer Touristin entwendet hatte.

Der Wächter lächelte freundlich. „Hallo, Miss."

In der Hoffnung, ihn irgendwie erweichen zu können, schenkte Serena ihm ein freundliches Lächeln.

Der Dämon hieß Simon. Er war nicht unsympathisch, behandelte sie höflich und legte gute Manieren an den Tag – vermutlich, weil er Angst vor Julian hatte. Aber natürlich machte er keinerlei Anstalten, sie durchzulassen. „Mr Ascher hat mich vor Ihnen gewarnt. Er meinte, Sie würden mich vielleicht überreden, dass ich Sie gehen lasse. Doch das kann ich leider nicht gestatten, Miss“, erklärte Simon und verschränkte die Arme vor der Brust.

Der Kobold, sein kleiner gemeiner Wachhund, grinste sie böse an.

Wie komme ich bloß hier weg?

„Es tut mir sehr leid, dass ich Ihnen das antun muss, Simon. Sie sind ein netter Kerl.“ Es war ihre letzte Option. Sie musste es versuchen. Bei Julian hatte der Trick allerdings nicht funktioniert, als sie ihm im *Devil's Paradise* in die Arme gelaufen war. Aber Julian war auch ein stärkerer Dämon als dieser Türhüter.

„Was antun, Miss?“, fragte Simon misstrauisch.

Voll konzentriert schickte sie ein helles Licht in seinen Kopf.

Simon hob eine seiner massigen Hände und presste sie an die Schläfe. „Verdammt, das tut weh.“

Das Licht wurde intensiver, je mehr sie sich konzentrierte, und wurde schließlich zu einem pulsierenden Energieball in seinem Gehirn. Er wankte vor Schmerzen auf seinem Stuhl hin und her und kippte plötzlich zur Seite um.

Serena sprintete los.

Diesen Kobold musste sie auch noch loswerden. Er raste ihr hinterher und schrie vor Wut wie ein angestochenes Schwein. Sie versetzte ihm einen Tritt, sodass er gegen die Wand klatschte. Schnell rannte Serena weiter den Gang hinunter und hämmerte auf den Fahrstuhlknopf.

Komm schon. Komm schon.

Hinten im Gang kam Simon wieder auf die Füße. Er hielt immer noch seinen schmerzenden Kopf. In diesem Moment gongte der Fahrstuhl, und die Tür ging auf. Sie sprang hinein und drückte die Taste zum Penthouse.

Während der Fahrstuhl sie ins oberste Stockwerk des Hotels beförderte, atmete sie einmal tief durch, glättete ihr Haar und zwang sich, ruhig zu werden.

Natürlich stand auch vor der Penthouse-Suite ein Wächter, der noch größer und fieser aussah als Simon. Die Musik, das Gelächter und Geplapper der Party waren bis auf den Gang zu hören. Der Türhüter baute sich vor Serena auf und bedachte sie mit einem so anzüglichen Blick, dass sie sich beinahe nackt vorkam.

Trotzdem schenkte sie ihm ein breites Lächeln. „Ich bin zu Mr Ranulfsons Networking Event eingeladen. Nur leider habe ich meine Einladung verlegt."

Der Türhüter grinste. „Heute Abend benötigen Damen keine Einladung. Und ein Networking Event findet hier auch nicht statt."

„Das war nur ein Euphemismus", behauptete Serena schnell. *Ich wusste es.*

„Was?", schnauzte der Wächter sie an. Man hatte ihn offensichtlich wegen seiner Furcht einflößenden Erscheinung und nicht wegen seiner Furcht einflößenden Intelligenz angeheuert.

„Ich meinte einen Networking Event, wenn Sie verstehen, was ich meine", sagte sie jetzt mit einem zweideutigen Zwinkern. „Ich bin aus beruflichen Gründen hier, Sie wissen schon. Zum Arbeiten."

Er begutachtete ihr Seidenkleid. „Sie sehen gar nicht aus wie eins von Josies Mädchen", sagte er mit einem leichten Stirnrunzeln. „Sie haben … zu viel Klasse."

„Danke", murmelte sie, als er endlich die Tür freigab.

Serena ging hinein und erschauderte. Corbins Suite war riesig. Der Türhüter geleitete sie durch einen runden Vorraum und dann einen langen Flur entlang, der in einen Raum mit hohen Decken führte. Die riesigen Fenster boten einen spektakulären Blick auf das nächtliche Las Vegas. Überall waren Messinglaternen aufgehängt, deren Licht den Raum und die Gästeschar in schummrige Beleuchtung tauchte. Die Party war nicht groß, aber exklusiv – zumindest für die männlichen Gäste. Denn es waren viel mehr Damen anwesend, offensichtlich ausschließlich professionelle und für diesen Anlass gebuchte. Nein, das war ganz sicher kein Networking Event.

Überall sah sich Serena um und suchte nach Julian. Doch er war nirgends zu entdecken.

Plötzlich spürte sie, wie jemand mit seinen Fingerspitzen über ihren Nacken streichelte. Noch bevor sie sich umdrehte, wusste sie, dass es nicht Julian war. Nein, es war Corbin, der hinter ihr stand. Er verbeugte sich elegant und gab ihr einen Handkuss – ganz der charmante und erfolgreiche Unternehmer. Dabei war er nichts weiter als ein lüsterner Dämon, der sich seine weiblichen Begleiterinnen kaufen musste. Doch er bemühte sich, diese Tatsache vor ihr zu verbergen.

„Wie schön, Sie hier zu sehen, meine Liebe. Ich hatte gar nicht mit Ihnen gerechnet. Umso erfreuter bin ich, dass Sie da sind." Corbin drückte ihr ein Glas Champagner in die Hand.

Sie zwang sich zu lächeln und nahm rasch einen Schluck, um ihre Bestürzung zu überspielen. Julian mochte diesem Mann verpflichtet sein, doch sie fand diesen Erzdämon einfach nur Furcht einflößend. Denn sie sah, was er wirklich war – das Böse in Reinform –, und daran konnten auch sein weltmännisches Gehabe und die feudale Umgebung nichts ändern. Nur stand sie leider gerade mitten im Epizentrum seiner Macht und war dem Heer seiner Handlanger ausgeliefert.

Also lächelte sie tapfer und fragte: „Haben Sie Julian gesehen?"

„Er sagte, er würde ohne Sie kommen." Corbin fuhr mit seinem Finger über ihren nackten Arm. „Heißt das wohl, die Jagd ist eröffnet?"

Von diesem Scheusal berührt zu werden, fühlte sich an, wie von einer Ratte berührt zu werden, die auf der Mülldeponie herumgestreift war. Doch sie musste unbedingt ruhig bleiben. Es hatte keinen Zweck, mit dem Dämon zu diskutieren. „Ich bin keine Beute." Diese klare Ansage würde er hoffentlich verstehen.

„Wie schade. Ich dachte, heute stünden Flügel auf der Karte." Er ließ seine Finger über ihren Rücken wandern, folgte der Rundung ihres Schulterblatts. „Denn Flügel mag ich am liebsten. Möchten Sie mich nicht mal kosten lassen?"

Seine Hand wanderte zu ihrem Hintern, und sie machte einen erschrockenen Satz zur Seite. Sie wollte sich zurückziehen, doch Corbin war schneller. Wo war Julian eigentlich, wenn man ihn brauchte?

Bitte, lieber Gott, mach, dass Corbin mir nichts tut, betete sie stumm.

In einem anderen Raum sah Julian einer Tänzerin zu, die vor ihm an einer Polestange tanzte. Wie aufmerksam von Corbin, dass solche Kleinigkeiten sich im Zimmer befanden.

Das Zimmer war als Sexhöhle designt. Außer der Polestange gab es eine verspiegelte Zimmerdecke, schummrige Beleuchtung und ein auffällig dekoriertes Bett mit kupferfarbenen Seidenlaken. Das Mädchen, das für ihn tanzte, hatte sich ihm als Lexus vorgestellt. Er musste sich ein Lachen verkneifen und hätte sie am liebsten gefragt, warum sie sich nicht gleich Toyota oder Volvo nannte. Sie trug einen silberfarbenen BH, einen passenden G-String und Plateauschuhe. Das Mädchen dehnte und streckte sich und präsentierte ihm ihren geschmeidigen, üppigen Körper in einer Weise, wie es Serena niemals tun würde. Er sollte sie jetzt sofort nehmen und mit ihr schlafen. Lexus war nämlich darauf aus, ihm Lust zu bereiten – ganz anders als Serena.

Die Tänzerin hatte Ähnlichkeit mit Serena, sie war jung und hatte lange blonde Haare – das war auch der Grund dafür, dass er sie ausgewählt hatte. Doch darüber hinaus waren die beiden nicht vergleichbar. Die Tänzerin mochte sich noch so sehr an der Stange drehen und winden, ihm ihre drallen Brüste und ihren wohlgeformten Po präsentieren – sie machte ihn nicht an.

Er nahm einen Schluck Gin aus der Flasche, die er sich beim Barkeeper organisiert hatte, und versuchte, sich in Stimmung zu bringen.

Als die Blondine jetzt ihren BH öffnete, entblößte sie ihre wirklich beeindruckenden Brüste, ihre dunklen Brustwarzen waren schon hart. Sie schien erregt und voller Freude auf das

Liebesspiel zwischen ihnen, doch Julian empfand rein gar nichts. Er hatte sich auf das Bett gesetzt, und sie krabbelte nun auf allen vieren zu ihm. Er atmete den Duft ihres Parfüms ein. Es war nicht billig, trotzdem roch es süßlich und unangenehm.

Sie hockte sich rittlings auf ihn und beugte sich stöhnend vor, sodass sich ihr Busen gegen sein Gesicht drückte. Julian streckte die Hand aus und rollte den Nippel zwischen den Fingern. Schloss die Augen und stellte sich vor, Serena würde auf ihm sitzen. Aber all das brachte ihm nicht den gewünschten Spaß, die Entspannung, die er sich erhofft hatte. Die Brüste des Mädchens waren nicht echt, fühlten sich fester und härter an als Serenas natürlich geformte Brüste. Jetzt stöhnte sie „Ja, Baby", aber es klang so unecht.

Früher hätte er diese Stripperin sexy gefunden – bevor er Serena kannte. Doch jetzt hatte er genug von ihr. „Tut mir leid, Süße. Heute nicht." Er schob Lexus von sich herunter und ignorierte ihr enttäuschtes Seufzen. Dann zog er sein Portemonnaie aus der Hosentasche, nahm ein paar Hundert Dollar heraus und steckte sie dem Mädchen seitlich in ihren String.

Sie streichelte seinen Oberschenkel und legte ihm die Hand in den Schritt. „Ganz sicher, Süßer? Du musst mir kein Geld geben. Mit dir mache ich es umsonst. Du darfst Lexus fahren."

Kein schlechtes Wortspiel. Er zog weitere Geldscheine heraus. „Es liegt nicht an dir, Schätzchen. Ich bin einfach mit den Gedanken woanders."

Dann nahm er die Flasche Gin und verließ das Zimmer. Im Gang blieb er einen Moment stehen und überlegte, ob er nicht zurück zu Serena in die Suite gehen sollte. Doch was würde dann passieren? Er konnte sich selbst nicht trauen, wenn er in ihrer Nähe war. Er war so voller Lust und Begierde – die keine andere Frau stillen konnte.

Mit einem Mal nahm er einen Duft wahr, ganz sacht nur, aber er erkannte ihn. Es roch frisch, zu frisch, zu unschuldig für diese Lasterhöhle. Er folgte dem Duft und ging in den Hauptbereich zurück, dem Geruch folgend wie ein Wolf, der Witterung aufgenommen hat.

Da war sie, Serena, gegen einen Tisch gedrängt, und versuchte, sich Corbins grapschenden Fingern zu entziehen. Julian rannte auf sie zu.

Sofort wich der Erzdämon zurück wie der Hund, der das verbotene Kaninchen fallen lässt, wenn er erwischt wird. „Ah, da bist du ja, alter Junge."

Bei Julians Anblick entspannte sich Serena. Sie suchte seine Nähe, und in ihren Augen konnte er Dankbarkeit entdecken. *Nicht.* Ich bin auch nicht besser als Corbin, dachte Julian. Sie war so unschuldig. Sie hatte es nicht verdient, von Dämonen gequält zu werden, ihn selbst eingeschlossen. Und dennoch würde er sich mit aller Wahrscheinlichkeit nicht mehr zurückhalten können. Er streckte eine Hand aus und ergriff die ihre stumm.

Keiner von ihnen sagte ein Wort, als sie Corbin stehen ließen und Julian sie in das Schlafzimmer führte, aus dem er gerade gekommen war. Er knallte die Tür zu und schloss von innen ab.

Erst als er das Klicken des Schlosses vernahm, wurde ihm bewusst, dass es ein Fehler gewesen war, sie hierherzubringen. Dieser Raum bestand praktisch nur aus einem Bett. Das war der letzte Gedanke, der ihm durch den Kopf schoss, bevor die Lust ihn überwältigte.

Die Flasche Gin fiel zu Boden.

„Danke, dass du mich gerettet hast." Ihre Stimme klang in seinen Ohren wie Sirenengesang. Er sah das Schimmern in ihren Augen und erkannte die Sehnsucht, die darin lag.

Das war kaum das, was man eine Rettung nennen konnte – das wusste sie. Er war es gewesen, der sie von Anfang an hierhergelockt hatte. Gegen ihren Willen. Nach Las Vegas. In dieses Hotel. In dieses Zimmer.

„Du passt nicht hierher", stieß er hervor. Seine Stimme war rau, fühlte sich an wie ein Reibeisen in seinem ausgetrockneten Hals. „Geh nach Hause."

Doch Serena ignorierte seine Warnung und drehte sich stattdessen an der Polestange wie eine geübte Tänzerin. Er wollte nicht hinsehen, und doch zog sie ihn in ihren Bann.

Sie schlängelte sich um die Stange. Das Lächeln auf ihren Lippen war weniger verführerisch als verspielt. Doch ihre Bewegungen verrieten die Geschmeidigkeit ihres Körpers. Er blinzelte, wollte seinen Augen kaum trauen. Doch da war sie, tanzte an der Stange für ihn. Lockte ihn. Ihr Körper war schön, ihre perfekten Proportionen kamen an der Stange voll zur Geltung. Er bewunderte die Wölbung ihrer Hüften, die einen Kontrapunkt zu ihren Brüsten darstellten. Sie tanzte und drehte sich an der Stange, zwar nicht so perfekt wie Lexus, aber für ihn dennoch tausendmal verführerischer.

Wenn sie nur weitermachen und dann endlich ihr Kleid abstreifen würde, schoss es Julian durch den Kopf. Er wollte auf die Knie fallen vor der Schönheit ihres nackten Körpers. Doch stattdessen murmelte er: „Hör auf damit. Das bist nicht du. Mach das nicht, nur um mir zu gefallen. Woher kannst du überhaupt so tanzen?"

Ihr Lächeln verhöhnte ihn. „Auf dem College gibt es Poledance-Kurse. Inzwischen lernen sogar Hausfrauen Cardio-Striptease in ihren Fitnessstudios. Das ist nichts Verwerfliches."

Es war verwerflich. Sie war verwerflich. Jedenfalls heute Abend.

Sein Schwanz begann sich zu regen und wurde hart. In dem dämmrigen Licht sah ihr Minikleid aus wie flüssiges Silber, das über ihren tanzenden Körper lief. Er versuchte, die Fassung zu wahren. Wann hatten sie die Rollen getauscht? Krampfhaft bemühte er sich, sich zu erinnern. Aber zu rationalen Gedanken war er momentan nicht fähig.

Er musste die Kontrolle wiedererlangen. Er war der Meister der Verführung, nicht ihr Sklave. Er war der Verführer, nicht der Verführte. Er war der Jäger, nicht der Gejagte.

Julian musste sie gehen lassen. Sie zwingen, zu gehen, und zwar auf der Stelle. Sie wegschubsen, damit sie nicht mehr in seiner Reichweite war. Er räusperte sich, befeuchtete seine trockenen Lippen. „Hast du nicht gehört? Du kannst gehen. Zurück nach L.A., in dein kleines Yogastudio. Dahin, wo du in Sicherheit bist."

Sie ließ die Stange los und ging zu dem opulenten Bett hinüber. Das Klackern ihrer Absätze auf dem Marmorfußboden übertönte den gedämpften Partylärm, der von draußen hereinkam. Als sie an Julian vorbeiging, ließ Serena ihre Finger über seine Brust wandern – nur über seine Brust. Dann setzte sie sich auf die Bettkante. Sie war so nah, dass er ihren Duft einatmen konnte. Ambra, Zimt, weibliche Erregung.

In einer auffordernden Bewegung lehnte sie sich zurück und stützte sich auf die Ellbogen, sie sah aus wie eine Löwin, die sich in der Sonne rekelt. Sie legte sich für ihn zurecht, das blonde Haar auf den kupferfarbenen Laken ausgebreitet. Streifte sich die Schuhe von den Füßen, neigte den Kopf zur Seite, sodass ihr seidiges Haar über ihre hohen Wangenknochen floss. Langsam, ganz langsam hob sie die Hand, um die Strähne wegzuschieben. Dabei leckte sie sich über die Lippen und schenkte ihm einen verwegenen „Komm doch her zu mir"-Blick, der ihm fast die Sinne raubte.

Mit donnernder Stimme, um sie zu erschrecken, fuhr er sie an: „Was glaubst du eigentlich, was du da machst? Ich soll dich zum gefallenen Engel machen?"

Doch zu Julians Verwunderung blieb sie ganz ruhig. „Ich werde nicht fallen." Dann klimperte sie mit ihren langen, getuschten Wimpern, sich ihrer Sinnlichkeit sehr bewusst, die sie offensichtlich in voller Absicht einsetzte. „Es gibt in der Bibel keine Passage, die den Sex zwischen Unverheirateten verbietet. Genauso wenig in der Thora. Auch der Buddhismus gestattet vorehelichen Sex, solange beide Partner einverstanden sind. Ich weiß, was ich will. Mich mit dir vereinen."

Bei ihr brauchte man wirklich die Geduld eines Heiligen. Er hatte es schon versucht – aber ihn würde man nicht heiligsprechen. Keine Chance. Er wollte sie so gerne berühren, doch er ballte die Hände zu Fäusten. „Denk nicht einmal daran, Serena. Ich bin ein Dämon. Ein intimer Akt mit mir macht dich unrein. Unmoralisch."

„Dann nimm mich nicht als Dämon, sondern als Mann", bot sie ihm flüsternd an. „Was immer du getan hast, man wird dir vergeben."

Ach ja? Er sah ihren klaren, lebendigen Blick. Ja, er wollte Vergebung. Sehnte sich danach wie niemals zuvor, wie er es in all den Jahrhunderten nicht getan hatte.

Er hörte, wie ihre Schuhe auf dem Boden landeten, erst einer, dann der andere. Sie posierte auf dem Bett für ihn, reckte ihm ihre Brüste entgegen. Ihr Minikleid reichte bis zur Mitte ihrer Oberschenkel. Sie bewegte sich absichtlich so, dass es nach oben rutschte.

Darunter trug sie ein verbotenes Etwas aus schwarzer Spitze mit rotem Saum. Er kam sich vor wie im Delirium.

Jetzt ballte er die Fäuste so heftig, dass seine Oberarme spannten. „Du bist zu naiv, um zu begreifen, was mit dir geschehen wird. Du lebst in einer Welt voller Regenbögen und Schmetterlinge. Sieh dich um! Weißt du überhaupt, wo du bist? Du bist in einer Dämonenhöhle. Wenn du nicht für immer hierbleiben willst, verschwinde!"

„Ich weiß, was ich tue."

Er stellte sich neben ihr ans Bett, öffnete die Hände und schaute sie an. Lange würde Julian sich nicht mehr beherrschen können. „Das tust du nicht. Ich werde dich vernichten."

Sie war entschlossen, ihn fertigzumachen. Fast hatte sie es geschafft. Er versuchte es ein letztes Mal. Wollte sie vom Bett zerren, zur Tür schleppen. Doch es war sinnlos. Sein Widerstand war geschmolzen, Stück für Stück von ihr zunichtegemacht. Jede Minute, die er mit ihr hier war und sie nicht berührte, kam ihm vor wie ein Jahr. Ein ganzes Zeitalter hatte es gedauert, seinen Widerstand zu brechen. Sie machte ihm ein Angebot, das so verlockend war, dass er nicht ablehnen konnte.

Also beugte er sich über sie und küsste sie, fuhr mit der Zunge über ihren Mund. Sie schmeckte nach Champagner, intensiv, provokativ. Süchtig machend. Stöhnend erwiderte sie seinen Kuss. Er versank in ihm.

Und dann verfiel er in einen Rausch. Drang mit seiner Zunge tiefer in sie ein, glitt mit den Händen über ihren Körper. An all das würde er sich später erinnern – die Konturen ihrer Brüste, ihr flacher Bauch. Sein Mund erforschte die Stellen, zu denen er bisher nicht vorgedrungen war. Den empfindsamen Punkt hinter ihrem Ohr, die Kuhle am Hals. Seine Finger verfingen sich in ihrem Haar und spielten mit ihrem Kleid.

Schließlich hob er den Kopf. Zögerte. Wartete. Nur ihr Atem war zu hören, das Keuchen der Begierde, das die Leere seiner unerfüllten Leidenschaft füllte. Wenn sie sich vereinten, waren sie beide vernichtet. Er erwartete fast, die Erde würde sich auftun und sie jetzt, an Ort und Stelle, verschlucken.

Doch nichts geschah. Also küsste er sie wieder. Und forderte damit Satan und Gott zugleich heraus.

Er hatte seine Wahl getroffen.

13. KAPITEL

Er rang mit seiner Entscheidung. Serena konnte seine Anspannung fast mit den Händen greifen. Sie lag vor ihm auf den seidigen Laken, und einen Moment lang bewegte er sich überhaupt nicht mehr – es kam ihr vor wie eine Ewigkeit. Sein Kiefer war verkrampft, sie sah die Muskeln arbeiten. Auf seiner Stirn erschien eine kleine Ader und begann zu pulsieren, wie ein Ventil, das zu bersten drohte.

Sie sollte vielleicht doch besser gehen. Sein Angebot annehmen und fliehen, wie sie es sich so oft in diesen letzten fünf Tagen gewünscht hatte. Sie sollte die Erinnerung an ihn ganz tief irgendwo in sich vergraben. Sie in eine kleine Kiste packen und nie mehr den Deckel öffnen. Serena schloss die Augen.

Ich werde nicht fallen. Ich weiß, was ich tue. Was hatte sie dazu gebracht, diese mutigen Worte auszusprechen? Sie wusste es selbst nicht. Aber die zarte Stimme in ihrem Innern, die sie so lange ignoriert hatte, wollte einfach nicht mehr verstummen. Es war dieselbe Stimme, die es bedauerte, dass ihr menschliches Dasein so früh geendet hatte und die ihre eigene Sehnsucht nach Liebe offenbarte.

Wieder dachte sie an Arielles Worte: *Du musst in deinem Herzen die Liebe bewahren.* Sex war die körperliche Manifestation von Liebe. Wenn sie die Liebe in ihrem Herzen trug, war sie sicher. Das wusste sie, seit sie sterbend im Canyon gelegen und Julian sie vor diesem Tod bewahrt hatte.

Als sie nach Las Vegas gekommen war, hatte sie Gott angefleht, er möge sie gehen lassen. Jetzt war sie frei zu wählen und flehte Gott an, Julian möge sie dabehalten. Denn sie hatte das Gute in ihm gesehen. Und sie musste es ihm selbst zeigen.

Endlich schlang er den Arm um ihren Nacken und küsste sie. Stark und sanft zugleich, gefährlich und dennoch zärtlich. Sein fordernder Kuss beförderte sie in die Welt der Begierde. Mit dem Mund strich er über ihre Wange zu ihrem Ohrläppchen. Serena spürte seinen Atem an ihrem Ohr und öffnete die Augen. Als sie nach oben blickte, sah sie ihr Spiegelbild. Ihr Haar lag wie ein Fächer über den Laken, über ihr sein breiter Rücken.

Alles in ihr schrie: *ja!*

„Nicht hier“, sagte er plötzlich ganz leise. „Komm.“

Er nahm sie an der Hand und zog sie vom Bett hoch, führte sie an Corbins Partygästen vorbei aus der Suite und zum Fahrstuhl. Als sie vor ihrer eigenen Suite standen und bevor Julian die Zimmerkarte durchzog, drehte er sich zu ihr um und fragte: „Wirklich sicher, dass du das willst?“

„Wenn du noch einmal fragst, ändere ich meine Meinung vielleicht noch.“

Er senkte den Kopf und küsste ihren Handrücken. „Dann würdest du das Beste verpassen.“ Im Wohnzimmer ging er zur Stereoanlage und legte sinnliche Musik auf. Dann dimmte er das Licht und küsste sie, und sie wurde zu Wachs in seinen Armen. Heute Nacht wollte sie nur eins: ihn lieben.

Sie verschränkten ihre Hände und gingen in sein Schlafzimmer.

Liebevoll beugte er sich über ihren Knöchel und liebkoste die Stelle, wo die Schlange sie gebissen hatte. „Perfekt verheilt. Wie du überhaupt perfekt bist.“

„So wie du“, erwiderte sie. „Du weißt es nur nicht.“

Sorgenvoll schüttelte er den Kopf. Schmerzvoll. „Ich bin das genaue Gegenteil von perfekt, Serena. An mir ist alles böse.“

„Jedes Wesen ist von Gott. Auch die Dämonen. Ich glaube, du hast nur einen Fehler gemacht.“

„Und wie gelange ich wieder auf die andere Seite?“

„Die Antwort heißt Liebe.“ Und mit diesen Worten küsste sie ihn – ganz befreit und ohne Angst. Die Liebe hatte ihr die Angst genommen.

Seine Hände glitten über ihren Körper. Nicht mehr langsam, zaghaft, sondern voller Heißhunger. Jetzt konnte ihn nichts mehr stoppen. Und Serena erwiderte seine Leidenschaft und küsste ihn voller Verlangen. Fuhr mit den Fingern durch sein weiches Haar, ließ sich von seinem Duft verzaubern – die sinnliche Note seines teuren Parfüms und sein eigenes, männliches Aroma.

Sie streiften einander mit fahrigen Händen die Kleider ab, einigermaßen unbeholfen, weil sie es so eilig hatten. Stöhnend hob er Serena aufs Bett und legte sich neben sie, ein Knie zwischen ihre Oberschenkel gepresst. Vom Hals abwärts zog er mit seinen Lippen eine brennende Spur – zu ihren Brüsten, ihrem Bauch, tiefer.

Mit einer raschen Bewegung befreite er sie von ihrem Höschen und enthüllte ihre frisch enthaarte Scham. „Wunderschön", flüsterte er lächelnd.

„Ich war so oft im Spa in den letzten Tagen, und da dachte ich …" Sie errötete. Es war ihr unangenehm, zuzugeben, dass sie so vorauseilend gehandelt hatte.

„Alles gut, Liebling. Du musst mir nichts erklären. Es war eine gute Idee, für die ich mich bei dir angemessen bedanken sollte." Er streichelte sie, strich mit dem Finger über ihren Venushügel. Ihre Haut war samtweich. Er liebkoste sie, und sie öffnete sich etwas weiter für ihn, eröffnete ihm einen Blick auf ihre Klitoris. Er konnte sehen, wie erregt sie bereits war. Seine Augen glänzten, als hätte er einen seltenen Juwel entdeckt. Ganz sanft, wie mit einer Feder, verwöhnte er ihre Schamlippen. „Du bist das Schönste, was ich je gesehen habe."

Er erkundete sie, reizte sie, bis sie ihm lustvoll die Hüften entgegenreckte. Sie wollte mehr, und er gab ihr mehr. Langsam drang Julian mit einem Finger in sie ein, wollte ihren Körper auch von innen spüren. Noch ein Finger. Er dehnte sie und stöhnte. „Du bist so eng."

Nun tauchte er mit dem Kopf zwischen ihre Beine. Mit der Zunge berührte er sie und glitt in sie hinein, so tief er konnte, dann leckte er wieder über ihre seidige Haut. Er hielt einen Moment inne, und sie spürte nur seinen heißen Atem. Und endlich küsste er ihren empfindsamsten Punkt. Zuerst nur ganz zart, wie ein leichter Hauch. Rhythmisch begann er zu saugen, bis sie sich im selben Takt mit ihm bewegte. Erneut verwöhnte er sie mit dem Mund, wieder tauchte er in sie ein. Serena wand sich vor Lust.

Seine Hände umfassten ihren Po, massierten ihn. Ein kehliges Stöhnen löste sich aus Julians Hals. Doch das war erst der Anfang dieses fantastischen Liebesspiels. Er leckte und saugte und reizte sie so intensiv, dass sie sich wild auf dem Laken hin und her warf. Er strich über ihre Brustwarzen, bis sie fast kam.

„Ich will dich in mir", stöhnte sie. „Ich will spüren, wie du dich in mir bewegst."

Julian richtete sich auf und funkelte sie an. Aber statt mit seinem harten Schwanz drang er mit seinem Mittelfinger in sie und ließ den Daumen auf ihrem Kitzler kreisen. Sie nahm ihn in sich auf, umklammerte ihn, wollte mehr. „Los, fleh mich an. Du hast mich die ganze Woche scharfgemacht. Jetzt sag mir, dass du mich willst."

Sie wand sich, in Ektase getrieben von diesem einen Finger.

„Weißt du jetzt, was es heißt, scharfgemacht zu werden?" Sein Lächeln war die fleischgewordene Sünde. Er wartete darauf, dass sie ihn anbettelte. Aber den Gefallen tat sie ihm nicht.

Stattdessen kniff sie die Augen zusammen und stieß hervor: „Du bist ein Mistkerl."

Er küsste sie, tief und innig, und schob seinen Finger noch tiefer in sie hinein. Wartete kurz, zog ihn wieder heraus und strich mit ihm über ihre Brustwarze. „Sag es. Sag die magischen Worte."

Sie schaute in seine blaugrünen Augen. „Leck mich!"

„Nein, das sind nicht die magischen Worte." Julian lachte, so glücklich war er in diesem Moment. Sie lag vor ihm, bereit, ihn aufzunehmen, doch er glitt nur mit der Spitze in sie. „Sag es. Sag es, oder ich tu es nicht." Er reizte mit seinem Glied ihre Lustperle, bis sie vor Verlangen wimmerte und keuchte.

Doch jetzt griff Serena nach unten und fuhr mit dem Daumen über seine Eichel. „Ich kann warten. Mal sehen, wer hier gleich wen anbettelt."

Sie legte sich auf ihn und wiederholte die süße Qual, der er sie ausgesetzt hatte. Sie strich mit der Zungenspitze über seine muskulöse Brust, seinen durchtrainierten Bauch und tiefer. Spielte mit seinem lockigen Schamhaar und bewunderte einen

Augenblick lang seine beeindruckende Männlichkeit. Sie sah ihn sich genau an, die pulsierenden Adern auf dem Schaft, den Übergang zur Eichel. Und Julian beobachtete sie erwartungsvoll.

Dann verwöhnte sie diesen Übergang mit den Lippen, leckte seinen Schwanz der Länge nach bis zur Spitze, wo sich ein kleiner Tropfen gebildet hatte. Er schmeckte salzig. Jetzt nahm sie ihn ganz in den Mund, wirbelte mit der Zunge über seine Schwanzspitze und den Schaft, während er sich ihr entgegenreckte.

Julian kniete sich vor sie, und sie tat es ihm gleich, bog den Rücken nach hinten und stützte sich mit einer Hand auf dem Bett ab, während sie mit der anderen seinen Schwanz umfasste. Julian vergrub die Finger in ihren Haaren und dirigierte ihren Kopf zu seinem Glied. Sie sollte ihn so tief wie möglich in den Mund nehmen. Als ihre Lippen sich um ihn schlossen, wollte er vor Lust zustoßen. Doch das wusste sie mit ihrer Hand geschickt zu verhindern. Sie wollte die Kontrolle behalten. Mit der anderen Hand streichelte sie seine Oberschenkel und seine Hoden. Sie saugte an ihm, bis er kurz davor war, in ihr zu explodieren, dann leckte und küsste sie ihn sanfter, um ihn ein wenig zu beruhigen.

Sie drückte Julian sanft aufs Bett und setzte sich rittlings auf ihn. Wartete kurz und ließ das Becken über seinem zuckenden Schwanz kreisen. Dann rieb sie sich an ihm, bis er stöhnte. „Wer bettelt jetzt wen an?", flüsterte Serena.

Wieder schaute sie ihm in die Augen. Er erwiderte ihren Blick amüsiert und tauschte blitzschnell die Position mit ihr, sodass sie mit gespreizten Beinen unter ihm lag. „Offensichtlich hat dazu heute keiner von uns beiden Lust", bemerkte er und gab ihr einen versöhnlichen Kuss.

Dann drang er langsam in sie ein, hielt einen Moment inne, damit sie sich an seine Größe gewöhnen konnte. Zärtlich küsste er sie auf die Stirn. „Alles okay?" Sie nickte, und Julian tauchte tiefer in sie ein, dehnte sie, immer weiter und immer tiefer. Sie glaubte, vor Begierde vergehen zu müssen.

Er legte die Hände um ihre Hüfte. Sie streichelte seinen Rücken und klammerte sich an seinen Schultern fest, als er begann, sich in ihr zu bewegen. Die Lust wuchs und wuchs, so sehr, dass sie ihn am liebsten nie mehr freigeben wollte. Er schob eine Hand zwischen ihre Körper und fachte ihr Verlangen weiter an, während er weiter in sie stieß.

Ihr Orgasmus kam wie eine Welle der Erkenntnis. Er war weder Mensch noch Dämon, nur pure Energie. Sein Licht verschmolz hell mit dem ihren. Ohne Zweifel war sie in diesem Augenblick nicht mehr sie selbst. Sie waren gemeinsam Teil einer universellen Energie, die die Existenz aller lebenden Wesen umfasste.

In sie einzudringen war das berauschendste Gefühl, das er je erlebt hatte. In den ganzen zweihundert Jahren seiner Existenz hatte er so etwas noch nie empfunden. Sein Körper schien sich aufzulösen. Nicht wie beim Entmaterialisieren, sondern als verschmölze er mit einem Schauer aus himmlischem Gold. Licht umfing und durchflutete ihn.

Er spürte die Wellen ihres Höhepunkts und verharrte tief in ihr. So tief, als wollte er ihr Herz berühren. Dann kam auch er und verströmte in einem endlosen Schwall all seine Freude und all seine Lust in sie.

Danach lagen sie schweigend da, vereint an einem heiligen Ort. Er pulsierte noch in ihr, ein letzter Tropfen rann heraus. Julian blieb auf ihr. Wollte für immer in ihr bleiben.

Die Zeit war nicht mehr messbar, jeder Maßstab verloren. Jedes Einatmen wurde zum Ereignis, jedes Ausatmen war ein wertvoller Moment. Julian wollte für immer so verweilen. Ohne sich zu bewegen, ohne zu sprechen. Einfach sein. Er spürte, wie sie gemeinsam mit ihm atmete, aufeinander abgestimmt. Als könnten ihr Fleisch und Blut die Trennung zwischen Himmel und Hölle aufheben.

Irgendwann löste er sich von ihr und rollte auf die Seite, immer noch schweißbedeckt und atemlos. Er sah zu Serena hinüber. Sie lag da, ein Knie angewinkelt, einen Arm über den

Kopf gelegt, die andere Hand auf den Bauch. Er konnte ihre einzelnen Rippen erkennen, hatte das Bedürfnis, sie abzuzählen. Sie gingen in ihre wunderbaren Brüste über. Es war unfassbar, dass sie ihm erlaubt hatte, mit ihr zu schlafen. Und nicht nur das. Sie hatte ihn regelrecht dazu aufgefordert. Er empfand sich als privilegiert und stolz wie nie zuvor.

Sex hatte ihm bisher immer nur als Befriedigung seiner Lust gedient. Und für andere, böse Zwecke: Versuchung, Erniedrigung, Ausbeutung. In den zweihundert Jahren, in denen er Frauen verführt hatte, hatte er nie erlebt, dass Sex auch anders sein konnte. Im Gegenteil: Immer hatte er sich lustig darüber gemacht, wenn andere von einer spirituellen Vereinigung sprachen – vermutlich, weil er es sich nie hatte vorstellen können. Bis jetzt. Sex mit Serena war eine bewusstseinserweiternde Erfahrung, ein Augenblick, der die Ewigkeit berührte. Er hatte gespürt, wie sie miteinander verschmolzen waren, und nicht nur ihre Körper. Ihre Seelen hatten sich vereint – und nicht erst im Moment der höchsten Ekstase. Sie waren miteinander verbunden. Er und sie. Wollte er jemals wieder etwas anderes?

Das machte ihm Angst.

Im Grunde spielte es aber keine Rolle. Er war überrascht, dass Serena noch immer bei ihm und nicht verschlungen war von einem Abgrund oder von einem Blitz getroffen, den ihr puritanischer Gott losgeschickt hatte. Morgen früh würde sie verschwunden sein, daran bestand für ihn kein Zweifel. Von göttlichen Verwünschungen begleitet in die Hölle befördert.

Für ihn würde es danach weitergehen wie immer – Menschen verführen und verderben. Doch er würde fortan in seiner ganz speziellen eigenen Hölle schmoren – in einer Welt ohne Serena. Eine so harte Bestrafung konnte sich nur Satan persönlich einfallen lassen. Dabei würde man Julian für diese Tat sogar befördern. Allerdings ließ der Gedanke daran ihn schier den Verstand verlieren. Am liebsten würde er etwas zerschlagen. Aber all das würde nichts ändern.

Wären sie beide Menschen, würde er Serena zu seiner Frau machen, sie in die Arme nehmen und nie mehr gehen lassen.

Doch sie waren keine Menschen. Er war ein Dämon, und sie war, zumindest bis jetzt noch in dieser unglaublichen Nacht, ein Engel. Und da sie nur diese eine Nacht zusammen haben konnten, gab es keine Zeit zu verlieren.

Auch wenn er sich noch nicht ganz von ihrem ersten Liebesduell erholt hatte, wurde er schon wieder hart. Julian strich mit der Hand über Serenas göttliche Brüste.

In Corbins Schlafzimmer fläzte sich Luciana in einem Sessel neben dem Bett. Ihre rabenschwarzen Locken hingen über ihren bleichen, nackten Brüsten. Die Party war noch immer in vollem Gang. Durch die Wände hörte sie das Dröhnen der Musik, das Lachen der Partygäste und ab und zu auch das Stöhnen sich vergnügender Pärchen. Corbin lehnte in den zerknitterten Bettlaken auf einem Stapel Kissen und streichelte die üppigen Kurven des Showgirls, mit dem er gerade Sex gehabt hatte. Luciana sah ihm zu, obwohl sie langsam gelangweilt war von all den Mädchen, die er heute Nacht gehabt hatte.

„Wie lange muss ich mich noch hier verstecken?“, maulte sie. „Es macht keinen Spaß, den ganzen Tag alleine abzuhängen.“ Dabei spielte sie mit einem Seidenstrumpf, den sie irgendwann ausgezogen und auf den Boden geworfen hatte.

Corbin hob den Kopf und sah sie an. „Hast du keinen Spaß, Liebling? Du weißt doch, dass Julian dich entdecken wird, sobald du die Suite verlässt. Solange du hier bist, stehst du unter meinem Schutz. Du musst nur noch ein paar Tage ausharren, bis uns Julian in die Falle gegangen ist. Hab Geduld. Hat dir die Kosmetikerin nicht gefallen, die ich dir heute aus dem Spa vorbeigeschickt habe? Du siehst jedenfalls ganz erfrischt aus.“

Luciana dachte an die Gesichtsbehandlung, die sie sich heute Nachmittag gegönnt hatte. Die junge Kosmetikerin war sehr gut gewesen, wirklich begabt. Nach der Behandlung hatte sich Luciana mit einem gekonnten Griff ihren Hals geschnappt. Die Türhüter mussten ihr das Blut abzapfen und die Leiche entsorgen, solange Corbin nicht da war, und Luciana hatte sich anschließend aus dem Blut der jungen Frau noch eine

Gesichtsmaske bereitet. Sie betrachtete das Showgirl, das Corbins riesigen Schwanz streichelte, bereit für die nächste Runde. Corbin ließ seine Zunge über ihre Nippel schnellen, woraufhin sie lachte und den Kopf nach hinten warf. Ihr honigblondes Haar wallte über ihren Rücken.

„Ich hasse es, eingesperrt zu sein", meckerte Luciana, die sich von Corbin und dem Mädchen nicht mehr unterhalten fühlte. „Aber ich kann es kaum erwarten, mir gemeinsam mit dir Julians kleinen keuschen Engel vorzunehmen." Der Gedanke daran entschädigte sie für einen Moment. Corbins Augen loderten. Er tauchte mit dem Kopf von den Brüsten des Mädchens zwischen ihre Schenkel. Während er sie leckte, schaute er Luciana an.

Von dieser Person würde er bald genug haben. Möglichweise würde die Kleine sogar das Schicksal der Kosmetikerin vom Nachmittag teilen. Wahrscheinlich hatte Corbin schon Pläne für sie. Manchmal zerstückelte er Frauen, wenn er mit ihnen fertig war, nur um sie schreien zu hören. Einmal hatte sie zugesehen, wie er eine Frau bei lebendigem Leibe verspeiste. Das Blut tropfte von seinem Kinn, als er in ihr Fleisch biss. Der Gedanke daran ließ Luciana erschaudern, selbst in Corbins überhitztem Schlafzimmer. Sie sah zu, wie er in das willige Showgirl eindrang. In einer Stunde würde es tot sein – wie erfreulich. Das hübsche Fleisch der Sterblichen würde in Stücke gerissen, und ihre Glieder würde ihr der Erzdämon eigenhändig ausreißen.

Und was Serena betraf … Luciana lächelte. Sie fragte sich, wie es wohl war, in Engelsblut zu baden.

14. KAPITEL

In der Hölle ist es aber überraschend angenehm, dachte Serena, als sie aufwachte. Ihr war warm, nicht kochend heiß, und sie hatte das Gefühl, jemand würde ihr sanft über den Rücken streicheln. Die Hölle war nicht nur angenehm, sondern richtig komfortabel.

Sie öffnete die Augen. Das war nicht die Hölle. Sie lag mit ihrem Kopf auf Julians Brust, in seinem Bett. Bis auf die zerknitterten Laken war kein Bettzeug mehr da – in ihrem Liebesspiel in der vergangenen Nacht hatten sie anscheinend alles weggestrampelt. Julian öffnete die Augen. Sie strahlten so blau und klar wie ein Gebirgssee, der in der Sonne funkelte. Er hatte sie gestreichelt, und jetzt wanderten seine Finger über die Rundung ihres Pos.

„Guten Morgen, Engel."

Wohl eher guten Nachmittag. Durch die halb geöffneten Vorhänge strahlte das Licht herein. Die Sonne stand bereits hoch am strahlend blauen Himmel. Serena streckte ihren schmerzenden Körper. Ihre Muskeln waren bei ihrem nächtlichen Liebesmarathon wohl etwas überbeansprucht worden.

Die letzte Nacht.

Sie schoss aus dem Bett, ohne sich die Mühe zu geben, ihre Nacktheit zu verhüllen. Er hatte sowieso alles gesehen, hatte jeden Zentimeter ihres Körpers geküsst und gekost. Trotzdem ruhte sein Blick so hungrig auf ihr, als hätte er sie noch nie gesehen.

„Ich bin noch da." Überrascht drehte sie sich herum. Sie war nicht in die Tiefe der Hölle gezogen worden. Wieso nicht? Geschah nicht genau das mit gefallenen Engeln? Egal was sie ihm und sich selbst letzte Nacht über die Liebe in ihrem Herzen gesagt hatte – ein kleiner Zweifel war immer noch da. Sie war sich immer noch nicht sicher, was mit ihr passieren würde. In jedem Fall war davon auszugehen, dass gefallene Engel nicht einfach ihrem gewohnten Tagwerk nachgehen konnten, nachdem sie eine fleischliche Sünde begangen hatten.

Julian streckte die Hand nach ihr aus. Sie schlug sie weg. „Ich muss herausfinden, was los ist." Ich muss unbedingt Arielle anrufen, dachte sie. Ich muss wissen, welche Konsequenzen die letzte Nacht haben wird. Ob es sicher für mich ist, noch zwei Tage hierzubleiben.

„Hör auf, dir Sorgen zu machen." Ein sexy Lächeln umspielte seine Lippen. „Was könnte wichtiger sein als das?", fragte er und nahm ihre Brustwarze in den Mund, um sie von seinem Argument zu überzeugen.

Unwillkürlich lehnte sie sich zurück, nur um ihn im selben Moment wegzustoßen und ihre eigene Lust und ihre Gefühle zu ignorieren. Julian war bereit und wartete in voller Größe auf sie. Doch Serena drehte sich um und suchte ihre Kleider zusammen. Sanft zog er Serena aufs Bett zurück, streichelte ihren Rücken und bedeckte ihre Brüste mit Küssen. Seine Bartstoppeln kratzten auf ihrer weichen Haut.

„Ich habe dich nur bis morgen um Mitternacht. Danach kannst du gehen. Aber keinen Moment früher", flüsterte er.

Panik überkam sie für einen kurzen Augenblick. Aber Julian war ein Meister der Ablenkung. Er legte sich auf sie und drückte ihre Schenkel sanft auseinander und drang mit einem einzigen Stoß in sie ein.

Sie gab sich ihm hin, und gemeinsam schwebten sie davon.

Ich bin nicht gut für dich, Liebes, dachte Julian. Erschöpft und befriedigt hielt er Serena im Arm.

Ihr Kopf ruhte auf seiner Brust, und er fuhr mit den Fingern durch ihr seidiges Haar. Die halb geschlossenen Vorhänge sperrten das helle Nachmittagslicht aus. Ihr Haar war seine Sonne, die ihn mit Glanz erfüllte. Er erinnerte sich an den Goldrausch, der ihn einst in diesen Teil des Landes geführt hatte. Einhundertfünfzig Jahre später hatte er endlich seinen Schatz gefunden.

Serena seufzte leise und kraulte seine Brusthaare.

Es gab keinen Zweifel mehr, er musste sie gehen lassen. Er hatte seinen Claim abgesteckt, aber er musste seinen Schatz loslassen – alles andere wäre egoistisch. Sein Vorhaben, sie zu vernichten, gehörte der Vergangenheit an. Jetzt konnte er sie nicht mehr der ewigen Verdammnis zuführen – auch wenn sie dadurch womöglich immer an seiner Seite geblieben wäre. Nein, es war besser, sie nie wiederzusehen, sie dafür aber in Sicherheit zu wissen.

Morgen um Mitternacht – darauf hatten sie sich verständigt. Normalerweise würde er sich von einem auf eine Serviette gekritzelten Vertrag nicht von seinen Plänen abbringen lassen; er schaffte es sonst immer irgendwie, sich darum herumzumogeln. Schließlich war er Julian Ascher und auf solche Tricks spezialisiert.

Aber diesmal war alles anders. Er würde sie gehen lassen. Nicht nur, weil seine Ehre es verlangte, sondern weil es das Beste für sie war. Er würde auch ohne sie überleben. Er musste einfach nur wieder sein gewohntes Leben aufnehmen als Meister der Verführung und Kenner der Lust. Er würde sich eine andere Frau, vielleicht auch zwei, suchen, um sich abzulenken. Das redete er sich zumindest ein.

Doch noch blieben ihnen ein paar Stunden zu zweit. Er dachte nach, wie er ihr in der restlichen Zeit größtmögliches Vergnügen bereiten konnte, wie viele Tausend Möglichkeiten ihm verblieben. Er küsste sie, doch das Gefühl, sein Leben wäre ohne sie nicht mehr dasselbe, konnte er nicht ignorieren.

Nachdem sie miteinander geschlafen hatten, lümmelten sie noch eine Stunde im Bett herum und fütterten sich gegenseitig mit frischen Erdbeeren, die sie beim Zimmerservice bestellt hatten. Serena machte sich noch immer Gedanken über ihre Zukunft als Engel, das konnte Julian ihr ansehen. Dennoch schien sie entschlossen, den letzten Tag mit ihm zu verbringen. Also lagen sie einfach da, genossen die köstlichen Erdbeeren und ihre ebenso köstlichen Körper.

Da klopfte es plötzlich. Julian schlüpfte in einen Bademantel und ging zur Tür, um zu öffnen.

Vor ihm stand Corbin. Er musterte Julian und nickte kumpelhaft. „Du gerissener Hund. Um zwei Uhr mittags immer noch im Bett?"

Julian zog den Gürtel seines Bademantels enger und grinste Corbin verkrampft an. „Was willst du, Corbin?"

Ohne auf eine Aufforderung zu warten, spazierte er an Julian vorbei in die Suite und schaute sich um – vermutlich suchte er Serena. „Du warst gestern so schnell weg. Sehr schade. Es war ein denkwürdiger Abend. Seit dem ‚Summer of Love' 1967 hatte ich nicht mehr so viel erstklassiges Fleisch am Haken." Er lachte und zeigte seine weißen Zähne.

Julian lächelte. Doch anders als Corbin, brauchte er keine Orgie, um seine sexuellen Gelüste zu stillen. Alles, was er brauchte, war Serena.

„Ich komme nur vorbei, um dir mitzuteilen, dass ich heute Abend eine Pokerrunde veranstalte. Wäre schön, wenn du dabei wärst." Sein eindringlicher Blick verriet Julian, dass dies keine Einladung war, sondern eine Anordnung. „Der Buy-in liegt bei einer Million Dollar."

Julian räusperte sich. Hier ging es nicht ums Geld. Geld konnte man im Handumdrehen verdienen. Wenn Corbin spielte, ging es um etwas anderes.

Er spielte um Seelen.

Eigentlich hatte Julian einen intimen Abend allein mit Serena geplant. Denn morgen Abend wurde der Klub eröffnet, und alles würde voller Menschen sein. Und dann musste er sie gehen lassen.

Und genau das wusste Corbin. Er setzte auf Serena, schon bevor das Pokerspiel begonnen hatte. Er wollte sie, hatte sie gestern auf seiner Party ja schon kurz in seinen Fängen gehabt. Doch das reichte Corbin nicht – das war Julian klar.

Verschwinde von hier, und nimm den Engel mit. Geh irgendwohin und schau nicht zurück, dachte Julian kurz. Doch das war keine Lösung. Davonlaufen gehörte nicht zum Repertoire eines Erzdämons. Er würde alles verlieren, wofür er die letzten zweihundert Jahre gearbeitet hatte. Das käme einem Eingeständnis von Verwundbarkeit gleich. *Nein.* Julian würde nicht davonrennen. Nicht vor einem Arschloch wie Corbin.

„Poker ist ja nicht so mein Spiel." Julian wiegte nachdenklich den Kopf hin und her. Natürlich war das absolut gelogen. Poker war eines seiner Hauptgeschäfte im *Devil's Paradise* und in seinen anderen Klubs. Er war ein Poker-Experte. Aber es schadete nie, gleich mit einem Bluff zu beginnen.

„Mach dir darüber keine Gedanken. Wir sehen uns heute Abend." Corbin lächelte. „Und vergiss nicht, Serena mitzubringen. Sie kann von der Galerie aus zusehen."

„Natürlich." Julian verbarg seine Bestürzung.

Corbin verließ die Suite, und Julian ging zurück ins Schlafzimmer. Hinter diesem eiskalten Gesichtsausdruck verbarg sich etwas Schreckliches, das wusste Julian sofort.

Schwach bedeutet stark, stark bedeutet schwach. Das war das Geheimnis, das hinter den meisten „Tells" steckte – dem unbewussten Handeln beim Poker, das einem Gegner etwas über die eigene Stärke der Karten verraten kann. Wenn der Spieler sich zum Beispiel mit hängenden Schultern im Stuhl zurücklehnte, hatte er vermutlich einen Royal Flush. Ein Spieler, der aufrechter saß als sonst, hatte vermutlich ein Doppelpaar. Es gab noch andere Tells: ein nervöses Augenblinzeln, eine Andeutung von Lächeln, das Herumspielen an den Karten.

Doch nicht hier, nicht an Corbins Tisch. Hier versammelte sich jeden Freitagabend die Poker-Elite, abgeschirmt von den neugierigen Blicken der Zuschauer im großen Kasino. Alle sechs Spieler, die sich hier versammelt hatten – alles hochrangige, männliche Dämonen –, waren Meister der Täuschung und gut geschult in der Kunst des Bluffens. Sie scherzten miteinander, erzählten sich Witze und Anekdoten. Doch jede Geste, jedes Blinzeln, jede Bewegung war sorgfältig geplant und diente allein der Illusion, es handele sich bei den Spielern um ganz normale Menschen. In Wirklichkeit gab es bei diesen Spielern keine Tells.

Vor jedem Spieler lagen große Bargeldstapel, zusammengehalten von Papierbanderolen und Pokerchips aus Elfenbein, die Corbin immer bei den Partien mit hohen Einsätzen ausgab. Julian lächelte in sich hinein. Serena saß in einem Sessel neben dem Tisch, die Beine elegant übereinandergeschlagen. In ihrem kurzen schwarzen Kleid und mit dem streng zurückgekämmten blonden Haar strahlte sie eine Raffinesse aus, die er an ihr noch nie gesehen hatte. Trotzdem hatte sie immer noch etwas Engelhaftes an sich. Keiner, der sie so sah, würde vermuten, dass sie sich den ganzen Nachmittag mit ihm zwischen den Laken gewälzt hatte.

Neben ihr hockte Nick, schlecht gelaunt und mit vor der Brust verschränkten Armen. Ob es daran lag, dass er unglücklich in Serena verliebt war oder man ihn nicht zur Pokerrunde gebeten hatte, wusste Julian nicht. Es war ihm auch egal. Der Mensch wäre sowieso nach höchstens zehn Minuten an diesem Tisch draußen gewesen. Armer Trottel.

Corbins Stimme riss Julian aus seinen Gedanken. „Du siehst so zufrieden aus, alter Junge."

Julian konnte sich ein Grinsen nicht verkneifen. „So befriedigt, könnte man auch sagen."

Der Kartengeber mischte und warf die Karten mit einer gekonnten Bewegung aus dem Handgelenk auf den Tisch. Ihm gegenüber saß Corbin, der eine schwarze Sonnenbrille trug, als müsste er seinen ohnehin unergründlichen Blick noch verbergen. Manche Emotionen konnte man trotzdem nicht an einem Gesicht ablesen; sie waren dennoch offensichtlich. Neid zum Beispiel. Wie Nick wollte auch Corbin Serena für sich haben. Julian erkannte es daran, wie gespannt er dasaß und dass sein Körper zuckte. Das konnte seine schwarze Sonnenbrille nicht verheimlichen.

Schon braute sich der Sturm zusammen. Gleich würde er losbrechen.

Corbin erhob sich und begrüßte seine Mitspieler. „Alles klar, Jungs. Willkommen am Tisch. Wir spielen No-Limit Five Card Stud. Wie ihr wisst, beträgt der Buy-in eine Million Dollar."

Das Spiel begann. Es war ein schnelles Spiel, viel schneller, als Menschen es spielten. Diese Männer hatten keine Zeit zu verschwenden. Nach nur fünfzehn Minuten waren zwei der Dämonen am Ende und ihr Geld und ihre Chips an andere Spieler gefallen. Kurz darauf fielen auch die beiden anderen Spieler aus, und nur noch Julian und Corbin blieben übrig.

„Poker ist also nicht dein Spiel, ja?", fragte Corbin und nahm kurz seine Brille ab, um sich die Augen zu reiben. „Da hast du mich ja heute Nachmittag ganz schön auf die falsche Fährte gelockt, mein Freund."

Julian zuckte mit den Schultern und betrachtete sein Blatt. Er und Corbin waren etwa gleich gut. Am liebsten würde er das Spiel sofort beenden und gehen. Er sah auf die Uhr. Es war fast Mitternacht. Morgen um diese Zeit würde er sich von Serena verabschieden. *Noch ein Tag mit ihr. Mehr bleibt mir nicht.* Im Laufe seiner Existenz hatte er immer Zeit im Überfluss gehabt – nun rann sie ihm davon.

Und Corbin spielte mit ihm und raubte ihm seine wertvolle Zeit.

„Ich erhöhe auf zwanzigtausend." Corbin schob mehrere Geldbündel in die Mitte des Tisches, wo sich der Pott immer weiter füllte.

„Ich gehe mit. Und erhöhe um dreihundert." Julian wollte noch einen draufsetzen. Er schob das Geld in die Mitte und wusste, dass das Spiel erst richtig begann, wenn es nicht mehr um Cash ging.

Nicks Laune sank im Laufe des Spiels rasant. Vielleicht bemerkte er, wie Julian Serena ansah, und spürte die Veränderung zwischen den beiden.

„Wen interessiert schon Poker?", murmelte er und warf Julian einen wütenden Blick zu. „Lass uns verschwinden."

„Nicht jetzt", erwiderte Serena, die dem Spiel aufmerksam folgte.

Normalerweise langweilte Poker sie zu Tode. Doch die enormen Summen Bargeld machten sie sprachlos und nervös, schon allein wegen Julian. Während alle anderen Spieler sich hinter dunklen Sonnenbrillen versteckten, war er der Einzige, der sein Gesicht offenbarte. Er saß ganz entspannt da, während gemischt wurde und die Pokerchips die Besitzer wechselten. Doch seine hohe Konzentriertheit war für sie fast greifbar.

Jetzt setzte Corbin seine Brille kurz ab und sah sie direkt an. In seinem Blick lag etwas Dunkles, Böses. Gefahr. Unbändige Lust. Er war bereit zum Äußersten. Serena fragte sich, wann es so weit sein würde – und hoffte, dass sie dann nicht in der Nähe war. Sie bekam eine Gänsehaut, unfähig, ihre Angst vor ihm zu verbergen. Er schob sich die Brille wieder ins Gesicht und wandte seine Aufmerksamkeit dem Spiel zu.

Plötzlich ertrug Serena es nicht mehr, noch länger zuzuschauen. Sie beugte sich zu Nick. „Ich hab's mir anders überlegt. Lass uns eine Runde spazieren gehen."

Zwei bullige Türhüter folgten ihnen. Ohne Zweifel handelten sie auf Julians Befehl. Sie würden sie nicht aus den Augen lassen.

Sie betraten den öffentlichen Teil des Kasinos. Anders als in dem exklusiven Zimmer nebenan fand man hier Spieler aus allen sozialen Schichten an den Tischen und um die Spielautomaten versammelt. Sie alle versuchten ihr Glück an diesem Freitagabend.

„Ich mache mir Sorgen um dich", sagte Serena zu Nick, ohne allzu mütterlich zu klingen. „Alle warten in L.A. auf dich, damit sie den Film weiter drehen können. Warum tust du nicht das einzig Richtige und fliegst zurück zu deiner Arbeit?"

Ohne darauf einzugehen, blaffte Nick sie an. „Du hast mit ihm geschlafen."

„Sei nicht sauer, Nick." Sie versuchte gar nicht erst, es abzustreiten. „Ich habe dir von Anfang an gesagt, dass zwischen uns nie mehr sein wird als Freundschaft."

Er schüttelte ungläubig den Kopf. „Ich habe dich vor ihm gewarnt. Serena, der Mann ist die Bosheit in Person. Du hast einen riesigen Fehler gemacht. Du könntest mit jemandem zusammen sein, der dich wirklich liebt." Er wandte sich um, wollte gehen, doch er blieb noch einmal stehen. „Du könntest mit mir zusammen sein."

„Wo willst du hin?", rief sie ihm nach.

Ohne eine Antwort zu geben, ließ Nick sie einfach stehen, inmitten der Spieler und des Lärms der Spielautomaten. Einer der Wächter folgte ihm. Sicher würde er Harry darüber informieren, dass er wieder als Babysitter gebraucht wurde.

Vielleicht hasste Nick sie jetzt. Aber sie hatte ihre Aufgabe erfüllt – sie hatte dafür gesorgt, dass ihm nichts zustieß.

Sie sah auf die Uhr. Kurz nach Mitternacht. Morgen um diese Zeit würde sie hier hinausmarschieren, und dieses Debakel würde beendet sein. Irgendwie musste sie Nick überreden, mit ihr zu kommen. Dann würde sie nach Los Angeles und in ihr Leben zurückkehren.

Sie würde Julian vergessen.

Ich habe die Kraft, all das zu tun. Das wusste sie. *Alles, bis auf den letzten Teil.*

Serena soll zur Hölle fahren, dachte Nick, als er nach oben zu Corbins Suite fuhr, wo Luciana mit einem knallgrünen Drink in der Hand vor dem Panoramafenster stand und hinausstarrte. Ihre Langeweile verschwand jedoch augenblicklich, sobald Nick vor ihr stand.

„Du hattest recht mit Serena", erzählte er der schwarzhaarigen Schönheit und ließ sich auf eine Chaiselongue fallen. Er fühlte sich, als hätte man ihm das Herz herausgerissen. „Sie hat sich für Julian entschieden."

Luciana ging zu ihm, setzte sich auf seinen Schoß und streichelte ihm sanft das Haar. Küsste ihn so zärtlich, dass er Serena fast vergaß. Sie streichelte über sein Hemd, ließ dann ihre Finger nach unten wandern und öffnete den Knopf seiner Jeans. Dann flüsterte sie nah an seinen Lippen: „Vergiss sie, *mio caro.* Heute Nacht bist du bei mir."

Im VIP-Zimmer des Kasinos war das Glück Julian hold.

Sein Blatt bestand aus vier Königen – ein exzellentes Blatt.

Ob es für einen Gewinn reicht? fragte er sich. Doch es war unmöglich zu sagen, welche Karten sein Gegner hielt. Im Moment lagen knapp sechs Millionen Dollar auf dem Tisch. Doch Julian interessierte das Geld nicht. Ihn interessierte nur Serena.

Er schob sein restliches Geld und die restlichen Pokerchips in die Mitte. „Ich setze alles."

„Wie schade, dass unser Spiel so schnell vorbei ist." Corbin heuchelte Enttäuschung. „Dann wollen wir es aber doch wenigstens interessant machen."

„Call oder Fold", sagte Julian, irritiert von der Verzögerungstaktik seines Gegners.

„Du hast es eilig, zu gehen, wie ich sehe. Vielleicht sollten wir um etwas Bedeutsameres spielen als um Geld, damit uns der Abend im Gedächtnis bleibt. Etwas wirklich Wertvolles. Ich setze mein Hotel, das *Lussuria.*" Als schriebe er lediglich eine Einkaufsliste, kritzelte Corbin etwas auf ein Stück Papier und warf es auf den Stapel. Dann lehnte er sich mit verschränkten Armen zurück und wartete darauf, dass Julian reagierte.

Ohne Zweifel war das eine verlockende Herausforderung. Wenn Julian das Hotel gewann, würde das *Devil's Ecstasy* ihm allein gehören. Corbin hätte dann keinen Einfluss und kein Mitspracherecht mehr. Der schnellste und einfachste Weg, sich seiner Verpflichtungen gegenüber dem Hotelier zu entledigen, war, selbst der Hotelier zu werden. Dann konnte er ein neues Leben beginnen. Ohne Verbrechen. Ohne das Böse.

Und vielleicht, nach Jahrhunderten der Sühne, ein Leben mit Serena.

„Und was bist du bereit, zu setzen?", fragte Corbin, und Versuchung schwang in seiner Stimme mit. „Welchen Einsatz kannst du anbieten, der mit dem *Lussuria* mithalten kann?"

Julian schluckte. Er wusste ganz genau, worauf Corbin aus war. Doch diese Genugtuung gönnte er ihm nicht. Nicht ohne zu kämpfen jedenfalls. „Das *Devil's Ecstasy.*"

Corbin blieb reglos sitzen. „Aber dein Klub befindet sich in meinem Hotel, also besitze ich ihn praktisch schon. Und sein Wert reicht nicht annähernd an mein Hotel heran. Du musst schon etwas Adäquates in die Schale werfen. So sind nun mal die Pokerregeln. Entweder man geht mit oder man steigt aus."

Unbeeindruckt von Corbins Herablassung, entgegnete Julian ihm: „Ich besitze Klubs im ganzen Land. Such dir einen aus."

Corbin nickte in Richtung des leeren Sessels, in dem Serena bis eben gesessen hatte. „Erspar mir die Liste deiner Besitztümer. Es gibt nichts, was ich nicht habe – bis auf eins." Er beugte sich über den Tisch und fügte hinzu: „Das Mädchen."

Julian sah sich schnell um, um sicherzugehen, dass sie den Raum nicht wieder betreten hatte. Zum Glück war sie nicht da. „Niemals. Und ich besitze sie nicht."

Corbins Mund verzog sich zu einem Lächeln. Er versuchte gar nicht erst, seinen Neid zu verbergen. Vielleicht konnte er es auch nicht. „Du besitzt eine Nacht mit ihr."

„Dein Hotel gegen eine Nacht mit Serena." Julian lächelte jetzt ebenfalls. „Das ist lächerlich."

Hotels konnte man bauen, sogar innerhalb weniger Monate, wenn genügend Geld da war. Wenn Julian das *Lussuria* gewann, würde Corbin einfach weiter unten auf dem Strip das nächste Hotel aus dem Boden stampfen. Wenn er wollte, würde es sogar schon im Winter fertiggestellt sein.

Bei Corbins Angebot ging es nicht einfach um ein Gebäude. Falls Julian gewann, war seine Beziehung zu Corbin schwer beschädigt. Falls er verlor, war seine Beziehung zu Serena verloren. Denn Corbin ging es allein um Serena.

„Nein." Julian stand auf und schickte sich an, zu gehen.

Corbin zuckte die Schultern und stützte sich mit den Armen auf dem Pokertisch auf. „Wie schade. Ich gebe dir gerade die Gelegenheit, sie zu retten. Abgesehen davon, nehme ich sie mir sowieso, wenn du mit ihr durch bist." Er strich mit den Händen über den grünen Tischüberzug, als würde er eine Frau streicheln.

Julians Mund wurde trocken. Der Gedanke daran, Corbin könnte Serena berühren, machte ihn rasend. Er spürte seine Venen und Arterien pochen. „Das würdest du nicht tun."

„Wieso nicht? Sie ist Freiwild."

„Du und ich, wir sind Geschäftspartner", stieß Julian hervor. „Sie steht unter meinem Schutz."

Corbin zuckte andeutungsweise die Achseln. Er lächelte. „In der Liebe und im Krieg ist alles erlaubt, mein Freund. Spiel mit mir um sie. Dann hat sie wenigstens eine Außenseiterchance auf ihr Leben."

Ihr Leben? Was um alles in der Welt hatte er mit ihr vor? Julian ballte die Hände zu Fäusten. Er war kurz davor, auszurasten und Corbin zusammenzuschlagen. Doch hinter sich hörte er, wie die Türhüter Position einnahmen.

„Ich lasse dir die Wahl. So wie du dich immer damit rühmst, anderen die Wahl zu lassen."

Aber Julian hatte keine Wahl.

„Alles klar." Er setzte sich wieder und versuchte, seine Wut in den Griff zu bekommen. Julian verfluchte Corbin. Und sich selbst. Schon vor Tagen hätte er den Engel gehen lassen sollen, als noch die Möglichkeit bestand. Er hätte sie gar nicht hierherbringen und sie diesen Gefahren aussetzen dürfen, Gefahren, die sie allein durch ihre Schönheit magisch anzog. Eine dieser Gefahren war er selbst.

Er kritzelte ihren Namen auf ein Stück Papier und warf es auf den Stapel. Es fühlte sich an, als werfe er sein Herz gleich mit auf den Haufen von Bargeld und Pokerchips.

„Eine Bedingung habe ich noch", verkündete Corbin. „Wir spielen nur ein Blatt. K.-o.-System. Der Gewinner bekommt alles."

„Gut. Ich will einen neuen Kartengeber. Und ein neues Kartenspiel."

„Du! Türhüter!", Corbin schnippte mit den Fingern in Simons Richtung. „Komm her und teil aus."

„Einen neutralen Kartengeber. Jemand, der nicht für dich arbeitet."

„Jeder Kartengeber in diesem Gebäude arbeitet für mich", knurrte Corbin. „Jeder Croupier, jeder Türsteher und jede Cocktailkellnerin. Jeder Empfangsmitarbeiter, Gepäckträger und Lehrling. Das ist mein Reich. In diesem Gebäudekomplex wirst du niemanden finden, der mir nicht unterstellt ist. Harry ist dein Mann.“ Corbin deutete mit dem Kinn zu Julians Assistent. „Und das Mädel ist schon so gut wie verliebt in dich.“

Corbin ließ offensichtlich nicht mit sich diskutieren. Also übernahm Simon die Rolle des Kartengebers. Sie würden ihn betrügen, das war Julian klar. Verzweiflung und Wut kochten in ihm hoch. Sollte er hier sitzen und sich von Corbin um das Einzige betrügen lassen, das ihm je etwas bedeutet hatte?

„Du verlierst ja dein Pokerface, alter Junge.“ Corbin lachte. Er spielte mit einem Stapel Elfenbeinchips, und das klackernde Geräusch zerrte an Julians Nerven.

Er sagte nichts. Doch kleine Schweißtropfen bildeten sich auf seiner Oberlippe und Stirn. Ob Corbin sie bemerkte?

„Teil aus“, forderte Corbin Simon auf. „Die beste Hand gewinnt.“

Julian nahm seine Karten auf. Das war es also. Er saß einen Moment da und starrte auf das Paar Buben und das Paar Fünfer in seiner Hand. Das Glück hatte ihn verlassen.

Dagegen schien Corbin überzeugt von seinem Sieg. Er legte sein Blatt auf den Tisch. „Royal Flush.“

Das war unmöglich. Die Chance, mit einer einzigen Hand einen Royal Flush zu bekommen, war astronomisch klein. Julian starrte auf die Karten, die ordentlich aufgefächert auf dem Tisch lagen: Karozehn, Bube, Dame, König, Ass. Die Bilder grinsten ihn an, verspotteten ihn. Gegen einen Royal Flush konnte Julian mit seiner Hand nichts ausrichten.

Er machte sich nicht die Mühe, Corbin seine Karten zu zeigen, sondern legte sie mit dem Bild nach unten auf den Tisch. Doch er würde nicht einfach so das Feld räumen. Selbst wenn Corbin ihn in die tiefste Höllengrube werfen würde – er würde bis zum letzten Atemzug kämpfen und Serena mit all seiner Kraft beschützen.

„Du hast mich betrogen.“

Am anderen Ende des Tisches erhob sich Corbin. „Was erlaubst du dir?“, fuhr er Julian an. „Ich habe fair und deutlich gewonnen. Und ich werde meinen Sieg genießen. Nicht nur wegen ihres frischen, sexy Engelsfleischs, sondern aufgrund der Tatsache, dass ich sie von dir gewonnen habe."

Julian hob den Kopf und schaute ihm direkt in die schwarzen Brillengläser. „Du hast mich betrogen, das weißt du genau."

„Du hast verloren. Pech gehabt, mein Freund." Corbin nahm einen Pokerchip vom Tisch und schnippte ihn zu Julian herüber. „Nimm das hier als Trostpflaster. Gut gespielt. Und jetzt geh, wenn du weißt, was gut für dich ist."

„Für mich steht zu viel auf dem Spiel. Ich sage, du bist ein Bluff, Corbin."

„Dein Klub befindet sich auf meinem Grundstück. Ich könnte dich ruinieren. Nicht nur hier, auf der Erde, sondern auch in der Unterwelt. Wenn du willst, dass deine schlimmsten Albträume wahr werden und du den Rest deines Lebens in ihnen verbringen willst, mach weiter so."

Julian verschränkte die Arme vor der Brust.

Von allen Seiten kamen nun die Türhüter herbei, darauf gefasst, dass Julian eine falsche Bewegung machte. Sie würden ihn sich sofort schnappen. Trotzdem: Er konnte nicht einfach so gehen. Es musste einen Weg geben, Serena zu retten. Und wenn er selbst bei dem Versuch sterben sollte.

Er saß da und sah Corbin an, während seine Gedanken rasten. Corbins Bosheit war selbst hinter den schwarzen Gläsern zu erkennen. Er wollte Serena vernichten, so viel war klar.

Und darum tat Julian nun etwas, was er seit Jahrhunderten nicht mehr getan hatte. Er begann zu beten – und diesmal nicht zum Teufel. Er betete nicht darum, das Hotel zu besitzen – was mit Corbins Sündenpfuhl geschah, war ihm egal. Er betete auch nicht um sein Seelenheil – da gab es nichts mehr zu retten, das wusste er.

Nein, er betete für Serena. Er betete so inbrünstig, wie er für seine sterbende Mutter und seine kleine Schwester gebetet hatte, als er vor langer, langer Zeit auf dem harten Holzfußboden im Haus seiner Tante gekniet hatte. Auch damals hatte er einen Handel mit Gott getroffen. Diesmal flehte er: *Herr, wenn du mir hilfst, Serena zu retten, schwöre ich, werde ich sie gehen lassen.*

Corbin nahm das Stück Papier in die Hand, auf dem Serenas Name stand.

Völlig unerwartet räusperte sich Simon und sagte den alles entscheidenden Satz: „Julian hat recht. Corbin hat betrogen. Die Karten sind gezinkt."

Das Gesicht des Erzdämons verzog sich zu einer Grimasse, als er sich vor dem Türhüter aufbaute. „Was fällt dir ein, mich des Betrugs zu beschuldigen? Du wirst bestraft werden!"

„Wir haben die Karten manipuliert", platzte es aus Simon heraus, wobei er zurückwich. „Der Royal Flush war kein Zufall. Er hat eine Tinte benutzt, die man nur mit seiner Sonnenbrille sehen kann."

Julian studierte Simons Gesicht. Sagte er die Wahrheit? Oder war das Teil von Corbins schauriger Inszenierung?

Wem dieser beiden Dämonen sollte er glauben? Corbin oder Simon?

Intuitiv fand er Simon glaubwürdiger. Corbins Wangen färbten sich dunkelrot. Wer ihn erzürnte, setzte alles aufs Spiel. Doch er musste es riskieren – dieses Risiko war seine einzige Chance, das wusste Julian.

„Ich glaube dir, Simon." Seine Stimme war ruhig, aber fest.

Corbin ließ ein bellendes Lachen hören. „Sein Wort gegen das meine. Keiner von euch spielt in der richtigen Liga."

„Es gibt eine einfache Methode, um die Wahrheit herauszufinden. Gib mir die Brille, Corbin", forderte Julian ihn auf.

„Leck mich doch, du minderwertiger Schwachkopf. Das ist Meuterei!"

Die anderen Türhüter waren bereit, einzugreifen. „Wem untersteht ihr?", fauchte Corbin sie an. „Los, ergreift ihn!"

Doch sie bewegten sich nicht. Wie Simon schienen auch die anderen genug zu haben von Corbins schlechter Behandlung. Julian stand auf. „Kein Grund, handgreiflich zu werden. Gib mir einfach die Brille, und wir klären die Sache wie Gentlemen."

Da hechtete der ältere Dämon über den Tisch auf Julian zu, und Geldbündel und Pokerchips flogen durch die Luft. Julian schlug sich nicht gerne, aber er konnte sich verteidigen. Corbin stürzte auf ihn zu, doch Julian konnte seitlich ausweichen. Corbin wirbelte herum und rammte Julian eine Faust in den Unterleib, sodass dieser sich vor Schmerzen krümmte. Jetzt gab es kein Halten mehr. Julian versetzte Corbin einen Schlag auf die Luftröhre, der den älteren Dämon in die Knie zwang.

Julian nahm ihm die Brille ab. Wenn er sich irrte, würde Corbin ihm niemals verzeihen. Dann verlor er nicht nur das Geld und die Zeit, die er ins *Devil's Ecstasy* investiert hatte, sondern er geriet auch innerhalb der Hierarchie der Dämonen in Misskredit und würde in Schande fallen. Er würde den Respekt der Türhüter verlieren und seinen Rang als Erzdämon einbüßen.

Dann war Serena verloren und Corbin hilflos ausgeliefert.

Mit zitternden Händen setzte Julian die Brille auf. Aus dem Chaos auf dem Tisch fischte er ein paar Spielkarten. Auf den ersten Blick wirkten sie nicht gezinkt. Vielleicht hatte er sich doch geirrt? Sein Puls begann zu rasen, seine Hände schwitzten. Er drehte die Karten um, auf der Suche nach einem Zeichen.

Als er sie genauer unter die Lupe nahm, fiel ihm auf, was Simon meinte. In einer Ecke der Bildkarten war jeweils eine kleine Markierung, die offensichtlich nur mit dieser Brille zu sehen war. Julian riss sich die Brille vom Kopf und drückte sie dem Wächter, der ihm am nächsten stand, in die Hand. Auch er sollte die Karten überprüfen.

„Ich wusste, dass du betrügst", schrie er Corbin an, der immer noch auf dem Fußboden lag.

„Du weißt nicht, was du gerade getan hast. Du hast den Krieg eröffnet. Den Krieg um diese Engelshure."

„Ich sollte dich töten."

„Das kannst du nicht. Wir dienen immer noch demselben Herrn. Ich bin immer noch der Zweite unter ihm. Töte mich, und du wirst den Rest deiner Tage in den tiefsten Schlünden der Hölle fristen!"

Seufzend setzte Julian einen Fuß auf die Kehle seines Gegners. „Ich will mich nicht mit dir streiten, Corbin. Ich will auch dein Hotel nicht. Lass einfach Serena in Ruhe. Ich möchte, dass du mir das versprichst. Sag es. Ich möchte es aus deinem Mund hören, dass du ihr nicht einmal ein Haar krümmen wirst."

„Nimm das Hotel. Es gehört dir. Du hast es in einem fairen Spiel gewonnen. Oder etwa nicht?", fuhr Corbin ihn an. „Aber deine kleine Nutte sollte gut auf sich aufpassen!"

Julian verstärkte den Druck auf Corbins Hals. „Du wagst es, sie zu bedrohen? Ich glaube, ich muss dich wirklich töten!" Corbin begann zu würgen, aber Julian gab nicht nach. Wenn er nicht bereit war zu versprechen, Serena in Ruhe zu lassen, konnte er ruhig sterben.

Corbin schlug wild um sich. Julian verringerte den Druck ein wenig. „Na gut", keuchte der alte Dämon. „Ich werde ... ihr nichts tun."

Julian ließ von ihm ab. „Woher soll ich wissen, ob ich dir vertrauen kann?"

Hustend und spuckend griff Corbin sich an den Hals. „Vertrau mir. Wir arbeiten schon eine Weile zusammen, alter Junge. Ich schwöre es dir bei meiner Ehre als Dämon. Ich werde Serena nichts tun."

Wieso sollte Corbin Wort halten? Nach allem, was geschehen war? Wieder blieb Julian nichts anderes übrig, als ihm zu glauben. Er musste Corbin entweder gehen lassen oder dafür sorgen, dass er nicht fliehen konnte. Oder er musste ihn töten. Doch das bedeutete für Julian selbst die Hölle.

„Du besitzt keine Ehre. Ich will, dass du es mir schriftlich zusicherst. Ein Vertrag, aus Blut geschrieben."

Der ältere Dämon zuckte zusammen, nickte aber. Julian ließ ihn aufstehen und sah zu, wie Corbin um ein weißes Blatt Papier und einen Stift bat. Dann kritzelte er etwas auf das Blatt und hielt es Julian hin.

Ich, Corbin Ranulfson, schwöre hiermit, dass ich Serena St. Clair niemals etwas antun werde.

Julian nickte und sah zu, wie Corbin seinen Namen daruntersetzte. Dann ließ er sich von einem der Türhüter ein Taschenmesser geben. Der unterlegene Dämon ritzte sich den Zeigefinger auf und schmierte sein Blut neben seinen Namen auf das Blatt.

Das war die stärkste Vertragsbekundung, die ein Dämon geben konnte, ein mit Blut geschlossener Pakt. Wer es wagte, einen Blutspakt zu brechen, musste mit schwerwiegenden Konsequenzen rechnen. Das sollte ihm als Versicherung ausreichen. Außerdem würde er selbst Corbin beobachten und mehrere Wächter zu Serenas Schutz abstellen. Corbin sollte ihr nie wieder zu nahe kommen.

Corbin wischte seine Kleidung ab und zog sein Jackett glatt. Mit seinem üblichen Lächeln nickte er Julian zu. „Wir sehen uns."

Julians Pokerhand lag immer noch so da, wie er sie auf den Tisch gelegt hatte. Corbin drehte die Karten um und lachte. Er ging zur Tür und kam dabei an Serena vorbei. „Julian hat dich für ein Paar Buben verspielt." Sein Lachen war teuflisch.

Dann war er weg.

Julian stand verwundert da. Jahrelang hatte er darauf hingearbeitet, Corbins Partner zu werden. Jetzt gehörte ihm das *Lussuria*. Seltsamerweise war ihm diese neue Macht, dieser materielle Besitz vollkommen gleichgültig. Für ihn zählte nur, dass Serena in Sicherheit war.

„Danke", sagte er zu den Türhütern, die sich anschickten, den Raum zu verlassen.

„Ich habe das nicht nur für Sie getan, sondern auch für mich und die anderen Türhüter. Corbin hat uns immer wie Dreck behandelt", erklärte Simon. Sein Blick wanderte zu Serena. „Und ich habe es auch für sie getan. Auch wenn sie mir den schlimmsten Kopfschmerz meines Lebens verursacht hat. Sie hat es nicht verdient, bei Corbin zu landen."

Was würden die Männer nicht alles für sie tun? Kein Wunder, dass Simon sein Leben riskiert hatte, um sie zu beschützen. Corbin hatte ihretwegen sein Hotel verloren. Und Julian hatte ihretwegen einen kompletten Narren aus sich gemacht, hatte sich vor allen lächerlich gemacht.

Es blieben ihm nur noch wenige Stunden mit ihr, das war alles. Aber die Abmachung, die er mit Gott getroffen hatte, war nicht vergessen. Gott, der ihn immer enttäuscht hatte, nur dieses eine Mal nicht. Julian hatte geschworen, Serena gehen zu lassen, und dieses Versprechen würde er halten.

„Ein Paar Buben." Schockiert und wütend schaute sie auf die Karten. „Ich kenne mich mit Kartenspielen nicht aus, doch das hört sich nicht gut an. Aber was heißt, du hast mich verloren?"

Julian nahm sie so fest in den Arm, dass sie einen Moment lang keine Luft bekam. Dann sah er ihr so tief in die Augen, dass ihre Wut verrauchte. „Frag nicht. Bitte frag nicht. Ich habe gerade die Hölle durchgemacht, Serena. Ich würde niemals willentlich deine Sicherheit aufs Spiel setzen. Ich hoffe, das ist dir mittlerweile klar. Komm, lass uns unsere letzten gemeinsamen vierundzwanzig Stunden genießen. Ich will noch einmal mit dir tanzen, bevor ich dich gehen lasse."

Sie hasste ihn. Sie liebte ihn. Er war unerträglich. Sie war süchtig nach ihm.

Und plötzlich wurde ihr bewusst, dass das alles keine Rolle spielte. Ihr blieb nur noch eine kurze Zeit mit diesem Mann, bevor sie wieder in ihr Leben zurückkehrte. In ihr Leben ohne Ablenkungen, ohne Leidenschaft, ohne Julian.

Als sie durch die Hotelhalle gingen, verbeugten sich die Türhüter vor Julian.

„Gibt es etwas, das du mir sagen möchtest?"

„Während du weg warst, habe ich beim Poker Corbins Hotel gewonnen. Er wird uns nicht mehr in die Quere kommen." Sein Tonfall war beiläufig, er wollte sich seine wahren Gefühle nicht anmerken lassen. „Neuigkeiten verbreiten sich hier offensichtlich schnell."

Der König ist tot. Lang lebe der König. Diese Worte flatterten durch ihren Kopf. Sie verschwanden so schnell, wie sie gekommen waren, denn sie betraten das *Devil's Ecstasy.*

15. KAPITEL

Das *Devil's Ecstasy* war leer, verlassen. Es war nicht einmal eine Woche her, seit sie in der seltsamen Einsamkeit des neuen luxuriösen Klubs zusammen getanzt hatten, aber Julian kam es wie eine Ewigkeit vor. Serena wartete im Dunkeln, das einzige Licht war das reflektierende Funkeln einer Discokugel, die hoch über ihr an der Decke befestigt war. Julian verschwand in der DJ-Kabine, und kurz darauf erklang die Melodie eines alten Elvissongs.

„Komm, lass uns auf die Tanzfläche gehen." Julian streckte ihr die Hand hin. Die Musik umfing sie, als sie durch den leeren Raum schwebten. Serena kannte das Lied. *Can't Help Falling in Love*. Wie hieß es darin doch gleich? *Fools rush in* – blinder Eifer schadet nur. Oder anders: Nur Narren stürzten drauflos, während Engel sich lieber vorsichtig zurückhielten. Wann hielten Dämonen sich wohl vorsichtig zurück, fragte sich Serena. Dann verstand sie plötzlich.

Liebe. Bei der Liebe halten Dämonen sich zurück.

Plötzlich überfiel sie eine tiefe Traurigkeit. So gerne würde sie ihr Leben mit Julian teilen – doch das konnte niemals wahr werden. Diese Woche war wie im Fluge vergangen. Morgen Nacht würden sie auseinandergehen. Tage, Monate, Jahre ohne ihn würden folgen. Jahrzehnte. Das Leben ging weiter. Aber sie würde sich immer an ihre gemeinsame Zeit erinnern, auch wenn die Erinnerung mit den Jahren verblassen würde. Ihre ersten, berauschenden Küsse in seinem Büro im *Devil's Paradise* und in der Bibliothek seiner Villa in Beverly Hills. Ihr gemeinsamer Bummel über den Las Vegas Strip. Die wilden Nächte, in denen sie ihre Körper erkundet hatten. Der keusche Kuss, den er ihr auf die Stirn gedrückt hatte, nach ihrem Tag im Grand Canyon. Und schließlich die vergangene Nacht, als die Ekstase sie in ungekannte Gefilde führte.

Sie lehnte ihren Kopf an Julians Schulter, während sie langsam miteinander tanzten. Wenigstens hatte sie die Liebe kennengelernt. Endlich. Ganz ohne Vorbehalte. Es war so schön, dass sie ihre Tränen kaum zurückhalten konnte. Nicht nur, weil sie endlich da war, die Liebe, sondern auch, weil sie unmöglich war.

„Nicht weinen." Julian wischte ihr mit dem Daumen eine Träne ab, die sich über ihre Wange gestohlen hatte.

„Ich weine nicht. Ich hab nur was im Auge."

„Natürlich. Ich weiß ja, dass ihr Engel aus härterem Eisen geschmiedet seid."

Da fing sie richtig an zu weinen. Ihre Tränen tropften auf sein Hemd und hinterließen nasse Flecken. Sie versuchte, sich abzuwenden. Doch sie konnte sich nicht vor ihm verstecken.

„Komm, lass uns nach draußen gehen", schlug er vor.

Er führte sie nach oben und auf die Terrasse. Die Lichter der Stadt der Träume funkelten unter dem schwarzen Nachthimmel. Die Menschen feierten. Spielten. Gewannen ein Vermögen. Verloren ihr Erspartes. Freuten sich. Weinten. Heirateten. Hatten Affären. Tranken sich bewusstlos und vergaßen, weshalb sie hier waren. Serena wünschte auch, sie könnte vergessen. Doch Julian war ihr für immer ins Gedächtnis gebrannt. Nichts würde die Erinnerung an ihn auslöschen können.

Sie fröstelte in der frischen Nachtluft. Er stellte sich hinter sie und legte ihr sein Jackett um. Küsste sie auf den Scheitel und murmelte: „Denk immer an diese Nacht. Denk an unsere gemeinsame Zeit, die Zeit, die wir Gott und dem Satan gestohlen haben. Vielleicht werde ich in die tiefsten Tiefen der Hölle geschickt für das, was ich jetzt sage, aber: Du lässt mich an die Liebe glauben."

„Ich glaube nicht, dass man dich verdammt, weil du an die Liebe glaubst. Wenn Engel fallen können, können Dämonen ja vielleicht errettet werden." Eine nie gekannte Verzweiflung machte sich in Serena breit.

Er seufzte, und ihr kam es vor, als könnte sie in diesem Seufzer seine Müdigkeit hören, die Müdigkeit vieler Jahre. „Ich glaube nicht, Liebling. Ich müsste einen ganzen Kontinent mit hungernden Kindern retten, um all das wiedergutzumachen, was ich angerichtet habe."

„Aber es muss doch eine Möglichkeit geben.“ Doch sie glaubte selbst nicht daran. Sie lehnte sich an ihn und wusste nicht, was sie sagen sollte. „Vielleicht solltest du anfangen zu beten.“ Es war ein naiver Vorschlag, das wusste sie, aber etwas anderes fiel ihr nicht ein.

„Und zu wem soll ich deiner Meinung nach beten?“

„An die höhere Macht, an die du glaubst. Wenn dir das nicht behagt, dann eben an das Gute, das dir selbst innewohnt.“

„Ich habe immer bessere Ergebnisse bekommen, wenn ich mich an die andere Seite gewendet habe“, erklärte er mit ironischem Tonfall.

Forschend suchte Serena in seinem Gesicht nach einem Zeichen, einem Schimmer Hoffnung, danach, dass er entschlossen war, zu kämpfen. „In dir ist der Glaube an die Macht des Göttlichen. Du hast gerade selbst gesagt, du glaubst an die Liebe.“

„Das ist nicht dasselbe.“

„Nein?“

Sie standen eine ganze Weile schweigend da, aneinandergelehnt, und betrachteten die nächtliche Kulisse der Stadt. Den Ort ihrer außergewöhnlichen Liebesaffäre, die nur eine Woche dauerte.

Dann liebten sie sich. Langsam, zärtlich.

„Wir müssen nicht, wenn du nicht willst“, flüsterte Julian, als er sie bebend aufs Bett legte. Nach allem, was in den vergangenen Stunden passiert war, war er froh, dass sie bei ihm war und sicher in seinen Armen lag.

Sie küsste ihn, leidenschaftlicher und feuriger, als er erwartet hatte. „Ich will aber.“

Sein Ziel hatte er erreicht: Er hatte sie dazu gebracht, sich nach ihm zu verzehren. Doch dabei hatte er sich selbst verloren, war ihr völlig und unwiderruflich verfallen. Nie zuvor hatte er sich einer Frau so sehr geöffnet, und nie zuvor war er zu einer solchen Zärtlichkeit fähig gewesen. Wenn sie miteinander schliefen, war es nicht der wilde, fast akrobatische Sex, den er sonst gern praktizierte. Als er ihr beim Höhepunkt ins Gesicht gesehen hatte, war ihm einmal mehr bewusst geworden, dass es stimmte, was er ihr gesagt hatte: Sie ließ ihn an die Liebe glauben. Denn er hatte sich in sie verliebt.

Sie durfte alles von ihm wissen. Noch vor wenigen Tagen wäre es undenkbar gewesen, dass er sich irgendeiner Kreatur so sehr anvertraute. Während er sie liebte, versuchte er sich jede Wölbung ihres Körpers einzuprägen, um sich für den Rest seines Lebens daran erinnern zu können. Und länger noch – bis in alle Ewigkeit. Denn er würde eine Ewigkeit ohne sie sein. Als sie danach ineinander verschlungen dalagen, definierte er seinen Begriff von Hölle neu: ohne Serena sein zu müssen. Satan selbst hätte sich keine schlimmere Bestrafung ausdenken können.

Serena und Julian lagen noch immer ineinander verschlungen da, als die Morgendämmerung hereinbrach. Julian betrachtete die Schatten an der Decke und wünschte, diese letzten Momente mit ihr gingen nie zu Ende. *Die Wärme ihres Körpers an seinem. Das Geräusch ihres gemeinsamen Atmens. Ihre samtweiche Haut.*

Die ganze Woche über hatte er sich vorgemacht, er könnte sie behalten. Doch er war gefährlich für sie. Es kam einem Wunder gleich, dass sie noch kein gefallener Engel war. Wenn sie bei ihm blieb, war ihr Schicksal besiegelt. Er würde sie vernichten und sie zu einer zweiten Luciana werden, einer verbitterten Dämonin, durch und durch böse. Noch schlimmer wäre, wenn er sie einfach zerbrach und von Serena nur noch die Hülle der Frau übrig bliebe, die sie jetzt war, der ängstliche Schatten eines Wesens, dessen Existenz ruiniert war.

Das hatte er die ganze Zeit gewusst. Wie viele Leben hatte er auf diese Art zerstört? Es war seine Entscheidung, und er wusste, er musste Serena gehen lassen. Nicht nur, weil er Gott dieses Versprechen gegeben hatte, sondern weil es das einzig Richtige war. Das Richtige für sie.

Er sah auf die Uhr. Gleich vier Uhr. Nicht ganz zwanzig Stunden blieben ihnen, bis die Vereinbarung endete. Am Samstag um Mitternacht. Doch wenn er Serena aufgab, dann musste es jetzt geschehen, bevor er seinen Entschluss wieder rückgängig machte. Bevor er ihr Gesicht im hellen Morgensonnenschein strahlen sah. Bevor er ihr Leben für immer ruinierte.

Er drehte sich vorsichtig um, löste sich von ihr und setzte sich auf. Dann knipste er die Nachttischlampe an. Julian vermied es, Serena anzusehen. Er wollte ihren Schmerz nicht sehen. Denn egal was er tat, er würde ihr wehtun. Darum wollte er es so schnell hinter sich bringen wie möglich.

„Ich habe eine Entscheidung getroffen. Ich entbinde dich jetzt schon von unserer Vereinbarung. Du kannst gehen."

Irritiert zog Serena die Decke über ihren nackten Körper, während er seine Hose anzog. Dann räusperte sie sich. „Aber wir haben doch noch fast einen ganzen Tag. Wollen wir die Zeit nicht zusammen verbringen?"

Er zwang sich nun doch, sie anzusehen. Sein Blick war undurchdringlich, wie seine Miene beim Pokern. „Das wäre keine gute Idee", sagte er mit gespielter Beiläufigkeit. „Ich habe von dir bekommen, was ich wollte."

Sie lachte leise und warf seufzend einen Arm in die Luft. „Das glaube ich dir nicht, nicht mal eine Sekunde. Nicht, nachdem ..."

... ich gerade deinen schönen Körper bewundert habe? Deine Seele neben mir, auf mir, in mir gespürt habe? „Glaubst du nicht, dass ich mit unendlich vielen Frauen auf diese Weise zusammen war? Serena, du solltest jetzt gehen."

Ihr herrliches Haar fiel ihr über Schultern und Brüste, als sie sich jetzt aufsetzte. „Du wirfst mich raus?", fragte sie ungläubig. Schockiert. Und auch ein bisschen wütend.

„Unsere gemeinsame Woche war schön." Julian bemühte sich, betont kühl zu klingen. „Aber es tut mir leid, dir sagen zu müssen, dass ich keinen weiteren Kontakt mit dir wünsche."

„Aber du hast dich in mich verliebt", protestierte sie, und es klang wie ein Vorwurf. Das traf ihn. „Du hast immer an mir herumgemeckert und gesagt, ich wüsste nicht, wie man Spaß hat. Dabei hast du Angst, verliebt zu sein." Sie sah ihn herausfordernd an.

„Halt du mir keine Vorträge über Angst, Serena. Bevor du nicht die tiefsten Tiefen der Hölle erkundet und das Feuer der Verdammnis gespürt hast, das dir das Fleisch von den Knochen brennt, hast du nicht das Recht, dir ein Urteil über mich zu erlauben." Es war ihm unerträglich, sie anzusehen. Tränen glitzerten in ihren Augen. Wie gerne hätte er sich abgewandt, doch er blickte sie weiter starr an.

„Du hast Angst, dass die Liebe dich zerstört", flüsterte sie. „Weißt du, was ich glaube? Ich glaube, das tust du alles nur, weil du Angst hast. Du hast so viel Zeit damit zugebracht, andere ins Verderben zu stürzen, dass du nicht weißt, was passiert, wenn es damit vorbei ist. Denn dann bist du kein Erzdämon mehr. Du wärst selbst bloß einer der Verdammten. Du hast Angst, deine Macht einzubüßen!"

Sollte sie das nur glauben. Julian musste an einen Dämon denken, den er einmal gekannt hatte, der eines Tages plötzlich mit allem Schluss gemacht hatte, seine Arbeit nicht mehr tat, keine Menschen mehr in Versuchung führte. Der Prinz der Hölle selbst hatte den Dämon aufgefordert, seine Pflichten wieder aufzunehmen. Umsonst. Jetzt schmorte dieser Dämon in den tiefsten Tiefen der Hölle, war kein Dämon mehr und wurde bis in alle Ewigkeit von den Helfern Satans ausgepeitscht. Selbst diese Höllenqualen würde Julian für Serena auf sich nehmen. Doch wenn sie glaubte, er würde sie um seinetwillen gehen lassen, war ihm das auch recht. Das würde es ihr leichter machen.

„Dämonen sind nur Engel, die einen Fehler gemacht haben. Sie glauben, sie müssen bestraft werden, dabei müssen sie nur eins tun: Sich selbst verzeihen. Die göttliche Liebe heilt alle Wunden." Serena wollte nichts mehr, als ihn von dieser Wahrheit zu überzeugen.

„Vergibst du mir meine Sünden, Serena? Bist du bereit, mir zu vergeben, wenn ich dich wegschicke?"

Sie senkte den Blick. „Ich bin nicht die richtige Ansprechpartnerin, wenn es um deine Sühne geht. Du weißt, wen du fragen musst."

Er wurde wütend. Das würde niemals geschehen. Er ging zum Bett und riss Serena die Decke weg. „Geh!"

Verstört kletterte Serena aus dem Bett, Tränen liefen ihr über die Wangen.

„Was hast du denn geglaubt, was passieren würde? ‚Sie lebten glücklich bis an ihr Lebensende?' Das Leben ist kein Märchen, Serena. Und ich bin nicht der Märchenprinz."

Weiter so! Denn wenn er nicht weitermachte, würde sie es sich zur Lebensaufgabe machen, ihn zu missionieren. Und das war vollkommen unmöglich. Dabei würde sie nur sich selbst zugrunde richten. „Es war alles ein Spiel. Du warst nur ein Zeitvertreib. Ich habe dich gesehen. Ich wollte dich haben. Ich hatte noch nie einen Engel. Also habe ich dich genommen."

„Das glaube ich dir nicht!", schrie sie ihn an.

„Wieso meinst du, dich zu erobern wäre in irgendeiner Weise anders gewesen, als jede andere Frau zu erobern?" Sie sah ihn wütend an. *Lass sie mich hassen. Das macht es leichter für sie.* Und dann brachte er ein Argument ins Spiel, gegen das sie machtlos war. Nur machtlos sein konnte, wenn sie ihr Pflichtgefühl nicht völlig über Bord geworfen hatte. „Nimm Nick mit und verschwinde!"

Scheinbar kalt und ungerührt starrte er aus dem Fenster auf die blinkenden Neonlichter des Strips. Er wagte es nicht, sie anzusehen. Versuchte, sich auf die Welt da draußen zu konzentrieren, weil er den Schmerz und die Verletzung in ihrem Gesicht nicht ertragen konnte. Er musste sie nicht auch noch sehen, denn er spürte sie bereits an der Stelle, wo sein Herz wäre, wenn er eins hätte. Doch in seiner Brust fühlte es sich nur nach Scherbenhaufen an.

„Ich schicke dir die Kleider nach", murmelte er.

„Ich will sie nicht."

Natürlich nicht. Sie wollte ihn. Besser, sie nahm nichts mit, was sie an ihn erinnerte. Dann würde er eben alles zerstören. Nichts sollte übrig bleiben von ihrer gemeinsamen Zeit. „Wie du willst." Dann drehte er sich um und verließ das Zimmer.

Im Wohnzimmer goss er sich einen Drink ein und kippte

den doppelten Scotch herunter, als wäre es Wasser. Er goss sich einen zweiten ein und versuchte, ihr Weinen zu überhören, die unterdrückten Schluchzer, die ihn marterten. Er schnappte sich die Flasche Scotch und ging hinaus auf den Balkon.

Entscheidungen. Zum ersten Mal hatte er sich für das Wohl eines anderen entschieden, nicht für sein Eigenes. Es war besser, wenn sie zurück nach Los Angeles ging. Zurück in ihr sicheres, kleines Leben, weit weg von ihm. Ihm kam die alte Binsenweisheit in den Sinn: *Wenn du etwas liebst, lass es gehen.*

Es dauerte nur Minuten, bis sie sich angezogen und ein paar Sachen zusammengesucht hatte. Dann rauschte sie aus ihrem Schlafzimmer, einmal quer durchs Wohnzimmer und zur Tür hinaus. Er stand immer noch draußen, in der kühlen Nachtluft, und starrte in den Himmel über Las Vegas.

Sie war weg. Da wo sie gewesen war, war jetzt Leere.

Die Tränen liefen immer noch über Serenas Gesicht, als sie an Nicks Tür klopfte. Es kam keine Reaktion. War er überhaupt da? Julians Türhüter hatten sich eigentlich um ihn kümmern sollen. Aber vielleicht hatte Julian sie diesbezüglich ja auch belogen? Gerade wollte sie aufgeben, als Nick die Tür öffnete, nur einen Spalt. Sein Haar war strubbelig, und er blinzelte vor dem hellen Licht im Gang. Er schaute Serena eindringlich an. „Stimmt was nicht?“

Aus dem Schlafzimmer hörte sie das Rascheln von Bettzeug. Durch den Türspalt konnte sie einen hochhackigen Frauenschuh erkennen, der mitten im Zimmer lag und offensichtlich hastig abgestreift worden war. Vielleicht hatte es Tiffany ja doch noch in Nicks Bett geschafft.

Serena wollte auch überhaupt nicht wissen, wer es war. Denn eines wusste sie sofort: Nicks Verliebtheit hatte sich durch diese Eskapade nicht verringert – das sah sie an seinem Blick. Und genau diese Verliebtheit würde sie sich zunutze machen, um Nick von diesem Ort wegzulotsen.

Sie wischte sich mit dem Handrücken die Tränen ab. „Ich fahre zurück nach L.A. Wenn ich dir etwas wert bin, komm bitte mit. Jetzt sofort."

Ihn mit seinen Gefühlen für sie zu ködern war unfair. Aber sie wusste nicht, wie sie ihn sonst von diesen Dämonen weglocken sollte. Diesmal musste sie Erfolg haben. Sie war nur zu diesem Zweck hier – um Nick zu schützen. Eine weitere Chance gab es nicht.

„Sollen wir nicht lieber bis morgen warten?", fragte er blinzelnd. Er drehte den Kopf und warf einen Blick in Richtung Schlafzimmer.

„Es ist zu gefährlich. Du musst mit mir kommen, Nick", flehte sie ihn an. „Ich erkläre es dir auf dem Weg."

Neben Sorge las sie auch Begehren in seinem Blick. Dieses Begehren hatte sie bisher immer ignoriert und ihn sogar entmutigt. Doch diesmal blickte sie ihn mit demselben Begehren an.

„Gib mir fünf Minuten, und ich bin unten in der Lobby", versprach Nick.

Serena zögerte, bevor sie die Hotelhalle durchquerte, und betrachtete die Gäste. Sogar um diese frühe Uhrzeit herrschte hier Betrieb. Die Nachtschwärmer kehrten heim. Jetzt gehörte das Hotel Julian. Sie stellte sich vor, wie er durch die Lobby ging, ein König in seinem Reich. Und wie er neben seinem Pit Boss stand, dem Mann, der die Mitarbeiter an den Spieltischen überwacht, und von oben sein Kasino betrachtete. Kein Wunder, dass er sie weggeschickt hatte. Julian musste sich jetzt um wichtigere Dinge kümmern.

Sie ließ sich auf eines der Ledersofas fallen, plötzlich völlig erschöpft. Es war eine anstrengende Nacht gewesen – das Pokerspiel, das Tanzen im leeren Klub, der Sex. Das hatte ihr die Energie geraubt. Die ganze Woche hatte sie unendlich viel Energie gekostet. Und doch sah sie immer wieder zum Aufzug hinüber, in der sinnlosen Hoffnung, die glänzenden Türen würden sich öffnen und Julian käme heraus. Um ihr zu sagen, dass er sie liebte. Dass sie niemals auseinandergehen würden. Sie betete, dass er seine Meinung noch ändern und sie zurückholen würde.

Und in diesem Moment hörte sie von der anderen Seite der Lobby einen Mann rufen: „Serena! Warte!"

Hatte man ihre Gebete erhört? Nein, es war Harry, der wild winkend auf sie zugelaufen kam. Ihr Herz machte einen Satz. Bestimmt hatte Julian ihn geschickt! Harry sollte sie zurückholen. Dann wären sie für immer zusammen, und alles wäre gut.

„Gut, dass Sie das Hotel noch nicht verlassen haben! Julian schickt mich", keuchte er, etwas außer Atem geraten. „Ich soll Ihnen Ihr Handy zurückgeben." Er reichte es ihr.

Entmutigt starrte sie das Telefon an und versuchte zu lächeln. „Danke, Harry."

Tröstend legte er eine Hand auf die Schulter. „Er hat mir aufgetragen, Ihnen einen Wagen zu besorgen, der Sie zum Flughafen bringt. Oder, wenn Ihnen das lieber ist, Sie nach Los Angeles fährt."

Am liebsten wäre sie wieder nach oben gegangen, zurück zu Julian. Ihm in die Arme zu fallen und zu weinen, bis sie keine Tränen mehr hatte, das war es, was sie wollte. Aber Julian hatte deutlich gemacht, dass er keine Verwendung mehr für sie hatte.

Hinter ihr tauchte plötzlich Nick auf. „Ich bringe sie nach Hause. Mein Fahrer fährt gerade den Wagen vor."

Sie saßen im Fond seiner Limousine, und Nick hielt ihre Hand. Er bat sie nicht um eine Erklärung, er tröstete sie einfach. Nicht als Liebhaber, sondern als Freund. Sie bogen auf den Las Vegas Boulevard, der um diese frühe Stunde leer war. Diesmal gelang es Serena, ihre Tränen zurückzuhalten. Sie war wie betäubt von diesem Abschied.

Es war wohl eine Ironie des Schicksals, dass Nick endlich begriffen hatte, was platonische Liebe bedeutete – der Schutzbefohlene half seinem Schutzengel. Doch während seine Hand die ihre hielt, wurde Serena klar, dass sie etwas in ihm bewirkt hatte.

Nick hatte gelernt, Mitgefühl zu empfinden.

Julian saß an der Hotelbar und fütterte den Pokerautomaten, der in den Tresen eingelassen war, mit Zwanzigdollarscheinen.

Er hatte eine Pechsträhne – er sah von seinem Geld nichts wieder. Ein halb leeres Glas Gin Tonic stand vor ihm, das letzte von acht, seit Serena gegangen war. Er leerte es in einem Zug.

Er war jetzt der Herr im Haus. Corbin war weg. Er war niemandem mehr Rechenschaft schuldig. Das *Devil's Ecstasy* wurde heute Nacht eröffnet. Schon jetzt war klar, dass der Klub ein riesiger Erfolg werden würde. Eigentlich sollte er froh sein. Stattdessen saß er hier und blies Trübsal und betrank sich hemmungslos.

„Sir?", hörte er da Harrys Stimme hinter sich. „Alles in Ordnung, Sir?"

Julian drehte sich um und sah ihn mit zusammengekniffenen Augen an. „Bestens, Harry."

„Sie ist weg, Sir. Nick hat sie mitgenommen."

Klang da etwa Mitleid in Harrys Stimme? Dabei war das Letzte, was Julian brauchen konnte, Mitleid. Harry stand unbeholfen da und massierte seine Hände. Es hatte den Anschein, als wollte er seinen Boss jeden Moment umarmen. Julian machte ein finsteres Gesicht. „Setzen Sie einen Bodyguard auf sie an, Harry. Ich traue Corbin nicht."

„Schon erledigt, Sir", erwiderte Harry sanft. „Ein paar Ihrer Leute beobachten sie bereits. Und ich habe auch dafür gesorgt, dass Corbin unter Beobachtung gestellt wird. Ich hoffe, in Ihrem Sinn gehandelt zu haben."

„Die Leute sollen diskret vorgehen. Serena soll nichts mitbekommen." Julian ließ die Schultern hängen. Wenn er schon nicht selbst bei ihr war, konnte er wenigstens für ihre Sicherheit sorgen.

„Keine Sorge, Sir. Corbin hat versprochen, ihr nichts zu tun. Er hat einen Blutspakt unterzeichnet." Harry schnitt eine Grimasse.

Julian war elend zumute. Corbin machte immer Geschäfte und fand dann eine Möglichkeit, sich selbst herauszulavieren. Er war ein wahrer Meister darin, Regeln zu verdrehen. Auch wenn man fest davon ausging, er sei vertraglich an etwas gebunden, war er es seltsamerweise doch nie. Julian konnte nur hoffen, dass wenigstens der Blutspakt ihn zurückschreckte. Eine andere Wahl blieb ihm nicht. Wenn Serena bei ihm blieb, konnte er sie vielleicht vor Corbin beschützen, nicht aber vor sich selbst.

Julian lachte verächtlich. „Kennen Sie den Ausdruck ‚seinen Kopf an den Teufel verwetten', Harry?"

Harry runzelte die Stirn und schüttelte den Kopf.

„In Anlehnung an die Kurzgeschichte ‚Never Bet the Devil your Head' von Edgar Allan Poe. Sie handelt von einem Mann, Toby Dammit, dessen Lieblingssatz lautet: ‚Darauf verwette ich dem Teufel meinen Kopf'. Der Teufel fordert Dammit heraus, ein Hindernis zu überspringen. Als Dammit springt, schneidet ihm ein scharfer Metallbalken über dem Hindernis den Kopf ab. Und die Moral der Geschichte: Man sollte sich nicht auf einen Pakt mit dem Teufel verlassen."

Harry setzte sich neben ihn an die Bar. „Aber Mr Ranulfson ist nicht …"

„… der Prinz des Bösen? Nicht ganz, aber viel fehlt nicht." Julian gab Harry einen Klaps auf den Rücken. „Trinken Sie einen mit mir. Sie müssen noch eine Menge lernen, wenn Sie in diesem Geschäft überleben wollen."

Er bestellte eine weitere Runde. Draußen wurde es langsam hell. Doch hier im Kasino war die Nacht noch lange nicht vorbei.

In der Penthouse-Suite des Hotels gegenüber zog Corbin die Vorhänge zurück und betrachtete sein geliebtes Hotel *Lussuria.* Luciana stellte sich neben ihn. Sie hatte ihr Haar noch nicht gerichtet und ihren Lippenstift noch nicht in Ordnung gebracht nach der stürmischen Nacht mit Nick.

„Du hättest nicht in das Zimmer dieses Menschen gehen dürfen", sagte Corbin und drehte sich zu ihr um. „Wenn Julian dich gefunden hätte?"

„Julian ist heute viel zu beschäftigt, um sich um mich zu kümmern. Das weißt du genau", sagte sie schulterzuckend. „Außerdem hat er ja dieses Mädchen."

„Das Hotelpersonal ist auf seiner Seite. Aber das spielt keine Rolle, das ist nur ein momentaner Rückschlag. Wir holen uns wieder, was wir durch Julian und Serena verloren haben. Und sie werden beide dafür büßen.“

„Und Nick?“, fragte sie hoffnungsvoll.

„Hängst du etwa an ihm, meine Liebe? Dein neuer Lover wird uns bald wie gerufen kommen. Ihn kann man leicht austricksen. Er wird tun, was wir sagen. Fürs Erste ist es gut, dass er mit Serena verschwunden ist. So können wir uns überlegen, wie wir ihn am besten benutzen.“

Luciana nickte. Die Zeit der Rache war nah.

16. KAPITEL

Nick streichelte über Serenas Haar, als sie während der Fahrt nach Los Angeles auf der Rückbank seiner Limousine lag und schlief. Selbst im Schlaf sah sie gestresst aus, auf ihrer Stirn waren Sorgenfalten sichtbar. Trotzdem war sie schöner als jedes andere Mädchen, das er kannte, schöner als jedes Model. Warum sie nicht mehr aus ihrer Schönheit machte, kein Kapital daraus schlug, verstand er nicht. Andererseits machte sie das nur noch begehrenswerter.

Julian ist ein Idiot, wenn er sie gehen lässt, dachte Nick. *Wenn Serena erst einmal mit mir zusammen ist, werde ich sie nie mehr gehen lassen.*

Sein Fahrer hielt vor der Adresse, die Serena ihm genannt hatte, einem kleinen zweistöckigen Häuschen in Santa Monica. Respektabel, aber nicht luxuriös. Daran würde Nick etwas ändern. Er würde dafür sorgen, dass sie nie mehr arbeiten musste. Und sie würde auch sein Leben verändern. Sie würde ihm die Liebe schenken, nach der er sich immer gesehnt hatte. Sie würden zusammen glücklich werden.

Und er würde dafür sorgen, dass sie nie mehr Julian Ascher über den Weg liefen.

Sanft rüttelte er Serena wach. Sie blinzelte verwirrt und sah immer noch sehr zerbrechlich und traurig aus. Er fragte sich, was genau zwischen ihr und Julian vorgefallen sein mochte, doch er hielt lieber den Mund. Sie würde es ihm von sich aus erzählen, wenn sie so weit war.

„Danke fürs Nachhausebringen." Serena rieb sich die Augen und richtete sich dann auf. Lächelnd küsste sie Nick auf die Wange.

Sanft, aber bestimmt nahm er ihren Arm. Wahrscheinlich wäre es besser, zu warten, aber er konnte nicht anders. Er musste es ihr sagen, und zwar in diesem Moment. Denn darauf hatte er schon so lange gewartet, und jetzt war Julian endlich weg. „Serena, warte. Ich muss dir etwas sagen. Ich bin in dich verliebt."

Sie schluckte und sah ihn an. Die dunklen Ringe unter ihren Augen zeugten von ihrer Erschöpfung. „Oh, Nick. Es tut mir so leid, aber ich empfinde nicht dasselbe für dich."

„Ich weiß, das ist jetzt vielleicht nicht der beste Augenblick", fuhr er fort, damit sie verstand. „Aber vielleicht kannst du es dir ja mal überlegen, das mit uns beiden."

„Das hat mit dem Augenblick nichts zu tun. Ich werde niemals deine Gefühle erwidern können."

„Wieso nicht?" Nick beugte sich zu ihr und versuchte, nicht allzu bestürzt zu wirken. Er wollte wie Julian sein, so cool. Aber das Leben war nun mal keine Filmrolle. Hier waren echte Emotionen im Spiel. Er war wirklich verletzt.

„Abgesehen davon, dass wir beide gerade erst mit anderen Partnern zusammen waren, gibt es Gründe dafür, die ich dir nicht erklären kann. Aber es hat alles damit zu tun, dass ich dein …" Sie konnte den Satz nicht vollenden. Irgendetwas hinderte ihre Zunge am Weitersprechen. „Ich bin deine Freundin, Nick. Ich kann nicht mehr sein als das."

„Das könntest du sehr wohl, wenn du mir eine Chance geben würdest. Es ist, weil du dich in Julian verliebt hast, stimmt's?"

„Natürlich nicht."

Julian musterte sie eindringlich. Da war dieser schmerzvolle Ausdruck um ihren Mund, und er erkannte, wie sehr er sich geirrt hatte. Sie wollte Julian immer noch, und daran würde sich eine ganze Weile nichts ändern. Ihre Worte klangen so hohl und ihr Schmerz war so überdeutlich, dass sie ihm nichts vormachen konnte. Ihre Unfähigkeit zu lügen fand er plötzlich nicht mehr so spannend.

Sie erwiderte seinen Blick. „Es tut mir leid. Sehen wir uns morgen beim Yoga?"

Mit abgewendetem Blick sah er aus dem Fenster. In ihm brodelte es. *Was würde Julian jetzt sagen?* Er hatte keine Ahnung. Improvisieren war noch nie seine Stärke gewesen. Ohne Skript war er um Worte eher verlegen.

„Nick, ich weiß, dass ich dich verletzt habe." Sie seufzte. So müde klang sie. Auch sie fand nicht die richtigen Worte. Was sie schließlich sagte, war läppisch. „Das geht vorüber."

Aber das würde es nicht. Serena war keine dieser Frauen, die man leichtfertig vergaß, das wusste Nick. Hilflos sah er zu, wie sie ausstieg, und wusste mit einem Mal, dass er sich noch auf dem Sterbebett an sie erinnern würde. Als diejenige, die gegangen war.

„Gott sei Dank! Du bist zurück!", rief Meredith, als Serena zur Tür hereinkam. „Wie siehst du denn aus? Als wärst du in der Hölle gewesen!"

„Irgendwie war ich das auch." Serena war kurz davor, zusammenzubrechen und sich in ein kleines Häufchen Staub auf dem Küchenfußboden zu verwandeln. Erstaunlicherweise schaffte sie es noch bis zu einem Stuhl.

Sie dachte an Nick, den sie so deprimiert im Wagen zurückgelassen hatte. Er brauchte sie, brauchte ihre Führung und ihre Bestärkung. Aber da war nichts mehr, was sie ihm geben konnte. Sie war komplett ausgelaugt. Leer.

Meredith sah sie mitfühlend an. Serena erwähnte mit keinem Wort, was vorgefallen war, und dennoch schien ihre Mitbewohnerin zu verstehen. „Du bist zurück. Was auch immer passiert ist, vergiss es. Lass es hinter dir. Ruh dich erst mal aus. Morgen ist ein neuer Tag. Dann kannst du weitermachen."

Serena wollte es ihr erklären, suchte nach Worten, die irgendwie einen Sinn ergaben. Als sie schließlich etwas sagte, klang sie unendlich müde. „Julian hat das Gute in sich. Er hat nur Angst davor. Wenn du ihn kennen würdest, wüsstest du, was ich meine."

„Ich möchte ihn lieber nicht kennen", meinte Meredith schaudernd. „Ich habe gesehen, was er in seinem Haus veranstaltet. Du bist ohne Julian besser dran, glaub mir. Du wirst ihn schon vergessen."

Doch Serena wusste es besser. Julian würde in Gedanken immer bei ihr sein. Die Erinnerung an seine Berührungen, seine Lippen auf ihrem Mund mochten verblassen. Doch ihn selbst würde sie nie vergessen, auch wenn sie sich noch so bemühte.

Als sie in ihrem Schlafzimmer war, ließ sie sich aufs Bett fallen und war doch zu erschöpft zum Schlafen. Außerdem fühlte sich das Bett zu groß und zu leer an. Sie strich mit der Hand über die weiche Decke und über die Stelle, wo eigentlich Julian liegen sollte. Gäbe es doch nur eine Möglichkeit, Himmel und Hölle miteinander zu verbinden! Doch es war eine tiefe Schlucht, die sie voneinander trennte. Gut und Böse. Engel und Dämon. Und dass eine solche Liebe nicht vorgesehen war.

Julian erwachte mit hämmernden Kopfschmerzen. Leidvoll quälte er sich aus dem Bett. Die unzähligen Gläser Gin Tonic bescherten ihm einen üblen Brechreiz.

„Was hilft am besten gegen einen Kater?", murmelte er und dachte kurz an eine Spezialmischung – Gin, Tabasco und ein Ring frische Chili. Widerlich, aber wirksam. Aber dazu musste er nach unten an die Bar gehen und die Zutaten zusammensuchen oder den Room Service anrufen ... Zur Hölle damit! Warum nicht Feuer mit Feuer bekämpfen? Er nahm sich eine Flasche Gin und machte sich auf den Weg aufs Dach.

Der Gin half tatsächlich gegen den Kater und versetzte ihn in ein Hochgefühl, das den Trennungsschmerz von Serena betäubte. Auf dem Dach stieg Julian in den Hubschrauber und flog los in Richtung Wüste. In einem selbstmörderischen Tempo preschte er seinem vermeintlichen Ziel entgegen. Er wollte abstürzen. Er wollte, dass sein Leichnam in der Wüste verrottete. Doch leider war Selbstmord keine Lösung. Sein Körper würde sich einfach regenerieren und ihn wieder dorthin zurückbefördern, von wo er gerade zu fliehen versuchte. Oder er würde in die Unterwelt zurückkehren, wo unablässig die Höllenfeuer brannten. Als Dämon war es nicht so leicht, von der Bildfläche zu verschwinden. Da war immer die endlose Hölle der eigenen Existenz.

Doch Julian war kein Feigling, und Selbstmord war eine Lösung für Feiglinge. Aber er war so müde. Erschöpft vom Leben. Erschöpft von all den Versuchungen, vom endlos lockenden

Laster. Seine Lebensfreude war gemeinsam mit Serena verschwunden.

Stundenlang flog er umher. Nahm die Route, die er mit ihr geflogen war an dem Tag, als sie fast gestorben wäre. Landete auf demselben Felsplateau, wo sie gepicknickt hatten. Wo er ihr das Leben zurückgegeben hatte, wenige Schritte entfernt vom Hubschrauber. Sie hatte im Dreck gelegen und um ihr Leben gekämpft. Serena war eine Kämpferin. Sie kämpfte bis zum Ende. Sie gab nicht auf. Er versuchte, sie sich vorzustellen, wieder in Los Angeles, wie sie zu Hause saß oder in ihrem Yogastudio war.

Während er umherflog, starrte Julian die verschiedenfarbigen Gesteinsschichten an. Er blickte hinunter in den Bright Angel Canyon. Was er einst als schön empfunden hatte, war ohne sie nichts. Er hatte recht gehabt mit dem, was er über Keats gesagt hatte. Schönheit war nicht immer Wahrheit. Schönheit konnte auch böse sein und leer.

Sein strahlender Engel hatte ihn verlassen. Weil er sie dazu gezwungen hatte. Ihr ging es besser ohne ihn.

Als sein Trunkenheitsgefühl abebbte, nahm er die Flasche Gin vom Passagiersitz, setzte sie an und ließ die Flüssigkeit in seine Kehle rinnen.

Ob Serena an ihn dachte? Wenn ja, an was würde sie sich erinnern? Wahrscheinlich nur an das Schlimmste. Dass er sie zu der Reise nach Las Vegas genötigt hatte. Dass er sie Luciana ausgeliefert und den beinahe tödlichen Schlangenbiss zu verantworten hatte. Dass er sie beim Poker als Spieleinsatz benutzt und sie beinahe verloren hatte. Dass er mit ihr geschlafen und sie danach davongejagt hatte wie einen One-Night-Stand.

Sicher käme ihr nicht in den Sinn, dass er sich in sie verliebt hatte. Dass sie ihm mehr bedeutete als jedes Lebewesen und alles andere, was ihm in den zweihundert Jahren seiner Existenz jemals begegnet war.

Denn das wusste sie ja gar nicht.

Zur selben Zeit, als Julian seinen Kummer im Gin ertränkte, griff Nick zu einem ähnlichen Mittel, um seinen Schmerz zu betäuben – Tabletten. Er erinnerte sich nicht daran, Corbin oder Luciana angerufen zu haben, aber am Samstagnachmittag standen die beiden plötzlich vor seiner Haustür in Beverly Hills.

„Wir sind nur deinetwegen den ganzen Weg von Las Vegas gekommen, mein Freund“, sagte Corbin, während er und Luciana an ihm vorbeispazierten und es sich in seinem Wohnzimmer gemütlich machten. „Wir wussten, dass du jetzt Beistand brauchst.“

„Ihr seid wirklich wahre Freunde.“ Nick ließ sich neben Luciana aufs Sofa fallen. „Niemand nimmt mich ernst, nicht einmal Serena. Ich will das haben, was ihr habt. Ich habe Geld und Ruhm. Aber ich habe keine wirkliche Macht. Niemand respektiert mich.“

„Sei jetzt still, *amore.*“ Luciana strich ihm beruhigend über den Kopf. „Wir respektieren dich.“

„Wir können das leicht ändern“, bot Corbin an. „Du musst nur bereit sein, ein kleines Opfer zu bringen. Danach kannst du haben, was du willst.“

„Was für ein Opfer?“

Luciana lachte. „*Caro*, hast du nie darüber nachgedacht, wie sehr das Leben wehtun kann?“

„Natürlich.“ Nick schaute sie irritiert an. Worauf wollte sie hinaus? „Ja und?“

„Du musst diesen Schmerz nicht länger ertragen. Wenn du nicht länger am Leben wärst …“, erklärte Corbin.

Nick lachte beinahe laut auf. „Was, ich soll mich umbringen? Das soll wohl ein Witz sein?!“

Keiner der beiden verzog auch nur eine Miene.

„Keine Sorge. Zu sterben ist nicht so schwierig, wie man meint. Sobald du den Schmerz verwunden hast, nicht mehr lebendig zu sein, wirst du in deinem Leben nach dem Tod an großer Stärke gewinnen.“

Natürlich machten sie Witze. Trotz all der Frustrationen, die Nick in seinem Leben durchgemacht hatte, war Selbstmord niemals infrage gekommen. Doch als er jetzt Corbin ansah, nahm die Vorstellung in seinem Kopf Gestalt an. *Ja. Natürlich. Ich könnte jetzt alles beenden.* Niemals war eine Sache ihm so klar gewesen. „Du hast recht. Ich werde in meinem Nachleben viel stärker sein. Die Frage ist nur: Wie komme ich da hin?"

„Wir werden dich begleiten", verriet Corbin ihm. „Aber du musst entscheiden, wie du gehen willst."

„Mir fällt da spontan nur eins ein." Nick öffnete eine Kommodenschublade. Darin befand sich eine ganze Kollektion von Drogen in Beutelchen und Ampullen, die er für Partys und andere Notfälle immer parat hielt. Kokain, Ecstasy, Heroin, Schmerzmittel wie Percocet und Vicodin. Alle seine Lieblinge waren da, und noch mehr.

„Komm, ich helfe dir." Corbin durchsuchte den Stapel. Er nahm ein paar Tabletten hier, ein paar Gramm Pulver dort. „Hier, das sollte funktionieren."

Serena erwachte aus einem langen Schlaf, und jetzt wich der Schock langsam. Dafür kam der Schmerz. Ein Schmerz so intensiv und heftig, dass sie glaubte, sterben zu müssen. Wie schön wäre es, wenn sie ihren menschlichen Körper verlassen und sich in den Himmel erheben könnte, zu einem Leben ohne Qualen. Sie wollte die dünne Membran des Lebens zerstören, die sie an die materielle Welt fesselte.

Jetzt hatte sie endlich die Liebe gekostet, und sie schmeckte bitterer als alles andere. Aber auch ohne Julian ging das Leben weiter. Tief in ihrem Innern wusste sie das. Ob sie allerdings jemals aufhören würde, ihn zu lieben, war eine andere Geschichte.

Doch so schmerzhaft dieser Prozess auch war – sie konnte nicht ewig zu Hause bleiben und trauern.

Also entschloss sie sich, das zu tun, was ihr in ähnlichen Momenten immer geholfen hatte. Auch damals, als ihr Vater starb. Sie fuhr in ihr Yogastudio und rollte ihre Matte aus.

In den wenigen Tagen in Las Vegas schien ihr Körper um Jahre gealtert zu sein.

Sie machte also langsam und gab ihren Muskeln Gelegenheit, sich wieder an die bekannten Bewegungsabläufe zu gewöhnen. Die Erkenntnis, dass sie in diesem Körper gefangen war, tat weh. Während sie die einzelnen Positionen durchging, musste sie immer wieder an Julian denken.

Julians Berührung. Julians Küsse. Daran, wie er eines Tages in ihrem Studio aufgetaucht war. Der Raum hatte sich nicht verändert und auch ihre Beweglichkeit nicht. Und dennoch war nichts mehr wie vorher. Er war ein Teil von ihr geworden. Sie schloss die Augen und machte weiter, versuchte, in ihrem Atem aufzugehen, sich zu verlieren. Sie zählte mit beim Ein- und Ausatmen und ließ sich durch diesen Rhythmus durch ihre Übungen leiten.

Zum Schluss der Übungen lag sie in Totenstellung auf ihrer Matte und betrachtete die bunten Schals, die an der Decke flatterten. Früher war dieser Ort ihr wie ein Zuhause gewesen. Wenn sie auf die Matte gegangen war, hatte sie sich erfüllt und komplett gefühlt. Jetzt fehlte etwas. Sie versuchte, nicht mehr an ihn zu denken. Sie brauchte ihn nicht. Er war nicht lebensnotwendig wie Sauerstoff, Wasser oder Nahrung.

Irgendwie würde es auch ohne ihn gehen.

Da klingelte ihr Handy. Normalerweise schaltete sie es aus, sobald sie das Studio betrat, aber heute hatte sie nicht daran gedacht. Nicht nur, weil sie auf eine Nachricht von Nick wartete, sondern auch, weil sie insgeheim die idiotische Hoffnung pflegte, Julian würde sich melden. Mit zitternden Fingern nahm sie das Handy, um die hinterlassene Nachricht zu checken. Sie stammte nicht von Julian.

Es war eine SMS von Nick, die aus einem einzigen Wort bestand.

Wiedersehen.

Das Wort jagte ihr Angst ein. Was hatte das zu bedeuten? *Wiedersehen?*

Oh nein!

Sie sprang auf, schloss mit zitternden Händen das Studio ab und rannte zu ihrem Wagen. Ihr Herz raste. Ihre erste

Yogastunde mit Nick hatte bei ihm zu Hause stattgefunden. Sie stieg ein und raste los nach West Hollywood. Jede Sekunde kam ihr vor wie eine Ewigkeit. Es war ein surrealer Albtraum, dem sie da entgegenraste, und doch unausweichlich real.

Vor Nicks Haus stand bereits ein Notarztwagen, als sie eintraf. Sie sprang aus dem Auto und lief zur Haustür, die offen stand. Im Wohnzimmer war ein Team von Notärzten damit beschäftigt, Nicks leblosen Körper mit einer Herz-Lungen-Massage wiederzubeleben.

Wie damals bei ihrem Vater.

Und wie ihr Vater war auch Nick schon tot und kalt.

„Darf ich ihn sehen?", fragte sie, als sie auf ihn zuging. Weinend stand sie da und betrachtete ihn. Legte eine Hand auf seine Stirn. Jetzt, im Tod, war Nick im Frieden mit sich. So wirkte es jedenfalls. Fast sah er aus wie ein Engel.

„Sind Sie seine Freundin, Miss?", fragte jemand.

„Nein", flüsterte sie. „Er hatte keine Freundin."

Nick hatte gelebt und war gestorben, ohne die wahre Liebe kennenzulernen. So wie Serena.

Nicks Tod wurde in der Presse als versehentliche Überdosis dargestellt, das Ergebnis eines tödlichen Drogen- und Medikamentencocktails. Die SMS, die Serena kurz vor Nicks Tod von ihm erhalten hatte, verriet etwas anderes. Nick hatte sich umgebracht. Jetzt saß sie in Arielles Büro und versuchte zu verstehen, was passiert war.

„Wohin ist er gekommen?" Serena schämte sich so sehr. Sie hatte komplett versagt.

„Wir wissen es noch nicht genau." Arielle zögerte, bevor sie hinzufügte: „Aber wir gehen davon aus, dass er ein Dämon geworden ist."

Serena sah aus dem Fenster. Auf der anderen Straßenseite war der Strand. An diesem heißen Sommertag müsste Nick da draußen sein und am Strand liegen, sich hinter den Gläsern seiner Pilotenbrille und seiner Baseballkappe verstecken. Stattdessen lag er im kühlen Leichenschauhaus auf einem

Plastiklaken. Sie musste sich auf die Lippe beißen, um nicht loszuheulen. „Nick hat sich meinetwegen umgebracht."

Arielles scharfer Blick verlieh ihren hellblauen Augen etwas Furcht Einflößendes. „Sag so etwas nie wieder. Nicks Tod war nicht deine Schuld. Wir alle verlieren immer wieder Schutzbefohlene. Das gehört zur Realität eines Schutzengels. Jede Seele trifft ihre Entscheidungen für sich. Wir haben uns nichts vorzuwerfen." Sie hielt inne. Ihrem perfekten, schönen Gesicht war anzusehen, dass sie mit etwas kämpfte. Schließlich rückte sie damit heraus. „Ich konnte es dir bisher nicht sagen, aber auch ich habe meinen ersten Schutzbefohlenen verloren."

„Du?"

„Ja. Und ich habe in letzter Zeit übertrieben viel Energie darauf verwendet, ihn zurückzugewinnen."

Julian.

Plötzlich hatte Serena ein klares Bild vor Augen. Alle einzelnen Teile fügten sich zu einem Ganzen zusammen. Sie konnte nicht anders, als noch einmal alles zu rekapitulieren, was mit dem Erzdämon zusammenhing. Im Bruchteil einer Sekunde waren alle ihre Mutmaßungen über ihn, aber auch über Arielle, in sich zusammengefallen. „Aber wie kann ein Engel einem Dämon zugewiesen werden?"

„Ich war Julian zugeteilt, als er noch ein Mensch war. Die letzten zweihundert Jahre habe ich um seine Seele gekämpft", erklärte Arielle ihr stockend. „Ich habe alles versucht. Direkte Intervention, reihenweise Frauen. Nichts hat funktioniert. Dann kamst du."

Die Gefühle kochten in Serena hoch. Wut, Frustration und Traurigkeit wirbelten in ihrem Innern wie ein Tornado, der sie wegzureißen drohte. Doch die beruhigende Ausstrahlung ihrer Ausbilderin half.

„Aber es hat nicht funktioniert. Ich habe Julian nicht gerettet." Diese Information musste sie erst einmal sacken lassen.

„Aber du bist ihm nähergekommen als jede andere."

„Deshalb hast du mich mit ihm allein gelassen? Damit ich ihn auf unsere Seite hole?"

Arielle lächelte freundlich. „Du warst nie allein. Die Kompanie hat Engel ausgesandt, die die ganze Zeit über dich wachten."

„Sogar, als ich …" Serena errötete. Wusste Arielle über alles Bescheid, was passiert war?

„Als du mit Julian geschlafen hast? Nein. Dabei nicht. Wir wissen, wann Privatsphäre angebracht ist."

Wohl kaum. Die Tatsache, dass die Kompanie über ihr Liebesleben Bescheid wusste, war peinlich genug.

Arielle seufzte amüsiert. „Meine Liebe, Sex ist nichts Schlimmes, solange er auf Liebe gründet. Das weißt du doch. Was du getan hast, war nur natürlich. Du hast niemandem wehgetan, auch dir selbst nicht. Wir haben sogar gehofft, dass es passieren würde. Zum Wohle der Mission."

„Aber ich verstehe immer noch nicht. Wie konntest du zulassen, dass ich all diese Ängste ausstehen musste – für nichts und wieder nichts? Warum hast du mich glauben lassen, ich hätte keinerlei Unterstützung?"

Wieder lächelte Arielle. „Es war nicht umsonst. Alles passiert zu einem Zweck. Es gab nur Dinge, die wir dir nicht mitteilen durften, und zwar zu deinem eigenen Besten. Zum Beispiel musstest du lernen, endlich auf eigenen Füßen zu stehen. Jeder Schutzengel muss lernen, selbstständig zu sein. Das hast du gelernt. Und was vielleicht noch wichtiger ist: Wenn du gewusst hättest, welche Ziele wir mit Julian verfolgen, hätte er sich nie in dich verliebt."

„Und was soll ich jetzt machen?", fragte Serena. „Nick ist tot. Ich habe versagt."

„Versagt, das ist ein hartes Wort. Keine Erfahrung, die wir machen, ist umsonst", sagte Arielle ermutigend. „Fürs Erste brauchst du etwas Abstand von deiner Arbeit für die Kompanie. Konzentrier dich auf deinen Yogaunterricht. Eines Tages wirst du erkennen, welchen Nutzen deine Mission hatte."

Arielles Worte konnten Serena nicht trösten. Sie schloss die Augen und versuchte die Traurigkeit zu ignorieren, die sie zu überwältigen drohte. Wäre das alles nur nie geschehen, wünschte sie sich. Was auch immer ihre Ausbilderin sagte – es änderte nichts an der Tatsache, dass Nick, ihr Schutzbefohlener, sich umgebracht hatte.

Sie war für ihn verantwortlich gewesen, und sie hatte versagt, ihm gegenüber und der Kompanie gegenüber. Und vor sich selbst.

Gegen Abend änderte sich das Wetter. Es wurde grau und regnerisch, sehr ungewöhnlich für den kalifornischen Sommer. Seine Familie trauerte nicht öffentlich, doch ganz Los Angeles schien Nick Ramirez zu beweinen. Vor seinem Haus wimmelte es von Paparazzi, und die Menschen legten Blumen vor der Haustür ab. T-Shirts mit Nicks Konterfei tauchten auf und fanden nicht nur in der Stadt, sondern bald im ganzen Land reißenden Absatz.

Tausende Fans versammelten sich in Los Angeles zu einer improvisierten Gedenkfeier, die jemand in einem ehemaligen Lagerhaus organisiert hatte. Sie artete in eine Rave-Party aus, auf der die Menschen bis tief in die Nacht hinein tanzten gemäß der Parole: „Nick hätte es so gewollt." Fernsehteams flogen mit Hubschraubern über die feiernden Massen und hielten den Augenblick für die Nachwelt fest.

Solange er gelebt hatte, war Nick nur ein weiterer bedauernswerter junger Schauspieler gewesen, dessen Fehltritte Futter für die Klatschmagazine waren.

Doch nach seinem Tod wurde er zur Ikone.

Das *Devil's Ecstasy* stand kurz vor der Eröffnung. Und Julian interessierte es nicht.

In der Lobby des *Lussuria* drängten sich die Menschenmassen, unter ihnen viele Prominente, und warteten darauf, dass Julian die Türen öffnete, damit die Party beginnen konnte. Die Ausschweifungen. Das exzessive Trinken. Die wilden Drogen und der hemmungslose, abgefahrene Sex. Er müsste jetzt unten sein, um seinen bisher größten Erfolg zu feiern.

Doch Julian kümmerte es nicht.

Nicht, weil er immer noch im Selbstmitleid ertrank. Nein. Wegen der schlechten Nachricht, die ihm Harry nach der Rückkehr von seinem Ausflug mit dem Hubschrauber eröffnete.

„Nick Ramirez ist tot", hatte sein Assistent mit heiserer Stimme gesagt. „Und man hat Corbin und Luciana in Los Angeles gesehen."

Julian erkannte sofort den Fehler, den er begangen hatte. Wie dumm von ihm! Statt sinnlos durch die Gegend zu fliegen und in Selbstmitleid zu baden, hätte er besser nachdenken und seine Kräfte gegen den Feind versammeln sollen. Mit der Rache der beiden Dämonen war zu rechnen gewesen. Doch er hatte sich von seinem Verlust blenden lassen. Von seiner Traurigkeit. Von der Liebe.

„Wir müssen Corbin und Luciana finden, und zwar schnell – bevor sie weiteren Schaden anrichten können. Ich hätte mich gestern oder zumindest heute darum kümmern müssen, aber ich …" Einen Moment lang fehlten ihm die Worte. Er schämte sich, die Sorge machte ihn sprachlos. *Ich muss wenigstens dafür sorgen, dass Serena nichts geschieht.*

„Sie hatten so viel um die Ohren, Sir", versuchte Harry ihn zu trösten. „Machen Sie sich keine Gedanken. Wir werden sie finden."

Zum ersten Mal war Julian dankbar für die mitfühlenden Worte seines Assistenten – dabei hatte er ihm diesen Charakterzug schon lange abgewöhnen wollen.

„Danke, Harry. Schicke die Türhüter los, sie sollen Corbin und Luciana ausfindig machen. Ich mache mich auf die Suche nach Serena."

Als Nick erkannte, dass Corbin ihn ausgetrickst hatte, war es zu spät.

Der Prozess des Sterbens bereitete ihm höllische Schmerzen. Nicks ganzer Körper war ein einziger Schmerz, auch weil er sich permanent übergeben musste. Er wand sich in Krämpfen auf dem Boden. Sein Herz klopfte, als wollte es explodieren, und dann machte glücklicherweise sein Gehirn dicht. Seine

Seele begann die mörderische Reise in die Hölle, wo er Dinge sah, die er sich bisher nicht einmal hatte vorstellen können. Diese Dinge brannten sich in sein Gedächtnis ein. Doch jetzt war er wenigstens zurück auf der Erde. Eine seltsame Angst machte sich in ihm breit, gekoppelt an ein überwältigendes Schuldgefühl, dass er etwas ungeheuer Wertvolles einfach weggeworfen hatte: sein menschliches Leben.

Corbin lachte verächtlich „Hast du wirklich geglaubt, das ginge alles so leicht? Was bist du nur für ein Idiot!"

„Du hast gesagt, ich werde wie du", jammerte Nick. „Aber das bin ich nicht. Was bin ich denn jetzt?"

„Du bist nichts. Weniger als nichts. Du bist am unteren Ende des Totempfahls, niederer als die Türhüter-Dämonen. Du musst dich erst beweisen, wenn du ein echter Dämon werden willst."

Wie verdammt deprimierend das alles war.

„Ich nenne dir deine erste Aufgabe, mit der du einer von uns werden kannst", eröffnete ihm Corbin. „Du wirst mir helfen, Serena zu bekommen."

„Wieso brauchst du da meine Hilfe?"

Corbin sah ihn lange an. Er sprach im selben neutralen Tonfall wie immer, aber diesmal jagte er Nick damit eine Höllenangst ein. Plötzlich erkannte er, was hinter dieser aufgesetzten Coolness steckte. Jetzt wusste er, wer Corbin war.

„Hör auf, Fragen zu stellen, Nick", befahl der Erzdämon. „Tu einfach, was ich sage."

Serena saß im hinteren Teil des Yogaraums und betrachtete die Menschen in ihrer Sportkleidung, die in der Shavasana-Position auf ihren bunten Matten lagen. In der Totenstellung. Diese Stellung ermöglicht es, das Loszulassen zu lernen. Aber sollte sie ihre Schüler etwas über den wahren Tod lehren? Obwohl sie ihn bereits erlebt hatte, hatte sie immer noch damit zu kämpfen. Konnte immer noch nicht loslassen. Nicks Tod ging ihr nicht aus dem Kopf. Und trotz Arielles Rat fand Serena es schwierig, die Enttäuschung über ihr eigenes Versagen zu überwinden.

Ihr Handy piepte und schreckte ein paar ihrer Schüler auf. Sie drehten sich nach der Quelle der Störung um. Serena entschuldigte sich und checkte die SMS. Sie war von Nick.

Ich bin bei Andrew. Lass uns im Devil's Paradise treffen.

Offensichtlich hatten selbst die Toten Probleme damit, loszulassen.

Julian war Serena dicht auf den Fersen. Ihre Aura war sogar noch spürbar an den Orten, wo sie gewesen war. Zuerst hatte er es bei ihr zu Hause versucht, doch dort hatte er nur Meredith angetroffen. Der Rotschopf hatte die Tür nur einen Spalt geöffnet und ihn angestarrt wie ein Pitbull, der einen Angreifer im Visier hat.

„Ist sie da?“, fragte er ungeduldig.

„Warum sollte ich Ihnen das sagen?“, erwiderte ihre Mitbewohnerin, verschränkte die Arme vor der Brust und bedachte ihn mit einem verächtlichen Blick.

„Weil ich in sie verliebt bin.“ Hatte er das schon einmal laut ausgesprochen? Eher nicht. Der Zeitpunkt, um seinen Gefühlen für Serena Ausdruck zu verleihen, war denkbar schlecht gewählt. Er hätte es auch lieber Serena selbst gesagt als ihrer wütenden Freundin.

„Ist wohl ein kalter Tag in der Hölle“, grinste Meredith. „Aber wenn Sie sich beeilen, erwischen Sie sie vielleicht noch. Sie ist im Yogastudio. Unterricht bei Kerzenschein.“

Engel. So verdammt selbstgerecht. Aber zum ersten Mal war Julian das egal. Er entmaterialisierte sich und nahm im Yogastudio wieder menschliche Gestalt an. Doch er kam zu spät. Serena war nicht mehr da. Er stand im Empfangsbereich und erinnerte sich an ihren Kuss. Schon damals war er in sie verliebt gewesen. Ihre Schüler kamen auf ihrem Weg zum Ausgang an ihm vorbei. Es ist zum Verzweifeln, dachte Julian. Wo sollte er sie noch suchen?

„Geh nicht allein ins *Devil's Paradise*, Serena“, ermahnte Arielle sie am Telefon, während Serena schon auf dem Weg zum Klub war. „Die Kompanie kommt, um dir zu helfen.“

Der Klub war außergewöhnlich leer für einen Samstagabend. Es gab nicht einmal die übliche Warteschlange von aufgetakelten, schicken Klubbesuchern. Serena kam sich vor wie in einer Geisterstadt. Nicht ein einziger Türhüter war zu sehen. Wo sind denn alle? fragte sie sich.

Sie stand draußen und fröstelte trotz der warmen Nachtluft. Dann hörte sie plötzlich ihren Bruder im Klub schreien. Er musste irgendwo dort im Dunkeln sein.

„Serena, komm schnell! Ich brauche dich!"

Eine Stimme in ihrem Innern flüsterte: *Geh nicht rein. Warte auf Arielle und die anderen.* Aber Andrew war da drin. Ihre Angst trieb sie voran. Sie musste hineingehen, und zwar sofort.

Die schweren Türen des *Devil's Paradise* quietschten, als Serena sie öffnete. Ohne die tanzenden, glänzenden Lichter und ohne Gäste nahm sich der dunkle, große Raum gespenstisch aus. In Las Vegas hatte sie sich sicher gefühlt – mit Julian und in seinem Reich. Jetzt überkam sie ein Schauder des Zweifels.

Hinter ihr schloss sich donnernd die Tür. Jetzt war sie abgeschnitten von der Außenwelt und eingeschlossen in der Dunkelheit. „Andrew? Nick? Ich bin hier!", rief sie.

Ihre Augen mussten sich erst noch an das Dämmerlicht gewöhnen. Einen Moment lang stand sie da und lauschte nur. Dann machte sie ein paar zögerliche Schritte und versuchte, sich an den Raum zu erinnern. „Wo seid ihr?"

Doch als Antwort erhielt sie nur ein quietschendes Knirschen des Gebäudes. Dann war wieder alles still.

Da war das Foyer, erinnerte sie sich, gleich vor der großen Tanzfläche. Sie blieb stehen und spähte in die Dunkelheit. Sie konnte die hohen Decken ausmachen, zwei Stockwerke höher, und die Säulen, die sie stützten. Irgendwo im hinteren Teil des Klubs fiel eine Tür zu. Serena erschrak und zuckte zusammen.

Ein Schatten näherte sich ihr rasch. Um sich herum hörte sie Schritte.

„Andrew? Nick?" Stille. Serena machte sich für den Rückzug bereit.

Da berührte eine Hand ihren Arm. Sie erstarrte.

„Ich wusste, du würdest kommen."

Als sie Nick sah, wusste sie es sofort. Er war kein Mensch mehr. Er war ein Dämon geworden. Körperlich hatte er sich überhaupt nicht verändert, auch wenn sein Körper jetzt praktisch unzerstörbar war wie ihr eigener auch. Doch ein Blick in seine Augen verriet sein Geheimnis.

Als Mensch hatten seine braunen Augen seine Emotionen widergespiegelt, die sich von einer Sekunde zur nächsten ändern konnten. Jetzt besaßen sie den Schatten von Dämonenaugen, hasserfüllt, Augen, die Julian und die anderen älteren Dämonen durch einen betont gelangweilten Blick maskierten.

Nick strahlte eine böse Energie aus, die ihn unsichtbar, aber doch spürbar umgab. Auch diesen Charakterzug wussten erfahrene Dämonen zu verbergen. Doch Nicks Bosheit war frisch und neu, beinahe elektrisierend, und jagte ihr eine markerschütternde Angst ein.

„Wo ist Andrew?", presste sie hervor.

Nick lachte. „Woher soll ich das wissen? Wahrscheinlich zu Hause."

„Aber ich habe ihn gerade um Hilfe rufen hören."

„Ich bin ein sehr begabter Schauspieler und berühmt für meine täuschend echten Imitationen. Aber woher sollst du das wissen? Es hat dich ja nie interessiert." Nick starrte sie unverwandt an, während er auf sie zuging.

„Woher weißt du, dass Andrew mein Bruder ist? Und wie bist du hier reingekommen?", fragte sie erbost. Sie hatte Nick immer zu helfen versucht, immer nur das Beste für ihn gewollt. Und er trickste sie aus.

„Ich weiß jetzt viel mehr als früher." Seine Worte klangen wie achtlos ausgespuckt. „Denn jetzt hilft man mir."

In der Dunkelheit vernahm sie ein weiteres Geräusch. Leise Schritte, kaum wahrnehmbar. Die Luft neben ihr bewegte sich, und plötzlich stand er neben ihr. Corbin. Als er sie zu umkreisen begann, erstarrte Serena. Und dann hörte sie das Lachen einer Frau. Das dämmrige Licht flackerte, und Luciana kam die Metalltreppe herunter. In Furcht einflößender Geschwindigkeit rannte sie auf Serena zu. Als die Dämonin näher kam, sah Serena ein Messer in ihrer Hand aufblitzen.

„Nick? Was hast du getan?"

„Ich habe endlich verstanden, was ich tun muss, um zu bekommen, was ich will." Er klang bitter, nicht mehr gekünstelt wie eben. „Dir ist dieses Arschloch von Erzdämon wichtiger als ich. Aber selbst wenn du in Julian verliebt bist, kann ich dich haben. Ich weiß jetzt, dass du ein Engel bist."

„Es tut mir leid, Nick. Ich wollte dir nicht wehtun. Aber was auch immer die Dämonen dir einzureden versuchen, glaub es nicht! Sie lügen."

„Und du etwa nicht? Du hast mich auch angelogen, obwohl du mich sogar beschützen solltest. Und dann hast du mit Julian geschlafen. Da musste ich mich doch umorientieren."

Serena senkte den Blick und starrte im selben Moment auf Lucianas schwarze Satinschuhe. Sie erkannte die Schuhe wieder, die sie in Nicks Hotelzimmer in Las Vegas auf dem Boden hatte liegen sehen. Nick und Luciana. Das war unvorstellbar.

„Es war also Luciana, die bei dir war, als ich dich abholen kam?", fragte sie.

„Sie hat mir gesagt, ich soll mit dir gehen. Sie sagte, du bräuchtest meine Hilfe. Luciana gehört nicht zu den eifersüchtigen Frauen."

Das Gegenteil ist der Fall, dachte Serena. „Wie lange warst du … mit ihnen zusammen?"

„Gar nicht lange." Nick antwortete ihr bereitwillig. „Das ist ein Neuanfang für mich. Und für dich auch, Serena." Die drei Dämonen lachten, und ihr Gelächter löste in Serena Panik aus.

„Wir werden dir zeigen, dass du falsch liegst, meine Liebe. Wir wollen nichts mehr von diesem Engel-Unsinn hören. Mit uns wirst du viel mehr Spaß haben." Corbins Lächeln verzog sich zu einer Fratze.

„Wir können alle zusammen sein. So, wie es von Anfang an gedacht war. Keine Sorge. Wir können alle teilen."

Dieser Ansicht schien Corbin allerdings nicht zu sein. Er sprang dazwischen und schubste den jungen Mann so heftig, dass er zu Boden fiel. „Mit dem Teilen irrst du dich, junger Freund. Dieses Privileg hast du dir noch nicht erarbeitet“, verkündete der Erzdämon boshaft. Und dann widmete er sich Serena. Berührte mit seinen widerlichen Händen ihre Brüste und legte eine Hand zwischen ihre Beine. Sie gab ihm eine schallende Ohrfeige. Das Geräusch hallte in dem leeren Raum wider. Für einen langen, schrecklichen Moment drückte sich Corbin eine Hand auf die Wange.

„Ein temperamentvolles kleines Ding bist du, was? Und du hast keine Angst vor dem Tod, wie ich sehe. Was braucht es, um dich die Furcht vor mir zu lehren?“

Lieber Gott, bitte beschütze mich.

Luciana tanzte schadenfroh um sie herum. „Wir werfen dich den Türhütern vor, wenn wir mit dir fertig sind“, verkündete sie halb singend. „Dann werden nur noch Fetzen von dir übrig sein. Und wenn die Wächter mit dir fertig sind, zapfe ich dir dein Blut ab. Das Blut von Jungfrauen ist das beste Schönheitsrezept. Ich weiß, dass du alles andere bist als eine Jungfrau, aber dein Blut ist trotzdem besser als alles, was ich bisher hatte.“

Doch Corbin hatte andere Pläne. „Das werden wir nicht tun. Wir werden sie uns als Haustier halten, an die Schlafzimmerwand gekettet.“

Serena erschauderte. Sie wusste nicht, was schlimmer war. Wenn sie sie wenigstens umbrächten, dann könnte sie wieder neu erstehen. Das war zwar mit unerträglichen Schmerzen verbunden, aber wenigstens wäre es danach vorbei. Doch wenn Corbin sie behielt … es musste die Hölle auf Erden sein, von einem Dämon als Sklavin gehalten zu werden.

„Bitte“, flehte sie, „tut mir nichts.“

„Oh, keine Sorge. Ich tu dir nicht weh“, behauptete Corbin. „Ich habe Julian schließlich versprochen, dass ich dir kein Härchen krümmen werde. Du wirst es lieben, mit mir zu vögeln. Allerdings kann ich nicht für das garantieren, was Luciana mit dir vorhat.“

Die Dämonin hielt das Messer hoch. Die silberne Klinge funkelte. Jetzt zog sie es über Serenas Wange. Blut tropfte. Als

Luciana mit dem Finger durch die frische Wunde strich, verspürte der Engel einen brennenden Schmerz. Ihr wurde übel. Beinahe musste sie sich übergeben.

Sie schloss die Augen und begann zu beten.

Lieber Gott, beschütze mich. Bitte, lieber Gott, schick mir Hilfe.

Nur ein anderer Ort fiel Julian ein, an dem er sie suchen könnte, und ein Anruf von Harry brachte ihm die Bestätigung.

„Sie haben sie", hörte er seinen Assistenten am anderen Ende der Leitung atemlos sagen.

„Wer?", wollte Julian wissen.

„Corbin, Luciana und Nick. Sie haben die Türhüter getötet, die Sie zu ihrem Schutz entsandt haben. Einer von ihnen konnte uns vor seinem Tod noch diese Information zukommen lassen."

„Wo ist sie?" In Julian brodelte die Wut. Er war so ein Idiot. Er hatte die eherne Regel der Dämonenwelt gebrochen: Unterschätze niemals deinen Gegner. Und vor allem hatte er unterschätzt, wie sehr er an Serena hing. Das hatte selbst Corbin erkannt – im Gegensatz zu ihm selbst. Er hatte gewusst, dass er nur mit Serena Julian in die Falle locken konnte.

Die Liebe hatte ihn blind gemacht. Aus Angst, sie selbst zu zerstören, hatte er sie weggeschickt und sie damit einer Gefahr ausgeliefert, die schlimmer nicht sein konnte. Er begann, alle Möglichkeiten durchzugehen. Schloss die Augen und schüttelte den Kopf, um die albtraumhaften Bilder zu vertreiben.

„Wir sind noch nicht ganz sicher. Aber es gab eine telefonische Bombendrohung für das *Devil's Paradise*. Der Laden wurde geräumt und sollte leer sein. Ich schicke vorsichtshalber gleich ein paar Türhüter hin."

„Ich begebe mich sofort in den Klub." Julian legte auf.

Julian schloss die Augen und konzentrierte sich auf Los Angeles, auf seinen Klub in West Hollywood. Schon stand er vor den geschnitzten Eingangstüren. Und wie in der vorangegangenen Nacht, als er glaubte, Serena an Corbin verloren zu haben, begann er zu beten. Er betete um Orientierung. Um

Hilfe. Und vor allem um Serenas Sicherheit. Er wusste nicht, ob seine Gebete erhört wurden, aber er betete trotzdem.

Dann riss er die Türen auf und betrat das *Devil's Paradise*. Er konnte sich in seinem eigenen Klub auch in der Dunkelheit orientieren. Seine Schritte hallten durch den riesigen Raum.

Plötzlich wurde es hell auf der Tanzfläche und Julian erkannte zwei Personen – Corbin und Serena. Sie war an eine Säule gefesselt, und ihr sonst glänzendes Haar war stumpf und blutbefleckt. Was hatte Corbin ihr angetan? Julian würde ihn töten. Aber zuerst würde er ihn foltern, ihm so sehr zusetzen, wie er Serena zugesetzt hatte. Und dann würde er ihm seine Genitalien abreißen und ihn ausbluten lassen.

Eine dritte Person huschte über die Tanzfläche und verkroch sich erschrocken in einer Ecke. Nick.

„Ah, Julian." Corbin sah ihn herablassend an. „Der Ritter in der glänzenden Rüstung eilt seinem gefallenen Engel zu Hilfe."

Serena hob den Blick. Ihre blauen Augen waren voller Angst. Corbin hatte ihr einen Knebel in den Mund gesteckt, und ihr Schrei wurde zu einem matten Laut erstickt, der Julian in rasende Wut versetzte.

„Du hast gewonnen, Corbin. Du kannst mich haben. Du kannst das Hotel haben. Du kannst haben, was du willst. Aber lass sie gehen."

„Dank unseres jungen Freundes Nick habe ich bereits, was ich will. Sie!"

„Lass sie in Ruhe. Sie ist unschuldig." Julian flehte ihn fast an.

„Umso besser. Es macht keinen Spaß, immer nur schuldige Personen umzubringen. Ein bisschen tragische Ungerechtigkeit zwischendurch kann auch schön sein. Findest du nicht?" In Corbins eiskaltem Blick schimmerte Zufriedenheit. „Und wieso sollte ich sie gehen lassen, wenn ich euch beide haben kann?"

Der ältere Dämon ging auf Serena zu und drückte ihr ein Messer an den Hals. Als Julian näher kam, sah er, dass die Haut in ihrem Gesicht, auf ihrem Hals und ihren Armen überall mit kleinen Schnitten verunziert war.

„Keine Sorge, ich habe dir ja versprochen, dass ich ihr nichts tun werde. Das ist Lucianas Handschrift“, beteuerte Corbin. „Komm also lieber nicht näher. Ich möchte mein Versprechen nicht brechen.“

„Feigling“, stieß Julian hervor. „Warum stellst du dich mir nicht wie ein Mann? Stattdessen folterst du lieber ein unschuldiges Mädchen.“ Er wappnete sich für einen Angriff.

Serena schüttelte den Kopf und schrie unterdrückt, und Julian las die Botschaft in ihren Augen: *Verschwinde. Rette dich. Lass mich hier.* Als ob er das jemals tun würde.

Noch immer drückte Corbin das Messer an ihre Kehle, und kleine Blutstropfen benetzten die Klinge. „Soll ich ihr die Halsschlagader aufschlitzen? Es wäre nur ein Schnitt, ganz leicht. Aber wäre es nicht eine Schande, wenn sie verblutet? Hier, im *Devil's Paradise*? Welche Ironie! Das Paradies des Teufels als letzte Ruhestätte für einen Engel. Andererseits wird das deinen Klub noch populärer machen.“

Julian raste vor Wut. „Du kannst sie nicht töten. Du kennst die Regeln.“

„Vielleicht hast du recht. Aber ziemlich große Schmerzen können wir ihr doch zufügen.“

Wir?

Aus dem Augenwinkel bemerkte Julian einen schwachen Glanz. Schwarze Haare. Luciana. Jetzt kam sie auf ihn zu, voller Rachegelüste und mit ihrer zweihundert Jahre lang aufgestauten Wut, die unkontrollierbar geworden war. Er wich aus und sie verpasste ihn. Als sie sich wieder zu ihm umdrehte, packte er sie von der Seite und schlug ihr das Messer aus der Hand. Es fiel zu Boden, und er versetzte ihm einen Tritt.

Noch ehe sie sich versah, lagen seine Hände um ihren Hals. „Lass Serena gehen, oder ich schicke Luciana auf direktem Weg zurück in die Hölle!“

Corbin sah ihn einfach nur mit seinem undurchdringlichen Blick an. „Bitte. Nur zu! Damit tust du uns beiden einen Gefallen.“

„*Arroghe merda!* Corbin, du Stück Scheiße!", fauchte Luciana. „Was soll das?"

„Hat dir das noch nie jemand gesagt, Süße? Man soll seinen Kopf nicht an den Teufel verwetten, denn er verarscht dich jedes Mal." Angewidert stieß Julian sie fort. „Komm schon, Corbin. Stell dich! Zeig mir, was in dir steckt. Zeig mir, dass du ein Mann bist. Nur wir beide. Ich bin es doch, den du kriegen willst. Ich bin es, der dein Hotel gewonnen hat. Ich bin es, der dich zum Narren gemacht und deinen Ruf ruiniert hat. Der deine Macht an sich gerissen hat."

Was nun geschah, schien in Zeitlupe und dennoch in Sekundenschnelle abzulaufen. Corbin hechtete auf Julian zu wie am Pokertisch. Julian täuschte an und schlug ihm das Messer aus der Hand. Doch Corbin prallte mit voller Wucht gegen ihn, sodass beide Männer auf dem Fußboden landeten. Julian spürte einen heftigen Schmerz im Rücken, als Corbin auf ihn fiel.

Und dann gab unter ihnen der Boden nach, und sie fielen in die Tiefe, stürzten hinab in die Dunkelheit der Hölle.

Julian und Corbin waren verschwunden. Als Luciana das begriffen hatte, drehte sie sich um und fixierte die noch immer gefesselte Serena mit ihrem Schlangenblick. Beide drehten gleichzeitig den Kopf. Auf dem Boden zwischen ihnen lag das Messer, an dem Serenas Blut klebte.

Luciana lächelte und schickte sich an, es aufzuheben. „Wo waren wir stehen geblieben?"

In diesem Moment polterte ein halbes Dutzend Türhüter herein und verteilte sich im Raum. Dann blieben sie stehen. Ihre Augen waren auf die beiden Frauen gerichtet.

Lieber Gott im Himmel, hilf mir!

„Schnappt sie euch!", schrie Luciana und zeigte mit dem Finger auf Serena.

Doch die Wächter rührten sich nicht. Sie erhielten ihre Anweisungen von Julian, und da Julian nicht da war, wussten sie nicht, was sie tun sollten. Dann trat einer von ihnen vor, aber richtete sich nicht gegen Serena, sondern gegen Luciana.

„*Maledizione!* Ihr seid Dämonen, oder nicht? Und sie ist ein Engel! Ihr Idioten, warum gehorcht ihr nicht? Ich bin eine von euch!“ Luciana fing an zu schreien. Sie presste Serena die Messerspitze fest gegen den Hals. „Verschwindet, oder sie stirbt!“

Serena spürte, wie das Blut in ihrer Halsschlagader gegen das Messer pulsierte. Eine seltsame Ruhe überkam sie. Sie wusste, sie würde in Sicherheit sein, selbst wenn sie starb. Doch Luciana löste jetzt ihre Fesseln und schob sie weg.

Mit einem Mal wurde die Tür des *Devil's Paradise* von einer mächtigen Windböe geöffnet.

Auf der Schwelle stand Arielle, ihr blondes Haar umgab sie wie ein Heiligenschein. Hinter ihr stand ein halbes Dutzend Engel aus der Kompanie. Sie strahlten Stärke aus. Die Ausbilderin fixierte Luciana. „Tun Sie Serena etwas zuleide, und Sie werden nie mehr Ruhe finden. Die Kompanie wird Sie verfolgen. Wir werden Sie finden. Und Sie werden erleben, was es heißt, einen Engel zu töten.“

Die beiden Frauen starrten einander an. Zeit spielte keine Rolle mehr. Serena spürte den Machtkampf, der zwischen ihnen tobte. Es war ein Showdown an unausgesprochenen, stummen Drohungen, den sie mit ihren Blicken austauschten.

„Lassen Sie sie los“, befahl Arielle.

Die Dämonin zischte, als ließe sie ihre Wut durch ein Ventil ab. So leicht gab sie nicht auf. Sie versetzte Serena einen so heftigen Stoß, dass diese in die schwere Eingangstür des Klubs krachte und sich den Kopf am hölzernen Türrahmen stieß. Ein Schmerz explodierte in ihrem Schädel. Als sie fiel, spürte sie, wie Arielles Arme sie auffingen und sie hielten.

„Luciana will fliehen!“, rief jemand.

Es war das Letzte, was Serena hörte, bevor sie ohnmächtig wurde.

17. KAPITEL

Serena wanderte durch den roten Schleier der Hölle und durch ein Labyrinth von Zimmern. An jeder Ecke sah sie Dämonen, die die Verdammten folterten, an den Eingeweiden verstümmelter menschlicher Leichen nagten und ihnen mit ihren scharfen Klauen die Augäpfel herausrissen. In ihrem Traum zischten die Dämonen, und ihre grünen Schlangenaugen leuchteten.

Sie rannte durch das Labyrinth von Korridoren, bis sie in das Zentrum des Irrgartens gelangte. Dort war Julian, an ein morsches Bettgestell gefesselt. Er drehte den Kopf zu ihr, seine blauen Augen glänzten fiebrig. Sie konnte sich plötzlich nicht mehr bewegen, ihre Füße waren wie angewachsen. Hinter ihr tauchte ein Dämon auf und hieb ihr seine Pranke in die Schulter, und dann …

Sie erwachte in ihrem Bett zu Hause, die weiche Decke über sich. Ihr Kopf schmerzte, als wäre sie von einem Lastwagen überfahren worden. Aber ansonsten war sie unversehrt. Ihre Wunden würden heilen. Wenigstens die Äußerlichen.

Arielle saß auf dem Bettrand und beugte sich besorgt über sie. Serena wollte sprechen, aus ihrer Kehle drang aber nur ein Krächzen. „Was ist passiert? Wie lange war ich ohnmächtig?"

Sie erinnerte sich, dass Corbin und Julian plötzlich wie vom Erdboden verschluckt waren, während sie noch auf dem Fußboden im Klub miteinander kämpften. Einen Moment lang war ihr Bild noch zu sehen gewesen, dann verschwanden ihre Spuren, und alles war ruhig.

„Nur ein paar Stunden. Es ist ein bisschen anders gelaufen, als wir es geplant hatten", gab Arielle zu. „Keiner von uns hat damit gerechnet, dass Nick verschwinden würde. Aber so ist er, und wir wissen bis jetzt noch nicht, wo er sich aufhält. Vielleicht werden wir irgendwann in der Lage sein, ihn zu erreichen. Doch was das Wichtigste ist: Wir haben unser Hauptziel erreicht. Julian ist nicht länger ein Dämon. Er hat nicht mehr die Kraft, Menschen in Versuchung zu führen. Dein Auftrag ist erfüllt."

Wir haben Nick verloren. Diese Formulierung hatte Arielle benutzt, um ihr zu sagen, dass Nick in der Hölle war. Und Julian … Serena wusste, wo er war. Ihr Traum war kein Traum gewesen. Corbin hatte ihn mit in die Unterwelt gerissen.

Arielle nickte, wie zur Bestätigung. „Es liegt aber nicht in deiner Verantwortung, ihn zu retten. Julian glaubt, er müsste bestraft werden. Solange er davon überzeugt ist, kann niemand ihn retten."

Sie schwiegen, als Serena sich die Bilder vor Augen rief, die sie in ihrem Albtraum gesehen hatte. *Die Verdammten, die von den Dämonen gefoltert wurden. Julian, der an ein Bett gefesselt war.*

Sie schob die Decke weg. Ihr ganzer Körper schmerzte. Natürlich war sie noch lange nicht wiederhergestellt, aber das durfte sie nicht aufhalten. Sie würde nicht im Bett liegen bleiben, während Julian Höllenqualen erlitt. Es war keine Zeit zu verlieren. „Dann ist meine Aufgabe noch nicht erfüllt. Wir müssen Julian da rausholen!", verkündete sie. „Ich gehe in die Hölle."

„Du willst das Risiko auf dich nehmen, dich selbst auf alle Ewigkeit zu opfern?", fragte Arielle eindringlich. „Denk nach, was das bedeutet, Serena. Du wirst deine restliche Existenz in der Hölle zubringen. Deine Aufgabe ist es nicht, dich selbst zu opfern. Denk dran, das hast du bereits einmal getan. Das Risiko ist viel zu groß. Es ist an der Zeit, Julian loszulassen."

„Ich liebe ihn. Ich muss es wenigstens versuchen." Serena bedauerte es sehr, dass sie mit ihren Aktionen Arielle in einer Weise geschadet hatte, die sie selbst nie bedacht hatte. Aber sie konnte Julian nicht aufgeben. „Gott wird es nicht zulassen, dass ich in der Hölle schmore. Ich habe keine Angst. Außerdem hat Julian sein Leben auch für mich aufs Spiel gesetzt."

Arielle schwieg, während Serena in ihrer Kommode nach einer Jeans und einer Bluse suchte. Schließlich sagte sie: „Ich wünschte, ich könnte mit dir kommen, aber das geht nicht. Corbin ist darauf spezialisiert, die Leute in ihre ganz spezielle eigene Version der Hölle zu verschleppen, die auf deren schlimmsten Ängsten und Albträumen basiert. Nur jemand, dem Julian so sehr traut, dass er ihn in sein Unterbewusstsein vordringen lässt, kann auch seine Version der Hölle betreten."

Serena drehte sich zu ihr um, ihre Kleider in der Hand. „Woher weiß ich, dass er mich reinlassen wird?"

„Das weißt du erst, wenn du dort bist. Aber du wirst nicht allein sein. Die Erzengel haben die Macht, die Hölle zu betreten. Du musst Gabriel bitten, dich zu begleiten."

„Wie mache ich das?"

„Ruf ihn, und er wird dich hören." Arielle erhob sich und drückte Serena die Hand. Einen Moment lang flammten um sie herum weiße Lichter auf, und Serena wurde von einer leuchtenden Aura umgeben. „Benutz das Licht, um dich in der Hölle zu schützen. Und vergiss nicht, du musst die Liebe in deinem Herzen bewahren. Und eins noch: Denk daran, du hast die Erkenntnis erlangt."

Julian brannte. Das Fieber fraß ihn auf, seine Gedanken durchwanderten endlose Albtraumszenarien. Er wechselte zwischen Bewusstsein und Bewusstlosigkeit, unfähig zu unterscheiden, wo er war. Er wusste nur, dass er auf einer Oberfläche festgebunden und sein Oberkörper nackt war. Er wand sich und krümmte sich, doch er konnte dem Schmerz, der seinen Körper heimsuchte, nicht entgehen.

Corbin stand über ihm. Das Fleisch in seinem Gesicht schmolz zu einem nackten Totenschädel, aus dem die Augäpfel hervortraten. Corbins kahler weißer Schädel hob sich ab gegen seinen dunklen, zu einem Dauergrinsen verzerrten Mund. „Du erinnerst dich doch an Brooke, nicht wahr, Julian? Du hast ihr Leben ruiniert. Sie wartet hier unten auf dich."

Brooke Bentleys leuchtende Schönheit hatte bereits unter ihrem wilden Leben auf der Erde gelitten. Doch die Hölle hatte sie zu einer Kreatur gemacht, die Julian nicht wiedererkannte. Alles Menschliche war ihr abhandengekommen, sie war nur noch die groteske Parodie der Frau, die sie einmal gewesen war. Die Haut, die Julian einst gestreichelt hatte, hing ihr in blutverkrusteten Fetzen vom Leib. Vertrocknete Flechten baumelten in ihrem stumpfen rotbraunen Haar und ein stechender Gestank ging von ihr aus. Ihre Hände bestanden nicht mehr aus Fingern mit Fingernägeln, sondern aus Greifvogelklauen. Die Frankensteinversion einer Harpyie.

„Du sollst leiden für das, was du mir angetan hast. Mir und all den anderen Frauen“, kreischte sie und holte mit einer ihrer Pranken nach seinem Bauch aus.

„Nein!“ Ein heftiger Schmerz durchfuhr Julian, als hätte sie sein Zwerchfell mit einem glühenden Eisen verbrannt. Doch als er an sich heruntersah, war sein nackter Oberkörper unverletzt. War seine Folter Einbildung? Letztendlich war das egal, denn in diesem Albtraum von Hölle war sein Schmerz jedenfalls echt.

Brooke fing an zu lachen. Ihr Gegacker brach sich als vielfaches Echo in der Höhle, infernalisch laut. Er presste die Augen fest zusammen.

Nichts konnte ihn retten. Er war verdammt und würde für immer endlose Qualen erleiden. Aber er verdiente es nicht anders. Für Serena hatte er um göttlichen Beistand gebetet, aber für sich selbst konnte er nichts tun. Da half kein Beten mehr. Es gab keine Hoffnung, keine Erlösung.

Bedauern. Seit er sein menschliches Leben hinter sich gelassen hatte, hatte dieses Wort für ihn keine Bedeutung mehr gehabt. Als die Kugel seiner Pistole das Herz von Lucianas Ehemann durchbohrte, wusste er noch, was Reue hieß. Doch dieses Wissen war ihm in der Hölle ausgebrannt worden, war von den Flammen zerstört worden wie Papier. Sein Bedauern war zu Verbitterung und Boshaftigkeit verschmolzen.

Seine Gedanken wanderten zu Serena. Durch die Liebe zu ihr hatte er wieder gelernt, was Bedauern und was Reue bedeuteten. Er verdiente es, bestraft zu werden. So viele Menschenleben hatte er zerstört, so vielen Menschen hatte er ebendiese Höllenqualen zugefügt. Was er getan hatte, hatte zur Misshandlung vieler Tausend Seelen geführt, und dafür musste er seine gerechte Strafe empfangen. Vor allem musste er dafür büßen, dass er Serenas Leben aufs Spiel gesetzt hatte. Er hatte mit der Göttlichkeit gespielt und war kurz davor gewesen, sie zu verderben.

Als Brooke wieder ihre nadelspitze Klaue in ihn hieb, war Julians einziger Trost, dass Serena wenigstens jetzt in Sicherheit war.

Der Himmel in Julians Hölle war dunkelgrau, die Wolken türmten sich zu dicken Gebilden auf, die jeden Moment zu platzen drohten. Sie schossen mit einer beängstigenden Geschwindigkeit dahin und verursachten bei Serena ein Schwindelgefühl, während sie hinter Gabriel herging. Um ihren Magen zu beruhigen, konzentrierte sie sich auf seine weißen Schwingen, die sich hell von der düsteren Wolkenlandschaft abhoben.

In der Ferne konnte man die Umrisse eines verfallenen englischen Herrenhauses erkennen, das sich auf einem Hügel erhob. Gabriel hob mit gedämpfter Stimme zu einer Erklärung an. „Das ist Julians Stammhaus. Es kommt in seiner Version der Hölle vor, weil es in seinen größten Ängsten auftaucht."

„Wo ist er?" Serena zitterte vor Kälte. Eigentlich müsste es in der Hölle doch heiß sein.

Der Erzengel bedeutete ihr, ihm zu folgen. Sie betraten einen Wald aus verwitterten Bäumen und gingen, bis sie eine zerfallene Hütte erreichten. Das strohgedeckte Dach war vermodert, an einigen Stellen verschimmelt, und der Garten vor der Hütte war völlig verwildert und von Unkraut überwuchert. Ein Rosenstock stand vermodernd in einer trockenen Blutlache. Ohne anzuklopfen, betrat Gabriel die Hütte.

Eine dünne Staubschicht lag über den dunklen Holzböden. Die wenigen Möbelstücke waren zusammengebrochen und faulten vor sich hin. Als Serena einen Schritt nach vorn machte, gab der Boden quietschend unter ihr nach. Rasch zog sie ihren Fuß aus dem Loch und folgte Gabriel weiter.

Aus einem zweiten Raum hörten sie einen Mann fluchen und einen anderen stöhnen.

Gabriel legte einen Finger auf seine Lippen, damit sie still war. So leise sie konnte, folgte Serena ihm. Er stieß eine Tür auf.

Da lag Julian, auf ein Kinderbett gekettet, dessen hölzernes Gestell morsch war. Es war die Szene aus ihrem Albtraum. Julian hatte eine Gänsehaut, Schweiß rann über sein Gesicht.

Serena kniete sich hin und strich ihm mit der Hand über die Stirn. „Was hat er?"

„Das Fleckfieber. Es wird von Läusen übertragen. Heute kann die Krankheit mit Antibiotika geheilt werden."

„Man kann ihn also behandeln?" Sie sah den Erzengel fragend an.

Gabriel nickte. „Mit den Mitteln der modernen Medizin wird er wieder völlig genesen."

Julian öffnete plötzlich die Augen. Sein fiebriger Blick wurde zwischen den verkrusteten Lidern sichtbar. „Du hättest nicht herkommen dürfen. Ich kann dich nicht länger beschützen. Ich besitze keine Macht mehr. Bitte geh. Bevor er zurückkommt."

Ein ungutes Gefühl ließ Serena erschaudern. Sie spürte, dass sich ihr etwas näherte, so wie eine Katze ein bevorstehendes Gewitter ahnt. Sie stand mit dem Rücken zur Tür und wirbelte jetzt in Sekundenbruchteilen herum, um sich vor dem herannahenden Bösen zu schützen. Da stand Corbin im Türrahmen. Nicht der Corbin, den sie kannte, sondern der Corbin der Hölle, ein Skelett. Überreste von Fleisch, Venen und Arterien hingen an seinen Knochen und seinem Schädel, doch er bewegte sich schneller als jedes lebendige Wesen. Serena erhob sich und baute sich vor ihm auf, obwohl sie am ganzen Leib zitterte. „Wenn man vom Teufel spricht."

Als Corbin die Tür hinter sich zuschlug, erschien ihr der Raum noch kleiner. Wie eine Gefängniszelle, in der sie sich zu viert befanden, umgeben von Krankheit und Verwesung. „Das nenne ich unerwarteten Besuch. Engel in der Hölle. Und keine Gefallenen, wie ich sehe", röhrte Corbin. „Es tut mir leid, aber ihr fordert euer Glück ein wenig zu sehr heraus. Jetzt, wo ihr hier seid, könnt ihr auch gleich bleiben."

„Wir sind wegen Julian gekommen." Serena stellte sich dem Bösen mutig entgegen, während ihre Knie bedrohlich schlotterten. Wenn sie auch hier versagte, würde es drei verlorene

Seelen geben, nicht nur eine. Sie vertraute darauf, dass Gabriel sie führte und sie vor den abscheulichen Mächten, die hier unten herrschten, beschützen würde.

Der Erzengel stand neben ihr. Selbst inmitten dieser Pestilenz war er ein herrlicher Anblick. Die Hölle konnte weder den strahlenden Glanz seiner Flügel noch die Schönheit seines Antlitzes schmälern. Er stand schweigend da, und Serena schöpfte Mut allein aus seiner Anwesenheit.

Beim Anblick der Engel schnaubte Corbin verächtlich. „Julian geht nirgendwo mehr hin. Er wird für den Rest aller Zeiten in der Hölle verrotten. Und ihr mit ihm."

Serena atmete tief ein. „Du hast keine Macht über mich, Corbin. Du hast mich einmal geschlagen, aber ich habe keine Angst mehr vor dir."

Als Antwort schenkte er ihr ein knochiges Grinsen. Wie ein Schatten bewegte sich der Dämon auf sie zu und packte ihren Arm. „Ich werde dir einen Vorgeschmack auf das geben, was dich hier unten erwartet. Komm, ich mache mit dir eine Tour durch deine ganz persönliche Hölle."

Sie spürte, wie sich ihr Körper auflöste und sie aus dem kleinen Raum in der Hütte weggebracht wurde. Sie entmaterialisierte sich. *Denk dran: Du hast die Erkenntnis erlangt*, hatte Arielle zu ihr gesagt. Serena sah Corbin fest in die Augen und konzentrierte sich auf einen einzigen Gedanken: *Du hast die Erkenntnis erlangt.*

Er kämpfte gegen sie, maß seine Willenskraft an ihrer. Um sie herum begann sich eine neue Szenerie zu materialisieren. Ein regnerischer kalter Tag vor etwa einem Jahr. Da stand Serena am Straßenrand, bis auf die Haut durchnässt. Fünfzehn Meter vor ihr waren zwei Autos zusammengestoßen. Die Scheiben waren beschlagen, die Insassen nicht zu erkennen. Doch Serena wusste, wer in den Fahrzeugen saß. In dem einen eine Mutter mit zwei kleinen Kindern im Vorschulalter, im anderen Meredith. Der Geruch von Benzin hing in der Luft, ein Vorbote der Explosion, die sich ereignen sollte.

Doch als Serena losrennen wollte, um die eingeschlossene

Familie zu retten, konnte sie sich nicht bewegen. Corbin stand neben ihr und packte wieder ihren Arm. „Willkommen in der Hölle", sagte er.

„Ich habe keine Angst", entgegnete sie schreiend, gegen die atemlose Kälte ankämpfend, die ihre Mundhöhle umfing. „Selbst wenn ich sie nicht retten kann, kommt diese Familie in den Himmel. Sie werden in Sicherheit sein, selbst wenn sie sterben."

Um sie herum begann es stärker zu regnen. Sie fror. Lautes Donnergrollen ertönte über ihr, und Corbin lachte dazu. „Nicht hier. Nicht in der Hölle. Du und die Personen, die du liebst, bleiben hier, in meinem Reich. Du. Julian. Dein Vater. Ihr werdet in ewiger Verdammnis leben."

„Was erlaubst du dir, über meinen Vater zu sprechen? Du hast keine Macht, über keinen von uns. Wir haben nichts getan, weswegen du uns hier gefangen halten könntest." Ohne Angst sah sie Corbin an. „Ich bin einmal mit dir durch die Hölle gegangen, und ich werde es nicht wieder tun." Wieder und immer wieder, dachte sie. *Du hast die Erkenntnis erlangt. Du hast die Erkenntnis erlangt.*

Jetzt schubste er sie in den Regen. „Meinst du, das wäre so einfach? Meinst du, du könntest dir die Hölle einfach wegwünschen? So funktioniert das nicht! Jetzt wird nach meinen Regeln gespielt!"

„Ich spiele nicht, Corbin." Serena erhob die Stimme. „Die Zeit der Spielchen ist vorbei."

Sie konzentrierte sich stärker. *Du hast die Erkenntnis erlangt. Du hast die Erkenntnis erlangt.*

Wieder veränderte sich die Szenerie. Diesmal stand Serena vor der Tür ihres Elternhauses in Carmel. Sie sah an sich herunter und erkannte ihr pinkfarbenes Lieblingssweatshirt mit der Kapuze. Sie war wieder ein Teenager.

Oh Gott, nein. Sie wusste, was sie im Haus erwartete. Sie wollte nicht hineingehen. Doch etwas drängte sie, die Tür zu öffnen. Wie in Zeitlupe sah sie ein Team aus Notärzten, das auf dem Fußboden kniete. Ein Mann, dessen blaue Augen sie geerbt hatte, starrte stumpf an die Decke.

Einer der Notärzte sah sie an. Sein bernsteinfarbener Blick brannte sich ihr ein. Der Rest der Gestalten erstarrte, ihre Bewegungen blieben in der Luft stehen. Corbin stand auf und ging auf sie zu. „Er hat einen Pakt mit mir geschlossen", sagte der Dämon und hängte sich mit unglaublich festem Griff an ihren Arm. „Du wirst nie darauf kommen, was er alles verwettet hat."

„Das ist nicht wahr!", schrie Serena. „Mein Vater war ein guter Mann. Du hast keine Macht über ihn und auch nicht über mich!"

„Du bist selbst kurz davor, ein Dämon zu werden."

„Das ist gelogen!" Sie starrte ihm in die Augen und konzentrierte sich wieder auf den Satz, den Arielle zu ihr gesagt hatte. *Du hast die Erkenntnis erlangt. Du hast die Erkenntnis erlangt.*

In ihren Gedanken tauchten all die schönen Momente in ihrem Leben auf. An die Wellen, die auf den Strand von Carmel rollten. An die Mutter und die kleinen Mädchen, die sie gerettet hatte, die glücklich und in Sicherheit waren. An Meredith' verrückte Kräutersude und ihre nächtlichen Ratschläge. Daran, wie es war, in Julians Armen zu liegen, gemeinsam mit ihm zu atmen und sich mit ihm zu vereinigen. Sie stellte sich vor, wie Licht aus ihrem Herzen in die Tiefe der Hölle drang, in die Corbin sie gebracht hatte, und wünschte jedem Wesen hier und außerhalb Glück. Wieder flackerte die Szenerie wie ein Bild, das jemand im Hintergrund auf eine lebensgroße Leinwand projizierte.

Worte verließen ihre Lippen. Die mächtigste Anrufung Gottes, die sie kannte. *Deum de deo. Lumen de lumine. Deum verum de deo vero.* Sie sang die Worte, auf Latein und in ihrer eigenen Sprache. *Deum de deo. Lumen de lumine. Deum verum de deo vero.* Gott von Gott, Licht vom Licht, wahrer Gott vom wahren Gott.

Und da spürte sie plötzlich, dass Corbin keine Macht über sie hatte. Seine dämonischen Fähigkeiten reichten nur so weit, wie ihr Wille es zuließ. Und sie ließ nicht mehr zu, dass er ihr etwas antun konnte. Sie hatte immer gewusst, dass nichts größer war als das Licht Gottes und dass ein Gleichgewicht zwischen

Gut und Böse der größte Irrglaube der Menschheit war. Doch erst jetzt begriff sie die Größe Gottes in vollem Umfang.

„Die Hölle kann mir nichts anhaben. Ich glaube nicht an sie.“ Ein letztes Mal schüttelte sie die Hand des Dämons ab.

Mit höchster Konzentration rief sie das weiße Licht zu sich und befahl der Energie, sich zu einer Lichtkugel zu bündeln. Und diese Kugel lenkte sie auf den Dämon. Für einen Augenblick waberte die Energie zwischen ihnen, dann flackerte sie kurz auf und strömte sogleich in einem langen Strahl mitten in die Stirn des Dämons. Corbin stolperte davon, hielt seinen Kopf umklammert und stieß schrille Schreie aus, die ihre Trommelfelle beinahe bersten ließen. Sein knochiger Körper schrumpfte vor ihren Augen zusammen und war bald nicht mehr als ein Häuflein verrottender Überreste.

Über sein Geschrei hinweg rief Serena: „Du sollst in der Hölle verrotten, Corbin! Ich gehe jetzt Julian holen!“

Sie sammelte den Schild aus hellem Licht wieder um sich. In ihrem Herzen wusste sie, dass nichts und niemand ihr nun etwas anhaben konnte. Sie hatte die Erkenntnis erlangt. Dann transportierte sie sich mithilfe ihrer neuen Fähigkeit zurück in Julians Krankenzimmer in seinen Albtraum.

Anerkennend lächelte Gabriel sie an. „Du hast dich behauptet, kleiner Schutzengel. Und du hast gelernt, dich zu entmaterialisieren.“

Er hatte recht. Sie hatte keine Ahnung, was aus Corbin geworden war und wohin er verschwunden war. Hier war er jedenfalls nicht. Es bestand nun für sie kein Zweifel mehr daran – sollte sie ihm jemals wieder begegnen, konnte sie ihm standhalten. Sie war jetzt stark genug, ihn allein durch die Kraft ihres Glaubens zu besiegen, durch die Kraft ihrer Hoffnung und ihres Glaubens an die Liebe.

Doch jetzt galt es, keine Zeit zu verlieren. Sie musste Julian sofort von diesem Ort wegschaffen. Sie kniete sich neben das Bett und löste die Fesseln, mit denen er an dem morschen Gestell hing. Leise redete sie auf ihn ein, während sie die Knoten löste. „Die Hölle existiert nur, weil du an sie glaubst. Sie ist eine bloße Illusion. Julian, du kannst entkommen. Die Dämonen haben keine Macht mehr über dich. Alles, was du tun musst, ist zu glauben."

Seine Leidensmiene ließ Serena fast verzweifeln. „An was glauben?", fragte er.

Sie zwang sich, den Gedanken zurückzuholen. *Du hast die Erkenntnis erlangt. Du hast die Erkenntnis erlangt.* „An die Liebe, mein Schatz."

Er schloss die Augen und wandte den Kopf ab. „Aber ich muss leiden für das, was ich getan habe. Für die unzähligen Leben, die ich zerstört habe. Ich habe es nicht anders verdient, als zu leiden."

„Das ist alles Vergangenheit. Dein Leiden hilft niemandem, nicht einmal denen, die du zerstört hast. Das Einzige, was du tun kannst, ist, die Vergangenheit loszulassen und reinen Herzens voranzugehen. Versuche, wiedergutzumachen, was du getan hast, und hilf von nun an anderen, anstatt ihnen Schmerz zuzufügen."

„Ich habe auch verdient zu leiden für das, was ich dir angetan habe."

„Du hast mir nichts getan. Ich habe durch dich die wahre Liebe kennengelernt. Ich gebe dich nicht auf. Der Einzige, der dir im Weg steht, bist du selber."

„Ich kann nicht erlöst werden." Julians Stimme klang so traurig und schwermütig, dass sie einen Moment zögerte. Vielleicht war er wirklich verloren?

Da spürte sie hinter sich den strahlenden Glanz von Gabriels Energie. Er drang in sie ein und überflutete sie, und seine Macht war so stark, dass sie selbst diesen gottverlassenen Ort mit seinem Strahlen erleuchtete. Sie sah Julian tief in die Augen, in diese Mischung aus Saphirblau und Smaragdgrün, die selbst in seinem Leiden noch schön war. Und sie sagte: „Jeder kann erlöst werden. Die göttliche Liebe gilt für alle und ist bedingungslos. Ich liebe dich, Julian. Alles, was du tun musst, ist glauben."

Ich liebe dich. Seit dem Tod seiner Mutter hatten das endlos viele Frauen zu ihm gesagt. Die meisten davon beim Sex. Diesen Satz hatte er tausendmal gehört, doch nicht ein Mal war er ehrlich gemeint gewesen. Doch diesmal stimmte es, der Satz aus dem Mund dieses kleinen Engels, der sich gegen die Mächte der Hölle gestemmt hatte, um ihn zu retten, war die Wahrheit.

Konnte wirklich stimmen, was sie da sagte? Es war nicht möglich, das Leiden zu beenden, indem man einfach daran glaubte, es würde enden. Oder war das denkbar? Und wenn ja, an was genau sollte, er glauben? Dass er es wert war, errettet zu werden? Dass etwas Gutes in ihm erwuchs, wenn er anderen zu Hilfe kam? Die Vorstellung allein war lächerlich. Unmöglich.

Er hörte Flügel rascheln. *Erzengel.* Julian hatte ihn noch nie gesehen, doch nun erkannte er ihn. In diesem feuchten und dunklen Zimmer strahlte der Engel in seiner Herrlichkeit. Auch Serena schien heller zu strahlen. Sie war nicht länger der ängstliche frischgebackene Engel. Sie hatte das Fliegen gelernt.

18. KAPITEL

Zurück auf der Erde. Zurück in der Sicherheit von Serenas gemütlicher Wohnung. Zurück in etwas, das Julian seit Jahrhunderten nicht mehr erlebt hatte.

Frieden.

„Was bin ich denn jetzt, wenn ich kein Dämon mehr bin?", fragte Julian den Erzengel Gabriel, als sie zurückgekehrt waren.

Der Erzengel lächelte wohlwollend. Er strahlte heller als die Sonne, die durch die Wohnzimmerfenster hereinschien. „Du hast es vielleicht nie wahrhaben wollen, aber deine wahre Natur ist die eines Engels. Denn Dämonen sind nichts anderes als gefallene Engel. Jeder, auch der Letzte von euch, kann Erlösung erfahren."

„Aber ich weiß nicht mehr, wie man … gut ist." Bedrückt dachte Julian an seine Vergangenheit, an all die Verfehlungen und Versuchungen. An seine Sünden.

„Serena wird dich leiten. Und du hast sie bereits einmal beschützt. Von nun an wird das deine Aufgabe sein. Von jetzt an seid ihr einander Schutzengel. Du sollst auch wissen, dass deine Mutter immer über dich wacht", fügte der Erzengel hinzu. „Und auch dein Vater wird eines Tages den Weg zurück zur Erkenntnis finden und sich auf die wahre Natur seiner Seele besinnen. Ihr werdet alle wieder vereint sein. Das verspreche ich dir."

Eine Welle der Erleichterung wogte über Julian hinweg. Selbst als er in der Verdammnis schmorte, hatte ein Teil von ihm immer gewusst, dass seine Mutter über ihn wachte. Er war nie wirklich allein gewesen.

„Und was ist mit meinem Vater?", wollte Serena wissen. Sie sah so besorgt aus, wie Julian sie noch nie gesehen hatte. „Ich sah ihn in der Hölle. Corbin behauptete … er sagte, mein Vater hätte einen Pakt mit ihm geschlossen."

„Das wird alles beizeiten offenbart werden, mein Kind", gab der Erzengel zur Antwort.

„Ich werde dir helfen, die Wahrheit herauszufinden", gelobte Julian. „Es muss eine Möglichkeit geben, zu erfahren, was deinem Vater wirklich zugestoßen ist. Corbin kann man nicht trauen. Er ist ein Lügner."

„Ich weiß."

„Aber du musst mir auch helfen."

„Womit?"

„Ich werde endlich das Leben führen, das ich schon vor zweihundert Jahren führen wollte. Ich werde meine Kraft von nun an für das Gute verwenden, nicht für das Böse. Die Gewinne aus meinen Klubs werde ich in Projekte für Hilfsbedürftige fließen lassen. Ich werde von nun an Freude in das Leben der Menschen bringen statt Leid."

Julian war selbst überrascht, wie schnell sich seine Umkehr vollzogen hatte und wie leicht es ihm fiel. Harry hatte er dazu auserkoren, die Klubs ihrer neuen Bestimmung entsprechend umzustrukturieren. Das umbenannte *Angel's Ecstasy* fuhr großartige Gewinne ein. Und auch sein neuer Klub in Las Vegas war von Anfang an ein Riesenerfolg, obwohl er gleich nach der ersten Eröffnung wegen der nötigen Umstrukturierung noch einmal für eine Woche geschlossen werden musste.

Am Abend der zweiten Eröffnung standen Julian und Serena gemeinsam im oberen Stockwerk und blickten auf die Tanzfläche, wo die Massen in freudiger Unbekümmertheit tanzten. „Genau so soll es sein", rief er ihr über die dröhnende Musik hinweg zu. „Keine Gewalt, keine Drogen, keine Prostitution."

Sie bewegte sich neben ihm im Rhythmus der Musik, ihr Haar glänzte im Discolicht. „Sondern purer Spaß. Und da dürfen sogar Engel mitmachen", erwiderte sie ebenfalls rufend und schlang ihre Arme um ihn, um mit ihm zu tanzen.

Er wusste nicht, was die Zukunft ihnen bringen würde. Er wusste nicht, ob er die Erwartungen erfüllen konnte, die sie an ihn stellte und die er an sich selbst stellte. Er wusste nicht, ob er für den Rest seines Lebens tatsächlich allen Versuchungen widerstehen konnte. Er wusste nur, dass er für immer mit Serena zusammenbleiben wollte.

Er nahm ihre Hand und führte sie nach unten auf die Tanzfläche. Sie bewegten sich gemeinsam zum Rhythmus der Musik und tanzten bis in den Morgen hinein mit den ausgelassenen Massen.

Es war exakt ein Jahr her, dass Serena ihr menschliches Leben verloren hatte. Und an diesem besonderen Tag fuhr Serena mit Julian nach Carmel, ihrer Heimatstadt. Das mit dem Entmaterialisieren klappte nicht immer, und so wählten sie die verlässliche Methode und nahmen den Maserati. Doch diesmal saß sie am Steuer.

Sie nahmen den Cabrillo Freeway, dessen Fahrbahn sich an der Steilküste entlangwindet und landschaftlich besonders reizvoll ist. „Vor genau einem Jahr fuhr ich auf dieser Straße nach Hause. Ich hielt an, weil sich ein Unfall ereignet hatte. Ich wollte helfen und starb dabei."

Unwillkürlich verglich sie den Tag damals mit dem heutigen. Damals war es nicht sonnig und klar gewesen. Am Abend hatte sich der Himmel nicht zu einem spektakulären Sonnenuntergang verfärbt so wie jetzt. Emotionen stiegen in ihr hoch. Sorge. Angst. Zweifel.

Die Sonne versank im Meer und war ganz verschwunden, als sie endlich den Kloß in ihrem Hals heruntergeschluckt hatte und wieder sprechen konnte. „Ich habe einen Teil von deinem menschlichen Leben gesehen, einen sehr persönlichen Teil. Deshalb habe ich beschlossen, dir auch einen wichtigen Teil meines menschlichen Lebens zu zeigen", erklärte sie. „Ich möchte, dass du mich genauso gut kennst wie ich dich, Julian."

Als sie sich der damaligen Unfallstelle näherten, wurde sie von Panik erfasst. Am liebsten hätte sie gewendet und wäre schnurstracks zurück nach Los Angeles gefahren. Sie hatte nicht damit gerechnet, dass es sie immer noch so mitnehmen würde, hier entlangzufahren.

Schließlich waren sie am Ziel.

Ohne Regen und ohne Autowracks war es einfach ein Stück Straße, nicht besonders bemerkenswert, wären da nicht die beiden blumengeschmückten Gedenkkreuze am Straßenrand, auf denen ihr und Meredith' Name standen.

Aber das war es nicht, was sie Julian hatte zeigen wollen. Sie parkte und nahm Julian an der Hand. Dann führte sie ihn in den Wald. Mit einer Taschenlampe leuchtete sie ihnen den Weg. Sie wusste, wo sie hinwollte, kannte den Weg genau. Sie gingen schweigend, und all die Gerüche und Geräusche aus ihrer Kindheit umfingen sie wieder. Der frische, würzige Duft der Kiefern und Zypressen. Das Donnern der Wellen, das immer lauter wurde, je näher sie dem Meer kamen. Die ersten Sterne kamen heraus, die man hier, fernab der Lichter der Großstadt, sehen konnte.

Sie legte einen Finger auf ihre Lippen. Dann kletterte sie, ihm voran, auf einen großen Felsen und bedeutete ihm, über den Rand zu schauen. Sie flüsterte: „Guck mal!"

Sie standen auf einer Klippe und blickten auf die zerklüftete Küstenlinie bei Point Lobos. Dort unten hatte sich eine größere Gruppe zusammengefunden. Viele Lichtpunkte erhellten den Strand und strahlten ihr Licht zurück in den Himmel.

Sie war mit Julian hierhergefahren, um ihrer eigenen Gedenkfeier beizuwohnen. Sie hatte ihn mitgenommen, weil es ihr so leichter fiel, Lebewohl zu sagen. Sie hatte ihn mitgenommen, weil sie selbst durch die Gedanken ihrer Familie und Freunde hierhergerufen worden war. Durch ihre Hoffnungen und Tränen, im Glanz der Sterne und im flackernden Licht der Kerzen. Im Vergleich zu der Masse an Menschen, die sich zum Gedenken an Nick versammelt hatten, war diese Gedenkfeier klein. Aber das waren die Menschen, die sie geliebt hatte. Sie bedauerte Nick, wo auch immer er sein mochte, schloss die Augen und sprach ein stilles Gebet für seine Seele. Eines Tages würde sie ihn finden.

So wie sie eines Tages ihren Vater finden würde.

Doch jetzt war sie hier. Und sah denen zu, die sich ihretwegen an diesem Abend hier versammelt hatten. Ihre Mutter hatte sich vor die Gruppe gestellt. Serena stand mucksmäuschenstill und versuchte, dem fernen Klang der Stimme ihrer

Mutter Muriel zu lauschen.

„Hinter uns liegt ein Jahr mit vielen ‚ersten Malen'. Das erste Thanksgiving ohne sie, das erste Weihnachten. Ihr vierundzwanzigster Geburtstag, der Unabhängigkeitstag. Ohne sie ist unser Leben leerer. Ruhiger. Doch ich spüre, dass sie noch immer bei uns ist und über uns wacht. Schätzchen, wir lieben dich."

Jetzt stellte sich Andrew neben seine Mutter und legte tröstend den Arm um sie. Einige wischten sich die Tränen ab. Auch Serena war zum Weinen zumute.

Ich liebe euch auch. Ich bin euch so viel näher, als ihr denkt.

Da hob Muriel den Kopf und blickte in Serenas Richtung. Ihre Mutter spürte, dass sie hier oben auf der Klippe stand – das wusste Serena ganz genau. Sie schickte ihre Liebe zu ihnen allen nach unten. Es machte sie immer noch sehr traurig, dass sie ihre Familie und ihre Freunde nicht in den Arm nehmen konnte. Doch sie würden einander trösten, und sie war immer in ihrer Nähe und wachte über sie.

Ihr menschliches Leben war vorbei. Doch ihre Zeit auf der Erde fing gerade erst an.

Jetzt gehörte sie der Kompanie der Engel an. Und Julian war an ihrer Seite.

In den vergangenen Wochen mit ihm hatte sie begriffen, was romantische Liebe wirklich bedeutete – und das trotz oder gerade wegen aller Prüfungen, die sie gemeinsam bestanden hatten. Mit Julian fühlte sie sich vollständig. Das, was in ihr zerbrochen war in ihrer Zeit als Mensch, wurde durch ihn geheilt. Was ihr immer gefehlt hatte, hatte sie jetzt gefunden. Und die zarte, verbitterte, gereizte Stimme in ihrem Innern war endlich zur Ruhe gekommen.

Ein leichtes Säuseln war mit einem Mal zu hören, viel zu leise, um von einem Menschen zu stammen. Sie drehten sich beide gleichzeitig um und sahen, wie Arielle zu ihnen auf den Felsen kletterte. Serenas Herz quoll über vor Freude. Die Zeit schien stillzustehen – und alle Wesen waren durch ein einziges vereinendes Band verbunden: die Liebe.

In der Nähe, versteckt im Gebüsch, glitzerte ein giftig grünes Augenpaar in der Nacht. Es war Luciana, die sich hier versteckt hatte, und jetzt das Giftfläschchen in die Hand nahm, das sie noch immer an einer Kette um ihren Hals trug. Sie hob das Gesicht in die kühle Nachtluft und betrachtete durch die Baumkronen den Sternenhimmel. Sie sprach ein Dankgebet, das an die Mächte der Finsternis gerichtet war, die ihr einmal mehr zur Flucht verholfen hatten.

Ihre Begegnung mit der Kompanie der Engel war leider ein Rückschlag gewesen und hatte ihr viel Energie geraubt. Doch jetzt war sie frei. Und so wie Serena nach Hause zurückgekehrt war, würde auch sie nach Hause zurückkehren, in ihre Stadt auf der anderen Seite des Ozeans.

Heim nach Venedig.

Hier würde sie wieder zu Kräften kommen. Sich erholen. Und ihre Rache planen.

– ENDE –

DANKSAGUNG

Ich danke meinen ganz persönlichen Schutzengeln:

Valerie Gray, Executive Editor bei MIRA Books. Vielen Dank für die rückhaltlose Unterstützung für diese Romanreihe und für deinen unerschütterlichen Einsatz fürs Geschichtenerzählen. Im vergangenen Jahr hast du mich durch dein Coaching und deine kreative Unterstützung zu einer besseren Autorin gemacht. Durch dich kann ich erreichen, was ich alleine nie geschafft hätte. Deine Anrufe schätze ich sehr.

Kimberly Whalen, „agent extraordinaire" von der Trident Media Group. Danke, dass du dich für mich um das Geschäftliche kümmerst und für deinen fachmännischen Rat, wenn es um die Branche geht. Und dafür, dass du mich mit ausländischen Steuerformularen und anderen drohenden Gefahren nicht allein lässt.

Dem Team von Harlequin. Ich bin euch ewig dankbar für eure unglaubliche Unterstützung aus den Bereichen Redaktion, Marketing und PR. Ich lerne euch alle gerade erst kennen, aber weiß jetzt schon, dass ihr mit eurer Arbeit und eurer Begabung alle einzeln euren Beitrag dazu geleistet habt, dass dieses Buch entstehen konnte. Mein besonderer Dank gilt Sean Kapitain für sein großartiges Cover und der wunderbaren Ana Luxton aus der Marketing-Abteilung.

Patricia und Garyen. Mom und Dad, vielen Dank für eure Hingabe und eure Liebe. Und dafür, dass ihr mir beigebracht habt, was ich weiß, für eure Jahre der Unterstützung und Ermutigung während meiner Zeit an der Universität und hinterher beim Jobwechsel.

Johanna. Ich bin dir so dankbar für den Rat und die Großzügigkeit der großen Schwester und Freundin. Du hast mich immer ermuntert, meine Träume wahr zu machen.

Freunde und Lehrer aus verschiedenen Universitätsprogrammen, Yogakursen und anderen Lebensbereichen. Es ist ein Segen, so viele verwandte Seelen um sich scharen zu können. Vor allem danke ich meiner lieben Freundin Jeanette für all ihre positive Energie, die sie diesem und anderen Projekten entgegenbrachte.

Ed. Mein Ehemann, mein bester Freund, mein Held des wahren Lebens. Bester Daddy auf der ganzen Welt für unseren kleinen Boxer Dexter. Und last but not least danke dafür, dass du dein Leben mit mir teilst. Dass du mir zeigst, das Leben durch deine Augen zu sehen. Danke für deine Warmherzigkeit und dein außergewöhnliches Mitgefühl für alle Bedürftigen. Und dafür, dass du weiter mit mir wächst.

Ich brauche Dich, Jane.

Mit einem Stirnrunzeln legte Jane Parker die Nachricht auf die Küchenanrichte. Sie betrachtete das abgegriffene, ledergebundene Buch, das in einer schmucklosen Schachtel auf einem Meer aus schwarzem Samt lag. Vor einigen Minuten war sie von ihrem Fünfmeilenlauf zurückgekehrt. Das Paket hatte sie danach auf der Veranda gefunden.

Es stand kein Absender darauf. Keine Erklärung, warum das Ding für sie hinterlassen worden war, und kein Hinweis, wer „Ich“ sein sollte. Oder warum Jane gebraucht wurde. Warum sollte irgendjemand ausgerechnet sie brauchen? Sie war siebenundzwanzig Jahre alt und hatte gerade erst wieder gelernt, ihre Beine zu benutzen. Sie hatte keine Familie, keine Freunde, keinen Job. Nicht mehr. Ihre kleine Hütte in *Kleinste Stadt Aller Zeiten*, Oklahoma, lag abgeschieden, eine winzige Erhebung in der umliegenden Weite aus grünen Bäumen und endlos blauem Himmel.

Sie sollte das Ding einfach wegwerfen. Aber natürlich war ihre Neugierde wieder einmal größer als ihre Vorsicht. Wie immer.

Behutsam nahm sie das Buch hoch. Doch sobald sie es berührte, sah sie ihre Hände in Blut getaucht. Sie keuchte erschrocken auf und ließ das schwere Buch auf die Anrichte fallen. Aber als sie dann ihre Hände ins Licht hielt, waren sie sauber, die Fingernägel ordentlich geschnitten und in einem hübschen Rosa lackiert.

Deine Fantasie geht mit dir durch, und in deinem Blut ist vom Laufen noch zu viel Sauerstoff. Das ist alles.

Kalte, harte Logik – ihr bester und einziger Freund.

Der Einband des Buches knarrte, als sie es in der Mitte aufschlug, wo ein zerfetztes rosa Band lag. Der Duft von Staub und Moschus drang zu ihr hinauf – und dazwischen noch etwas anderes. Etwas … das ihr das Wasser im Mund zusammenlaufen ließ … und das ihr vertraut war. Sie runzelte die Stirn noch mehr.

Jane rutschte auf ihrem Stuhl hin und her, als ein scharfer

Schmerz durch ihre Beine fuhr, und atmete tief ein. Oh, ja. Ihr lief wirklich das Wasser im Mund zusammen, als sie einen Hauch von Sandelholz wahrnahm. Sie überlief ein Schauer, verspürte ein angenehmes Prickeln, ihr Blut erhitzte sich. Wie peinlich. Und, verdammt, auch noch interessant. Seit dem Autounfall, der ihr Leben vor elf Monaten zerstört hatte, kannte sie Erregung nur noch in der Nacht, in ihren Träumen. Am helllichten Tag so zu reagieren – und das nur wegen eines Buches – war … merkwürdig.

Sie gestattete es sich nicht, darüber nachzudenken. Sie würde ohnehin keine zufriedenstellende Antwort darauf finden. Stattdessen konzentrierte Jane sich auf die Seiten, die vor ihr lagen. Sie waren vergilbt und empfindlich, brüchig. Und mit Blut besprenkelt? Kleine scharlachrote Tropfen befleckten die Ränder.

Mit den Fingerspitzen fuhr sie behutsam über den handgeschriebenen Text, und ihr Blick blieb dabei an einzelnen Worten hängen. *Ketten. Vampir. Gehören. Seele.* Mehr Schauer, mehr Kribbeln.

Sie errötete ein wenig.

Jane kniff die Augen zusammen. Wenigstens ergab der Duft nach Sandelholz jetzt einen Sinn. In den letzten Monaten hatte sie immer wieder von einem Vampir geträumt, der in Ketten lag, und beim Aufwachen hatte sein Duft noch an ihrer Haut geklebt. Und ja, er hatte sie erregt. Davon erzählt hatte sie niemandem. Wer hätte ihr also dieses … Tagebuch schicken sollen?

Sie hatte jahrelang nicht nur in der Quantenphysik gearbeitet, sondern auch im Bereich der Grenzwissenschaften. Manchmal hatte sie Kreaturen erforscht, die aus „Mythen“ und „Legenden“ stammten. Sie hatte kontrollierte Befragungen mit tatsächlichen Bluttrinkern durchgeführt und sogar deren Leichen seziert, wenn man sie ihr ins Labor gebracht hatte.

Sie wusste also, dass es Vampire, Formwandler und andere Kreaturen der Nacht wirklich gab, auch wenn sie ihre Mitarbeiter aus der Quantenphysik nicht in diese Wahrheit eingeweiht hatte. Vielleicht hatte es jemand herausgefunden und ihr einfach einen Streich gespielt. Vielleicht gab es keine Verbindung zu ihren Träumen. Allerdings schien bereits eine Ewigkeit vergangen zu sein, seit sie mit diesen Mitarbeitern zuletzt Kontakt gehabt hatte. Und außerdem, wer würde so etwas tun? Keiner von ihnen hatte sich genug für sie interessiert, um *irgendetwas* zu tun.

Lass die Sache ruhen, Parker. Ehe es zu spät ist.

Dieser Befehl ihres Selbsterhaltungstriebs ergab keinerlei Sinn. *Zu spät wofür?*

Ihre Instinkte antworteten nicht. Na gut, die Wissenschaftlerin in ihr *musste* jedenfalls wissen, was vor sich ging.

Jane räusperte sich. „Ich lese ein paar Absätze, mehr nicht", sagte sie laut. Sie war allein, seit man sie vor einigen Monaten aus dem Krankenhaus entlassen hatte, und manchmal war der Klang ihrer Stimme besser als die Stille. „Ketten lagen um den Hals des Vampirs, um seine Handgelenke und seine Fußknöchel. Man hatte ihm das Hemd und die Hosen genommen, ein Lendenschurz war seine einzige Kleidung, und nichts schützte seine bereits misshandelte Haut. Die Glieder der Ketten schnitten ihm bis auf die Knochen, ehe er heilte – und sie ihn wieder schnitten. Es war ihm gleich. Was war Schmerz, wenn freier Wille, wenn die eigene Seele einem nicht mehr gehörte?"

Eine Welle des Schwindels brach über sie herein, und sie presste die Lippen zusammen. Ein Augenblick verging, dann ein weiterer, ihr Herz schlug schneller und hämmerte wild gegen ihre Rippen.

Brutale Bilder tauchten vor ihr auf. Dieser Mann, dieser Vampir, gefesselt, hilflos. Hungrig. Seine sinnlichen Lippen waren straff gespannt über scharfen weißen Zähnen. Er war überraschend gebräunt und verlockend muskulös, mit dunklem unordentlichem Haar und einem Gesicht, das sie mit seiner überirdischen Schönheit noch jahrelang in ihren nächtlichen Fantasien heimsuchen würde.

Was sie gerade gelesen hatte, hatte sie schon gesehen. Viele Male. Aber wie? Das wusste sie nicht. Sie wusste nur, dass sie in ihren Träumen Mitleid für diesen Mann empfunden hatte, sogar wütend gewesen war. Und gleichzeitig war da immer eine Andeutung von Erregung im Spiel gewesen. Jetzt ergriff diese Erregung Besitz von ihr.

Je mehr sie atmete, desto mehr hing der Duft nach Sandelholz an ihr und desto mehr veränderte sich ihre Wirklichkeit, als wäre ihr Zuhause nicht mehr als ein Trugbild. Als wäre der Käfig des Vampirs echt. Als bräuchte sie nur aufzustehen und loszugehen – nein, zu rennen –, um bei ihm zu sein, jetzt und auf ewig.

Okay. Genug davon. Sie klappte das Buch zu, auch wenn noch viele Fragen offengeblieben waren, und ging mit eiligen Schritten davon.

Eine so starke Reaktion sprach – besonders vor dem Hintergrund ihrer Träume – gegen einen Streich. Nicht dass sie daran je wirklich geglaubt hätte. Doch alle anderen Möglichkeiten bereiteten ihr so viele Sorgen, dass sie sich weigerte, sie auch nur in Betracht zu ziehen.

Jane duschte, zog sich Jeans und T-Shirt an und aß ein nahrhaftes Frühstück. Gegen ihren Willen wanderte ihr Blick immer wieder zu dem Ledereinband. Sie fragte sich, ob es den versklavten Vampir wirklich gab und, zugegeben, auch, ob sie ihm helfen konnte. Ein paar Mal hatte sie das Buch schon aufgeschlagen, ehe ihr überhaupt bewusst wurde, was sie tat. Und jedes Mal war sie davongeeilt, ehe sie in den Bann der Geschichte geraten konnte.

Vielleicht hatte man ihr das dumme Ding genau deswegen gegeben. Um sie zu ködern, damit sie sich wieder an die Arbeit machte. Sie musste aber nicht arbeiten. Geld war für sie kein Problem. Darüber hinaus liebte sie die Wissenschaft einfach nicht mehr. Warum sollte sie? Es gab nie eine Antwort, nur immer noch mehr Fragen.

Wenn ein Puzzleteil an seinen Platz geglitten war, brauchte man zwanzig weitere. Und am Ende konnte nichts, was man tat, nichts, was man gelöst oder entwirrt hatte, die Menschen retten, die man liebte. Es gab immer irgendeinen dämlichen Kerl, der sich in der Bar ein paar Bier genehmigte, in seinen Wagen stieg und in deinen raste. Oder sonst etwas Tragisches.

Das Leben war willkürlich.

Jane sehnte sich nach Eintönigkeit.

Aber als Mitternacht heranrückte, kreisten ihre Gedanken immer noch um den Vampir. Sie gab auf, kehrte in die Küche zurück, schnappte sich das Buch und stakste zurück ins Bett. Nur ein paar Absätze, verdammt, und *dann* würde sie sich wieder nach Eintönigkeit sehnen.

Janes viel zu großes T-Shirt rutsche ihr bis zur Taille hoch, als sie das Buch auf ihren angezogenen Beinen ablegte, die Stelle aufschlug, wo das Lesezeichen immer noch steckte, und ihre Aufmerksamkeit auf die Seiten richtete. Einige Sekunden lang schienen die Worte in einer Sprache geschrieben zu sein, die sie nicht verstand. Und einen Wimpernschlag später waren sie wieder Englisch.

Okay. Sehr merkwürdig, und sicherlich, hoffentlich, bloß durch den Schlafmangel hervorgerufen.

Sie fand ihre Stelle. „Man nannte ihn Nicolai." Nicolai. Ein starker, sinnlicher Name. Die Silben klangen in ihrem Kopf wie eine Liebkosung. Ihre Brüste zogen sich schmerzlich zusammen, sehnten sich nach einem heißen, feuchten Kuss. Jane errötete am ganzen Körper. Sie versuchte, sich zu erinnern. Einen Vampir namens Nicolai hatte sie nie befragt, und der Vampir in ihren Träumen hatte nie mit ihr gesprochen. Er hatte sie überhaupt nicht wahrgenommen. „Er wusste nichts von seiner Vergangenheit, wusste nicht, ob er eine Zukunft hatte. Er kannte nur seine Gegenwart. Seine verhasste und qualvolle Gegenwart. Er war ein Sklave, eingesperrt wie ein Tier."

Wie schon beim ersten Mal wurde ihr plötzlich schwindelig. Dieses Mal las Jane weiter, auch dann noch, als ihre Brust sich zusammenzog. „Man hielt ihn sauber und ölte ihn ein. Zu jeder Zeit. Nur für den Fall, dass Prinzessin Laila ihn in ihrem Bett brauchte. Und die Prinzessin brauchte ihn. Oft. Nachdem er ihre grausamen, perversen Gelüste befriedigt hatte, blieb er geschlagen und verletzt zurück. Doch er ergab sich nie. Der Mann war wild, fast unkontrollierbar, und so voller Hass, dass jeder, der ihn ansah, in seinen Augen den eigenen Tod erblickte."

Das Schwindelgefühl verstärkte sich. Ihr Verlangen ebenfalls. Einen solchen Mann zu zähmen, all seine Wildheit auf sich selbst konzentriert zu wissen, zu spüren, wie er wild hämmernd in einen eindrang … aus freien Stücken … Jane schauderte.

Konzentrier dich endlich, Parker. Sie räusperte sich. „Er war hart und gnadenlos. Ein Krieger im Herzen. Ein Mann, der absolute Kontrolle gewöhnt war. Wenigstens glaubte er das. Selbst ohne seine Erinnerungen merkte er genau, dass jeder Befehl, der an ihn gerichtet wurde, seine Nerven wund kratzte."

Noch ein Schaudern durchfuhr sie. Sie knirschte mit den Zähnen. Er brauchte ihr Mitleid, nicht ihr Verlangen. *Ist er für dich wirklich so echt?* Ja, das war er. „Wenigstens bekam er einige Tage Erholung", las sie weiter, „von allen vergessen. Der ganze Palast stand Kopf, weil Prinzessin Odette von den Toten auferstanden war, und …"

Der Rest der Seite war leer. „Und was?" Jane blätterte um, aber ihr wurde bald klar, dass die Geschichte ein offenes Ende hatte. Na toll.

Glücklicherweise – oder auch nicht – entdeckte sie am Ende des Buches noch etwas Geschriebenes. Sie blinzelte und schüttelte den Kopf. Die Worte veränderten sich nicht. „Du, Jane Parker", las sie langsam vor. „Du bist Odette. Komm zu mir, ich befehle es Dir. Rette mich, ich flehe Dich an. Bitte, Jane. Ich brauche Dich."

Ihr Name stand in dem Buch. Wie kam ihr Name in das Buch? In der gleichen Schrift wie alles andere? Auf den gleichen alten vergilbten Seiten, mit der gleichen verschmierten Tinte?

Ich brauche Dich.

Sie konzentrierte sich wieder auf den Teil, der an sie gerichtet war. Immer wieder las sie: „Du bist Odette", bis das Bedürfnis zu schreien endlich von ihrer Neugierde besiegt wurde. Ihre Gedanken überschlugen sich. Es gab so viele Möglichkeiten. Gefälscht, echt, Traum, Realität.

Komm zu mir.

Rette mich.

Bitte.

Ich befehle es Dir.

Etwas in ihr reagierte auf diesen Befehl stärker als auf alles andere. Der Drang zu rennen – hierhin, dorthin, überallhin – durchfuhr sie. Bis sie ihn fand, ihn rettete, war nichts anderes mehr wichtig. Und sie konnte ihn retten, wenn sie nur erst bei ihm war.

Ich. Befehle. Es. Dir.

Ja. Sie wollte gehorchen. So sehr. Sie fühlte sich, als wäre eine unsichtbare Leine um ihren Hals gelegt, an der man jetzt zog.

Jane schloss das Buch mit zitternden Fingern. Sie würde niemanden suchen. Nicht heute Nacht. Sie musste sich sammeln. Morgen, mit klarem Kopf nach einer starken Tasse Kaffee, würde sie sich die Sache logisch erklären können. Hoffte sie jedenfalls.

Nachdem sie das Buch auf ihren Nachttisch gelegt hatte, ließ sie sich in ihr Bett fallen und schloss die Augen. Sie versuchte, ihre rasenden Gedanken zu beruhigen, hatte aber wenig Erfolg. Wenn Nicolais Geschichte stimmte, war er von seinen Ketten so gefangen, wie sie es einst von den Leiden ihres Körpers gewesen war.

Ihr Mitleid wuchs … breitete sich aus …

Während man ihn in einem Käfig gefangen hielt, war sie an ihr Krankenbett gefesselt gewesen, mit gebrochenen Knochen, gerissenen Muskeln und einem von Medikamenten vernebelten Verstand, und das alles, weil ein betrunkener Fahrer in ihren Wagen gerast war. Und während sie unter dem Verlust ihrer Familie gelitten hatte – und immer noch litt, weil ihre Mutter, ihr Vater und ihre Schwester im gleichen Wagen gesessen hatten –, wurde Nicolai von einer sadistischen Frau mit unerwünschten Berührungen gefoltert. Sie spürte eine Welle des Mitleids und einen Funken Zorn.

Ich brauche Dich.

Gena Showalter
Royal House of Shadows –
Der Vampirprinz
Band-Nr. 65064
nur 6,99 € (D)
ISBN: 978-3-86278-467-7
eBook: 978-3-86278-531-5
304 Seiten

Jill Monroe
Royal House of Shadows –
Die Traumprinzessin
Band-Nr. 65065
nur 6,99 € (D)
ISBN: 978-3-89278-478-3
eBook: 978-3-86278-547-6
304 Seiten

Jessica Andersen
Royal House of Shadows –
Das Herz des Werwolfs
Band-Nr. 65068
nur 6,99 € (D)
ISBN: 978-3-86278-487-5
eBook: 978-3-86278-557-5

Nalini Singh
Royal House of Shadows –
Lord der toten Seelen
Band-Nr. 65069
nur 6,99 € (D)
ISBN: 978-3-86278-494-3
eBook: 978-3-86278-567-4

Gena Showalter
Die Herren der Unterwelt 8 –
Schwarze Niederlage
Band-Nr. 65067
8,99 € (D)
ISBN: 978-3-86278-486-8
eBook: 978-3-86278-555-1

Gena Showalter
Die Herren der Unterwelt 7 –
Schwarzes Geheimnis
Band-Nr. 65056
8,99 € (D)
ISBN: 978-3-86278-325-0
eBook: 978-3-86278-412-7
464 Seiten

Gena Showalter
Die Herren der Unterwelt 6 –
Schwarze Lügen
Band-Nr. 65045
8,99 € (D)
ISBN: 978-3-89941-959-7
eBook: 978-3-86278-122-5
464 Seiten

Gena Showalter
Die Herren der Unterwelt 5 –
Schwarze Leidenschaft
Band-Nr. 65040
8,95 € (D)
ISBN: 978-3-89941-892-7
eBook: 978-3-86278-092-1
512 Seiten

„Lassen Sie sich diese düstere, aufregende, sexy neue Welt nicht entgehen.“ *freshfiction.com*

Deutsche Erstveröffentlichung

Band-Nr. 65058
8,99 € (D)
ISBN: 978-3-86278-334-2
336 Seiten

Michele Bardsley
Eine Hexe in Nevermore

Lucinda Rackmore ist auf der Flucht, seit sie von ihrem Exlover mit einem grausamen Fluch belegt wurde. In ihrer Verzweiflung geht sie nach Nevermore, Texas. Dorthin, wo keiner sie vermutet: Zu dem Mann, den ihre Familie einst betrog. Gray Calhoun will allerdings nie wieder etwas mit den Rackmores zu tun haben, seit Lucindas Schwester ihn kaltblütig einem Dämonenlord opfern wollte. Doch jetzt wird Nevermore von dunklen Mächten bedroht. Nur mit Lucindas Hilfe hat Gray eine Chance, sie zu besiegen. Und während sie versuchen, Tote wieder zum Leben zu erwecken, müssen sie entdecken: Die stärkste magische Kraft ist die Liebe …